应用型本科高等院校"十二五"规划教材

物理化学组合实验

主　编　王　舜
副主编　何道法　钟爱国　汪海东　顾勇冰

科学出版社

北　京

内容简介

本书对实验内容采用组合式编排，即以一种或一类物质的多种物性或一种物性的多种测量方法构成系列实验，同时对每个实验提供扩展性实验设计策略。根据教学需要可对基础、设计、综合三个层次的实验灵活选择组合，以培养学生综合分析问题和解决问题的能力。

全书分为绪论、组合实验系列和附录。组合实验系列包括 7 个系列共 34 个实验。附录包括 6 个物理化学实验技术专题和 27 个常用的重要物理化学数据表。

本书可作为高等院校化学、化工、应用化学和材料化学等专业物理化学实验课程的教材，也可供生物、物理等相关专业的师生以及科研人员参考。

图书在版编目（CIP）数据

物理化学组合实验/王舜主编. —北京：科学出版社，2011.6
应用型本科高等院校"十二五"规划教材

ISBN 978-7-03-031528-1

Ⅰ.①物… Ⅱ.①王… Ⅲ.①物理化学-化学实验-高等学校-教材
Ⅳ. ①O64-33

中国版本图书馆 CIP 数据核字（2011）第 112683 号

责任编辑：陈雅娴 赵晓霞/责任校对：张怡君
责任印制：张克忠/封面设计：迷底书装

科学出版社 出版
北京东黄城根北街 16 号
邮政编码：100717
http://www.sciencep.com

北京市文林印务有限公司 印刷

科学出版社发行 各地新华书店经销

*

2011 年 6 月第 一 版 开本：787×1092 1/16
2011 年 6 月第一次印刷 印张：13 1/2
印数：1—4 000 字数：345 000

定价：**28.00 元**
（如有印装质量问题，我社负责调换）

前　言

物理化学实验是化学、化工、应用化学和材料类专业的重要基础课之一，目前国内普遍使用的实验教材大多以知识点为主线进行编写，每个知识点的实验之间相对独立。编者萌发了编写一本具有新颖结构体系的实验教材的想法，希望本书不仅有益于培养学生的"三基"技能，而且有利于增强学生的创新意识，提高学生的创新能力。本书的编写只是物理化学实验教学改革的一次大胆尝试，能否起到抛砖引玉的作用，还有待于实践的检验。

本书的编写努力体现如下三个特点：

（1）知识结构体系新颖。本书对实验内容的编排采取组合式排序，即以一种或一类物质的多种物性或一种物性的多种测量方法构成系列实验，同时对每个实验提供扩展性实验设计。每个实验既相对独立，又相互关联，各实验组合起来可构成综合性实验。例如，有关乙酸乙酯的性质编写了 4 个实验，涉及静态法测定乙酸乙酯的饱和蒸气压、回流冷凝法绘制乙酸乙酯-乙醇双液系气液平衡相图、电导法测定乙酸乙酯皂化反应的速率常数和活化能，以及溶液法测定乙酸乙酯的偶极矩。根据教学需要，可对基础、设计、综合三个层次的实验灵活组合，以利于培养学生综合分析问题和解决问题的能力。

（2）实验内容集基础性、应用性和前沿性于一体。在实验内容选取上，本书保留了一些经典的物理化学实验内容和方法，舍弃了内容和方法相似而重复的验证性实验，增设了一些应用性和前沿性实验。例如，编写了"焦磷酸盐镀铜"、"不锈钢电解抛光及废液处理"、"铝阳极氧化法表面修饰与着色"等与材料表面处理有关的应用性实验；"银纳米电缆的合成、表征及电学性质"、"生物矿物和生物矿化"等与纳米、生物科学交叉的前沿性实验。考虑到大型现代仪器的日益普及，增设了利用 X 射线单晶衍射仪、粉末衍射仪等设备的高级选修实验（标记为"＊"），如"KDP 晶体的合成与结构解析"和"NaCl 的 X 射线粉末衍射法物相分析"等。这种取舍增删既可保持物理化学实验的科学性和系统性，又可体现其应用性，并能激发学生对问题探索的兴趣，有利于提升学生应用知识的能力。

（3）贯彻绿色化学理念。可持续发展是我国的基本国策，绿色化学理念必须深植于学生的心中，而本书的编写努力体现这一宗旨。在实验试剂、溶剂和催化剂等的选用方面，尽量使用无毒、无害的化学物质，并对可能带来污染的实验专门设计了废液处理环节等。希望使用本书的广大师生对实验内容作进一步的精心设计，使之更有利于学生树立牢固的绿色化学理念。

本书分为绪论、组合实验系列和附录。

绪论介绍了物理化学实验的目的、要求和一般规则、常见安全防护知识以及实验误差和数据处理等内容。

组合实验包括 7 个系列共 34 个实验。每个系列自成一体，内容涵盖化学热力学、化学动力学、电化学、胶体与表面化学、结构化学等物理化学主要分支领域。每个实验均增加了扩展实验，目的是促使学生积极思考，提高学生综合运用理论知识和利用物理化学实验技术解决实际问题的能力。每个实验的思考题答案列于书末供参考。

附录包括 6 个物理化学实验技术专题和 27 个常用的重要物理化学数据表。6 个技术专题包括：温度测量技术及仪器、压力测量技术及仪器、密度测量技术及仪器、电学测量技术及仪器、光学测量技术及仪器和黏度测量技术及仪器。

本书的完成汇聚了温州大学、台州学院、嘉兴学院和丽水学院全体参编人员的共同努力。参加本书编写工作的有：胡新根教授、汪海东教授、李新华教授、胡茂林教授、何道法高级实验师、钟爱国副教授、马德琨副教授、戴国梁副教授、唐天地副教授、朱伟副教授、李凤云高级实验师、张伟明博士、陈庆博士以及顾勇冰、方国勇、徐向菊、林大杰、金辉乐和董幼青等老师。在此对他们的辛勤劳动表示衷心的感谢！

南京大学沈文霞教授、温州大学田一光教授于百忙之中审阅了全部书稿并提出了宝贵的修改意见，这使本书增色不少，特致以诚挚的感谢！

本书的出版得到了国家教育部全国高等学校第一类特色专业建设点"化学专业"、浙江省高校精品课程建设"物理化学（含实验）"和"结构化学"、浙江省高等教育重点建设教材以及温州大学物理化学优秀教学团队等项目的经费支持，特予感谢！

本书若能对有关院校的化学、化工、应用化学和材料等专业的物理化学实验课程教学改革与进步略尽绵薄之力，实乃荣幸之至，或许能为生物、物理等相关专业的师生以及科研人员起到参考作用，亦将足慰于心！

虽然本书中实验项目内容已经过全体编者多次研讨和实验教学验证，但限于编者水平，定然存在纰漏甚至谬误之处，若蒙读者斧正赐教，当十分感谢！

王　舜

2011 年 3 月于温州

目　录

绪　　论

第一节　物理化学实验的学习目的、要求与规则

一、物理化学实验的学习目的

化学现象在本质上是一种在原子或原子以上层次的物理现象。化学反应总是包含或伴随有物理变化，如温度、压力、浓度的改变和热、光、电等效应以及形态、状态、颜色等变化。一方面，光辐射、电场、磁场和声场等能量的作用和温度、压力、浓度等物理量的变化均可能引起化学变化或影响化学变化的进程。另一方面，分子和原子中的电子运动、原子的转动和振动以及分子中原子间的相互作用等微观物理运动形态，则直接决定物质的性质及其化学反应能力。物理化学就是借助物理学、数学等基础科学的理论及其提供的实验手段，研究化学科学中的原理和方法，研究化学体系行为最一般的宏观、微观规律和理论的学科。物理化学作为主要分支和重要组成部分对化学科学起理论支撑作用。物理化学实验则是继无机化学实验、分析化学实验、有机化学实验之后的又一门基础化学实验课，与理论课相辅相成。它综合了从普通物理到化学各门实验的方法，以测量系统的物理量变化为基本内容，通过对实验数据的处理、综合与分析，得出规律或结论。

学习物理化学实验的主要目的是使学生了解物理化学的实验方法，掌握基本的实验技能，学会使用各种在今后的科学研究和生产实践中最基本和最常见的仪器；训练学生仔细观察实验现象、正确记录与处理实验数据、分析实验结果的能力，培养学生求真务实的科学精神；加强学生对物理化学基本理论与概念的理解，提高学生运用物理化学原理和研究方法解决实际问题的能力。

二、物理化学实验的要求

物理化学实验是物理化学基本理论的具体化、实践化，是构建完整化学理论知识体系的实践基础之一，也是学生实现从学习知识和技能向初步学会科学创新转变的重要环节。因此，为达到物理化学实验的目的，必须对学生提出严格而明确的要求。

1. 实验前准备

(1) 仔细阅读实验课程教材(包括附录中的物理化学实验技术专题)与理论课程教材的有关内容。明确实验的目的和要求，掌握基本原理，明确实验仪器的构造、使用方法和实验操作步骤，对教材中提供的思考题和扩展实验提前作出思考，以便在实验中进一步体会和解决。必要时可以查阅相关的文献资料，对实验方法有进一步的了解和估测，思考是否还有值得改进的地方。

(2) 撰写预习报告。预习报告包括实验目的和要求、简明的实验步骤、事先设计的原始数据记录表格。实验原始记录本的完整性是实验完成质量评判的一个重要依据。

2. 实验过程

(1) 学生必须带预习报告进实验室,教师做必要的检查与提问,未充分预习的学生不得进行实验。

(2) 学生进入实验室后,要快速熟悉实验环境,并检查实验仪器设备、试剂和材料等是否齐全。由于物理化学实验所用的许多仪器,必须通过操作才能掌握其原理与使用方法,仅通过阅读附录中实验技术与仪器的介绍一般难以完全理解,因此学生必须先在教师的现场指导下熟悉仪器,掌握其使用方法,然后才能正式开始实验。

(3) 学生必须严格按照实验操作规程进行,不可盲动,也不可妄动。实验操作中要胆大心细,做到胸有成竹,方寸不乱,切忌"照方抓药"式的操作,边看书边操作。同时,在实验过程中要仔细观察实验现象,特别是对一些反常的现象不应放过,要如实记录,分析并判断是否属于操作不当所致。数据记录要求完全、准确、整齐、清楚。

(4) 实验结束后,实验数据经初步整理,抄写在数据记录本上,教师审阅认可后,再整理好实验仪器,归还统一发放的实验物品,清洁实验台面,最后经指导教师检查同意后,方可离开实验室。

3. 实验报告

实验报告的撰写是化学实验课程的基本训练之一,也是化学工作者的基本科学素养之一。实验报告是学生在实验数据误差分析、技术处理与作图、理论解释与讨论等方面训练结果及能力的体现,写好实验报告将为今后撰写毕业论文和学术论文打下扎实的基础。

关于实验报告的具体要求:

(1) 务必在规定的时间内完成实验报告,交给指导教师。

(2) 实验报告内容包括实验目的、简明原理、数据记录与处理、结果及讨论。

实验目的要简明扼要,说明用什么实验方法解决研究对象的什么问题。

实验原理要结合已学的或尚未学的理论知识,必要时查阅资料,简明扼要地阐述,切忌简单照抄教材内容。

数据记录与处理要有原始数据记录表、具体的计算公式以及用坐标纸或计算机绘制的图形。注意物理量要注明单位,图、表要注明各自的图名和表题,并端正地粘贴在报告本上。

结果与讨论是报告中很重要的一个项目,主要包括对实验时重要现象的解释、误差成因的分析、实验的改进意见以及心得体会等。

(3) 实验报告由指导教师批改,按优、良、中、及格、不及格五级评分。不及格者,若为数据达不到要求范围,应重做实验;若为数据处理错误或实验报告不符合要求,应重写实验报告;不交实验报告者以不及格论。

三、物理化学实验的规则

为保证物理化学实验的顺利进行和实验室的安全,特列出以下实验室规则:

(1) 遵守纪律,不迟到,不早退,保持室内安静,不大声交谈,不到处乱走,不许在实验室内嬉闹及恶作剧。

(2) 禁止穿拖鞋、背心进入实验室。实验室内严禁吸烟、饮食,或把食品、食具带进实验室。

（3）在实验室不得做与实验无关的事。

（4）不得乱动与实验无关的仪器与设备，不要乱拿其他组的仪器。未经教师允许，不得擅动精密仪器。使用时如发现仪器损坏，要立即报告指导教师。

（5）水、电、燃气、药品及试剂等要节约使用。取用试剂时要遵守正确的操作方法。例如，取用固体试剂时，要注意勿使其散落到实验容器外；放在指定位置的公用试剂不得擅自拿走；配套使用的试剂瓶滴管和瓶塞，用后应立即放回原处，避免混淆和沾污试剂。

（6）化学固体废物和废液要统一收集，火柴杆、纸张等其他废物只能丢入废物缸，不能随地乱丢，更不能丢入水槽，以免堵塞。

（7）实验完毕要清理实验台，洗净玻璃仪器，整理公用仪器、试剂药品等，如有仪器损坏应登记。

（8）实验结束后，由学生轮流值日，负责打扫整理实验室，检查水、气、门窗是否关好，电闸是否关闭，以确保实验室安全。

第二节　物理化学实验的安全防护

物理化学实验的安全防护是一个关系生命和国家财产安全的重要问题。物理化学实验经常遇到使用高温、低温、高频、高气压、低气压、高电压、X 射线等实验条件，潜藏着发生触电、着火、爆炸、灼伤、中毒等事故的危险。因此，在物理化学实验过程中，如何防止事故的发生以及万一发生事故如何应急处理是每一位实验者必须具备的知识和技能。先行的无机化学实验、有机化学实验以及分析化学实验已就化学药品的安全使用等作了反复介绍。在此，主要结合物理化学实验的特点，介绍安全用电和辐射源的安全防护知识，同时对化学试剂和药品的安全防护作必要的补充。有关受压容器的安全防护知识见附录 1 中专题 Ⅱ 压力测量技术及仪器部分。

一、安全用电常识

物理化学实验不同于先行的化学实验，需要使用大量的用电仪器和设备，因此需要特别注意安全用电问题。违章用电不但可能造成仪器设备损坏，甚至可能导致人身伤亡等严重事故。电击对人体的危害程度主要取决于通过人体的电流和通电时间。在一定概率下，通过人体能引起人任何感觉的最小电流值称为感知电流，交流为 1 mA，直流为 5 mA；人触电后能自行摆脱的最大电流称为摆脱电流，交流为 10 mA，直流为 50 mA；在较短的时间内危及生命的电流称为致命电流。表 0-1 给出了 50 Hz 交流电在不同电流通过人体时产生的反应情况。

表 0-1　50 Hz 交流电在不同电流通过人体时的人体反应

电流强度/mA	8～10	10～25	50～80	90～100
人体反应	手摆脱电极已感到困难，有剧痛感（手指关节）	手迅速麻痹，不能自动摆脱电极，呼吸困难	呼吸困难，心脏开始震颤，甚至停止呼吸	呼吸麻痹，3 s 后心脏开始麻痹，停止跳动

为保障实验者人身和仪器设备的安全，必须遵守以下安全用电规则：

（1）了解室内用电环境，若室内有氢气、燃气、烃类等易燃易爆气体，应避免产生电火花。

继电器工作时、电器接触点接触不良时、开关电闸时都易产生电火花,要特别小心。

(2) 了解实验室允许的用电值,注意电线的安全通电量应大于用电功率,以防止发生火灾及短路。如遇电线起火,应立即切断电源,用干粉灭火器、二氧化碳灭火器、四氯化碳灭火器或沙灭火,禁止用水或泡沫灭火器等导电液体灭火。

(3) 电器仪表使用前,要先了解要求使用的电源是交流电还是直流电,是三相电还是单相电,电器仪表的输入和输出电压、电流、功率的最大量程范围以及电源的正、负极等。同时检查一切高于 36 V 的电源裸露部分是否已有绝缘保护装置,金属外壳的电器仪表是否已良好接地等。

(4) 实验前要检查线路连接或设备安装是否正确,特别注意线路中各接点是否连接牢固,电路元件两端接头是否无相互接触等,确保无误后再接通电源;修理或安装电器时,应先完全切断电源;实验结束时,先切断电源再拆线路。

(5) 当所要测量的物理量大小不清楚时,应先从仪表最大量程开始。

(6) 不用潮湿的手或湿物接触电源,防止触电。

(7) 不能用试电笔试高压电。使用高压电源应有专门的防护措施。

(8) 在仪器设备使用过程中若发现异常,如不正常声响、局部升温或嗅到焦味,应立即切断电源,并报告教师进行检查。

(9) 如有人触电,首先应迅速切断电源,然后进行抢救。

二、X 射线的防护

X 射线严重损害人体健康,一般晶体 X 射线衍射分析用的软 X 射线(波长较长、穿透能力较低)对人体组织伤害比医院透视用的硬 X 射线(波长较短、穿透能力较强)更大。轻则造成局部组织灼伤;重则造成白细胞下降,毛发脱落,甚至发生严重的射线病。因此,在实验室中必须采取适当的防护措施,以防止危害的发生。

X 射线防护的基本策略:

(1) X 射线管窗口附近用厚度 1 mm 以上的铅皮封挡,使 X 射线尽量限制在一个局部小范围内,以防止身体各部位(特别是头部)受到 X 射线照射,尤其是直接照射。

(2) 进行操作(尤其是对光)时,应戴上防护用具(特别是铅玻璃眼镜);暂时不工作时,应关好窗口。

(3) 非必要时,人员应尽量离开 X 射线实验室。室内应保持良好通风,以减少由于高电压和 X 射线电离作用产生的有害气体对人体的影响。

三、使用化学药品的安全防护

1. 防毒

实验前,应了解所用药品的毒性及防护措施。操作有毒化学药品应在通风橱内进行,避免与皮肤接触;剧毒药品应妥善保管并小心使用。严禁在实验室内喝水、吃东西;离开实验室时要洗净双手。万一发生毒物与毒气误入口、鼻,应采取的处理方法如下:

(1) 毒物误入口。立即口服 5～10 mL 稀 $CuSO_4$ 温水溶液,再用手指伸入咽喉催吐。

(2) 刺激性、有毒气体吸入。误吸入煤气等有毒气体时,应立即将其移至室外呼吸新鲜空气;误吸入溴蒸气、氯气等有毒气体时,应立即吸入少量酒精和乙醚的混合蒸气,以便解毒。

此外,在物理化学实验中会使用水银温度计、甘汞电极以及水银 U 形压力计等,可能由于使用不当造成汞中毒。因此,必须了解汞的安全防护知识。

汞中毒分急性和慢性两种。急性汞中毒多为高汞盐(如 $HgCl_2$)入口所致,$0.1\sim0.3\ g$ 即可致死。吸入汞蒸气会引起慢性中毒,症状为食欲不振、恶心、便秘、贫血、骨骼和关节疼痛、精神衰弱等。汞蒸气的最大安全浓度为 $0.1\ mg\cdot m^{-3}$,而 20 ℃时汞的饱和蒸气压约为 0.16 Pa,超过安全浓度 130 倍。因此,使用汞时必须严格遵守下列操作规定:

(1) 储汞的容器要用厚壁玻璃器皿或瓷器,在汞面上加盖一层水,避免汞直接暴露于空气中,同时应放置在远离热源的地方。一切转移汞的操作,应在装有水的浅瓷盘内进行。

(2) 装汞的仪器下面一律放置浅瓷盘,防止汞滴洒落到桌面或地面。万一有汞掉落,要先用吸汞管尽可能将汞珠收集起来,然后把硫磺粉洒在汞溅落的地方,并摩擦使之生成 HgS,也可用 $KMnO_4$ 溶液使其氧化。擦过汞的滤纸等必须放在有水的瓷缸内。

(3) 使用汞的实验室应有良好的通风设备;手上若有伤口,切勿接触汞。

2. 防爆

可燃气体与空气的混合物在比例处于爆炸极限时,受到热源(如电火花)诱发将引起爆炸。一些气体的爆炸极限见表 0-2。

表 0-2　一些气体的爆炸极限(20 ℃,101325 Pa)

气体	爆炸高限 $V/\%$	爆炸低限 $V/\%$	气体	爆炸高限 $V/\%$	爆炸低限 $V/\%$
氢	74.2	4.0	丙酮	12.8	2.6
乙烯	28.6	2.8	一氧化碳	74.2	12.5
乙炔	80.0	2.5	煤气	74.0	35.0
苯	6.8	1.4	氨	27.0	15.5
乙醇	19.0	3.3	硫化氢	45.5	4.3
乙醚	36.5	1.9	甲醇	36.5	6.7

因此使用时要尽量防止可燃性气体逸出,保持室内通风良好;操作大量可燃性气体时,严禁使用明火和可能产生电火花的电器,并防止其他物品撞击产生火花,引起爆炸。

3. 防火

许多有机溶剂(如乙醇、丙酮等)非常容易燃烧,使用时室内不能有明火、电火花等。用后要及时回收处理,不可倒入下水道,以免因其聚集而引起火灾。实验室内不可存放过多这类药品。

实验室一旦着火不要惊慌,应根据情况选择不同的灭火剂进行灭火。以下几种情况不能用水灭火:

(1) 有金属钠、钾、镁、铝粉、电石、过氧化钠等时,应用干沙等灭火。

(2) 密度比水小的易燃液体着火,采用泡沫灭火器。

(3) 有灼烧的金属或熔融物的地方着火时,应用干沙或干粉灭火器。

(4) 电器设备或带电系统着火,用二氧化碳或四氯化碳灭火器。

4. 防灼伤

强酸、强碱、强氧化剂、溴、磷、钠、钾、苯酚、冰醋酸等都会腐蚀皮肤,特别要防止它们溅入眼内。液氧、液氮等低温物质也会严重灼伤皮肤,使用时要小心。万一发生化学试剂灼伤,首先要尽快用大量流水冲洗,然后及时治疗。

轻度灼伤的一些处理方法:

(1) 酸(或碱)灼伤皮肤。立即用大量水冲洗,再用碳酸氢钠饱和溶液(或 1%～2%乙酸溶液)冲洗,最后用水冲洗,涂敷氧化锌软膏(或硼酸软膏)。

(2) 酸(或碱)灼伤眼睛。不要揉搓眼睛,立即用大量水冲洗,再用 3%硫酸氢钠溶液(或 3%硼酸溶液)淋洗,然后用蒸馏水冲洗。

(3) 碱金属氰化物、氢氰酸灼伤皮肤。用高锰酸钾溶液洗,再用硫化铵溶液漂洗,然后用水冲洗。

(4) 溴灼伤皮肤。立即用乙醇洗涤,然后用水冲净,涂上甘油或烫伤油膏。

(5) 苯酚灼伤皮肤。先用大量水冲洗,然后用体积比为 4 : 1 的乙醇(70%)-氯化铁(1 mol·L^{-1})的混合液洗涤。

5. 防割伤和烫伤

物理化学实验中经常使用一些切割工具,部分实验需要在高温条件下进行,可能发生割伤和烫伤。因此,实验过程务必小心,以防事故的发生。

轻度割伤和烫伤和处理方法:

(1) 割伤:若伤口内有异物,先取出异物,再用蒸馏水洗净伤口,然后涂上红药水,并用消毒纱布包扎或贴创可贴。

(2) 烫伤:立即涂上烫伤膏,切勿用水冲洗,更不能把烫起的水泡戳破。

6. 防水

防水淋浸仪器,注意停水要检查水龙头是否已关闭,实验完毕要及时关水。

第三节　物理化学实验中的误差和数据处理

在物理化学实验中,一方面要进行物理量的测定;另一方面还要将所得的数据通过列表、作图、建立数学关系式等步骤加以处理,使实验结果变为有参考价值的资料。因此,学生不但要掌握做精细实验工作的本领,而且还要有正确表达实验结果的能力。

一、误差的分类

在任何一种测量中,无论所用的仪器多么精密,方法多么完善,实验者多么细心,所得结果往往都不能完全一致,而会有一定的误差,即实验值与真值之差。

根据误差的性质及其起因,可将误差分为三类。

1. 系统误差

系统误差是由于某些特殊的原因所造成的误差,这种误差使实验结果永远朝一个方向偏离,或全部偏大,或全部偏小。产生系统误差的主要原因如下:

(1) 实验方法方面的缺陷。例如,使用了近似公式、指示剂选择不当等。

(2) 仪器、药品带来的误差。例如,仪器刻度不准确,仪器零点偏差,药品纯度不高等。

(3) 操作者的不良习惯。例如,观察视线偏高或偏低,造成读数总是偏高或偏低等。

对于系统误差,针对产生原因可采取措施将其消除,但不能通过增加测量次数来减少系统误差。

2. 过失误差

过失误差(粗差)是由于实验者粗心大意所造成的误差,如读错、算错、记错等。这种误差无规律可循。只要实验者细心,过失误差是可以避免的。

3. 偶然误差

在相同条件下多次测量同一物理量时,误差的绝对值时大时小,符号时正时负,但随着测量次数的增加,其平均值趋近于零,即具有抵偿性,此类误差称为偶然误差(随机误差)。

产生偶然误差的主要原因如下:

(1) 实验者感官分辨能力的限制所致,如对仪器最小分度以内的读数难以读准等。

(2) 某些实验条件不能完全恒定,时有微小波动,如大气压、温度、电流、电压的波动等。

由于偶然误差符合正态分布规律,因此在消除系统误差与过失误差的前提下,通过多次重复测量可有效地提高测量的精密度。

二、误差的表达

1. 平均误差 δ、标准误差 σ 和或然误差 p

$$\delta = \frac{\sum\limits_{i=1}^{n} |d_i|}{n} \qquad i = 1, 2, 3, \cdots, n \tag{0-1}$$

$$\sigma = \sqrt{\frac{\sum\limits_{i=1}^{n} d_i^2}{n-1}} \tag{0-2}$$

$$p = 0.675\sigma \tag{0-3}$$

各式中,d_i 为测量值 x_i 与其算术平均值 $\bar{x} = \dfrac{\sum\limits_{i=1}^{n} x_i}{n}$ 之差;n 为测量次数。平均误差 δ 的优点是计算简便,但通常用 δ 表示误差时,可能会把质量不高的测量掩盖住。标准误差 σ(又称均方根误差)对一组测量中的较大误差和较小误差均比较灵敏,是表示数据测量精度的较好方法,在近代科学中多采用标准误差。

2. 绝对误差与相对误差

1) 绝对误差

绝对误差表示测量值与真值的接近程度,即测量的准确度。其表示法为

$$\Delta x = x_i - x_{真} \tag{0-4}$$

在消除系统误差和偶然误差的前提下,测量值的算术平均值趋近于真值:

$$\lim_{n \to \infty} \bar{x} = x_{真} \tag{0-5}$$

但实际测量不可能有无限多次,故常把有限次测量的算术平均值近似作为真值,把各次测量值与其算术平均值之差 d_i 作为各次测量的误差。

2) 相对误差

相对误差是平均误差或标准误差与真值的比值,它表示测量值的精密度,即各次测量值相互靠近的程度。其表示法为

$$平均相对误差 = \pm \frac{\delta}{\overline{x}} \times 100\% \tag{0-6}$$

$$标准相对误差 = \pm \frac{\sigma}{\overline{x}} \times 100\% \tag{0-7}$$

绝对误差单位与被测物理量的单位相同,而相对误差是量纲为 1 的量,因此不同物理量的相对误差可以相互比较。

3. 准确度和精密度

准确度是指测量结果的正确性,即偏离真值的程度,准确的数据只有很小的系统误差,通常用绝对误差表示。精密度是指测量结果的可重复性,精密度好是指所得的结果具有很少的偶然误差。在物理化学实验中通常用平均误差或平均相对误差表示精密度,实验结果表示为

$$\overline{x} \pm \delta \quad 或 \quad \overline{x} \pm \sigma \tag{0-8}$$

三、偶然误差的统计规律和可疑值的舍弃

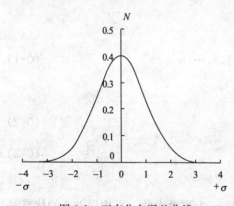

图 0-1　正态分布误差曲线

偶然误差符合正态分布规律,以误差出现次数 N 对标准误差的数值 σ 作图,得一对称曲线(图 0-1)。从图 0-1 可知,正、负误差具有对称性。因此只要测量次数足够多,在消除系统误差和过失误差的前提下,测量值的算术平均值趋近于真值:

$$\lim_{n \to \infty} \overline{x} = x_{真} \tag{0-9}$$

但是,实际测量只能进行有限次,故有限次测量的算术平均值不等于真值。于是人们又常把测量值与算术平均值之差作为各次测量的偏差。偏差反映测量数据的可疑性。统计结果表明,测量结果的偏差大于 3σ 的概率不大于 0.3%。因此,根据小概率定理,在测量次数达到 100 次以上时,凡偏差大于 3σ 的数据点均可以作为可疑值剔除。在物理化学实验中,通常测量次数为 10~15 次,用偏差是否大于 2σ 作为可疑值剔除的依据;若测量次数再少,偏差值应酌情递减。

【例 0-1】　相同条件下对某温度 x 测量 15 次,结果如表 0-3 所示。第 8 次测量值是否应予剔除?

解　由表 0-3 中数据计算:

$$\overline{x} = 20.42$$

$$\sum_{i=1}^{15} d_i^2 = 0.0152$$

$$3\sigma = 3\times\sqrt{\frac{\sum\limits_{i=1}^{15} d_i^2}{n-1}} = 3\times\sqrt{\frac{0.0152}{14}} = 3\times0.033 = 0.099$$

第 8 点的偏差为

$$|d_8| = |x_8 - \bar{x}| = |20.30 - 20.40| = 0.100 > 0.099$$

所以第 8 点应予剔除。剔除后

$$\sum_{i=1}^{15} d_i^2 = 0.0152$$

$$3\sigma = 3\sqrt{\frac{\sum\limits_{i=1}^{14} d_i^2}{n-1}} = 3\times\sqrt{\frac{0.0052}{13}} = 3\times0.02 = 0.06$$

所剩 14 个点的偏差均不超过 0.06，故全部保留。

表 0-3　相同条件下对某温度的测量结果

i	x_i	d_i	i	x_i	d_i
1	20.42	0.02	9	20.40	0.00
2	20.43	0.03	10	20.43	0.03
3	20.40	0.00	11	20.42	0.02
4	20.43	0.03	12	20.41	0.01
5	20.42	0.02	13	20.39	−0.01
6	20.43	0.03	14	20.39	−0.01
7	20.39	−0.01	15	20.40	0.00
8	20.30	−0.10			

四、误差传递——间接测量结果的误差计算

测量分为直接测量和间接测量两种。直接表示所求结果的测量称为直接测量。例如，用直尺测量物体的长度，用温度计测量体系的温度，用电位差计测量电池的电动势等。若所求的结果由数个直接测量值以某个公式计算而得，则称这种测量为间接测量。物理化学实验中的测量大多属于间接测量。

对于间接测量，个别测量的误差都反映在最后的结果中。下面讨论如何计算间接测量的误差。

设有某个物理量 u 是由直接测量的 x、y 求得，即 $u=f(x,y)$，则误差传递的基本公式可表示为

$$du = \left(\frac{\partial u}{\partial x}\right)_y dx + \left(\frac{\partial u}{\partial y}\right)_x dy \tag{0-10}$$

设 u、x、y 的直接测量误差 Δu、Δx、Δy 足够小时可分别代替 du、dx、dy，并考虑到最不利的情况是正、负误差不能对消，从而引起误差累积，故取其绝对值。表 0-4 列出了简单函数及其误差的具体计算公式。

表 0-4　简单函数及其误差的具体计算公式

函数关系	绝对误差	相对误差
$y = x_1 + x_2$	$\lvert \Delta x_1 \rvert + \lvert \Delta x_2 \rvert$	$\pm \left(\dfrac{\lvert \Delta x_1 \rvert + \lvert \Delta x_2 \rvert}{x_1 + x_2} \right)$
$y = x_1 - x_2$	$\lvert \Delta x_1 \rvert + \lvert \Delta x_2 \rvert$	$\pm \left(\dfrac{\lvert \Delta x_1 \rvert + \lvert \Delta x_2 \rvert}{x_1 - x_2} \right)$
$y = x_1 x_2$	$\lvert x_2 \Delta x_1 \rvert + \lvert x_1 \Delta x_2 \rvert$	$\pm \left(\dfrac{\lvert \Delta x_1 \rvert}{x_1} + \dfrac{\lvert \Delta x_2 \rvert}{x_2} \right)$
$y = x_1 / x_2$	$\dfrac{\lvert x_2 \Delta x_1 \rvert + \lvert x_1 \Delta x_2 \rvert}{x_2^2}$	$\pm \left(\dfrac{\lvert \Delta x_1 \rvert}{x_1} + \dfrac{\lvert \Delta x_2 \rvert}{x_2} \right)$
$y = x^n$	$\lvert n x^{n-1} \Delta x \rvert$	$\pm \left(n \dfrac{\lvert \Delta x \rvert}{x} \right)$
$y = \ln x$	$\left\lvert \dfrac{\Delta x}{x} \right\rvert$	$\pm \left(\dfrac{\lvert \Delta x \rvert}{x \ln x} \right)$

【例 0-2】　用莫尔盐标定磁场强度 H，求 H 的间接测量误差。已知计算磁场强度的公式为

$$H = \sqrt{\frac{2(\Delta W_{空管+样品} - \Delta W_{空管})ghM}{\chi_M W}} \tag{0-11}$$

式中，χ_M 为物质的摩尔磁化率，由公式 $\chi_M = M \times \dfrac{9500}{T+1} \times 10^{-6}$ 求得；g 为重力加速度；h 为样品高度；M 为样品的摩尔质量；W 为样品质量；$(\Delta W_{空管+样品} - \Delta W_{空管})$ 为样品在磁场中的增重。已知各变量的测量精度如下：$W = (13.51 \pm 0.0004)\,g$，$(\Delta W_{空管+样品} - \Delta W_{空管}) = (0.0868 \pm 0.0008)\,g$（令普通分析天平的称量误差为 $0.0002\,g$，按误差传递公式，W 是经二次称量获得的值，所以其称量误差为 $0.0004\,g$，$(\Delta W_{空管+样品} - \Delta W_{空管})$ 是经四次称量获得的值，所以称量误差为 $0.0008\,g$），$h = (18.0 \pm 0.05)\,cm$，$T = (302.7 \pm 0.02)\,K$。

解　利用表 0-4 中公式，可写出摩尔磁化率 χ_M 的相对误差：

$$\frac{\Delta \chi_M}{\chi_M} = \frac{\Delta T}{T+1} \tag{0-12}$$

将磁场强度公式取对数，然后微分得

$$\frac{dH}{H} = \frac{1}{2} \left[\frac{d(\Delta W_{空管+样品} - \Delta W_{空管})}{(\Delta W_{空管+样品} - \Delta W_{空管})} + \frac{dh}{h} + \frac{d\chi_M}{\chi_M} + \frac{dW}{W} \right] \tag{0-13}$$

式(0-13)可近似为

$$\frac{\Delta H}{H} = \frac{1}{2} \left[\frac{\Delta(\Delta W_{空管+样品} - \Delta W_{空管})}{(\Delta W_{空管+样品} + \Delta W_{空管})} + \frac{\Delta h}{h} + \frac{\Delta \chi_M}{\chi_M} + \frac{\Delta W}{W} \right] \tag{0-14}$$

将式(0-12)代入式(0-14)得

$$\begin{aligned}
\frac{\Delta H}{H} &= \frac{1}{2} \left[\frac{\Delta(\Delta W_{空管+样品} - \Delta W_{空管})}{(\Delta W_{空管+样品} - \Delta W_{空管})} + \frac{\Delta h}{h} + \frac{\Delta T}{T+1} + \frac{\Delta W}{W} \right] \\
&= \frac{1}{2} \left(\frac{0.0008}{0.0868} + \frac{0.05}{18.0} + \frac{0.02}{302.7} + \frac{0.0004}{13.5100} \right) \\
&= \frac{1}{2} (0.0092 + 0.0028 + 0.00006607 + 0.00002961) \\
&= 0.0060 = 0.6\%
\end{aligned}$$

再将已知数据代入式(0-11),求出 $H = 2688 O_e$。得磁场强度的绝对误差为

$$\Delta H = \pm 0.0060 \times 2688 O_e = \pm 16 O_e = \pm 1273.2 \text{ A} \cdot \text{m}^{-1}$$

上述计算说明,引起计算磁场强度最大误差的是样品在磁场中增重的称量,其次是样品高度的测量。因此,本实验应选用高精度的分析天平和长度测量方法。根据所给数据可知,原测量用的是普通米尺,误差为 0.5 mm,若借助于放大镜,使误差减至 ± 0.2 mm,则 $\frac{\Delta h}{h} = 0.0011$,可使误差大大减小。

五、有效数字

有效数字是指测量中实际能测量到的数字,它包括测量中全部准确数字与一位估计数字。有效数字反映测量的准确程度,与测量中所用的仪器有关。

关于有效数字的表示方法及其运算规则综述如下:

(1) 误差一般只取一位有效数字,最多两位。

(2) 任何一个物理量的数据,其有效数字的最后一位,在位数上应与误差的最后一位一致。例如,1.35 ± 0.01 是正确的,若写成 1.350 ± 0.01 或 1.3 ± 0.01 则意义不明确。

(3) 为了明确地表示有效数字,凡用"0"表示小数点位置的,通常用乘 10 的相当幂次表示。例如,0.00312 应写成 3.12×10^{-3}。对于 15800 这样的数,若实际测量只取三位有效数字,则应写成 1.58×10^4;若实际测量取四位有效数字,则应写成 1.580×10^4。

(4) 有效数字的位数越多,数值的精确度越大,相对误差越小。例如,(1.35 ± 0.01) m,三位有效数字,相对误差 0.7%;(1.3500 ± 0.0001) m,五位有效数字,相对误差 0.007%。

(5) 若第一位的数值等于或大于 8,则有效数字的总位数可多算一位。例如,9.58 尽管只有三位,但在运算时可以看作四位。

(6) 在运算舍弃多余的数字时,采用"四舍六入逢五尾留双"的原则。例如,将数据 9.435 和 4.685 取三位有效数字,根据上述原则,应分别取为 9.44 和 4.68。

(7) 在加减运算中,各数值小数点后所取的位数以其中小数点后位数最少者为准。例如

$$13.65 + 0.01 + 1.632 = 15.29$$

(8) 在乘除运算中,各数保留的有效数字应以其中有效数字最少者为准。例如

$$1.436 \times 0.020568 \div 85$$

其中 85 的有效数字最少,由于首位是 8,所以可以看作三位有效数字,其余两个数值也应保留三位,最后结果也只保留三位有效数字,即

$$\frac{1.44 \times 0.0206}{85} = 3.49 \times 10^{-4}$$

(9) 在乘方或开方运算中,结果可多保留一位。

(10) 对数运算时,对数中的首数不是有效数字,对数的尾数的位数应与各数值的有效数字相当。例如,$[H^+] = 7.6 \times 10^{-4}$,则 pH = 3.12;$K = 3.4 \times 10^9$,则 lgK = 9.35。

(11) 若第一次运算结果需代入其他公式进行第二、第三次运算,则各中间值可多保留一位有效数字,以免误差叠加。但在最后的结果中仍要用"四舍六入逢五尾留双"原则,以保持原有的有效数字位数。

(12) 算式中,常数 π、e 和某些取自手册的常数(如阿伏伽德罗常量、普朗克常量等)不受

上述规则限制,其位数按实际需要取舍。

六、实验数据的表示法

物理化学实验数据的表示法主要有三种:列表法、作图法和方程式法。

1. 列表法

列表法就是将实验数据用表格的形式表达出来,其优点是能使全部数据一目了然,便于检查与进一步处理。

该法是数据处理中最简单的方法,列表应注意以下几点:

(1) 表格要有名称,如果有多个表格,应予编号。

(2) 每行(或列)的开头一栏都要列出物理量的名称和单位,并把二者表示为相除的形式。因为物理量本身有单位,除以它的单位,即等于表中的纯数字。

(3) 数字要排列整齐,小数点要对齐,若有公共的乘方因子则写成与物理量符号相乘的形式列于开头一栏。

(4) 表格中表达的数据顺序为:由左到右,由自变量到因变量,可以将原始数据和处理结果列在同一表中,但应以一组数据为例,在表格下面列出算式,写出计算过程。

列表(表 0-5)示例:

表 0-5　液体饱和蒸气压测定数据

$T/℃$	T/K	$10^3 \frac{1}{T}/K^{-1}$	$10^{-4}\Delta h/Pa$	$10^{-4}p/Pa$	$\ln(p/Pa)$
95.10	368.25	2.716	1.253	8.703	11.734

2. 作图法

作图法可更形象地表达出数据的特点,如极大值、极小值、拐点、周期性、变化速率等,并可进一步用图解求积分、微分、外推、内插值。作图应注意以下几点:

(1) 图要有图名。例如,"诱导期-pH 图"(图 0-2)。如果图不止一个,应予编号。

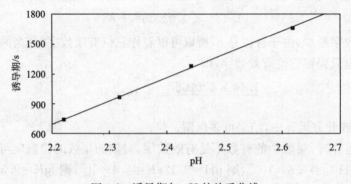

图 0-2　诱导期与 pH 的关系曲线

(2) 根据需要选用市售正规的坐标纸种类:直角坐标纸、三角坐标纸、半对数坐标纸、对数坐标纸等。物理化学实验中一般用直角坐标纸,只有三组分相图使用三角坐标纸。

（3）在直角坐标中，一般以横轴代表自变量，纵轴代表因变量，在轴旁需注明变量的名称和单位（二者表示为相除的形式），10 的幂次以相乘的形式写在变量旁，并为异号。

（4）适当选择坐标比例，以表达出全部有效数字为准，即最小的毫米格内表示有效数字的最后一位。每厘米格代表 1、2、5 为宜，切忌 3、7、9。如果作直线，应正确选择比例，使直线呈 45°倾斜为好。

（5）坐标原点不一定选在零，应使所作直线与曲线匀称地分布于图面中。在两条坐标轴上每隔 1 cm 或 2 cm 均匀地标上所代表的数值，而图中所描各点的具体坐标值不必标出。

（6）描点时，应用细铅笔将所描的点准确而清晰地标在其位置上，可用○、△、□、×等符号表示，符号总面积表示实验数据误差的大小，所以不应超过 1 mm 格。同一图中表示不同曲线时，要用不同的符号描点，以示区别。

（7）作曲线时，应尽量多地通过所描的点，对于不能通过的点，应使其等量地分布于曲线两边，且两边各点到曲线的距离之平方和要尽可能相等。描出的曲线应平滑均匀、细而清晰。

（8）图解微分：图解微分的关键是作曲线的切线，而后求出切线的斜率值，即图解微分值。曲线的切线作法有两种：

（ⅰ）镜像法。

若需在曲线上某一点 A 作切线，可取一平面镜垂直放于图纸上，也可用玻璃棒代替镜子，使玻璃棒和曲线的交线通过 A 点，此时，曲线在玻璃棒中的像与实际曲线不相吻合，见图 0-3(a)，以 A 点为轴旋转玻璃棒，使玻璃棒中的曲线与实际曲线重合时[图 0-3(b)]，沿玻璃棒作直线 MN，这就是曲线在该点的法线，再通过 A 点作 MN 的垂线 CD，即可得切线[图 0-3(c)]。

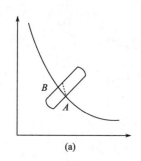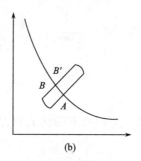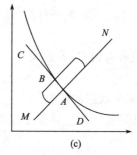

图 0-3　镜像法示意图

（ⅱ）平行线段法。

在所选择的曲线段上，作两条平行线 AB、CD，连接两线段的中点 M 和 N 并延长与曲线交于 O 点，通过 O 点作 CD 的平行线 EF，即为通过 O 点的切线（图 0-4）。注此法仅适用于对称形曲线，如高斯曲线、洛伦兹曲线等。

3. 方程式法

方程式法就是将实验中各变量的依赖关系用数学方程式（或经验方程式）的形式表达出来。此法不但简单明了，而且也便于求积分、微分和内插值等。

图 0-4　平行线法作切线示意图

建立数学方程式（或经验方程式）的基本步骤：

（1）将实验测定的数据加以整理与校正。

（2）选出自变量和因变量并绘出草图。

（3）由曲线的形状，根据解析几何知识，判断曲线的类型。

（4）确定公式形式，把曲线换成直线关系；若曲线不能变换成直线，可将原函数表示成多项式，多项式项数的多少以能表示精密度在实验误差内为准。目前，通常通过如 Excel、Origin 或 Matlab 等数据处理软件拟合建立数学方程，相关内容见第四节。

下面介绍确定直线方程系数的常用方法。

设直线方程为 $y = mx + b$。通常用图解法、平均法与最小二乘法求 m 和 b。

1）图解法

在直角坐标纸上，用实验数据作图，得一直线，此直线在 y 轴上的截距即为 b 值（横坐标原点为零时），直线斜率即为 m。或在直线上选取远离的两点 (x_1, y_1) 和 (x_2, y_2)，则

$$\begin{cases} m = \dfrac{\Delta y}{\Delta x} = \dfrac{y_2 - y_1}{x_2 - x_1} \\[2mm] b = \dfrac{y_1 x_2 - y_2 x_1}{x_2 - x_1} \end{cases} \tag{0-15}$$

2）平均法

平均法不用作图而直接由所测的数据进行计算。若将测得的 n 组数据分别代入直线方程式，则得 n 个直线方程

$$y_1 = mx_1 + b$$
$$y_2 = mx_2 + b$$
$$\vdots$$
$$y_n = mx_n + b \tag{0-16}$$

由于测定值各有偏差，若定义

$$\delta_i = y_i - (a + bx_i) \qquad i = 1, 2, 3, \cdots, n \tag{0-17}$$

式中，δ_i 为 i 组数据的残差。

平均法的基本思想就是令以经验方程残差的代数和为零，即

$$\sum_{i=1}^{n} \delta_i = 0 \tag{0-18}$$

将上述方程组分成相等或接近的两组，并各自加和，得到两个方程

$$\sum_{i=1}^{K} \delta_i = \sum_{i=1}^{K} y_i - m \sum_{i=1}^{K} x_i - Kb$$
$$\sum_{i=K+1}^{n} \delta_i = \sum_{i=K+1}^{n} y_i - m \sum_{i=K+1}^{n} x_i - (n-K)b \tag{0-19}$$

解此联立方程，可得 m、b 值。

3）最小二乘法

这是最为精确的一种方法，其根据是残差的平方和 Δ 为最小，即 $\Delta = \sum\limits_{i=1}^{n} (mx_i + b - y_i)^2$ 为最小。根据函数极值条件，则有

$$\frac{\partial \Delta}{\partial m} = 0 \qquad \frac{\partial \Delta}{\partial b} = 0 \tag{0-20}$$

由此可得式(0-21)

$$\begin{cases} \dfrac{\partial \Delta}{\partial m} = 2\sum_{i=1}^{n}(b + mx_i - y_i) = 0 \\[2mm] \dfrac{\partial \Delta}{\partial b} = 2\sum_{i=1}^{n}x_i(b + mx_i - y_i) = 0 \end{cases} \tag{0-21}$$

即

$$\begin{cases} b\sum_{i=1}^{n}x_i + m\sum_{i=1}^{n}x_i^2 - \sum_{i=1}^{n}x_iy_i = 0 \\[2mm] nb + m\sum_{i=1}^{n}x_i - \sum_{i=1}^{n}y_i = 0 \end{cases} \tag{0-22}$$

解此联立方程得

$$m = \frac{n\sum_{i=1}^{n}x_iy_i - \sum_{i=1}^{n}x_i\sum_{i=1}^{n}y_i}{n\sum_{i=1}^{n}x_i^2 - \left(\sum_{i=1}^{n}x_i\right)^2}$$

$$b = \frac{\sum_{i=1}^{n}y_i\sum_{i=1}^{n}x_i^2 - \sum_{i=1}^{n}x_i\sum_{i=1}^{n}x_iy_i}{n\sum_{i=1}^{n}x_i^2 - \left(\sum_{i=1}^{n}x_i\right)^2} \tag{0-23}$$

此过程即为线性拟合或称线性回归。由此得出的 y 值称为最佳值。同时根据式(0-24)可计算获得线性相关系数 R：

$$R = \frac{n\sum_{i=1}^{n}x_iy_i - \sum_{i=1}^{n}x_i\sum_{i=1}^{n}y_i}{\sqrt{\left[n\sum_{i=1}^{n}x_i^2 - \left(\sum_{i=1}^{n}x_i\right)^2\right]\left[n\sum_{i=1}^{n}y_i^2 - \left(\sum_{i=1}^{n}y_i\right)^2\right]}} \tag{0-24}$$

R 表示两变量之间的线性相关程度，R 的取值应为 $-1 \leqslant R \leqslant +1$。当两变量线性相关时，$R$ 等于 ± 1；两变量各自独立，毫无关系时，$R = 0$；其他情况 R 均处于 $-1 \sim 1$。

　　总之，最小二乘法虽然计算比较麻烦，但结果最为准确。由于计算机的普及使用，此法已广泛应用。

第四节　物理化学实验数据的计算机处理

　　随着计算机技术的发展，物理化学实验的数据处理主要在计算机上进行。Excel 和 Origin 是常用的计算机数据处理软件，下面以乙醇饱和蒸气压的测量数据处理为例，简单介绍 Excel 和 Origin 在处理物理化学实验数据时的应用。

　　在乙醇饱和蒸气压的测量实验中，测量的数据为 5 个温度和相应的压差(表 0-7)。数据处理时，需要计算 $\dfrac{1}{T}$ 和 $\ln p$，并通过绘制 $\ln p$-$\dfrac{1}{T}$ 图拟合求直线斜率、平均摩尔气化热 $\Delta_{vap}H_m$ 以及正常沸点。

表 0-7　实验原始数据（大气压：102.1 kPa）

设定温度/℃	50	55	60	65	70
实时温度/℃	49.98	54.94	59.97	65.02	70.05
压差/kPa	72.3	64.6	55.2	43.4	29.5

一、用 Excel 软件处理数据

（1）启动 Excel 软件，将相应的原始数据填入表格。

（2）数据处理。在 D、E、F 列分别输入蒸气压、$1/T$、$\ln p$ 的计算公式，如图 0-5。

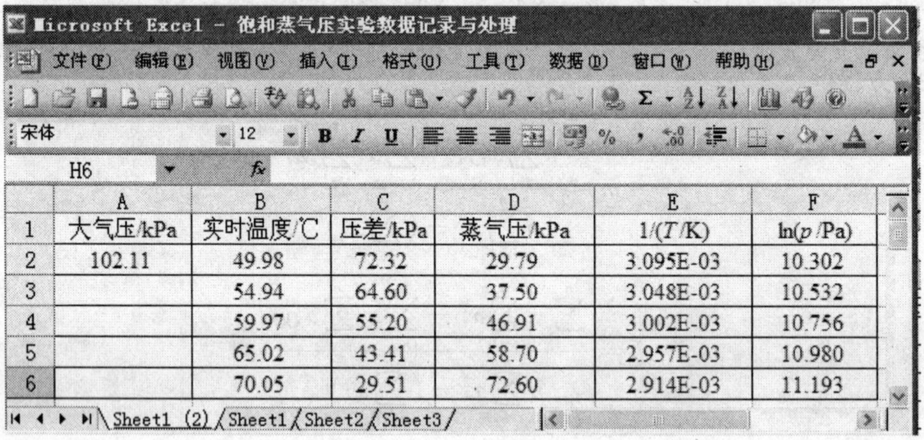

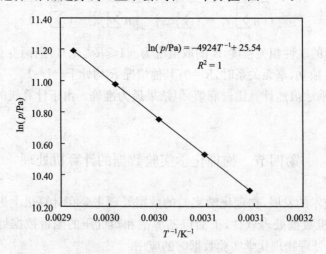

图 0-5　Excel 软件数据处理

（3）作图，拟合方程。选定表单中"E2～F6"区域，选择"插入"菜单中"散点图"，左键选中数据点，单击右键，选择"添加趋势线"，显示公式和 R 平方值（图 0-6）。

$$\ln(p/\mathrm{Pa}) = -4924T^{-1} + 25.54$$
$$R^2 = 1$$

图 0-6　Excel 软件拟合方程

（4）计算平均摩尔气化热 $\Delta_{vap}H_m$ 及正常沸点。

$$\Delta_{vap}H_m = 40.93 \text{ kJ} \cdot \text{mol}^{-1}, \qquad t_{沸} = 78.23℃$$

二、用 Origin 软件处理数据

（1）启动 Origin 软件，建立数据表格，将相应的原始数据填入表格，也可用导入功能导入 ASCII 码（纯文本格式）或 Excel 表数据。

（2）数据处理。计算蒸气压、$1/T$、$\ln p$，选中 D[Y]、E[Y]和 F[Y]列，单击右键，选择"Set Column Values"，分别输入"$102.1 - \mathrm{col}(C)$"、"$1/[\mathrm{col}(B) + 273.15]$"和"$\ln(\mathrm{col}(D) * 1000)$"（图 0-7）。

图 0-7　Origin 软件处理数据

（3）作图，拟合方程。选中 E[Y]列，单击右键，选择"Set As X"，E[Y]和 F[Y]变为 E[X2]和 F[Y2]，选中 E[X2]和 F[Y2]两列，单击工具栏 Line+Symbol 按钮，选择 Analysis 菜单中 Fit Linear，得到线性方程：$Y = 25.535 - 4922.5X$（图 0-8）。

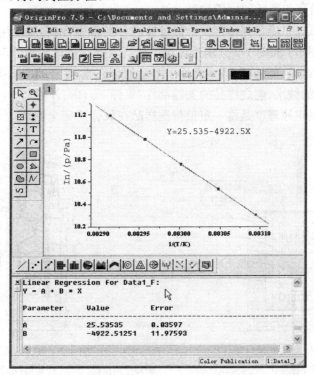

图 0-8　Origin 软件线性拟合

组合实验 I

实验一 恒容量热法测定蔗糖的燃烧热

一、实验目的

(1) 明确燃烧热的定义,了解恒压燃烧热与恒容燃烧热的差别及相互关系。
(2) 了解环境恒温式氧弹热量计的原理、构造,掌握其使用方法。
(3) 掌握贝克曼温度计的使用方法,学会应用雷诺图解法校正温度改变值。
(4) 学会用环境恒温式热量计测定蔗糖的燃烧热。

二、实验原理

燃烧热是指 1 mol 物质在一定温度下完全氧化时的反应热。完全氧化是指指定物质中各元素均变为指定相态的产物。例如,C、H、S、N、Cl 等元素的燃烧产物分别指定为 $CO_2(g)$、$H_2O(l)$、$SO_2(g)$、$N_2(g)$、$HCl(aq)$,金属转变为游离态等。燃烧热分为恒容燃烧热 Q_V 和恒压燃烧热 Q_p。对于不做非体积功的反应体系,若把参加反应的气体和生成的气体视为理想气体,则有式(1-1):

$$Q_p = Q_V + \Delta nRT \tag{1-1}$$

式中,Δn 为反应前后气相物质的物质的量之差。

热量计的基本原理是能量守恒定律。热量计的种类很多,本实验采用的热量计是环境恒温式氧弹热量计。图 1-1 和图 1-2 分别是环境恒温式氧弹热量计和氧弹的结构示意图。氧弹热量计由内、外两桶组成,外桶较大,盛满处于室温的自来水,用于保持环境温度恒定;内桶较小,用于盛放吸热用的纯水、燃烧样品的关键部件"氧弹"等,内、外桶之间用空气隔离。环境恒温式氧弹热量计的测定原理就是将一定量待测样品在氧弹中完全燃烧,燃烧时放出的热量使

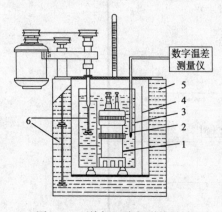

图 1-1 环境恒温式氧弹热量计
1. 氧弹;2. 数字温度计;3. 内桶;
4. 空气夹层;5. 外桶;6. 搅拌器

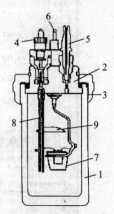

图 1-2 氧弹结构示意图
1. 厚壁圆筒;2. 弹盖;3. 螺帽;4. 氧气进气孔;5. 排气孔;
6. 电极;7. 燃烧皿;8. 电极;9. 火焰挡板

氧弹本身、周围介质(如水)及附件的温度升高。所以,通过测定标准样品和待测样品燃烧前、后热量计(包括氧弹周围介质)温度的变化值,就可以求算该样品的恒容燃烧热。计算公式如下:

$$-\frac{W_样}{M}Q_V - qb = (W_水 C_水 + C_J)\Delta T \tag{1-2}$$

式中,$W_样$和$W_水$分别为样品和水的质量;M为样品的摩尔质量;q和b分别为点火丝的燃烧热和长度;$C_水$和C_J分别为水的比热容和水当量;ΔT为样品的燃烧升温值。

设$C_总 = (W_水 C_水 + C_J)$为量热体系(包括内水桶、氧弹、测温器件、搅拌器和水)的总热容。其值由已知燃烧热的苯甲酸标定,求出量热体系的总热容$C_总$后,再用相同方法对其他物质进行测定,测出温升ΔT,代入上式,即可求得其燃烧热。

苯甲酸 $\qquad C_6H_5COOH(s) + \frac{15}{2}O_2(g) === 7CO_2(g) + 3H_2O(l)$

蔗糖 $\qquad C_{12}H_{22}O_{11}(s) + 12O_2(g) === 11H_2O(l) + 12CO_2(g)$

本实验成功的首要关键是,保证样品的完全燃烧,氧弹中需充以高压氧气或其他氧化剂,其次还必须使燃烧后放出的热量尽可能全部传递给热量计本身和其中盛放的水,而几乎不与周围环境发生热交换。为此,热量计在设计制造上采取的措施有:①在热量计外面设计恒温或绝热套壳;②由不锈钢或镀光亮铬铜板制成的热量计内、外桶器壁进行高度抛光,以减少热辐射;③热量计和套壳间设计一层挡屏,以减少空气的对流等。尽管如此,热量的损失仍无法完全避免,这可以是由于环境向热量计辐射进热量而使温度升高,也可以是由于热量计向环境辐射出热量而使其温度下降,因此燃烧前、后温度的改变值不能直接准确测量,而必须经过校正——使用雷诺温度校正图。

用雷诺图校正温度的具体方法如下:按操作步骤进行测定,将燃烧前、后观察所得的一系列水温和时间关系作图,得一曲线(图1-3)。曲线上H点对应燃烧开始,温度为T_1,热传入介质;D点为读数中的最高温度点,在$T=(T_1+T_2)/2$处作平行于横轴的直线交曲线于I点,过I点作垂直于横轴的直线ab,然后将FH线和GD线外延交ab线于A和C两点。A点与C点的温差即为校正后的温度升高值ΔT。图中AA'为开始燃烧到温度上升至室温这一段时间Δt_1内,由环境辐射和搅拌引进的能量所造成的升温,故应予扣除。CC'为由室温升高到最高

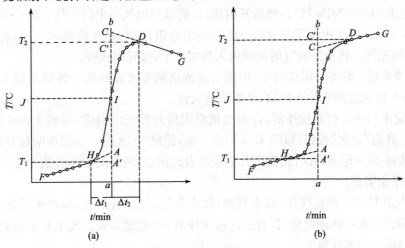

图1-3 雷诺温度校正图

点 D 这一段时间 Δt_2 内,热量计向环境的热辐射造成的温度降低,计算时必须考虑在内。故可认为,AC 两点的差值较客观地表示了样品燃烧引起的升温数值即为苯甲酸燃烧所引起的温度升高值,用同样处理方法求蔗糖燃烧的 ΔT。

在某些情况下,有时热量计绝热情况良好,而搅拌器功率较大,不断引进的能量使得曲线不出现极高温度点,如图 1-3(b)所示,这时仍可按相同原理校正。但必须注意,应用雷诺图解法进行校正时热量计的温度和外界环境的温度不宜相差太大(最好不超过 2 ℃),否则会引进误差。

三、仪器和试剂

氧弹热量计(1 套),氧气钢瓶和氧气减压阀各 1 只,压片机(2 台),容量瓶(1000 mL,1 个),贝克曼温度计(1 支),自动充氧仪(1 台),万分之一电子天平(1 台),专用点火丝(若干),直尺和剪刀(各 1 把),万用电表(1 台),镊子(1 把),台秤(1 台),苯甲酸(A. R.),蔗糖(A. R.),纯水,高纯氧气,铁钉。

四、实验步骤

(1) 仪器预热。将热量计及其全部附件清理干净,将有关仪器通电预热。

(2) 样品压片。在台秤上粗称 0.8 g 苯甲酸,在压片机上稍用力压成圆片状。将样品用干净的镊子夹住,在干净的称量纸上轻击三四次,去除未压紧的样品浮粉,然后用万分之一电子天平准确称量,准确至 0.0001 g。

(3) 装样品。将氧弹内壁洗净,特别是不锈钢电极下端安装点火丝处,若有棕黑色膜,务必用 200～400 目的砂纸打磨干净。在氧弹中加入 5 mL 蒸馏水,将样品放置在金属坩埚中。用直尺量取约 10 cm 长的点火丝一根(称量并记录准至 0.0001g),将点火丝中段用直径约 2 mm 的铁钉绕成 4～6 圈螺旋圈(间距约 0.5 mm)。将螺旋部分紧贴样品表面,两端固定在电极上。然后盖好氧弹盖并拧紧螺帽,用万用电表检测氧弹盖上部电极间的电阻值,一般不大于 15 Ω,否则需要检查:①点火丝是否与坩埚或氧弹弹筒相接触;②点火丝是否有折断;③点火丝与电极是否接触良好等。

(4) 氧弹充氧。开启氧气钢瓶总阀,调减压阀使其出口压力为 2 MPa。将氧弹置入充气机中,开始先充约 0.5 MPa 氧气,然后开启出口,借以赶出氧弹中的空气。然后充入 2 MPa 氧气,充气约 1 min。再用万用电表检查电极间的电阻,应与充气前基本一致,否则应放掉气体重新安装和充气。将充好氧气的氧弹放入热量计中,接好点火线。

(5) 调节水温。准备一桶高纯水,用热水或冰块调节水温约低于外筒水温 1 ℃。用容量瓶取 3000 mL 已调温的水注入内筒,水面盖过氧弹。

(6) 测定水当量。打开搅拌器,待温度稍稳定后开始记录温度,每隔 1 min 记录一次,共记录 10 次。开启"点火"按钮,每隔 15 s 记录一次,记录 6～8 次。当温度明显升高时,说明点火成功,继续每 30 s 记录一次;到温度升至最高点或前、后两次温度上升值小于 0.02 ℃后,再记录 10 次,停止实验。

(7) 放气并检查。停止搅拌,取出氧弹,放出余气,打开氧弹盖,检查样品是否完全燃烧。若氧弹中无灰烬,表示燃烧完全;若有黑色粉末残渣,应重做实验。测量并记录剩余点火丝的长度,倒掉内桶中的水并擦干。

(8) 测量蔗糖的燃烧热。称取 0.6～0.8 g 蔗糖,重复上述步骤(2)～(7)测定。

五、数据记录与处理

(1) 原始数据记录。

（ⅰ）实验温度(室温)_____℃,大气压_____Pa。

（ⅱ）点火丝长度_____mm;苯甲酸样品质量_____g;剩余点火丝长度_____mm。

（ⅲ）点火丝长度_____mm;蔗糖样品质量_____g;剩余点火丝长度_____mm。

反应阶段	反应前期(1 次・min^{-1})		反应中期[1 次・(15 s)$^{-1}$]		反应后期[1 次・(30 s)$^{-1}$]	
	时间	温度	时间	温度	时间	温度
苯甲酸						
蔗糖						

(2) 求热量计的水当量 C_J(J・K^{-1}),已知 298 K 时苯甲酸的燃烧热 $Q_p = -3226.8$ kJ・mol^{-1},引燃铁丝的燃烧热值为 -2.9 J・cm^{-1}。

(3) 求蔗糖的恒容燃烧热。

(4) 求蔗糖的恒压燃烧热。

六、分析与思考

(1) 实验关键点。

（ⅰ）点火成功和样品完全燃烧是实验成功的关键,可以考虑的技术措施:

① 样品使用前应经磨细、烘干并置于干燥器中至恒量等处理,避免因样品潮湿而不易燃烧,从而引起误差;

② 压片的紧实度:注意经压片机压片后,样品表面应有较细密的光洁度,且棱角无粗粒等;

③ 保证点火丝与电极的良好接触,使其电阻尽可能小,实验过程中注意电极松动和铁丝碰壁短路等问题,同时氧弹点火要迅速果断;

④ 要充足氧气(2 MPa)并保证氧弹不漏氧,保证充分燃烧。

（ⅱ）氧弹内预先滴加几滴水,使氧弹为水蒸气所饱和,从而使燃烧后的气态水易凝结成液态水。

（ⅲ）保证室内温度和湿度变化应尽可能小,室内禁止使用各种热源,如电炉、火炉、暖气等。每次测定时室温变化不超过 1 ℃。

(2) 若氧气中含有少量氮气是否会使实验结果引入误差? 在实验过程如引入误差,该如何校正?

(3) 热量的种类有哪几种?

(4) 试说明主要的量热仪器和量热方法。

七、扩展实验

(1) 设计实验测定邻苯二甲酸酐的共轭稳定能。

[提示] 一切化学反应的热效应从本质上说反映了拆散旧键和形成新键的能量变化,因此通过测定物质的燃烧热可进一步研究物质的键能并为研究物质的结构提供信息。

从 C—C 和 C=C 结构考虑,四氢邻苯二甲酸酐与六氢邻苯二甲酸酐生成热差值是一个 C=C 键生成热减去一个 C—C 键和两个 C—H 键的生成热。邻苯二甲酸酐与六氢邻苯二甲酸酐生成热差值应是三个 C=C 键减去三个 C—C 键和六个 C—H 键的生成热。因此,邻苯二甲酸酐与六氢邻苯二甲酸酐生成热差值应为四氢邻苯二甲酸酐与六氢邻苯二甲酸酐生成热差值的三倍。实际上,邻苯二甲酸酐与六氢邻苯二甲酸酐生成热差值小于四氢邻苯二甲酸酐与六氢邻苯二甲酸酐生成热差值的三倍,其原因就是邻苯二甲酸酐存在共轭稳定能。在一定温度下,邻苯二甲酸酐共轭稳定能 E 可由下式求算:

$$E = 3[\Delta_f H_m(六) - \Delta_f H_m(四)] - [\Delta_f H_m(六) - \Delta_f H_m(邻)]$$
$$= 2\Delta_f H_m(六) - 3\Delta_f H_m(四) + \Delta_f H_m(邻)$$

式中,$\Delta_f H_m(六)$、$\Delta_f H_m(四)$、$\Delta_f H_m(邻)$ 分别为六氢邻苯二甲酸酐、四氢邻苯二甲酸酐、邻苯二甲酸酐的摩尔生成热。

(2) 设计实验测定环丙烷的张力能。

［提示］　可以通过测定环丙烷羧酸正丁酯和环己烷羧酸甲酯的摩尔燃烧热进行求算。

(3) 设计实验测定液体样品的燃烧热。

［提示］　一般是将液体装入医用胶囊中,外缠点火丝,再外套薄壁玻璃管进行测定,然后扣除胶囊的燃烧热求出样品的燃烧热。

实验二　凝固点降低法测定蔗糖的摩尔质量

一、实验目的

(1) 凝固点降低法测定蔗糖的摩尔质量。

(2) 掌握溶液凝固点的测定技术,并加深对稀溶液依数性质的理解。

(3) 掌握贝克曼温度计(或 SWC-Ⅱ数字贝克曼温度计)的使用方法。

二、实验原理

稀溶液具有依数性,凝固点降低是依数性的一种表现。当确定溶剂的种类和数量后,溶液的凝固点降低值仅取决于所含溶质物质的量。假设溶质在溶液中不发生缔合和分解,也不与固态纯溶剂生成固溶体,则凝固点降低值 ΔT_f 由式(2-1)给出:

$$\Delta T_f = T_f^* - T_f = K_f m_B = K_f \frac{\frac{W_B}{M_B}}{\frac{W_A}{1000}} = K_f \frac{1000 W_B}{M_B W_A} \tag{2-1}$$

整理得

$$M_B = K_f \frac{1000 W_B}{\Delta T_f W_A} \ (g \cdot mol^{-1}) \tag{2-2}$$

式中,ΔT_f 为凝固点降低值;T_f^* 和 T_f 分别为纯溶剂和稀溶液的凝固点;m_B 为溶质 B 的质量摩尔浓度;K_f 为凝固点降低常数,其数值只与溶剂的性质有关,单位为 $K \cdot kg \cdot mol^{-1}$;$W_A$ 和 W_B 分别为溶剂和溶质的质量;M_B 为溶质 B 的摩尔质量。通过实验测出 ΔT_f 值,就可通过式(2-2)求出溶质的摩尔质量。

需要注意的是,当溶质在溶液中存在解离、缔合、溶剂化或生成配合物等情况时,不能简单地利用式(2-2)计算溶质的摩尔质量,但可利用凝固点降低法研究溶液的热力学性质,如电解质的电离度、溶质的缔合度、溶剂的渗透系数和活度系数等。

凝固点是指在一定压力下，固、液两相平衡共存的温度。实验的全部操作归结为凝固点的精确测量。图 2-1(a)是纯溶剂的冷却曲线，纯溶剂全部凝固后温度才会下降，即定压下纯溶剂具有固定的凝固点（自由度为 0），而溶液的凝固点则不是一个恒定值。若将溶液逐步冷却，由于新相形成需要一定的能量，当溶液温度到达凝固点时固体并不结晶析出，产生过冷现象，如图 2-1(b)（轻度过冷）和 2-1(c)（深度过冷）所示。若此时加以搅拌或加入晶种，促使晶核产生，则大量晶体会很快形成，并放出凝固潜热，使系统温度迅速回升。温度上升的最高点即为凝固点［图 2-1(b)］。如过冷很多则回升

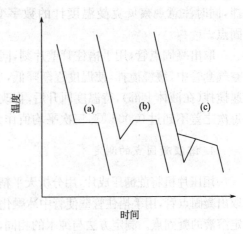

图 2-1 冷却曲线

的最高温度不是原浓度溶液的凝固点，需要测出冷却曲线，按图 2-1(c)所示的方法进行校正，即溶液的凝固点应从冷却曲线上外推而得。因此在测定浓度一定的溶液的凝固点时，析出的固体越少，测得的凝固点越准确。为使过冷程度尽量减小，一般可采用在开始结晶时，加入少量溶剂的微小晶体作为晶种，以促使晶体生成。本实验采用贝克曼温度计测定溶液的凝固点。

三、仪器和试剂

凝固点测定仪(1 套)，SWC-Ⅱ数字贝克曼温度计(1 台)，压片机(1 台)，分析天平(1 台)，0.1 ℃分度水银温度计(1 支)，移液管(25 mL，1 支)，蔗糖(A. R.，预先干燥至恒量)，粗盐，碎冰。

四、实验步骤

1. 仪器安装

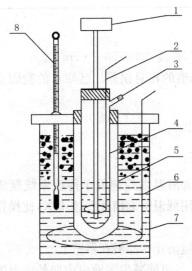

图 2-2 凝固点降低实验装置

1. 贝克曼温度计；2. 内管搅棒；3. 投料支管；4. 凝固点管；5. 空气套管；6. 寒剂搅棒；7. 冰槽；8. 温度计

按图 2-2 安装凝固点测量装置。按照 SWC-Ⅱ数字贝克曼温度计的调节方法调节贝克曼温度计。

2. 调节寒剂的温度

取适量粗盐与冰水混合，使寒剂温度为 -2～-3 ℃，在实验过程中不断搅拌并不断补充碎冰，使寒剂保持此温度。

3. 溶剂凝固点的测定

仪器装置如图 2-2 所示。用移液管向清洁、干燥的凝固点管内加入 25 mL 纯水，并记下水的温度，插入调节好的贝克曼温度计，拉动搅棒，注意避免碰壁及产生摩擦。

先将盛水的凝固点管直接插入寒剂，上下移动搅棒（勿拉过液面，约每秒钟一次），使水的温度逐

渐降低,当过冷到水冰点以后,要快速搅拌,幅度要尽可能小,待温度回升后,恢复原来的搅拌,同时注意观察贝克曼温度计的数字变化,直到温度回升稳定,此温度即为水的近似凝固点。

取出凝固点管,用手捂住管壁片刻,同时不断搅拌,使管中固体全部熔化,将凝固点管放在空气套管中,缓慢搅拌,使温度逐渐降低,当温度降至近 0.7 ℃时,自支管加入少量晶种,并快速搅拌(在液体上部),待温度回升后,再改为缓慢搅拌。直到温度回升至稳定,重复测定三次,每次之差不超过 0.006 ℃,三次平均值作为纯水的凝固点。

4. 溶液凝固点的测定

用压片机将蔗糖压成片,用分析天平精确称量(约 0.48 g),其质量约使凝固点下降 0.3 ℃。取出凝固点管,用手捂住管壁使管中冰融化,自凝固点管的支管加入样品,待样品全部溶解后,测定溶液的凝固点。测定方法与纯水的相同,先测近似的凝固点,再精确测定,但溶液凝固点是取回升后所达到的最高温度。重复三次,取平均值。用同样的方法测定质量近似的第二片蔗糖片形成的溶液的凝固点。

实验完成后,关闭电源,洗净凝固点管、空气套管和搅拌器,回收冰盐。

五、数据记录与处理

(1) 原始数据记录。

（ⅰ）室温＝_____℃,大气压＝_____Pa。

（ⅱ）凝固点测定。

质量/g	测凝固点				下降 $\Delta t/$℃	摩尔质量 $M/(\text{g}\cdot\text{mol}^{-1})$
	$t_1/$℃	$t_2/$℃	$t_3/$℃	$\bar{t}/$℃		
纯水(溶剂)						
水＋蔗糖(溶液)						

注:根据实验数据作时间-温度图,通过外推法确定 T_f^* 和 T_f。

(2) 由水的密度,计算所取水的质量 W_A。水温 23 ℃,密度 0.99756 g·cm^{-3}。

(3) 由所得数据计算蔗糖的摩尔质量,并计算与理论值的相对误差。已知水的凝固点降低常数 $K_f＝1.853$ K·kg·mol^{-1}。

六、分析与思考

(1) 实验关键。

（ⅰ）寒剂中,装冰量占冰水总体积的 1/2~2/3,冰水浴温度控制低于待测系统凝固点 3~5 ℃,寒剂温差小,测量精密,需时长。若有可能,可以用低温恒温槽代替冰水浴,使操作条件稳定。

（ⅱ）往内管中注入水、加入蔗糖片以及搅拌时,应尽量防止样品溅在器壁上。

（ⅲ）努力防止溶剂因骤冷而在管壁附近结成块晶体,尽可能减少溶液由内向外的温度梯度,不停地搅拌,搅拌速度的控制是做好本实验的关键,每次测定应按要求的速度搅拌,并且测溶剂与溶液凝固点时搅拌条件要尽可能保持一致。除过冷回升外,其他时间里,搅拌时注意尽可能减少摩擦热。纯水过冷度 0.7～1 ℃(视搅拌快慢定),为了减少过冷度,可加入少量晶种,每次加入晶种的量和粒度应尽量一致。

(2) 根据什么原则考虑加入溶质的量?太多或太少影响如何?

(3) 搅拌速度过快和过慢对实验有何影响?

(4) 凝固点下降是根据什么相平衡体系和哪一类两相平衡线?

(5) 糖水冰棒为何越吃越甜?

(6) 冰点与三相点的定义有何原则上的区别?

(7) 试说明测定物质摩尔质量的方法还有哪些。

七、扩展实验

(1) 设计实验测定乙酸在苯中的缔合度。

[提示] 凝固点降低法测定的是物质的表观摩尔质量。

(2) 设计实验鉴定物质(如乙醇、乙酸乙酯、水等)的纯度。

[提示] 杂质导致物质的凝固点降低。

实验三 旋光法测定蔗糖的酸催化转化反应的速率常数

一、实验目的

(1) 了解旋光仪的基本原理,掌握旋光仪的正确使用方法。

(2) 测定蔗糖转化反应的速率常数、活化能和半衰期。

二、实验原理

蔗糖在酸性溶液中的转化反应为

$$C_{12}H_{22}O_{11} + H_2O \xrightarrow{H^+} C_6H_{12}O_6 + C_6H_{12}O_6$$

蔗糖 　　　　　　　　葡萄糖　　果糖

该反应为二级反应,在纯水中反应速率极慢,通常需要在 H^+ 催化下进行。此反应的反应速率与蔗糖、水以及催化剂 H^+ 的浓度相关。但由于在反应过程中,水是大量存在的,尽管有部分的水参加反应,但水的浓度仍可近似地认为是恒定的,而且 H^+ 是催化剂,其浓度也保持不变,因此蔗糖水解反应可看作一级反应。反应速率方程可表示为

$$-\frac{dc}{dt} = kc \tag{3-1}$$

积分后可得

$$\ln c = \ln c_0 - kt \tag{3-2}$$

式中,c 为反应时间 t 时蔗糖的浓度;c_0 为反应开始时的浓度;k 为反应的速率常数。当 $c = 0.5c_0$ 时,反应物浓度降低一半所用的时间(反应的半衰期)$t_{1/2}$ 为

$$t_{1/2} = \frac{\ln 2}{k} = \frac{0.693}{k} \tag{3-3}$$

由式(3-2)可知,以 $\ln c$ 与 t 作图为一直线,根据直线的斜线可求得速率常数 k。然而,蔗糖水解反应是在不断进行的,要快速、实时直接地测定反应物的浓度非常困难。但与反应

物和产物浓度有定量关系的某些物理量（如物质的旋光度）能实时、快速地测定，因此可通过物理量的测定代替浓度的测量。本反应中反应物及产物均具有旋光性，且旋光能力不同，右旋蔗糖、葡萄糖和左旋果糖的比旋光度$[\alpha]_D^{20}$分别为 66.6°、52.5°和-91.9°。随着反应的进行，系统的右旋角将不断减小，反应至某一瞬间，体系的旋光度可恰好为零，而后左旋角不断增大。当蔗糖水解完全时，左旋角到达极值 α_∞。故可用系统反应过程中旋光度的变化量度反应的进程。

测量物质旋光度的仪器称为旋光仪。旋光度与溶液中所含旋光物质的旋光能力、溶剂性质、溶液的浓度及样品管长度、光源的波长以及温度等均有关系。当溶剂、浓度、温度、光源波长等其他条件固定时，旋光度与反应物浓度呈线性关系：

$$\alpha = \beta c$$

式中，比例常数 β 与物质的旋光能力、溶剂性质、溶液的浓度、样品管长度、温度等均有关。

设系统最初的旋光度为 α_0，最后的旋光度为 α_∞，则

$$\alpha_0 = \beta_{反} c_0 (t = 0，蔗糖尚未转化) \tag{3-4}$$

$$\alpha_\infty = \beta_{产} c_0 (t = \infty，蔗糖全部转化) \tag{3-5}$$

式中，$\beta_{反}$、$\beta_{产}$ 分别为反应物、产物的比例常数；c_0 为反应物的初始浓度，即产物的最后浓度。当时间为 t 时，蔗糖的浓度为 c，旋光度为 α_t，则

$$\alpha_t = \beta_{反} c + \beta_{产} (c_0 - c) \tag{3-6}$$

由式(3-4)~式(3-6)，得

$$c_0 = \frac{\alpha_0 - \alpha_\infty}{\beta_{反} - \beta_{产}} = \beta'(\alpha_0 - \alpha_\infty) \tag{3-7}$$

$$c = \frac{\alpha_t - \alpha_\infty}{\beta_{反} - \beta_{产}} = \beta'(\alpha_t - \alpha_\infty) \tag{3-8}$$

将上述关系式代入式(3-2)，得

$$\ln(\alpha_t - \alpha_\infty) = -kt + \ln(\alpha_0 - \alpha_\infty) \tag{3-9}$$

以 $\ln(\alpha_t - \alpha_\infty)$ 对 t 作图，从直线斜率可以求得反应速率常数 k。根据式(3-3)可求反应的半衰期。

三、仪器和试剂

水浴恒温槽(1 台)，旋光仪(1 台)，电子天平(公用，1 台)，锥形瓶(100 mL，1 个)，容量瓶(50 mL，1 个)，秒表(1 只)，洗耳球(1 个)，移液管(25 mL，2 支)，蔗糖 (A. R.)，盐酸 (A. R.)。

四、实验步骤

(1) 了解和熟悉旋光仪的构造和使用方法，见附录 1 中专题 V 光学测量技术及仪器。

(2) 配制溶液。

配制 0.8 mol·L^{-1} 蔗糖溶液 100 mL。方法如下：用电子天平称取适量蔗糖放入烧杯内，加少量蒸馏水溶解后转移到 100 mL 容量瓶中，并稀释至刻度。

配制 0.4 mol·L^{-1} 蔗糖溶液 50 mL。用移液管取 0.8 mol·L^{-1} 蔗糖溶液 25 mL，加入 50 mL 容量瓶中，并稀释至刻度。

配制 1.5 mol·L^{-1} 盐酸溶液 50 mL。用移液管取 3 mol·L^{-1} 盐酸 25 mL，加入 50 mL 容

量瓶中,并稀释至刻度。

(3) 校正旋光仪零点。

打开旋光仪电源开关,预热几分钟。然后将已洗净旋光管的一端的盖子旋紧,由另一端向管内装满蒸馏水,使水形成一凸出的液面,取玻璃盖片从旁边轻轻推入盖好,再旋紧套盖,勿漏水,管内应尽量避免有气泡存在。若有微小气泡,应设法赶至管的凸肚部分(玻璃盖子勿在水槽中洗涤,防止丢失)。但必须注意在旋紧套盖时,一手握住管上的金属鼓动轮,另一手旋鼓盖,不能用力过猛,以免玻璃片压碎。然后用吸滤纸揩干旋光管外部,再用擦镜纸擦两端玻璃盖片。将旋光管置于旋光仪内,盖上槽盖,调节调零按钮,使显示屏上读数为零。

(4) 开启水浴恒温槽的电源开关,并将水浴恒温槽的温度控制在 25℃。然后将上述配制的溶液小心地放置在恒温水浴中进行恒温。

(5) 旋光度的测定。

用 25 mL 移液管吸取 0.8 mol·L^{-1} 恒温的蔗糖溶液,置于干净的锥形瓶中,再用 25 mL 移液管吸取已恒温的 3 mol·L^{-1} HCl 向蔗糖溶液中注入。当盐酸溶液流出一半时,开始计时(作为反应开始的时间)。全部加入后混合均匀,迅速用少量的混合液洗涤旋光管两次,然后将反应液加入旋光管内,并在反应时间为 5 min、10 min、15 min、20 min、25 min、30 min、35 min、40 min 时依次各测一次旋光度 α_t。

(6) 升高水浴恒温槽的温度至 30 ℃,将上述剩余溶液放入水浴恒温槽恒温 10 min。然后按照步骤(5)测定不同反应时间时的旋光度。

(7) α_∞ 的测定。

α_∞ 的测定可以将反应液放置 48 h 后,在相同温度下测定溶液的旋光度,即 α_∞ 值。为了缩短时间,可将剩余的混合液放入 60 ℃ 的恒温水浴中,恒温反应 30 min,再装入旋光管测定 α_∞。

五、数据记录与处理

(1) 原始数据记录。

(i) 室温 = _____ ℃,大气压 = _____ Pa,c(HCl) = _____ mol·L^{-1},α_∞ = _____。

(ii) 旋光度的测定。

旋光度		t/min							
		5	10	15	20	25	30	35	40
α_t/(°)	25℃								
	30℃								
$(\alpha_t - \alpha_\infty)$/(°)	25℃								
	30℃								
$\ln[(\alpha_t - \alpha_\infty)/(°)]$	25℃								
	30℃								

(2) (i) 用 $\ln[(\alpha_t - \alpha_\infty)/(°)]$-$t$ 作图,由直线斜率求出两温度下的 $k(T_1)$ 和 $k(T_2)$,并与标准数据(表 3-1)进行比较。

表 3-1　HCl 浓度对蔗糖水解速度常数的影响（蔗糖溶液浓度均为 10%）

$c(HCl)/(mol \cdot L^{-1})$	$k(298\ K)/(10^{-3}min)$	$k(308\ K)/(10^{-3}min)$	$k(318\ K)/(10^{-3}min)$
0.0502	0.4169	1.738	6.213
0.2512	2.255	9.355	35.86
0.4137	4.043	17.00	60.62
0.9000	11.16	46.76	148.8
1.214	17.46		

（ⅱ）用外推法求出 $t=0$ 时的两个 α_0，比较并说明原因。

（ⅲ）运用 $[\alpha]_D^T = \dfrac{10\alpha}{lc}$ 计算蔗糖的比旋光度，并与文献值进行比较。文献值：$[\alpha]_D^{293}$（蔗糖）$=66.6°$，$[\alpha]_D^T = [\alpha]_D^{293}[1-3.7\times10^{-4}(T-293)]$（适用范围 287～303 K）。

（3）由 $k(T_1)$ 和 $k(T_2)$ 利用阿伦尼乌斯（Arrhenius）公式求其平均活化能，并计算各自的反应半衰期。

六、分析与思考

（1）实验关键。

（ⅰ）正确且快速地测读旋光仪的数值。

（ⅱ）温度对实验数据的影响大，要注意整个实验时间内的恒温，如无样品管恒温夹套，则旋光管离开恒温水浴时间应短。根据文献，10% 蔗糖在 1 mol·L^{-1} HCl 中的水解反应速率常数为 $k(303.7\ K)=3.35\times10^{-2}min^{-1}$ 和 $k(313.2\ K)=7.92\times10^{-2}min^{-1}$。由以上数据求得在 303.7～313.2 K 平均活化能 $E_a \approx 71\ kJ·mol^{-1}$。可见，本实验的温度范围最好控制在 288～303 K 进行，温度过高反应速度太快读数将发生困难。

（ⅲ）HCl 浓度也要配制准确，$[H^+]$ 对反应速率常数有影响，若酸浓度不准，数据线性关系再好，k 值也会偏离文献数据。

（ⅳ）HCl 与蔗糖都要预恒温至实验温度，否则将影响初始几点的实验真实温度。

（2）旋光度的零点校正有何意义？

（3）为什么配蔗糖溶液可用粗天平称量？

（4）如果没有 α_∞ 数据（或者反应未趋完全），是否也能求得反应速率常数？

七、扩展实验

探究有色（红棕色水溶液）香精油旋光度的简易测定方法。

［提示］ ①用活性炭脱色；②用有机溶剂稀释；③选样品管长度的原则是，能透过光路看清三分视野的变化；④计算则根据稀释倍率及比旋光度公式 $[\alpha]_D^{20} = \dfrac{10\alpha}{Lc}$。

实验四　分光光度法测定蔗糖酶的米氏常数

一、实验目的

（1）用分光光度法测定蔗糖酶的米氏常数 K_M 和最大反应速率 v_{max}。

（2）了解底物浓度与酶催化反应速率之间的关系。

（3）掌握分光光度计的使用方法。

二、实验原理

酶是由生物体内产生的在常温常压下具有高效催化活性和高度选择性的蛋白质。实验表明，酶催化反应速率 v 与底物浓度[S]密切相关（图 4-1）。

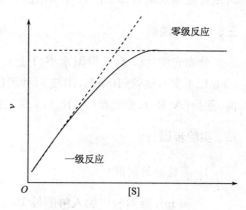

图 4-1　酶反应速率与底物浓度的关系

当底物浓度较小时，反应速率与底物浓度呈正比关系，表现为一级反应；随着底物浓度的增加，反应不再呈正比升高，表现为混合级反应；再继续增加底物浓度，反应速率趋向于一个极限值，表现为零级反应。据此，1914 年 Michaelis 和 Menten 提出了目前广泛采用的酶催化反应机理。该机理认为，酶（E）与底物（S）首先通过一个快速对峙反应形成中间络合物（ES），然后中间络合物缓慢分解成产物（P）和游离态的酶 E：

第一步
$$E+S \underset{k_2}{\overset{k_1}{\rightleftharpoons}} ES$$

第二步
$$ES \xrightarrow{k_3} P+E$$

应用酶催化反应的中间络合物学说，Michaelis 等推导出酶催化反应速率 v 和底物浓度[S]的关系式，即米氏方程：

$$v = \frac{v_{max}[S]}{K_M+[S]} \tag{4-1}$$

式中，v_{max} 为酶催化反应的最大反应速率；K_M 为米氏常数，它在数值上等于反应速率达到最大值一半时的底物浓度。K_M 是酶的重要特征常数之一，它只与酶的性质有关，而与酶的浓度无关。不同的酶，K_M 值不同，如苹果酸酶为 $0.05 \ mmol \cdot L^{-1}$、脲酶为 $25 \ mmol \cdot L^{-1}$。

由于 v_{max} 难以准确测量，因此，在实验中通常采用双倒数作图法测量米氏常数 K_M。将米氏方程[式(4-1)]改写成直线方程：

$$\frac{1}{v} = \frac{1}{v_{max}} + \frac{K_M}{v_{max}} \cdot \frac{1}{[S]} \tag{4-2}$$

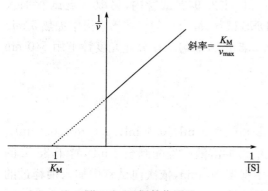

图 4-2　双倒数作图法

实验时选择不同的[S]测定对应的 v，以 $\frac{1}{v}$ 对 $\frac{1}{[S]}$ 作图得一直线，外推至与横坐标相交，得图 4-2 中的"$-x$"值，即为 $\frac{1}{K_M}$，这是计算米氏常数最方便也是最常用的方法。

本实验以蔗糖为底物，用蔗糖酶催化蔗糖水解生成葡萄糖和果糖。该酶催化反应的速率可用单位时间内葡萄糖浓度的增加表示。由于 3,5-二硝基水杨酸（DNS）与葡萄糖在 100℃下共热可被还原生成棕红色的氨基化合物,在一定浓度范围内,葡萄糖的量与氨基化合物的颜色深浅程度有一定比例关系,在 540 nm 波长下测定棕红色物质的吸光度值,查标准曲线,便可求出样品中葡萄糖的含量,从而计算出反应速率。测量不同底物(蔗糖)浓度的相应反应速率 v,便可根据双倒数作图法计算出米氏常数。

三、仪器和试剂

分光光度计(1 台),恒温水浴(1 套),比色管(25 mL,9 支),移液管(1 mL,10 支),移液管(2 mL,4 支),试管(10 mL,10 支),秒表(1 只),蔗糖酶溶液(若干),0.1 mol·L⁻¹ 乙酸缓冲溶液,蔗糖(A.R.),葡萄糖(A.R.),3,5-二硝基水杨酸(DNS)(A.R.)。

四、实验步骤

1. 蔗糖酶的制取

在 50 mL 锥形瓶中加入鲜酵母 10 g,加入 0.8 g 乙酸钠,搅拌 15～20 min 后使块团溶化,加入 1.5 mL 甲苯,用软木塞将瓶口塞住,摇动 10 min,放入 37 ℃恒温箱中保温 60 h。取出后加入 1.6 mL 4 mol·L⁻¹ 乙酸和 5 mL 水,调 pH 为 4.5 左右。混合物放入 3000 r·min⁻¹ 的离心机中离心数小时,使混合物形成三层,将中层移出,注入试管中,即为粗制酶液。实验室预先准备。

2. 溶液的配制

0.1%葡萄糖标准液(1 mg·mL⁻¹):先在 90 ℃下将葡萄糖烘 1 h,然后准确称取 1 g 于 100 mL 烧杯中,用少量蒸馏水溶解后,定量移至 1000 mL 容量瓶中。

3,5-二硝基水杨酸试剂:6.3 g DNS 和 262 mL 2 mol·L⁻¹ NaOH 加到酒石酸钾钠的热溶液中(182 g 酒石酸钾钠溶于 500 mL 水中),再加 5 g 重蒸酚和 5 g 亚硫酸钠,微热搅拌溶解,冷却后加蒸馏水定容到 1000 mL,储于棕色瓶中备用。

0.1 mol·L⁻¹ 的蔗糖液:准确称取 34.2 g 蔗糖溶解后定容至 1000 mL 容量瓶中。

3. 3,5-二硝基水杨酸-葡萄糖标准液的吸光度测定

在 9 个 50 mL 容量瓶中,分别加入 5 mL、10 mL、15 mL、20 mL、25 mL、30 mL、35 mL、40 mL、45 mL 0.1%葡萄糖标准液,加水定容至 50 mL,得到一系列不同浓度的葡萄糖溶液。

分别吸取上述不同浓度的葡萄糖溶液 1.0 mL 注入 9 支试管内,另取一支试管加入 1.0 mL 蒸馏水,然后在每支试管中加入 1.5 mL DNS 试剂,混合均匀。在沸水浴中加热 5 min 后,取出以冷水浴冷却,每支试管内再注入蒸馏水 2.5 mL,摇匀。在分光光度计上用 540 nm 波长测定其吸光度。由测定结果作出标准曲线。

4. 蔗糖酶米氏常数 K_M 的测定

在 9 支试管中分别加入 0 mL、0.1 mL、0.2 mL、0.3 mL、0.4 mL、0.5 mL、0.6 mL、0.7 mL、0.8 mL 0.1 mol·L⁻¹ 蔗糖液,然后用乙酸缓冲溶液准确配制至 2 mL,置于 35 ℃的水浴中预热。另取预先制备的酶液在 35 ℃水浴中保温 10 min,依次向试管中加入稀释过的酶液各 2.0 mL,准确计时反应 5 min 后,按次序加入 2 mol·L⁻¹ 的 NaOH 溶液 0.5 mL,摇

匀,中止酶反应。从每支试管中吸取 0.5 mL 酶反应液加入已预先盛有 1.5 mL DNS 试剂的 25 mL 比色管中,加入约 10 mL 蒸馏水,在沸水中加热 5 min 后冷却,再用蒸馏水稀至刻度,摇匀,在 540 nm 波长分别测定吸光度,记录数据。

五、数据记录与处理

(1)原始数据记录。

（ⅰ）温度＝_____℃,大气压＝_____Pa。

（ⅱ）3,5-二硝基水杨酸-葡萄糖标准反应液的吸光度测定。

编号	1	2	3	4	5	6	7	8	9
$V_{葡萄糖}$/mL									
$V_{水}$/mL									
$[葡萄糖]$/(mol·L^{-1})									
A(540 nm)									

（ⅲ）蔗糖酶催化水解蔗糖反应的吸光度测定。

编号	1	2	3	4	5	6	7	8	9
$V_{蔗糖}$/mL									
$V_{乙酸缓冲溶液}$/mL									
$[蔗糖]$/(mol·L^{-1})									
A(540 nm)									

(2)由 3,5-二硝基水杨酸-葡萄糖标准反应液的吸光度数据,作出 A-$[葡萄糖]$标准曲线。

(3)计算不同底物浓度下的蔗糖酶催化反应速率。

编号	1	2	3	4	5	6	7	8	9
$\dfrac{1}{[蔗糖]}$/(L·mol^{-1})									
$[葡萄糖]$/(mol·L^{-1})									
v/(mol·L^{-1}·s^{-1})									
$\dfrac{1}{v}$/(L·s·mol^{-1})									

(4)将 $\dfrac{1}{v}$ 对 $\dfrac{1}{[葡萄糖]}$ 作图,以直线斜率和截距求出 K_M 和 v_{max}。

六、分析与思考

(1)试推导米氏方程。

(2)试分析米氏常数 K_M 的物理意义及分析。

七、扩展实验

设计实验考察 pH 对酶催化反应速率的影响,测定酶反应的最适宜酸碱度。

[提示]　大部分酶活力受环境 pH 的影响,在一定 pH 下,酶反应具有最大的速率,高于或低于此值反应速率便下降,通常称此 pH 为酶反应的最适 pH,示例如图 4-3 所示。酶的最适 pH 并不是一个常数,有时因底物种类、浓度及缓冲液成分不同而改变。动物酶的最适 pH 多为 6.5～8.0,植物及微生物酶的最适 pH 多为 4.5～6.5。

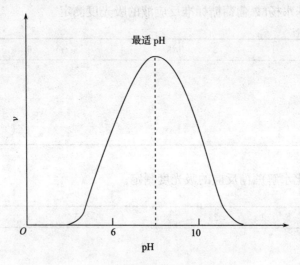

图 4-3　胰蛋白酶活性与 pH 的关系

组合实验 Ⅱ

实验五　静态法测定乙酸乙酯的饱和蒸气压

一、实验目的

(1) 掌握静态法测定不同温度下纯液体饱和蒸气压的方法。

(2) 学会用图解法求被测液体在实验温度范围内的平均摩尔气化焓和正常沸点。

(3) 明确纯液体饱和蒸气压的定义和气液两相平衡的概念,深入了解纯液体饱和蒸气压和温度的关系:克劳修斯-克拉贝龙方程。

(4) 掌握真空泵、恒温槽及气压计的使用方法。

二、实验原理

在一定温度下,纯液体与其蒸气达到两相平衡的压力称为该温度下液体的饱和蒸气压。而当液体的饱和蒸气压等于标准大气压时的平衡温度则称为该液体的正常沸点。

在忽略液相的体积并把气体视为理想气体的条件下,纯液体的饱和蒸气压与温度的关系符合克劳修斯-克拉贝龙方程:

$$\frac{\mathrm{d}\ln p}{\mathrm{d}T} = \frac{\Delta_{\mathrm{vap}}H_{\mathrm{m}}}{RT^2} \tag{5-1}$$

在实验温度范围内,纯液体的平均摩尔气化焓 $\Delta_{\mathrm{vap}}H_{\mathrm{m}}$ 可近似视为常数,式(5-1)经不定积分转化为

$$\ln p = -\frac{\Delta_{\mathrm{vap}}H_{\mathrm{m}}}{RT} + C \tag{5-2}$$

本实验利用静态法测定乙酸乙酯在不同温度下的饱和蒸气压,以 $\ln p$ 对 $\frac{1}{T}$ 作图可得一直线,由直线的斜率可以求出实验温度范围内液体的平均摩尔气化焓 $\Delta_{\mathrm{vap}}H_{\mathrm{m}}$。

三、实验仪器及试剂

真空泵(1 台),低真空数字压力仪(1 台),恒温槽(1 台),缓冲瓶(1 个),温度计(2 支),平衡管(1 套),滴管(1 只),乙酸乙酯(A.R.)。

四、实验步骤

1. 仪器安装

将待测乙酸乙酯液体装入平衡管,A 球约 $\frac{2}{3}$ 体积,B 和 C 球各 $\frac{1}{2}$ 体积,并按图 5-1 装配。

2. 系统气密性检查

关闭直通活塞,旋转三通活塞使系统与真空泵连通,开动真空泵,抽气减压至压力计显示

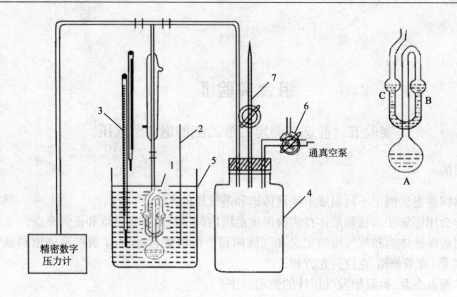

图 5-1　纯液体饱和蒸气压测定装置图

1. 平衡管；2. 搅拌器；3. 温度计；4. 缓冲瓶；5. 恒温水浴；6. 三通活塞；7. 直通活塞

压差值为 53 kPa (400 mmHg)时，旋转三通活塞停止系统抽气。观察压力计的示数，如果压力计的示数能在 3～5 min 内维持不变，则表明系统不漏气；否则应逐段检查，消除漏气原因。

3. 排除 AB 弯管空间内的空气

将恒温槽温度调至比室温约高 3℃，接通冷凝水，抽气降压至液体轻微沸腾，此时 AB 弯管内的空气不断随蒸气经 C 管逸出，如此沸腾 3～5 min，可认为空气被排除干净。

4. 饱和蒸气压的测定

当空气被排除干净且体系温度恒定后，旋转直通活塞缓缓放入空气，直至 B、C 管中液面平齐，关闭直通活塞，记录温度与压力。然后将恒温槽温度再升高 3℃，当待测液体再次沸腾，体系温度恒定后，放入空气使 B、C 管液面再次平齐，记录温度和压力。依次测定，共测 8 个值。计算饱和蒸气压 p 时，$p = p_0 - \Delta p$（p_0 为室内大气压，Δp 为低真空数字压力计上的读数）。

五、数据记录与处理

（1）原始数据记录。

（ⅰ）室温 =＿＿＿＿＿℃，大气压 p_0 =＿＿＿＿＿Pa。

（ⅱ）饱和蒸气压测定。

编号	$t/℃$	T/K	$\dfrac{1}{T}/K^{-1}$	$\Delta p/Pa$	p/Pa	$\ln p$

(2) 以 $\ln p$ 对 $\frac{1}{T}$ 作图,计算斜率、平均摩尔气化焓以及正常沸点,并与文献值比较。文献值为①饱和蒸气压:13.33 kPa (27℃);②正常沸点为 77.06℃;③平均摩尔气化焓:按附录 2 附表 2-15 中安托万方程 $\lg p = A - \frac{B}{C+t} + D$ 进行计算。

(3) 验证楚顿规则(Trouton's Rule)。

$$\frac{\Delta_{vap}H_m}{T_{正常}} \approx 88 \text{ J} \cdot \text{K}^{-1} \cdot \text{mol}^{-1}$$

六、分析与思考

(1) 实验关键。

(ⅰ) 关停真空泵必须先通大气(解除真空)再关电源。该操作不但可以减少电机启动负荷,有利于安全启动,而且可以避免关泵时因泵油倒吸而污染被测系统以及因压力急骤变化发生冲汞、损坏压力仪表等危险。

(ⅱ) 务必仔细检漏,保证系统的气密性。

(ⅲ) 平衡管 A 与 B 封闭空间中的空气必须赶尽,且每次测量时都要防止空气倒灌。测第一个沸点需要平行测定三次,每次蒸气压数据误差应不大于±65 Pa。

(ⅳ) 赶气泡过程在第一个测点,必须小心控制微微沸腾的状态,否则过热液体无法冷凝,U 形管内液体将很快蒸发殆尽,必须解除真空,添液重来。

(2) 能否用本法测定溶液的蒸气压?

(3) 测液体的饱和蒸气压还有哪些实用意义?

(4) 测定纯物质的饱和蒸气压还有哪些方法?

七、扩展实验

(1) 设计实验测定其他各种纯液体(如乙醇、水、丙酮等)的饱和蒸气压和平均摩尔气化焓。

(2) 设计实验测定 H_2SO_4 稀溶液的活度和活度系数。

[提示] 利用修正的拉乌尔定律:$p_B = p_B^* \cdot a_B$。

实验六　回流冷凝法绘制乙酸乙酯-乙醇双液系气液平衡相图

一、实验目的

(1) 绘制乙酸乙酯-乙醇双液系的沸点-组成图,确定恒沸组成及恒沸温度。

(2) 掌握阿贝折射仪的原理与使用方法。

二、实验原理

两种在常温下为液态的物质混合形成的二组分体系称为双液系。若两种液态物质按任意比例相互溶解,则称为完全互溶双液系。完全互溶双液系在恒压下的沸点与组成关系相图有三种情况:①溶液沸点介于两个纯组分沸点之间,如苯与甲苯的气液相图(图 6-1);②溶液有最低恒沸点,如乙酸乙酯与乙醇的气液相图(图 6-2);③溶液有最高恒沸点,如卤化氢与水的气液相图(图 6-3)。

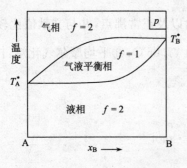

图 6-1　苯与甲苯的气液相图

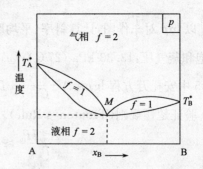

图 6-2　乙酸乙酯与乙醇的气液相图

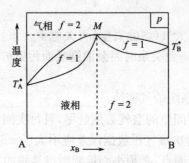

图 6-3　卤化氢与水的气液相图

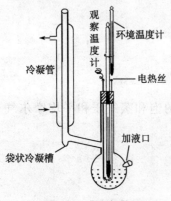

图 6-4　沸点仪装置

在一定外压下,完全互溶双液系的相图各区域均遵循吉布斯相律:

$$f = K - \Phi + 1$$

式中,f 为自由度;K 为独立组分数;Φ 为相数;1 为温度变量。但需要特别指出的是,对于具有恒沸点的完全互溶双液系(图 6-2 和图 6-3),定压下恒沸物的组成与沸点均具有确定值(恒沸点 M 处 $f = 0$)。压力改变时,恒沸物的组成与沸点随之改变($f = 1$),气液平衡相图的图形也随之发生变化,这同时也说明恒沸物是混合物,而不是化合物。

本实验用回流冷凝法通过沸点仪(图 6-4)测定乙酸乙酯-乙醇溶液在不同组成时的沸点,运用阿贝折射仪间接测量气液相平衡组成,进而绘制气液平衡相图。

三、仪器和试剂

沸点仪(1 套),阿贝折射仪(1 台),恒温槽(1 套),调压变压器(1 台),水银温度计(0~100 ℃,1 支;50~100 ℃,1/10 ℃,1 支),长滴管(2 支),铁架台(1 个),洗耳球(1 个),乙酸乙酯(A. R.),无水乙醇(A. R.)。

四、实验步骤

1. 标准工作曲线的绘制

(1) 配制乙酸乙酯摩尔分数分别为 0.10、0.25、0.40、0.55、0.70、0.85 的乙酸乙酯-乙醇标准溶液(实验室预先配制)。

(2)用阿贝折射仪分别测量乙酸乙酯、无水乙醇及上述配制的各标准溶液的折射率(阿贝折射仪的使用方法见附录1专题Ⅴ光学测量技术及仪器)。

2. 安装沸点测定仪

将干燥的沸点仪如图 6-4 安装好。检查带有温度计的橡皮塞是否塞紧,加热用的电热丝要靠近底部中心又不得碰触瓶壁。温度计的水银球的位置在支管之下并高于电热丝 1 cm 左右,水银球应有一半浸入溶液中。

3. 溶液沸点及平衡气、液两相组成的测定

(1)粗略配制乙酸乙酯摩尔分数约为 0.10、0.25、0.40、0.55、0.70、0.85 的乙酸乙酯-乙醇溶液(实验室预先配制)。

(2)从加液口处加入约 30 mL 摩尔分数约为 0.10 的乙酸乙酯-乙醇溶液于沸点仪中,连接好线路,打开回流冷却水,通电并调节调压变压器(电压务必要低于 25 V,以防暴沸),使液体加热至沸腾。回流一段时间,使袋状冷凝槽处的冷凝液不断更新,直至观察温度计的读数稳定。记下沸腾温度,将调压变压器调至零处,停止加热,充分冷却后,用长滴管从冷凝管下端袋状冷凝槽处及加液口处分别取样,用阿贝折射仪测定气相和液相的折射率。测量完毕将沸点仪中的溶液回收。用同样的方法,按照浓度从低到高的原则,分别测定摩尔分数约为 0.25、0.40、0.55、70、0.85 的各溶液沸点及平衡气、液相的折射率。

五、数据记录与处理

(1)原始数据记录

(ⅰ)室温=＿＿＿＿ ℃,大气压=＿＿＿＿＿＿ Pa,露茎高度 h =＿＿＿＿＿＿ ℃。

(ⅱ)乙酸乙酯-乙醇标准溶液的折射率。

标准液浓度						
折射率						

(2)沸点温度校正。

(ⅰ)温度的压力校正。

正常沸点:在 101325 Pa 下测得的沸点称为正常沸点。通常外界压力并不正好等于 101325 Pa,所以实验测量值必须进行压力校正。压力校正公式为

$$\Delta t_{压} = \frac{(273.15 + t_{观})}{10} \times \frac{(101325 - p)}{101325} \qquad (p \text{ 为压力})$$

(ⅱ)温度的露茎校正(参见附录1专题Ⅰ温度测量与技术及仪器)。

露茎校正公式为

$$\Delta t_{露} = 0.00016h\,(t_{观} - t_{环})$$

式中,h 为露出沸点仪外的温度计部分(以度为单位计量)。

(ⅲ)水银温度计零点校正。

由于水银温度计下端玻璃球的体积可能会有所变化,导致温度读数与真实值不符,因此必须校正零点。常用的方法有标准温度计法或固定点法。

（ⅳ）经校正后的体系正常沸点为

$$t_沸 = t_观 + \Delta t_零 + \Delta t_压 + \Delta t_露$$

（3）实际样品的沸点、平衡气相和液相的折射率及组成。

编号	1	2	3	4	5	6
沸点						
气相折射率						
气相组成						
液相折射率						
液相组成						

（4）绘制相图，确定最低恒沸物的组成与沸点，并与文献值比较。标准压力下各物质沸点的文献值：乙酸乙酯，77.06 ℃；乙酸乙酯-乙醇恒沸物，71.8 ℃；乙醇，78.3 ℃。

六、分析与思考

（1）实验关键。

（ⅰ）正确选择结构合理的沸点仪。实验证实，若沸点仪的蒸气支管口位置过高，即蒸气支管口离液面越高，温度梯度越大，将产生严重的分馏作用，收集的冷凝液不能代表平衡时气相的组成。根据气液两相平衡原理，低沸点组分在气相中的含量将高于原所应有的平衡组成，使"眼区"扩大。因此，选择的沸点仪支管口位置应尽可能接近液面，以减少分馏作用，提高实验精度。同时，实验前沸点仪应清洁、干燥。

（ⅱ）正确安装沸点测定装置。首先要保证加热炉丝浸没于溶液中，并靠近底部中心又不得碰触瓶壁，以避免其暴露在空气中导致易燃溶剂的燃烧，造成危险；其次是正确放置温度计水银球浸入液相的高度。实验已证实，若温度计水银球全部浸入液相，由于过热现象的存在，实测温度往往高于气相温度约 0.5 K；反之，若水银球浸入液相过少，如置于蒸气支管口，实测温度此液相温度低 0.3 K 左右。因此，观察温度计水银球的位置应低于蒸气支管口并高于电热丝 1 cm 左右，同时水银球应约有一半浸入液相中，以保证气相温度与温度计读数温度接近。

（ⅲ）本实验采用回流冷凝法，回流效果直接影响实验质量。为保证回流质量，需采取的正确措施。一是供热电压不宜太大，务必使液相保持微沸状态，即气流高度要低于冷凝管的 1/3 处。温度过高不但容易造成溶液的暴沸和气相冷凝的不完全，而且导致平衡沸点温度难以准确测量。二是冷凝管的袋状冷凝槽部位宜小，刚够取液量即可（理论上，冷凝的第一滴是平衡点），该处体积过大时要适当倾斜。

（ⅳ）取样分析时，务必使气-液达到平衡，即温度计示值恒定。同时，沸点仪袋状冷凝槽部位的最初平衡冷凝液必须反复两三次倾回蒸馏瓶中，并在停止加热且充分冷却后才能取样分析。

（ⅴ）折射率的测定要动作迅速，以免混合液中低沸点组分的快速挥发造成测量误差。同时在使用阿贝折射仪进行测量时，注意保护棱镜镜面，不能让滴管等硬物触及。每次测量完毕，首先用丙酮清洗棱镜，然后用洗耳球吹干。所有实验结束，把擦镜纸四折夹于上、下棱镜之间。折射仪校正可用折射率为 1.333 的蒸馏水。

（2）回流冷凝效果不理想对相图有何影响？

（3）沸点仪袋状冷凝槽部分容积过大对相图有何影响？

（4）估计哪些因素是主要误差来源？

七、扩展实验

（1）查阅文献，设计一套利用微量回流冷凝法测定完全互溶双液系的气液平衡相图。

（2）设计实验研究压力对乙醇-水气液平衡相图的影响。

实验七　电导法测定乙酸乙酯皂化反应的速率常数和活化能

一、实验目的

（1）了解测定化学反应速率常数的一种物理方法——电导法。

（2）了解二级反应的特点，学会用图解法求二级反应的速率常数。

（3）学会电导率仪的使用方法。

二、实验原理

乙酸乙酯的皂化反应是典型的二级反应。

$$CH_3COOC_2H_5 + NaOH \longrightarrow CH_3COONa + C_2H_5OH \tag{7-1}$$

$t=0$	a	b	0	0
$t=t$	$a-x$	$b-x$	x	x
$t=\infty$	$a-c$	$b-c$	c	c

该反应的速率方程可写为

$$\frac{\mathrm{d}x}{\mathrm{d}t} = k(a-x)(b-x) \tag{7-2}$$

式中，k 为反应速率常数；a 和 b 分别为 $CH_3COOC_2H_5$ 和 $NaOH$ 的起始浓度；x 和 c 分别为 $CH_3COOC_2H_5$ 皂化产物在 $t=t$ 和 $t=\infty$ 时的浓度。

当 $a=b=c$ 时，式(7-2)积分可得

$$kt = \frac{x}{a(a-x)} \tag{7-3}$$

由于溶液中的导电离子为 Na^+、OH^- 和 CH_3COO^-，而 OH^- 的导电能力比 CH_3COO^- 强得多，因此反应过程中体系的电导率主要随 OH^- 浓度的降低而降低。为此，本实验采用电导法跟踪测定体系浓度 x。

对于强电解质 $NaOH$ 和 CH_3COONa，在一定浓度范围内，电导率 κ 与其浓度成正比，溶液的总电导率就等于组成该溶液的电解质电导率之和，即

$$\kappa_0 = A_1 a \tag{7-4}$$

$$\kappa_\infty = A_2 a \tag{7-5}$$

$$\kappa_t = A_1(a-x) + A_2 x \tag{7-6}$$

式中，A_1 和 A_2 为常数。由式(7-4)~式(7-6)可得

$$x = a\left(\frac{\kappa_0 - \kappa_t}{\kappa_0 - \kappa_\infty}\right) \tag{7-7}$$

将式(7-7)代入式(7-3)可得

$$k = \frac{1}{at}\left(\frac{\kappa_0 - \kappa_t}{\kappa_t - \kappa_\infty}\right) \qquad\qquad (7\text{-}8)$$

式(7-8)重排可写成

$$\kappa_t = \frac{1}{ak}\frac{\kappa_0 - \kappa_t}{t} + \kappa_\infty \qquad\qquad (7\text{-}9)$$

以 κ_t 对 $\frac{\kappa_0 - \kappa_t}{t}$ 作图为一直线,其斜率等于 $\frac{1}{ka}$(二级反应的半衰期 $t_{1/2} = \frac{1}{ka}$),从而可求得反应速率常数 k。

在温度变化不大的范围内,测定不同温度下的反应速率常数,利用阿伦尼乌斯公式(7-10)求乙酸乙酯皂化反应的活化能

$$\ln\frac{k_2}{k_1} = -\frac{E_a}{R}\left(\frac{1}{T_2} - \frac{1}{T_1}\right) \qquad\qquad (7\text{-}10)$$

三、仪器和试剂

电导率仪(附铂黑电极,1 台),恒温水槽(1 套),双管电导池(2 支),硬质试管(50 mL,2 支),秒表(1 只),洗耳球(1 个),移液管(10 mL,2 支),容量瓶(100 mL,2 个),乙酸乙酯溶液(0.2 mol·L^{-1}),氢氧化钠溶液(0.2 mol·L^{-1})。

四、实验步骤

1. 溶液配制

0.02 mol·L^{-1} CH$_3$COOC$_2$H$_5$ 溶液的配制。用移液管准确量取 0.20 mol·L^{-1} CH$_3$COOC$_2$H$_5$ 标准溶液 10 mL,移入 100 mL 容量瓶中,用蒸馏水稀释至刻度,然后放置在恒温槽中进行预恒温。

0.02 mol·L^{-1} NaOH 溶液的配制。用移液管准确量取 0.20 mol·L^{-1} NaOH 标准溶液 10 mL,移入 100 mL 容量瓶中,用蒸馏水稀释至刻度,然后放置在恒温槽中进行预恒温。

2. 电导率仪的校正与调节

电导率仪的原理和使用方法参见附录 1 专题Ⅳ 电学测量技术及仪器。

3. κ_0 的测定

(1) 调节恒温槽温度至(25±0.05) ℃。

(2) 用移液管准确移取 10 mL 蒸馏水和 10 mL NaOH 溶液,加到洁净、干燥的硬质试管中,充分混匀。用蒸馏水将铂黑电极淋洗 3 次,再用滤纸吸干电极上的水,插入大试管中塞好。恒温 10 min 后,测定其电导率,直至稳定不变,即为 25 ℃时的 κ_0。

4. κ_t 的测定

(1) 调节恒温槽温度至(25 ± 0.05) ℃。

(2) 将一个干燥洁净的双管电导池(图 7-1)置于恒温槽中,用移液管取 10 mL 0.02mol·L^{-1} NaOH 溶液加入 A 管,用另一支移液管取 10 mL 0.02mol·L^{-1} CH$_3$COOC$_2$H$_5$ 溶液加入 B 管。

先塞好 B 管的塞子,同时将电极用蒸馏水洗净,小心地用滤纸将电极上挂的少量水吸干(不要碰着铂黑)后插入 A 池,溶液液面应高出铂黑片约 2 cm。

(3)将双管电导池放到恒温槽内恒温 10 min,用洗耳球让 B 池内的溶液和 A 池内的溶液来回混合均匀,同时在开始混合时按下秒表,开始记录时间。

(4)接通电极及电导率仪准备连续测量。由于该反应有热效应,开始反应时温度不稳定,影响电导率值。因此,第一个电导率数据可在反应进行到 6 min 时读取,以后每隔 3 min 测定一次,直至 30 min。记录电导率 κ_t 及时间 t。

5. 测定不同 κ_t 条件下的电导率

调节恒温槽温度为 308.2 K(35 ℃),重复上述步骤测定其 κ_0 和 κ_t,但在测定 κ_t 时是按反应进行 4 min、6 min、8 min、10 min、12 min、15 min、18 min、21 min、24 min、27 min、30 min 时测其电导率。

6. 结束

关闭电源,取出电极,将铂黑电极用蒸馏水淋洗干净并浸泡在蒸馏水里,把双管电导池洗净并置于热风干燥器上待用。

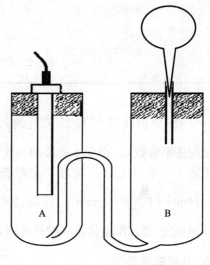

图 7-1　双管电导池

五、数据记录与处理

(1)原始数据记录。

(i) 室温=_____℃,大气压=_____Pa, κ_0(25 ℃)=_____S·m^{-1}, κ_0(35 ℃)=_____S·m^{-1}。

(ii) 电导率的测定。

温度/℃	t/min	κ_t/(S·m^{-1})	$(\kappa_0-\kappa_t)$/(S·m^{-1})	$\frac{\kappa_0-\kappa_t}{t}$/(S·m^{-1}·min^{-1})
	6			
	9			
	12			
	15			
25	18			
	21			
	24			
	27			
	30			
	4			
35	6			
	8			

温度/℃	t/min	κ_t/(S·m⁻¹)	$(\kappa_0-\kappa_t)$/(S·m⁻¹)	$\dfrac{\kappa_0-\kappa_t}{t}$/(S·m⁻¹·min⁻¹)
	10			
	12			
	15			
35	18			
	21			
	24			
	27			

（2）分别以 25 ℃和 35 ℃时的 κ_t-$\dfrac{\kappa_0-\kappa_t}{t}$ 作图,得一直线。由直线斜率计算 25 ℃、35 ℃时反应速率常数 k。由 298.2 K 和 308.2 K 求出 k(298.2 K)和 k(308.2 K),计算该反应的活化能 E_a,并与文献值比较。文献值:①在 25 ℃下,乙酸乙酯皂化反应的速率常数 $k=$6.4(mol·L⁻¹)⁻¹·min⁻¹,反应速率常数与温度的关系式为 $\lg k=-\dfrac{1780}{T}+0.00754T+4.54$;②乙酸乙酯皂化反应的活化能,$E_a=27.3$ kJ·mol⁻¹。

六、分析与思考

（1）实验关键与注意点。

（ⅰ）乙酸乙酯皂化反应为吸热反应,混合后体系温度降低,故在混合后的开始几分钟内所测溶液电导率偏低。因此最好在反应 4～6 min 后开始测定,否则所得结果呈抛物线形状。

（ⅱ）分别向叉形电导池 A 池、B 池注入 NaOH 和 CH₃COOC₂H₅ 溶液时,一定要小心,严格分开恒温。另外,测 κ_t 时,叉形管中的 NaOH 溶液和 CH₃COOC₂H₅ 溶液必须在叉形管中的侧、直支管间多次来回反复混合,以确保混合均匀。切记! 一旦混合开始,需同时按下秒表计时,并保证计时的连续性,直至实验结束。

（ⅲ）由于 CH₃COOC₂H₅ 易挥发且在水溶液中能缓慢水解,不仅会影响 CH₃COOC₂H₅ 的浓度,而且其水解产物 CH₃COOH 还消耗 NaOH。因此,在实验过程中,CH₃COOC₂H₅ 水溶液应临时配制。

（ⅳ）注意保护铂黑电极,不可用纸擦洗铂黑电极。应先用蒸馏水冲洗,然后用滤纸吸干水珠,即可。

（ⅴ）实验过程中的所用仪器均需干燥,以免影响浓度。

（ⅵ）测定 κ_0 时,所用的蒸馏水应先煮沸,否则由于蒸馏水中溶有 CO₂,降低了 NaOH 的浓度,而使 κ_0 偏低。另外,测量 35 ℃的 κ_0 时,如仍用 25 ℃的溶液而不调换,由于放置时间过长,溶液会吸收空气中的 CO₂,进而降低 NaOH 的浓度,造成 κ_0 偏低,最终导致反应速率常数 k 值偏低。

（2）为何本实验要在恒温条件下进行,而且 NaOH 溶液和 CH₃COOC₂H₅ 溶液混合前还要预先恒温?

（3）如果 NaOH 溶液和 CH₃COOC₂H₅ 溶液的起始浓度不相等,应怎样计算?

（4）如果 NaOH 溶液和 CH₃COOC₂H₅ 溶液为浓溶液,能否用此法求 k 值? 为什么?

七、扩展实验

（1）根据乙酸乙酯的皂化反应过程 pH 逐渐下降的特点，请查找文献设计利用酸度计测量反应速率常数和活化能的方法。

（2）利用电导法设计实验区分高纯水、自来水、矿泉水、海水、糖水等。

（3）设计实验利用电导法标定本实验所使用的 NaOH 溶液的浓度。

［提示］ 电导滴定法。

实验八　溶液法测定乙酸乙酯的偶极矩

一、实验目的

（1）用溶液法测定乙酸乙酯的偶极矩。

（2）了解偶极矩与分子电性质的关系。

（3）掌握溶液法测定偶极矩的主要实验技术。

二、实验原理

1. 偶极矩与极化度

分子结构可以近似地看做由电子云和分子骨架（原子核及内层电子）构成。由于其空间构型的不同，其正、负电荷中心可以重合，也可以不重合。前者称为非极性分子，后者称为极性分子。

1912 年，德拜提出"偶极矩" $\boldsymbol{\mu}$ 的概念来度量分子极性的大小（图 8-1），其定义如下：

$$\boldsymbol{\mu} = q \cdot d \tag{8-1}$$

式中，q 为正、负电荷中心所带的电量；d 为正、负电荷中心之间的距离；$\boldsymbol{\mu}$ 是一个向量，其方向规定为从负到正。因分子中原子间距离的数量级为 10^{-10} m，电荷的数量级为 10^{-20} C，所以偶极矩的数量级是 10^{-30} C·m。通过偶极矩的测定，可以了解分子结构中有关电子云的分布和分子的对称性，可以用来鉴别几何异构体和分子的立体结构等。

极性分子具有永久偶极矩，但由于分子的热运动，偶极矩指向某个方向的机会均等，所以偶极矩的统计值等于零。若将极性分子置于均匀的电场 E 中，则偶极矩在电场的作用下，如图 8-2 所示趋向电场方向排列，这时称这些分子被极化了。极化的程度可用摩尔转向极化度 $P_{转向}$ 衡量。

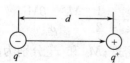

图 8-1　偶极矩示意图

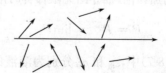

图 8-2　极性分子在电场作用下的定向

$P_{转向}$ 与永久偶极矩 $\boldsymbol{\mu}$ 的平方成正比，与热力学温度 T 成反比：

$$P_{转向} = \frac{4}{3} \pi N_A \frac{\boldsymbol{\mu}^2}{3kT} = \frac{4}{9} \pi N_A \frac{\boldsymbol{\mu}^2}{kT} \tag{8-2}$$

式中,k 为玻耳兹曼常量;N_A 为阿伏伽德罗常量。

　　在外电场作用下,极性分子或非极性分子都会发生电子云对分子骨架的相对移动,而分子骨架也会发生形变,这称为诱导极化或变形极化,用摩尔诱导极化度 $P_{诱导}$ 衡量。显然 $P_{诱导}$ 可分为两项,即电子极化度 $P_{电子}$ 和原子极化度 $P_{原子}$,因此

$$P_{诱导} = P_{电子} + P_{原子}$$

　　$P_{诱导}$ 与外电场强度成正比,与温度无关。如果外电场是交变场,极性分子的极化情况则与交变场的频率有关。当处于频率小于 $10^{10}\ s^{-1}$ 的低频电场或静电场时,极性分子所产生的摩尔极化度 P 是转向极化、电子极化和原子极化的总和:

$$P = P_{转向} + P_{电子} + P_{原子} \tag{8-3}$$

　　当频率增加到 $10^{12}\sim10^{14}\ s^{-1}$ 的中频(红外频率)时,电场的交变周期小于分子偶极矩的弛豫时间,极性分子的转向运动跟不上电场的变化,即极性分子来不及沿电场方向定向,故 $P_{转向}=0$,此时极性分子的摩尔极化度等于摩尔诱导极化度 $P_{诱导}$。当交变电场的频率进一步增加到大于 $10^{15}\ s^{-1}$ 的高频(可见光和紫外频率)时,极性分子的转向运动和分子骨架变形都跟不上电场的变化,此时极性分子的摩尔极化度等于电子极化度 $P_{电子}$。为此,原则上只要在低频电场下测得极性分子的摩尔极化度 P,在红外频率下测得极性分子的摩尔诱导极化度 $P_{诱导}$,两者相减得到极性分子摩尔转向极化度 $P_{转向}$,然后代入式(8-2)就可算出极性分子的永久偶极矩 $\boldsymbol{\mu}$。

2. 极化度的测定

　　克劳修斯、莫索蒂和德拜从电磁场理论得到了摩尔极化度 P 与介电常数 ε 之间的关系式:

$$P = \frac{\varepsilon-1}{\varepsilon+2} \cdot \frac{M}{\rho} \tag{8-4}$$

式中,M 为被测物质的摩尔质量;ρ 为该物质的密度;ε 可以通过实验测定。

　　式(8-4)是假定分子与分子间无相互作用而推导得到的,因此它只适用于温度不太低的气相体系。但某些物质甚至根本无法获得气相状态,因此,后来提出了用一种溶液法解决这一困难。溶液法的基本想法是,在无限稀释的非极性溶剂的溶液中,溶质分子所处的状态和气相时相近,于是无限稀释溶液中溶质的摩尔极化度 P_2^∞ 就可以看作式(8-4)中的 P。

　　海德斯特兰首先利用稀溶液的近似公式:

$$\varepsilon_溶 = \varepsilon_1(1+\alpha x_2) \tag{8-5}$$

$$\rho_溶 = \rho_1(1+\beta x_2) \tag{8-6}$$

再根据溶液的加和性,推导出无限稀释时溶质摩尔极化度的公式:

$$P = P_2^\infty = \lim_{x_2 \to 0} P_2 = \frac{3\alpha\varepsilon_1}{(\varepsilon_1+2)^2} \cdot \frac{M_1}{\rho_1} + \frac{\varepsilon_1-1}{\varepsilon_1+2} \cdot \frac{M_2-\beta M_1}{\rho_1} \tag{8-7}$$

式(8-5)~式(8-7)中,$\varepsilon_溶$ 和 $\rho_溶$ 分别为溶液的介电常数和密度;M_2 和 x_2 分别为溶质的摩尔质量和摩尔分数;ε_1、ρ_1 和 M_1 分别为溶剂的介电常数、密度和摩尔质量;α、β 为分别与 $\varepsilon_溶$-x_2 和 $\rho_溶$-x_2 直线斜率有关的常数。

　　上面已经提到,在红外频率的电场下,可以测得极性分子摩尔诱导极化度:

$$P_{诱导} = P_{电子} + P_{原子}$$

但是在实验上由于条件的限制,很难做到这一点。所以一般在高频电场下测定极性分子的电

子极化度 $P_{电子}$。

根据光的电磁理论,在同一频率的高频电场作用下,透明物质的介电常数 ε 与折射率 n 的关系为

$$\varepsilon = n^2 \tag{8-8}$$

习惯上用摩尔折射度 R_2 表示高频区测得的极化度,而此时,$P_{转向} = 0$,$P_{原子} = 0$,则

$$R_2 = P_{电子} = \frac{n^2 - 1}{n^2 + 2} \cdot \frac{M}{\rho} \tag{8-9}$$

在稀溶液情况下,还存在近似公式:

$$n_{溶} = n_1(1 + \gamma x_2) \tag{8-10}$$

同样,从式(8-9)可以推导出无限稀释时,溶质的摩尔折射度的公式:

$$P_{电子} = R_2^\infty = \lim_{x_2 \to 0} R_2 = \frac{n_1^2 - 1}{n_1^2 + 2} \cdot \frac{M_2 - \beta M_1}{\rho_1} + \frac{6n_1^2 M_1 \gamma}{(n_1^2 + 2)^2 \rho_1} \tag{8-11}$$

式(8-10)、式(8-11)中,$n_{溶}$ 为溶液的折射率;n_1 为溶剂的折射率;γ 为与 $n_{溶}$-x_2 直线斜率有关的常数。

3. 偶极矩的测定

考虑到原子极化度通常只有电子极化度的 $5\% \sim 15\%$,且 $P_{转向}$ 又比 $P_{原子}$ 大得多,故常忽视原子极化度。

从式(8-2)、式(8-3)、式(8-7)和式(8-11)可得

$$P_2^\infty - R_2^\infty = \frac{4}{9} \pi N_A \cdot \frac{\boldsymbol{\mu}^2}{kT} \tag{8-12}$$

式(8-12)把物质分子的微观性质偶极矩和它的宏观性质介电常数、密度、折射率联系起来,分子的永久偶极矩就可用简化式计算:

$$\boldsymbol{\mu} = 0.04274 \times 10^{-30} \sqrt{(P_2^\infty - R_2^\infty)T} \ \mathrm{C \cdot m} \tag{8-13}$$

在某种情况下,若需要考虑 $P_{原子}$ 的影响,只需对 R_2^∞ 作部分修正即可。

上述测求极性分子偶极矩的方法称为溶液法。溶液法测定的溶质偶极矩与气相测得的真实值之间存在偏差。造成这种现象的原因在于非极性溶剂与极性溶质分子相互间的"溶剂化"作用,这种偏差现象称为溶液法测量偶极矩的"溶剂效应"。

此外测定偶极矩的方法还有多种,如温度法、分子束法、分子光谱法及利用微波谱的斯诺克法等,这里不一一介绍。

4. 介电常数的测定

介电常数是通过测定电容计算而得。本实验采用精密电容测量仪测量电容。按定义

$$\varepsilon = \frac{C_x}{C_0} \tag{8-14}$$

式中,C_0 和 C_x 分别为电容池两极间真空时的电容和充满电介质时的电容。实验上通常以空气为介质时的电容为 C_0,因为空气相对于真空的介电常数为 1.0006,与真空作介质的情况相差甚微。由于精密电容测量仪测定电容时,实际测得的电容 C_x' 应是电容池两极间的电容和整个测试系统中的分布电容 C_d 并联构成,即

$$C'_x = C_x + C_d \tag{8-15}$$

C_d 对同一台仪器而言是一个恒定值,称为仪器的本底值,必须先求出 C_d 值,并在以后的各次测量中给予扣除。

测定 C_d 的方法如下:

用一个已知介电常数的标准物质测得电容 $C'_标$:

$$C'_标 = C_标 + C_d \tag{8-16}$$

再测电容池中不放样品时的电容:

$$C'_空 = C_空 + C_d \tag{8-17}$$

式(8-16)、式(8-17)中,$C_标$ 和 $C_空$ 分别为标准物质和空气的电容。近似地可认为 $C_空 \approx C_0$,则

$$C'_标 - C'_空 = C_标 + C_0 \tag{8-18}$$

因为

$$\varepsilon_标 = \frac{C_标}{C_0} \approx \frac{C_标}{C_空} \tag{8-19}$$

由式(8-17)~式(8-19)可得

$$C_0 = \frac{C'_标 - C'_空}{\varepsilon_标 - 1} \tag{8-20}$$

$$C_d = C'_空 - C_0 = C'_空 - \frac{C'_标 - C'_空}{\varepsilon_标 - 1} \tag{8-21}$$

同理可得待测样品的介电常数:

$$\varepsilon_样 = \frac{C_样}{C_0} = \frac{C_测 - C_d}{C_0} \tag{8-22}$$

三、仪器和试剂

PCM-1A 型精密电容测量仪(1 台),电容池(1 只),阿贝折射仪(1 台),超级恒温水浴(1 台),电子天平(1 台),干燥器(1 只),奥斯瓦尔德-斯普林格比重管(1 支),电吹风(1 个),滴瓶(10 mL,5 个),移液管(5 mL 带刻度,1 支),容量瓶(10 mL,5 个),环己烷(A. R.),乙酸乙酯(A. R.)。

四、实验步骤

1. 溶液配制

用称量法配制摩尔分数 x_2 分别为 0.05、0.10、0.15、0.20、0.25 五种乙酸乙酯-环己烷溶液各 25 mL 及纯环己烷 25 mL,分别置于 6 个干燥的小反塞瓶中。

2. 折射率的测定

在 (25 ± 0.1) ℃条件下用阿贝折射仪测定环己烷及各配制溶液的折射率。每个样品测 3 次,然后取平均值。

3. 介电常数的测定

电容 C_0 和 C_d 的测定本实验采用环己烷作为标准物质。其介电常数的温度公式为

$$\varepsilon_{环己烷} = 2.052 - 1.55 \times 10^{-3}t \tag{8-23}$$

式中,t 为测定时的温度(℃)。用电吹风或洗耳球将电容池样品室吹干,旋上金属盖,将电容池与精密电容测量仪(图 8-3)相连;接通恒温槽导油管,使电容池恒温在(25±0.1)℃,插上精密电容测量仪的电源插头,打开电源开关,预热 10 min。

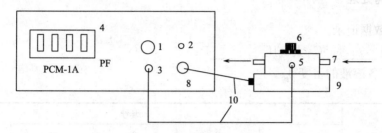

图 8-3　精密电容测量仪示意图

1. 校零按钮;2. 电源指示;3. 测量接口;4. 显示屏;5. 电容池;
6. 加液口;7. 恒温液循环口;8. 电容池座插口;9. 电容池底座;10. 测量导线

待数显稳定后,拔下与电容池、电容池座端连接的两根测量导线,按下校零按钮,数字表头显示为零。然后把拔下的与电容池、电容池座端连接的两根测量导线重新插上,待示数稳定后,数字表头指示的便为空气电容的测量值 $C'_{空}$,重复测量两次,取平均值。

打开电容池的上盖,用 2 mL 针筒吸取 2 mL 环己烷注入电容池样品室(注意样品不可多加,样品过多会腐蚀密封材料),每次加入的样品量必须相同。恒温 10 min 后,与上述相同方法测量电容值。吸去电容池内的环己烷(倒在回收瓶中),重新装样,再次测量电容值,两次测量电容的平均值即为 $C_{环己烷}$。

用吸管吸出电容池内的液体样品,用电吹风对电容池吹气,使电容池内液体样品全部挥发,至数显的数字与 $C'_{空}$ 的值相差无几(<0.05 pF),才能加入新样品,否则必须再吹。

溶液电容的测定与测纯环己烷的方法相同。重复测定时,不但要吸去电容池内的溶液,还要用电吹风将电容池样品室和电极吹干。然后复测 $C'_{空}$ 值,以检验样品室是否还有残留样品。再加入该浓度溶液,测出电容值。两次测定数据的差值应小于 0.05 pF,否则要继续复测。所测电容读数取平均值减去 C_d,即为溶液的电容值 $C_{溶}$。溶液浓度因试剂易挥发而改变,故加样时动作要迅速。

4. 溶液密度的测定

将奥斯瓦尔德-斯普林格比重管(如图 8-4)仔细干燥后称量质量为 m_0,然后取下磨口小帽,用针筒将事先沸腾再冷却的蒸馏水从 b 管口加入至充满 b 端小球,盖上小帽,用不锈钢丝将比重管吊在(25±0.1)℃恒温水浴中,恒温 10 min。然后将比重管的 b 端略向上仰,用滤纸从 a 支管口吸取管内多余的蒸馏水,以调节 b 支管的液面到刻度 d。从恒温槽中取出比重管,将两个磨口小帽套在 a、b 管口,先套 a 管,后套 b 管,并用滤纸吸干管外所沾的水,在天平上称量得 m_1。倒去蒸馏水,吹干后重复上述操作,对环己烷以及配制的

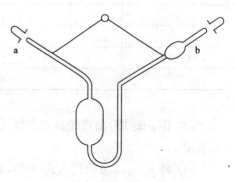

图 8-4　测定易挥发液体的比重管

溶液分别进行测定,所得质量为 m_2,则环己烷及各溶液的密度为

$$\rho(25\ ℃) = \frac{m_2 - m_1}{m_1 - m_0}\rho_{水}(25\ ℃) \tag{8-24}$$

五、数据记录与处理

(1) 原始数据记录。

（ⅰ）室温＿＿＿＿℃,大气压＿＿＿＿Pa。

（ⅱ）计算各溶液的密度 $\rho_{溶}$。

项目	编号				
	1	2	3	4	5
m_0/g					
m_1/g					
m_2/g					
密度 $\rho/(\mathrm{g \cdot cm^{-3}})$					
摩尔分数 x_2	0.05	0.10	0.15	0.20	0.25

（ⅲ）环己烷及各溶液的折射率 n。

折射率	环己烷	编号				
		1	2	3	4	5
n_1						
n_2						
$\overline{n}$						

(2) 计算 C_0、C_d 及各溶液的介电常数 ε。

电容及介电常数	空气	环己烷	不同摩尔分数的乙酸乙酯-环己烷溶液				
			0.05	0.10	0.15	0.20	0.25
C_1							
C_2							
$\overline{C}$							
C_0 和 C_d	$C_0 =$ ＿＿＿＿＿＿＿			$C_d =$ ＿＿＿＿＿＿＿			
ε							

(3) 作 ρ-x_2 图,由直线斜率求得 β。作 n-x_2 图,由直线斜率求得 γ。作 ε-x_2 图,由直线斜率求得 α。

(4) 将 ρ_1、ε_1、α、β 值代入式(8-7),求得 P_2^∞。将 ρ_1、ε_1、β、γ 值代入式(8-11),求得 R_2^∞。

(5) 将 P_2^∞、R_2^∞ 值代入式(8-13),计算乙酸乙酯的永久偶极矩 $\boldsymbol{\mu}$。

六、分析与思考

（1）实验室注意事项。

（ⅰ）本实验所用试剂均易挥发，配制溶液时动作应迅速，以免影响浓度。

（ⅱ）测定电容时，应防止溶液挥发及吸收空气中极性较大的水气，以免影响测定值。

（ⅲ）测折射率时，样品滴加要均匀，用量不能太少，针头不要触及棱镜，以免损坏镜面。

（ⅳ）电容池各部件的连接应注意绝缘。

（2）试分析本实验中误差的主要来源，如何改进？

（3）准确测定溶质摩尔极化度和摩尔折射度时，为什么要外推至无限稀释？

（4）属于什么点群的分子有偶极矩？

七、扩展实验

设计实验测定丁二醇顺反异构体的偶极矩。

组合实验 Ⅲ

实验九 晶体碘标准熵和升华焓的测定

一、实验目的

(1) 掌握分光光度法测量晶体碘的饱和蒸气压,并学会计算晶体的标准熵和升华焓。

(2) 熟悉统计热力学函数的基本概念以及利用配分函数计算热力学函数的方法。

二、实验原理

根据爱因斯坦(Einstein)晶体模型,由 N_s(下标 s 表示固体)个碘分子组成的晶体振动,可以看成 $3 \times 2N_s$ 个彼此独立并具有相同振动频率的一维谐振子的振动。晶体的振动配分函数 Q_v 在高温($T \gg \theta$)下可近似表示为

$$Q_v = (T/\theta)^{6N_s} \tag{9-1}$$

式中,$\theta = \dfrac{h\nu}{k}$ 为晶体碘的特性温度。

通过振动配分函数可以推导出由晶体碘振动贡献的热力学能、熵、吉布斯自由能等热力学函数。例如

$$U(T) = kT^2 \frac{\partial \ln Q_v}{\partial T} = 6N_s kT \tag{9-2}$$

$$C_v(T) = \left(\frac{\partial U}{\partial T}\right)_v = 6N_s k \tag{9-3}$$

$$S(T) = kT \frac{\partial \ln Q_v}{\partial T} + k \ln Q_v = 6N_s k [1 + \ln(T/\theta)] \tag{9-4}$$

$$G(T) = -kT \frac{\partial \ln Q_v}{\partial N_s} = -6kT \ln(T/\theta) \tag{9-5}$$

对于晶体碘,除了振动贡献外,晶体的电子能量 W_e 也有贡献,因此晶体碘的总自由能为

$$G_s(T) = W_e - 6kT \ln(T/\theta) \tag{9-6}$$

当晶体碘与碘蒸气处于平衡时,则有

$$G_s(T) = G_g(T) \tag{9-7}$$

根据统计热力学,碘蒸气的吉布斯自由能 $G_g(T)$ 是平动、转动、振动以及电子贡献的总和,即

$$G_g(T) = G_g^t(T) + G_g^r(T) + G_g^v(T) + G_g^e(T) \tag{9-8}$$

由式(9-7)和式(9-8)可得

$$W_e - 6kT \ln \frac{T}{\theta} = kT \ln p - kT \ln \left[\left(\frac{2\pi m kT}{h^2}\right)^{\frac{3}{2}} kT\right] - kT \ln \frac{T}{\sigma\theta_r} + kT \ln(1 - e^{-\theta_v/T}) + D_0 \tag{9-9}$$

式中,m 为碘分子的质量,$m = 4.424 \times 10^{-25}$ kg;p 为晶体碘的蒸气压;θ_r 为碘蒸气的转动特征

温度($\theta_r = 0.0538k$);θ_v为碘蒸气的振动特征温度($\theta_v = 306.8k$);σ为对称数;k和h分别为玻耳兹曼常量和普朗克常量;D_0为相对于振动零点能级所测得的气相碘分子的解离能。

进一步对式(9-9)进行整理可得

$$\ln\left[pT^{5/2}(1 - e^{-\theta_v/T})\right] = \ln\left[\left(\frac{2\pi mk}{h^2}\right)^{3/2}\frac{k\theta^6}{\sigma\theta_r}\right] - \frac{D_0 - W_e}{kT} \tag{9-10}$$

以$\ln\left[pT^{5/2}(1 - e^{-\theta_v/T})\right]$对$1/T$作图,得直线截距为$\ln\left[\left(\frac{2\pi mk}{h^2}\right)^{3/2}\frac{k\theta^6}{\sigma\theta_r}\right]$,由此可求得晶体碘的特性温度$\theta$,代入式(9-4),即可求得不同温度时晶体碘的标准熵$S^\ominus(T)$值。

此外,晶体碘达到升华平衡时,其标准平衡常数为

$$K^\ominus = \frac{p([I_2,g)/Pa]}{\alpha(I_2,s)} = p(I_2,g)/Pa \tag{9-11}$$

则

$$\Delta H^\ominus(T) = T\Delta S^\ominus(T) - RT\ln\left[p(I_2,g)/Pa\right] \tag{9-12}$$

$\Delta S^\ominus(T)$为晶体碘升华过程的熵变,$\Delta S^\ominus(T) = S^\ominus(g,T) - S^\ominus(s,T)$,气体碘的摩尔标准熵随温度的变化不大,其数值可用25 ℃碘蒸气的摩尔标准熵代替。利用式(9-12),只要测出某温度下晶体碘的饱和蒸气压,即可求得各实验温度下的升华焓$\Delta H^\ominus(T)$。

由于碘蒸气的浓度与吸光度A符合比尔定律:

$$A = -\lg\left(\frac{I}{I_0}\right) = aLc \tag{9-13}$$

式中,L为比色皿厚度(cm);c为碘蒸气的浓度(mol·L^{-1});a为摩尔吸收系数。当波长$\lambda = 520$ nm时,$a = 730$ L·mol·cm^{-1}。

若把碘蒸气视为理想气体,则

$$p = cRT = \frac{RTA}{La} \tag{9-14}$$

因此,在一定温度下测得晶体碘与其蒸气平衡时的吸光度A,即可近似求得碘的蒸气压p。

三、仪器和试剂

分光光度计(1套),恒温槽(1台),晶体碘(A.R.,若干),带恒温夹套的比色皿(2个)。

四、实验步骤

(1) 取两个洁净烘干的2 cm带恒温夹套的玻璃(或石英)比色皿,1个比色皿作参考,另一个比色皿中小心地加入约200 mg晶体碘,密封后放入分光光度计。调节恒温槽温度为30 ℃。

(2) 调节分光光度计的波长$\lambda = 520$ nm。待温度恒定后,每隔30 s读数一次,直到吸光度A基本不变,记下数值。

(3) 调节恒温槽温度依次为35 ℃、40 ℃、45 ℃和50 ℃,重复上述步骤测定,依次记录下A。

(4) 做完50 ℃时吸光度测定实验后,切勿即刻打开比色皿盖,以免碘蒸气污染环境及侵袭人身。待样品冷却至室温,再取出比色皿,回收晶体碘后清洗比色皿。

五、数据记录与处理

(1) 原始数据记录。

（ⅰ）室温＝_____℃,大气压＝_____Pa。

（ⅱ）不同温度下晶体碘的蒸气压。

序号	温度		$\frac{1}{T}$/K^{-1}	吸光度	实验值	计算值
	t/℃	T/K		A	p/Pa	p/Pa
1	30					
2	35					
3	40					
4	45					
5	50					

注:碘蒸气的蒸气压的经验公式 $\lg(p/\text{Pa}) = -\dfrac{3512.8}{T/\text{K}} - 2.013\lg(T/\text{K}) + 13.3740$。

（2）以 $\ln\left[pT^{5/2}(1-\mathrm{e}^{-\theta_v/T})\right]$ 对 $1/T$ 作图,获得截距为 $\ln\left[\left(\dfrac{2\pi mk}{h^2}\right)^{3/2}\dfrac{k\theta^6}{\sigma\theta_r}\right] = 18.395 + 6\ln\theta$,计算出晶体碘的特性温度 θ 值,并与文献值($\theta = 78.05$ K)比较。

（3）计算不同温度下的晶体碘的标准熵 $S^{\ominus}(T)$ 和升华焓 $\Delta H^{\ominus}(T)$,并与文献值比较,计算相对误差。

T/K	200	220	240	260	280	298.15	300	320
$S^{\ominus}(T)$/(J·K^{-1}·mol^{-1})	94.98	99.91	104.52	108.74	112.72	116.15	116.48	120.04
$S^{\ominus}(T)$/(J·K^{-1}·mol^{-1})	96.15	100.90	105.25	109.24	112.93	116.07	116.38	119.60
$\Delta H^{\ominus}$(298.15)/(kJ·mol^{-1})						62.26		
$\Delta H^{\ominus}$(298.15)/(kJ·mol^{-1})						62.27		

六、分析与思考

（1）实验关键。

（ⅰ）系统是否达到真正的恒温及晶体碘与碘蒸气之间是否达到真正的平衡是本实验的关键。因此,实验过程务必要保证恒温时间,一般需恒温 10~15 min 方可测量吸光度。

（ⅱ）在装碘样品时,严防碘粉末沾在比色皿光学玻璃上。

（ⅲ）带恒温夹套的玻璃(或石英)比色皿价格昂贵,取用时务必小心。另外也可用定制的带恒温夹套的平衡管代替比色皿。

（2）本实验是采用逐步升温的方法测量光密度,能否先升温后降温的方法?

（3）本实验的优点是不必应用特殊的装置(如差示扫描量热仪、DSC)通过测定热容计算标准熵,而是利用简单的分光光度计测定晶体碘的饱和蒸气压,然后用统计热力学的方法计算标准熵。但该法测得的标准熵与文献值相对误差较大,试分析原因?

七、扩展实验

本实验是通过统计热力学的方法,计算出晶体碘的标准熵,从而推算出升华焓。如果只求晶体碘的升华焓,也可以由热力学中推导的克劳修斯-克拉贝龙方程

$$\ln p = -\frac{\Delta H}{RT} + C \tag{9-15}$$

根据不同温度下碘的蒸气压,由 $\ln p$ 对 $1/T$ 作图,得到斜率,从而求出 $\Delta H^{\ominus}(T)$。试比较两种方法求得的晶体碘的 $\Delta H^{\ominus}(T)$。

<h2 style="text-align:center">实验十　I_2 分配系数和 I_3^- 解离常数的测定</h2>

一、目的和要求

(1) 掌握测定碘在 CCl_4 和 H_2O 中的分配系数,了解物质在两相间的分配情况和分子形态。

(2) 掌握利用分配系数测定 I_3^- 的解离常数。

二、实验原理

在恒温条件下,一种溶质 A 在两种互不相溶的液体溶剂中达到平衡时,此溶质在上述两种溶剂中的分配具有规律性。

(1) 溶质在两种溶剂中的分子形态相同,即不发生缔合、解离、络合等现象,则 A 在 1、2 两种溶剂中的活度比为一常数,即 $K_d = \dfrac{a_2}{a_1} \xrightarrow{\text{稀溶液}} K_d \approx \dfrac{c_2}{c_1}$($K_d$ 为分配系数)。

(2) 溶质在两种溶剂中的分子形态不同,分配系数 K_d 的表达式要作相应改变。例如,溶质 A 在溶剂 1 中发生缔合作用,即 A_n(溶剂 1 中)$\longrightarrow nA$(溶剂 2 中)(n 为缔合度),则分配系数 $K_d = \dfrac{a_2^n}{a_1} \xrightarrow{\text{稀溶液}} K_d \approx \dfrac{c_2^n}{c_1}$($c_1$ 为 A_n 分子在溶剂 1 中的浓度)。上述例子也可看做 A_n 分子在溶剂 2 中的解离,故可利用分配系数研究溶质在溶剂中的分子形态及其性质,如缔合、解离、络合等。

在本实验中,定温下碘在 CCl_4 和 H_2O 中达两相平衡(图 10-1)时的分配系数 K_d 可表示如下:

$$K_d = \frac{[I_2, CCl_4]}{[I_2, H_2O]} \qquad (10\text{-}1)$$

通过碘量法(用 $Na_2S_2O_3$ 标准溶液)测定 CCl_4 层和 H_2O 层中的碘,即可求得分配系数 K_d 值。但如果在 I^- 存在的条件下,I_2 易与 I^- 作用生成 I_3^-,即体系建立了如图 10-1 所示的平衡。则在定温的稀溶液条件下,I_3^- 的解离常数 K_a 近似等于 K_c,即

$$K_a = \frac{a_{I_2} \cdot a_{I^-}}{a_{I_3^-}} \approx \frac{[I_2, H_2O][I^-, H_2O]}{[I_3^-, H_2O]} = K_c \quad (10\text{-}2)$$

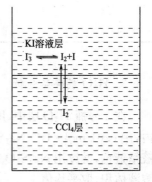

图 10-1　碘在 CCl_4 和 H_2O 中达两相平衡示意图

由于水相中的 I_2 和 I_3^- 均可与 $Na_2S_2O_3$ 反应,用标准 $Na_2S_2O_3$ 溶液滴定只能获得水相中碘的总量($[I_2, H_2O] + [I_3^-, H_2O]$,记为 a)。因此,在本实验中,先求 I_2 在 CCl_4 和 H_2O 中的分配系数 K_d,然后将定量已知的 KI 水溶液与含有 I_2 的 CCl_4 溶液在定温下振荡混合,待平衡后静置分层。分析 CCl_4 层中 I_2 的浓度,根据分配系数,求得水层中 I_2 的浓度($[I_2, H_2O]$,记为 b),即

$$[I_2, H_2O] = \frac{[I_2, CCl_4]}{K_d} \qquad (10\text{-}3)$$

那么

$$[I_3^-, H_2O] = ([I_2, H_2O] + [I_3^-, H_2O]) - [I_2, H_2O] = a - b \tag{10-4}$$

$$[I^-, H_2O] = [I^-]_0 - [I_3^-, H_2O] = c - (a - b) \ (设起始 [I^-]_0 = c) \tag{10-5}$$

根据式(10-2)~式(10-5)，I_3^- 的解离常数为

$$K_c = \frac{[I_2, H_2O][I^-, H_2O]}{[I_3^-, H_2O]} = \frac{a \times (c - a + b)}{a - b} \tag{10-6}$$

三、仪器和试剂

恒温水浴摇床(1 套)，碘量瓶(250 mL，4 个)，碱式滴定管(50 mL，1 支)，洗耳球(1 个)，移液管(50 mL，2 支；25 mL，2 支；10 mL，2 支；1 mL，1 支)，锥形瓶(150 mL，4 个)，0.01 mol · L^{-1} $Na_2S_2O_3$ 标准溶液，0.1 mol · L^{-1} KI 标准溶液，0.5% 淀粉指示剂，0.04 mol · L^{-1} I_2 的 CCl_4 溶液，CCl_4(A. R.)。

四、实验步骤

1. 控制恒温

控制恒温水浴摇床在 40℃。

2. 试样配制

取 4 个洁净、干燥的 1、2、3、4 号碘量瓶，按下述用量进行配制。配制后塞好塞子，以防 I_2 和 CCl_4 挥发。上述 1、2、3、4 号瓶置于恒温水浴摇床中振荡摇匀 1 h 后，静止 20 min，使两液层充分分层。

瓶号	V_{H_2O}/mL	V_{KI}/mL	V_{I_2, CCl_4}/mL	V_{CCl_4}/mL
1	100		20	
2	100		10	10
3		100	20	
4	75	25	20	

3. H_2O 层样品分析

在 1 号瓶 H_2O 层中，用移液管准确吸取 25 mL 样品 2 份，分别注入 2 个 150 mL 锥形瓶内，用 0.01 mol · L^{-1} $Na_2S_2O_3$ 标准溶液滴定至淡黄色时，加入 1 mL 5% 淀粉指示剂，此时溶液呈蓝色，继续用 $Na_2S_2O_3$ 标准溶液小心滴至蓝色恰好消失，记录 2 次滴定消耗的 $Na_2S_2O_3$ 溶液体积，取平均值。

4. CCl_4 层样品分析

准确吸取 CCl_4 层样品 5 mL 2 份，分别移至 2 个预先盛有 10 mL 0.1 mol · L^{-1} KI 标准溶液的 150 mL 锥形瓶(为不让水层样品进入移液管，在插入 CCl_4 层的过程中应向移液管轻微吹气)，充分振荡以保证 CCl_4 层中的 I_2 与 KI 完全反应而被提取到水层中，用 0.01 mol · L^{-1}

$Na_2S_2O_3$ 标准溶液滴定。

与实验步骤 3、4 方法相同,进行 3 号瓶和 4 号瓶的测定。H_2O 层和 CCl_4 层样品分析均用碱式滴定管滴定。实验完毕,将含有 CCl_4 的溶液倒入回收瓶中。

五、数据记录与处理

(1) 原始数据记录。

(ⅰ) 室温＝_____℃,大气压＝_____Pa。

(ⅱ) 恒温摇床温度＝_____℃,$c(Na_2S_2O_3,$标准溶液)＝_____,$c(KI,$标准溶液)＝_____。

瓶号	25 mL H_2O 层		5 mL CCl_4 层	
	$V_{Na_2S_2O_3}$/mL	平均值	$V_{Na_2S_2O_3}$/mL	平均值
1				
2				
3				
4				

(2) 由 1、2 号瓶的滴定数据,求出碘在 CCl_4 和 H_2O 中的分配系数,并求其平均值。

(3) 由 3、4 号瓶的滴定数据和分配系数,分别计算 $[I_2,H_2O]$、$[I^-,H_2O]$、$[I_3^-,H_2O]$ 和 K_c,并求 K_c 的平均值。

六、分析与思考

(1) 实验关键:①防止 I_2 和 CCl_4 的挥发;②恒温平衡;③CCl_4 层样品的移取等。

(2) 测定解离常数和分配系数时为什么要求恒温?

七、扩展实验

(1) 查阅文献设计实验,分离回收本实验中 I_2 和 CCl_4 的混合废液。

［提示］ 在混合废液中先加 KI 溶液,振荡静止后萃取分离,然后通过蒸馏法回收 I_2 和 CCl_4。

(2) 设计实验求 $I_2+I^-\Longrightarrow I_3^-$ 平衡反应的摩尔反应焓 Δ_rH_m。

［提示］ 首先测定不同温度下的解离常数,再根据 $\ln K=-\dfrac{\Delta_rH_m}{R}\dfrac{1}{T}+C$,通过作图法求算。

(3) 根据 I_3^-、I_2 以及 I^- 的紫外吸收光谱,自行设计一个实验,测量 $I_3^-\Longrightarrow I_2+I^-$ 的解离常数。

实验十一 丙酮碘化反应级数的测定

一、实验目的

(1) 掌握用孤立法确定反应级数的方法。

(2) 测定酸催化作用下丙酮碘化反应的速率常数。

（3）通过实验加深对复杂反应特征的理解。

（4）掌握分光光度计的基本原理及使用方法。

二、实验原理

大多数化学反应是复杂反应，反应中包含了许多个基元反应。反应级数是根据实验的结果而确定的，并不能从化学计量方程式简单的利用质量作用定律推得（基元反应例外）。反应级数的确定很重要，它不仅告诉我们浓度是如何影响反应速率的，从而通过调整浓度控制反应速率，而且可以帮助我们推测反应机理，了解反应的真实过程。

确定反应级数的方法通常有孤立法（微分法）、半衰期法、积分法、初速法等，其中孤立法是动力学研究中的常用方法。本实验采用孤立法确定丙酮碘化反应级数，从而确定丙酮碘化反应的速率方程。

酸催化的丙酮碘化反应是一个复杂反应，初始阶段反应为

$$CH_3COCH_3 + I_2 \Longrightarrow CH_3COCH_2I + I^- + H^+ \tag{11-1}$$

H^+ 是反应的催化剂，因丙酮碘化反应本身有 H^+ 生成，因此丙酮初始阶段反应为一个自催化过程。但丙酮碘化反应并不停留在生成一元碘化丙酮上，反应可进一步进行，生成多元碘化丙酮。为此，在本实验中通过控制反应物碘的浓度，使其大大低于丙酮和酸的浓度，反应在碘完全消耗时，丙酮和酸的浓度可近似认为不变，从而使丙酮碘化反应限制在按方程式（11-1）进行。该反应的动力学方程可写成：

$$-\frac{dc_{I_2}}{dt} = kc_B^x c_{H^+}^y c_{I_2}^z \tag{11-2}$$

式中，x、y、z 分别为丙酮（B）、氢离子、碘的反应级数；k 为反应速率常数。

将式（11-2）两边取对数得

$$\lg\left(-\frac{dc_{I_2}}{dt}\right) = \lg k + x\lg c_B + y\lg c_{H^+} + z\lg c_{I_2} \tag{11-3}$$

因碘在可见光区有一个很宽的吸收带，而在此吸收带中盐酸、丙酮、碘化丙酮和碘化钾溶液没有明显的吸收，所以可采用分光光度法直接观察碘浓度随时间的变化关系。根据朗伯-比尔定律：

$$A = abc_{I_2} \tag{11-4}$$

式中，A 为吸光度；a 为吸光系数；b 为样品池光径长度。

将式（11-4）的两边对时间进行微分，可得

$$\frac{dA}{dt} = ab\frac{dc_{I_2}}{dt} \tag{11-5}$$

对式（11-5）进一步整理可得

$$-\frac{dc_{I_2}}{dt} = -\frac{1}{ab}\frac{dA}{dt} \tag{11-6}$$

在本实验条件下（丙酮浓度为 $0.1\sim0.4$ mol·L^{-1}，氢离子浓度为 $0.1\sim0.4$ mol·L^{-1}，碘的浓度为 $0.0001\sim0.01$ mol·L^{-1}），实验已证实用 A-t 作图为一条直线，说明反应速率与碘的浓度无关，所以，$z=0$。再结合式（11-6）和式（11-3）可得

$$\lg\left(-\frac{\mathrm{d}A}{\mathrm{d}t}\right) = \lg k + x\lg c_B + y\lg c_{H^+} + \lg ab \tag{11-7}$$

通过固定一种物质的浓度,改变另一种物质的浓度,以 $\lg\left(-\frac{\mathrm{d}A}{\mathrm{d}t}\right)$ 对 $\lg c_B$ 或 $\lg c_{H^+}$ 作图,可利用斜率求得对丙酮和酸的反应级数 x 和 y。

同时,由于 $c_{H^+} \gg c_{I_2}$ 且 $c_B \gg c_{I_2}$,可认为 c_{H^+} 和 c_B 在反应过程为一常数。结合式(11-2)和式(11-5)可得

$$-\frac{\mathrm{d}A}{\mathrm{d}t} = abkc_B^x c_{H^+}^y \tag{11-8}$$

进一步解式(11-8),可得丙酮碘化反应的速率常数为

$$k = \frac{1}{ab}\frac{1}{c_B^x c_{H^+}^y}\left(-\frac{\mathrm{d}A}{\mathrm{d}t}\right)_i = \frac{1}{ab}\frac{1}{c_B^x c_{H^+}^y}v_i \tag{11-9}$$

三、仪器和试剂

72 型分光光度计(1 台),恒温槽(1 台),容量瓶(50 mL,11 个),移液管(5 mL 和 10 mL,各 3 支),秒表(1 只),洗耳球(1 个),容量瓶(250 mL,2 个),丙酮溶液(2.00 mol·L⁻¹),盐酸溶液(2.00 mol·L⁻¹),碘溶液(0.02 mol·L⁻¹,含 2% KI)。

四、实验步骤

1. 分光光度计的调节

(1) 正确连接恒温夹套与恒温槽,调节恒温槽的温度为(25±0.02)℃。

(2) 将分光光度计波长调至 565 nm 处,把黑色标准校具和装有蒸馏水的比色皿放入恒温夹套内,仪器预热恒温 10 min 后,把黑色标准校具和装有蒸馏水的比色皿分别推(拉)入光路中,进行透光率"0"和"100"校正。

2. 吸光系数 a 的测定

准确移取 2.5 mL 0.02 mol·L⁻¹ 的碘溶液于 50 mL 容量瓶中,加水配成 0.001 mol·L⁻¹ 碘水溶液,然后置于 25 ℃ 的恒温水浴中恒温 10 min。取少量的碘水溶液洗涤比色皿 2 次,再注入 0.001 mol·L⁻¹ 碘水溶液,测定吸光度 A 值,更换碘水溶液再重复测定 2 次,取平均值。

3. 丙酮碘化反应级数的测定

(1) 反应液的恒温。250 mL 蒸馏水、50 mL 2.00 mol·L⁻¹ 盐酸溶液、50 mL 0.02 mol·L⁻¹ 碘水溶液分别置于容量瓶中于 25 ℃ 下恒温。

(2) 丙酮反应级数的测定。取编号 1~4 号 4 个干净的 50 mL 容量瓶,用移液管注入 0.02 mol·L⁻¹ 碘水溶液和 2.00 mol·L⁻¹ 盐酸溶液各 5 mL,再注入适量蒸馏水,置于 25 ℃ 恒温水浴中恒温 10 min。取另一支移液管向 1 号容量瓶迅速加入已恒温 25 ℃ 的 2.00 mol·L⁻¹ 丙酮溶液 2.5 mL,当丙酮溶液加到一半时开动秒表计时。用已恒温的蒸馏水将此混合液稀释到刻度线,迅速摇匀,用此混合液清洗干净的比色皿多次,然后将混合液快速注入比色皿中,测定不同时间的吸光度。每隔 30 s 读一个吸光度数据,直到取得 7~10 个数据。

用移液管分别取 5.0 mL、7.5 mL、10 mL 已恒温的标准丙酮溶液,分别注入 2 号、3 号、4 号容量瓶,按方法测定不同丙酮浓度不同时间的吸光度。

(3) 氢离子反应级数的测定。取编号 5~8 号 4 个干净的 50 mL 容量瓶,各注入 0.02 mol·L^{-1} 碘水溶液 5 mL,同时依次加入 2.00 mol·L^{-1} HCl 溶液 2.5 mL、5.0 mL、7.5 mL、10 mL,再注入适量蒸馏水,置于 25 ℃恒温水浴中恒温 10 min。取另一支移液管向 5 号容量瓶迅速加入已恒温 25 ℃的 2.00 mol·L^{-1} 丙酮溶液 5 mL,加蒸馏水定容,混合均匀,测定不同时间的吸光度 A,每隔 30 s 读一个吸光度数据,直到取得 7~10 个数据。

用移液管依次吸取 5.0 mL 已恒温的标准丙酮溶液,分别注入 6~8 号容量瓶,按同样方法测定不同盐酸浓度不同时间的吸光度。

五、数据记录与处理

(1) 原始数据记录。

（ⅰ）室温_____℃,大气压_____Pa。

（ⅱ）记录 0.001 mol·L^{-1} 碘溶液的吸光度值,并计算吸光系数。

测量次数	1	2	3	平均值
吸光度 A				

（ⅲ）丙酮碘化反应在不同丙酮浓度(c_B)不同时间的吸光度。

$$c_{H^+} = 0.1 \text{ mol·}L^{-1} \qquad c_{I_2} = 0.002 \text{ mol·}L^{-1}$$

$c_B = 0.1$ mol·L^{-1}		$c_B = 0.2$ mol·L^{-1}		$c_B = 0.3$ mol·L^{-1}		$c_B = 0.4$ mol·L^{-1}	
$v_1 = -\dfrac{dA}{dt} =$ _____		$v_2 = -\dfrac{dA}{dt} =$ _____		$v_3 = -\dfrac{dA}{dt} =$ _____		$v_4 = -\dfrac{dA}{dt} =$ _____	
t/s	A	t/s	A	t/s	A	t/s	A

（ⅳ）丙酮碘化反应在不同盐酸浓度不同时间的吸光度。

$$c_B = 0.1 \text{ mol·}L^{-1} \qquad c_{I_2} = 0.002 \text{ mol·}L^{-1}$$

$c_{H^+} = 0.1$ mol·L^{-1}		$c_{H^+} = 0.2$ mol·L^{-1}		$c_{H^+} = 0.3$ mol·L^{-1}		$c_{H^+} = 0.4$ mol·L^{-1}	
$v_5 = -\dfrac{dA}{dt} =$ _____		$v_6 = -\dfrac{dA}{dt} =$ _____		$v_7 = -\dfrac{dA}{dt} =$ _____		$v_8 = -\dfrac{dA}{dt} =$ _____	
t/s	A	t/s	A	t/s	A	t/s	A

（2）用上面所列各数据，分别以 $\lg\left(-\dfrac{\mathrm{d}A}{\mathrm{d}t}\right)$ 对 $\lg c_B$ 或 $\lg c_{H^+}$ 作图，计算反应级数 x 和 y 以及平均反应速率常数 k，并与文献值比较。文献值：$x=y\approx1$，$k=2.86\times10^{-5}$ L・mol^{-1}・s^{-1}（25 ℃）。

六、分析与思考

（1）实验关键。

（ⅰ）丙酮和碘是易挥发物质，取用务必迅速，同时在吸光度测量时要使用带盖的比色皿。

（ⅱ）由于反应速率与温度密切相关，实验过程不但反应液要预先恒温，而且丙酮碘化反应过程也要保证恒温，以防止由于恒温时间不足造成反应速率常数比真实值偏低。

（2）在本实验中，将丙酮溶液加入含有盐酸和碘的混合液中时，并没有立即计时，而是当丙酮溶液加到一半时开动秒表计时，这样做是否会影响实验结果？为什么？

（3）在本实验中，检测波长的选择对实验结果有影响吗？

七、扩展实验

1. 设计实验测定丙酮碘化反应的活化能。

［提示］ 根据阿伦尼乌斯公式估算反应的活化能 E_a 值，参考乙酸乙酯皂化反应实验。

2. 设计实验探讨不同离子强度对丙酮碘化反应的反应速率常数、活化能、指前因子、摩尔活化焓变和摩尔活化熵变的影响。

［提示］ 请参考文献：凌锦龙，张建梅．2008．盐效应对丙酮碘化反应动力学参数的影响．化学研究与应用，18(7)：844。

实验十二　"碘钟"反应

一、实验目的

（1）了解一类非线性动力学现象——"时钟"反应。
（2）学会用初速法测定过硫酸根与碘离子的反应速率常数和反应级数。

二、实验原理

化学和化工过程中的多层次和多尺度效应是当前化学研究的热点和前沿课题之一。几乎所有复杂的化学和化工过程都包含有非线性作用的动力学，非线性化学反应在时间尺度上通过快慢反应组合构成复杂的非线性现象，如时钟反应、阵发振荡、准周期振荡、多节律和化学混沌等；在空间尺度上，非线性化学反应与扩散、对流等运输过程的偶合形成丰富多彩和具有功能的时空图案，如多脉冲波、靶形波等，如图 12-1 所示。

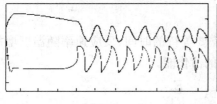

(a) 简单振荡   (b) 准周期振荡

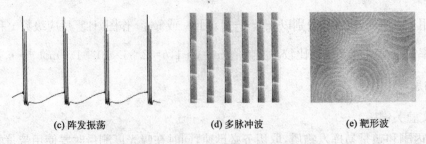

(c) 阵发振荡　　　　　　(d) 多脉冲波　　　　　　(e) 靶形波

图 12-1　丰富多彩的非线性动力学行为

碘钟反应是复杂反应动力学行为中的一种,碘钟反应是把有关的反应物混合在一起,经过一较长诱导期后,突然观察到产物碘出现的一类反应。例如,过硫酸根与碘离子的反应式为

$$S_2O_8^{2-} + 2I^- \longrightarrow 2SO_4^{2-} + I_2 \tag{12-1}$$

如事先同时加入少量硫代硫酸钠标准溶液和淀粉指示剂,则式(12-1)产生的碘便通过式(12-2)很快地被还原为碘离子,直到 $S_2O_3^{2-}$ 消耗完毕,游离碘遇上淀粉即显示蓝色。从反应开始到蓝色出现所经历的时间(诱导期),即可作为反应初速的计量。由于这一反应能自身显示反应进程,故常称为"碘钟"反应。

$$2S_2O_3^{2-} + I_2 \longrightarrow S_4O_6^{2-} + 2I^- \tag{12-2}$$

当温度和溶液的离子强度一定时,式(12-1)的速率方程可写成:

$$-\frac{d[S_2O_8^{2-}]}{dt} = k[S_2O_8^{2-}]^m[I^-]^n \tag{12-3}$$

在本实验中,采用能有效避免反应产物干扰的反应初速法测定反应级数。通过选择一系列初始条件,测量诱导期(反应开始至蓝色瞬间出现的时间)P,则反应的初始速率为

$$-\frac{d[S_2O_8^{2-}]}{dt} = \frac{d[I_2]}{dt} = \frac{\Delta[I_2]}{P} \tag{12-4}$$

式中,$\Delta[I_2]$ 为诱导期 P 内 I^- 经式(12-1)快速氧化产生、同时又被 $S_2O_3^{2-}$ 通过式(12-2)快速消耗的碘单质浓度。如设各初始条件下每次加入硫代硫酸钠的量不变,则各反应在诱导期内产生的 $\Delta[I_2]$ 相同,可近似为常数(C),则

$$-\frac{d[S_2O_8^{2-}]}{dt} = \frac{C}{P} \tag{12-5}$$

将式(12-5)代入式(12-3),两边取对数得

$$\ln\left[\frac{1}{P}\right] = \ln k + m\ln[S_2O_8^{2-}] + n\ln[I^-] - C' \tag{12-6}$$

保持 $[I^-]$ 不变,以 $\ln\left[\dfrac{1}{P}\right]$ 对 $\ln[S_2O_8^{2-}]$ 作图,从直线斜率可求得反应级数 m;保持 $[S_2O_8^{2-}]$ 不变,以 $\ln\left[\dfrac{1}{P}\right]$ 对 $\ln[I^-]$ 作图,从直线斜率可求得 n。结合 m 和 n 值,通过式(12-3)和式(12-4)计算获得反应速率常数 k。

碘钟反应中,提高反应温度会缩短变色所需要等待的时间,反应速率随温度增加而加快。根据阿伦尼乌斯关系式(12-7)可计算碘钟反应的活化能。

$$\ln k = \ln A - \frac{E_a}{RT} \tag{12-7}$$

假设在实验温度范围内,活化能近似为一常数,则以 $\ln k$ 对 $1/T$ 作图,其斜率(slope)即为公式

中 $-E_a/R$。对于碘钟反应,速率常数 k 与诱导期 P 成反比关系($k \propto 1/P$)。因此若将 $\ln(1/P)$ 与温度倒数($1/T$)作图应可得一直线关系,其碘钟反应活化能即为

$$E_a = -\text{slope} \times R \tag{12-8}$$

三、仪器和试剂

混合反应器(1 套),移液管(10 mL 和 5 mL,各 2 支),秒表(1 只),0.100 mol · L^{-1} $(NH_4)_2S_2O_8$ 溶液,0.005 mol · L^{-1} $Na_2S_2O_3$ 标准溶液,0.100 mol · L^{-1} KI 溶液,0.100 mol · L^{-1} $(NH_4)_2SO_4$ 溶液,0.5% 淀粉指示剂。

四、实验步骤

(1) 以双管电导池为反应器,按照表 12-1 所列数据将 $(NH_4)_2S_2O_8$ 溶液及 $(NH_4)_2SO_4$ 溶液放入反应器 A 池,并加入 2 mL 0.5% 淀粉指示剂;将 KI 溶液及 $Na_2S_2O_3$ 溶液加入 B 池。在 25 ℃恒温 10 min 后,用洗耳球将 B 池溶液迅速压入 A 池,当溶液压入一半时即开始计时,并来回吸压一次使混合均匀。观察到蓝色出现即停止计时。

表 12-1　碘钟反应实验试剂组成表

编号	$(NH_4)_2S_2O_8$ 溶液/mL	$(NH_4)_2SO_4$ 溶液/mL	KI 溶液/mL	$Na_2S_2O_3$ 溶液/mL
1	10	6	4	5
2	10	4	6	5
3	10	2	8	5
4	10	0	10	5
5	8	2	10	5
6	6	4	10	5
7	4	6	10	5

(2) 用相同方法进行其他组溶液的实验。

(3) 取 4 号溶液,按上述相同的方法作 30 ℃、35 ℃、40 ℃的实验,求活化能。

五、数据记录与处理

(1) 原始数据记录。

(ⅰ)室温＝_____℃,大气压＝_____Pa。

(ⅱ)25℃时碘钟反应的诱导期与反应起始浓度。

项目名称	编号								
	1	2	3	4				5	6	7
$[S_2O_3^{2-}]/(\text{mol} \cdot \text{L}^{-1})$										
$[I^-]/(\text{mol} \cdot \text{L}^{-1})$										
$[S_2O_8^{2-}]/(\text{mol} \cdot \text{L}^{-1})$										
P/s				25 ℃	30 ℃	35 ℃	40 ℃			

（2）以 $\ln\left[\dfrac{1}{P}\right]$ 对 $\ln[S_2O_8^{2-}]$ 作图，从直线斜率可求得反应级数 m；保持 $[S_2O_8^{2-}]$ 不变，以 $\ln\left[\dfrac{1}{P}\right]$ 对 $\ln[I^-]$ 作图，从直线斜率可求得 n。结合 m 和 n 值，通过式（12-3）和式（12-4）计算获得反应速率常数 k。

（3）以 $\ln\left[\dfrac{1}{P}\right]$ 对 $\dfrac{1}{T}$ 作图，根据式（12-8）求活化能。

六、分析与思考

（1）用反应初速法测定动力学参数有何优点？

（2）实验中加入 $(NH_4)_2SO_4$ 的作用是什么？

七、扩展实验

用肉眼观察记录碘钟反应的诱导期，往往存在较大的系统误差。试设计实验用分光光度计原位现场测定碘钟反应的诱导期。

［提示］　碘的特征吸收波长为 460 nm。

组合实验 Ⅳ

实验十三　NaCl 偏摩尔体积的测定

一、实验目的

(1) 掌握测定二组分溶液偏摩尔体积的方法。
(2) 加深对偏摩尔量概念的认识。

二、实验原理

在恒温恒压条件下,由物质的量分别为 n_A 和 n_B 的 A、B 两物质组成的溶液,如溶液的容量性质为体积 V,则体积 V 的全微分为

$$dV = \left(\frac{\partial V}{\partial n_A}\right)_{T,p,n_B} dn_A + \left(\frac{\partial V}{\partial n_B}\right)_{T,p,n_A} dn_B \tag{13-1}$$

令

$$V_A = \left(\frac{\partial V}{\partial n_A}\right)_{T,p,n_B} \qquad V_B = \left(\frac{\partial V}{\partial n_B}\right)_{T,p,n_A}$$

则(13-1)式可写成

$$dV = V_A dn_A + V_B dn_B \tag{13-2}$$

式中,V_A 和 V_B 分别称为组分 A 和组分 B 的偏摩尔体积。

偏摩尔体积的物理意义可以从两个角度理解:一是在一定温度、压力下,想象为在大量的溶液中,溶解 1mol 组分 i 所引起溶液体积的改变;二是在一定温度、压力下,在一定量的溶液中溶解 dn_i 组分 i 而引起溶液体积的增量 dV 与 dn_i 的比值。两者的共同特点无非都要表明使溶液能维持恒定的浓度,以符合偏导数的定义。

在 T、p 恒定条件下,对式(13-2)两边积分得

$$V = V_A n_A + V_B n_B \tag{13-3}$$

对式(13-3)微分得

$$dV = n_A dV_A + V_A dn_A + n_B dV_B + V_B dn_B \tag{13-4}$$

比较式(13-2)与式(13-4)得吉布斯-杜亥姆公式

$$n_A dV_A + n_B dV_B = 0 \tag{13-5}$$

整理得

$$\frac{dV_A}{dV_B} = -\frac{n_B}{n_A} = -\frac{x_B}{x_A} = \frac{x_B}{x_B - 1} \tag{13-6}$$

从式(13-6)可以看出,V_A 和 V_B 彼此不是相互独立的,而是存在着一一对应的函数关系。V_A 的变化将引起 V_B 变化,反之亦然。如 V_A 不变,V_B 也就保持不变,当 x_B 为一定值,即溶液浓度一定时,dV_A 一定,dV_B 也就一定。因而难于用式(13-3)直接求得 V_A 和 V_B。本实验应用 Q-$\sqrt{m}$ 作图法求测二组分体系的偏摩尔体积 V_A、V_B。

定义表观摩尔体积

$$Q = \frac{V - n_A V_{m,A}^*}{n_B} \tag{13-7}$$

式中，$V_{m,A}^*$ 为纯 A 的摩尔体积。

又因为

$$V = \frac{n_A M_A + n_B M_B}{\rho} \tag{13-8}$$

式中，ρ 为溶液的密度；M_A 和 M_B 分别为 A 和 B 的摩尔质量。将式(13-8)代入式(13-7)并整理得

$$Q = \frac{1}{n_B} \left(\frac{n_A M_A + n_B M_B}{\rho} - n_A V_{m,A}^* \right) \tag{13-9}$$

采用质量摩尔浓度 m，令式中 $n_A = \frac{1000}{M_A}$，$n_B = m$，则

$$Q = \frac{1}{m} \left(\frac{1000 + m M_B}{\rho} - \frac{1000}{M_A / V_{m,A}^*} \right) \tag{13-10}$$

因为 $\frac{M_A}{V_{m,A}^*} = \rho_A$，$\rho_A$ 为纯 A 的密度，所以

$$Q = \frac{1}{m} \left(\frac{1000 + m M_B}{\rho} - \frac{1000}{\rho_A} \right) \tag{13-11}$$

将式(13-11) 进一步转化为

$$Q = \frac{1000}{m \rho \rho_A} (\rho_A - \rho) + \frac{M_B}{\rho} \tag{13-12}$$

由式(13-12)可以看出，Q 值可以通过实验测量 ρ_A、ρ、m 的值计算得到。从而只要找到 V_A、V_B 与 Q 的函数关系，则求偏摩尔体积的问题就迎刃而解。为此，把式(13-7)对 n_B 求偏微分，得

$$V_B = Q + n_B \left(\frac{\partial Q}{\partial n_B} \right)_{T, p, n_A} \tag{13-13}$$

把式(13-7)和式(13-13)代入式(13-3)，整理得

$$V_A = \frac{1}{n_A} \left[n_A V_{m,A}^* - n_B^2 \left(\frac{\partial Q}{\partial n_B} \right)_{T, p, n_A} \right] \tag{13-14}$$

因为溶液组成用质量摩尔浓度表示，$n_B = m$，故

$$\left(\frac{\partial Q}{\partial n_B} \right)_{T, p, n_A} = \left(\frac{\partial Q}{\partial m} \right)_{T, p, n_A} = \left(\frac{\partial Q}{\partial \sqrt{m}} \cdot \frac{\partial \sqrt{m}}{\partial m} \right)_{T, p, n_A} \tag{13-15}$$

将式(13-15)代入式(13-13)，得

$$V_B = Q + \frac{\sqrt{m}}{2} \left(\frac{\partial Q}{\partial \sqrt{m}} \right)_{T, P, n_A} \tag{13-16}$$

因为

$$n_A = \frac{1000}{M_{H_2O}} = \frac{1000}{18.016} = 55.51 \, (\text{mol})$$

所以

$$V_A = V_{m,A}^* - \frac{m^2}{55.51}\left(\frac{1}{2\sqrt{m}} \cdot \frac{\partial Q}{\partial \sqrt{m}}\right) \tag{13-17}$$

对于强电解质稀水溶液,德拜-休克尔理论证明了 Q 与 $\sqrt{m}$ 呈线性关系。这样,作 $Q\text{-}\sqrt{m}$ 图,在 $Q\text{-}\sqrt{m}$ 线上任取一点流动坐标 $P(\sqrt{m}, Q)$,设纵轴截距为 Q_0,则根据直线方程,得

$$Q = Q_0 + \sqrt{m}\,\frac{\partial Q}{\partial \sqrt{m}} \tag{13-18}$$

将式(13-18)代入式(13-16),得

$$V_B = Q_0 + \frac{3}{2}\sqrt{m}\left(\frac{\partial Q}{\partial \sqrt{m}}\right)_{T,p,n_A} \tag{13-19}$$

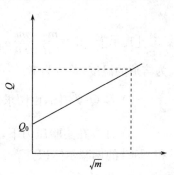

图 13-1　$Q\text{-}\sqrt{m}$ 关系图

根据以上分析,要求得偏摩尔体积,必须配制不同质量摩尔浓度的系列溶液,在恒温恒压条件下,测定溶液及纯溶剂的密度,代入式(13-12)计算每一溶液的 Q 值,作 $Q\text{-}\sqrt{m}$ (图 13-1),对于强电解质稀水溶液,得到一直线,直线的截距和斜率分别为 Q_0 和 $\dfrac{\partial Q}{\partial \sqrt{m}}$,通过式(13-17)和式(13-19)可求出组分 A 和组分 B 在该浓度下的偏摩尔体积 V_A 和 V_B。

三、仪器和试剂

分析天平(公用,1 台),玻璃恒温水浴(公用,1 套),密度瓶(1 个),称量瓶(50 mL,1 个),烧杯(100 mL,5 个),烧杯(50 mL,1 个),NaCl (A. R.),蒸馏水。

四、实验步骤

(1) 称取约 5.0 g NaCl 固体于称量瓶中,放入烘箱,温度设定在 110~120℃,烘 2 h 左右,然后置于干燥器中备用。

(2) 分别配制质量摩尔浓度为 0.4 mol·kg^{-1}、0.6 mol·kg^{-1}、0.8 mol·kg^{-1}、1.0 mol·kg^{-1}、1.2 mol·kg^{-1} NaCl 水溶液各 100 mL。

(3) 将洗净、烘干的密度瓶从干燥器中取出,放到电子天平上准确称量空瓶的质量为 m_0。

(4) 用配好的溶液润洗密度瓶 3 次(注意同时润洗毛细管),然后装满,盖上带有毛细管的磨口塞,让瓶内的水从毛细管口溢出(瓶内及毛细管中均不能有气泡存在)。将密度瓶放入恒温槽中,温度控制在 30℃,恒温 15 min。将密度瓶从恒温槽中取出(只可拿瓶颈处),迅速用滤纸刮去毛细管口的液体并将密度瓶的瓶壁擦干,再放到电子天平上准确称量其质量为 m_2。按上述步骤,从低浓度到高浓度依次测量。

(5) 用自来水洗净密度瓶,再用去离子水反复润洗至完全洁净,装满去离子水,恒温后称取其质量为 m_1。

五、数据记录与处理

(1) 原始数据记录

（ⅰ）室温＝＿＿＿＿℃,大气压＝＿＿＿＿Pa,$\rho_{H_2O,T}$＝＿＿＿＿g·cm^{-3}。

（ⅱ）密度瓶法测量溶液的密度,并计算出每一种溶液的 $\sqrt{m}$、ρ 和 Q 值。

| 项目 | | 测量次数 | | $\overline{m}/g$ | $\rho/(g \cdot cm^{-3})$ | $\sqrt{m}$ | Q |
		1	2	3				
m_0/g						—	—	—
m_1/g						—	—	—
	0.4 mol·kg^{-1}							
	0.6 mol·kg^{-1}							
m_2/g	0.8 mol·kg^{-1}							
	1.0 mol·kg^{-1}							
	1.2 mol·kg^{-1}							

[提示]　$\rho_T = \dfrac{m_2 - m_0}{m_1 - m_0}\rho_{H_2O,T}$，$\rho_{H_2O,T} = 1.01699 - 14.290/[940 - 9(T - 273.15)]$，式中 T 为溶液的温度，单位为 K。

(2) 作 Q-$\sqrt{m}$ 图，由图求出 Q_0 和 $\dfrac{\partial Q}{\partial \sqrt{m}}$ 值。

(3) 计算在实验压力下，30 ℃时，$m = 0.500$ mol·kg^{-1}和 $m = 1.000$ mol·kg^{-1}时 H_2O 和 NaCl 的偏摩尔体积。

六、分析与思考

(1) 实验关键。

（ⅰ）密度瓶务必洗净干燥。

（ⅱ）密度瓶装液体时，注满密度瓶。轻轻塞上塞子，让瓶内液体经由塞子毛细管溢出，注意瓶内不得留有气泡，密度瓶外如沾有溶液，务必擦干。

（ⅲ）恒温过程中毛细管里要始终充满液体。

(2) 使用密度瓶要注意哪些问题？

(3) 为了提供溶液密度的测量精度，你认为还可作哪些改进？

七、扩展实验

查阅文献，设计实验测量乙醇水溶液的偏摩尔体积。

[提示]　应用 Q-$\sqrt{m}$ 作图法不但可以求测二组分体系强电解质水溶液的偏摩尔体积 V_A、V_B，还可以求测其他非强电解质或非电解质二组分体系溶液的偏摩尔体积 V_A、V_B。例如，测定乙醇水溶液的偏摩尔体积。

<h2 style="text-align:center">实验十四　NaCl 注射液渗透压的测定</h2>

一、实验目的

(1) 测定氯化钠注射液的凝固点降低值，计算其渗透压。

(2) 掌握溶液凝固点的测定技术，并加深对稀溶液依数性质的理解。

(3) 掌握贝克曼温度计（或 SWC-Ⅱ数字贝克曼温度计）的使用方法。

二、实验原理

渗透压与人体生物膜的溶液扩散或液体转移的生物过程有很大关系。生产注射剂等药物制剂时必须考虑其渗透压。理想的渗透压可以通过计算得出，在生理范围内及很稀的溶液中，其渗透压与理想计算的偏差很小。

一般采用冰点降低法测定注射剂的渗透压，此法具有简单、快速、结果准确等特点。

当稀溶液凝固析出纯固体溶剂时，则溶液的凝固点低于纯溶剂的凝固点，其降低值与溶液的质量摩尔浓度成正比，即

$$\Delta T_f = T_f^* - T_f = K_f m_B \tag{14-1}$$

式中，ΔT_f为凝固点降低值；T_f^*为纯溶剂的凝固点；T_f为溶液的凝固点；m_B为溶液中溶质 B 的质量摩尔浓度；K_f为溶剂的质量摩尔凝固点降低常数，它的数值仅与溶剂的性质有关。

因为氯化钠注射液是很稀的溶液，所以可近似认为 m_B 与 c_B 在数值上相等，通过式（14-1）可以计算出 m_B，从而得出 c_B。通过渗透压的公式 $\Pi = c_B RT$，就可求出氯化钠注射液的渗透压。

本实验采用的凝固点降低实验装置示意图如图 14-1 所示。

显然，全部实验操作归结为凝固点的精确测量，其方法如下：将溶液逐渐冷却成为过冷溶液，然后通过搅拌或加入晶种促使溶剂结晶，放出的凝固热使体系温度回升，当放热与散热达到平衡时，温度不再改变，此固液两相平衡共存的温度即为溶液的凝固点。本实验测纯溶剂与溶液凝固点之差，由于差值较小，所以测温采用较精密的贝克曼温度计（或 SWC-Ⅱ 数字贝克曼温度计）。

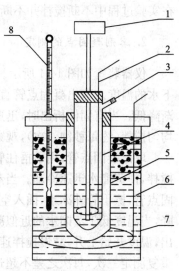

图 14-1　凝固点降低实验装置
1. 贝克曼温度计；2. 内管搅棒；3. 投料支管；4. 凝固点管；5. 空气套管；6. 寒剂搅棒；7. 冰槽；8. 温度计

从相律看，溶剂与溶液的冷却曲线形状不同。对纯溶剂两相共存时，自由度 $f^* = 1 - 2 + 1 = 0$，冷却曲线形状如图 14-2（a）所示，水平线段对应着纯溶剂的凝固点。对溶液两相共存时，自由度 $f^* = 2 - 2 + 1 = 1$，温度仍可下降，由于溶剂凝固时放出凝固热而使温度回升，并且回升到最高点又开始下降，其冷却曲线如图 14-2（b）所示，不出现水平线段。溶剂析出后，剩余溶液浓度逐渐增大，溶液的凝固点也要逐渐下降，因此

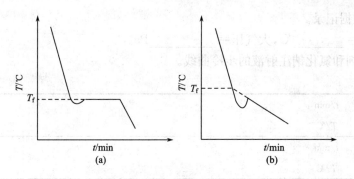

图 14-2　溶剂与溶液的冷却曲线

在冷却曲线上得不到温度不变的水平线段。如果溶液的过冷程度不大，可以将温度回升的最高值作为溶液的凝固点；若过冷程度太大，则回升的最高温度不是原浓度溶液的凝固点，严格的做法应作冷却曲线，并按图14-2中所示的方法加以校正。

三、仪器和试剂

凝固点测定仪(1套)，SWC-Ⅱ数字贝克曼温度计(1台)，分析天平(1台)，压片机(1台)，普通温度计(−50～50 ℃，1支)，移液管(25 mL，1支)，电吹风(1个)，生理盐水。

四、实验步骤

1. 调节寒剂的温度

取适量经过研磨的粗盐与冰水混合，使寒剂温度为−2～−3℃，注意不要无限制的加盐。在实验过程中不断搅拌并不断补充碎冰，使寒剂保持此温度。

2. 溶剂凝固点的测定

仪器装置如图14-1所示。用移液管向清洁、干燥的凝固点管内加入25 mL蒸馏水，并记下水的温度。取出凝固点管直接插入寒剂中，上下移动搅棒(勿拉过液面)，使蒸馏水的温度逐渐降低。当有固体析出时，迅速从寒剂中取出凝固点管，擦干管外冰水，插入空气套管中，缓慢均匀搅拌(约每秒钟一次)，观察贝克曼温度计直至温度稳定，即为蒸馏水的近似凝固点。

取出凝固点管，用手捂住管壁，使管中固体全部熔化，再将凝固点管直接插入寒剂中，缓慢搅拌，使蒸馏水迅速冷却。当蒸馏水温度降至高于近似凝固点0.5 ℃时，迅速从寒剂中取出凝固点管，擦干管外冰水，插入空气套管中，缓慢均匀搅拌(约每秒钟一次)，使蒸馏水温度均匀下降，当温度低于蒸馏水的近似凝固点温度时，应急速搅拌(防止过冷超过0.5 ℃)，促使固体析出，温度开始上升，减慢搅拌速度，观察贝克曼温度计读数，直至稳定，此即为蒸馏水的凝固点。重复测定三次，每次之差不超过0.003 ℃，三次平均值作为蒸馏水的凝固点。

3. 氯化钠注射液凝固点的测定

取出凝固点管，用手捂住管壁，使管中固体全部熔化，倒掉管内冰水并吹干，加入氯化钠注射液25 mL，方法与步骤2相同，测出氯化钠注射液的凝固点。

五、数据记录与处理

(1) 原始数据记录。

（ⅰ）室温＝_____℃，大气压＝_____Pa。

（ⅱ）纯溶剂和氯化钠注射液的步冷曲线。

_____次/半分

H₂O	t/min		
	T/℃		
NaCl 注射液	t/min		
	T/℃		

（ⅲ）纯溶剂和氯化钠注射液的凝固点。

物质	$m_B/(mol \cdot kg^{-1})$	$T_f/℃$		$\Delta T_f/℃$
		测量值	平均值	
H_2O				
NaCl 注射液				

注：根据实验数据作时间-温度图，通过外推法确定 T_f^* 和 T_f。

（2）根据 $\Delta T_f = K_f c_B$ 计算出 c_B，再通过 $\Pi = c_B RT$ 计算出氯化钠注射液的渗透压，并与人体正常的渗透压比较，分析结果。已知水的凝固点降低常数 $K_f = 1.853$ K $\cdot$ kg $\cdot$ mol^{-1}。

六、分析与思考

（1）实验关键点。

（ⅰ）搅拌速度的控制是做好本实验的关键，每次测定应按要求的速度搅拌，并且测溶剂与溶液凝固点时搅拌条件要尽量保持一致。

（ⅱ）准确读取温度，应用放大镜读准至小数点后第三位。

（ⅲ）寒剂温度要适中，过高会导致冷却太慢，过低则测不出正确的凝固点。

（ⅳ）其他注意点可参考实验二凝固点降低法测定蔗糖的摩尔质量。

（2）为什么要先测近似凝固点？

（3）为什么会产生过冷现象？如何控制过冷程度？

七、扩展实验

（1）查阅文献，设计实验测定糖尿病病人的血、尿的渗透压，并与正常人的血、尿渗透压相比较。正常血清渗透压的文献值为（287±13）mmol $\cdot$ L^{-1}。

（2）设计测量海水的渗透压。

实验十五　NaCl 的 X 射线粉末衍射法物相分析[*]

一、实验目的

（1）初步了解 X 射线衍射仪的工作原理和简单结构。

（2）掌握 X 射线衍射粉末法的原理和基本操作。

（3）练习用计算机自动检索程序检索 PDF 卡片库，对多相物质进行物相定性分析。

（4）了解衍射指数的"指标化"和晶胞常数的计算方法。

二、实验原理

1. 布拉格方程

X 射线是一种波长较短的电磁波，由原子最内层的能阶跃迁产生，具有直进性、折射率小、穿透力强等特点。通常衍射实验所使用的 X 射线是在一定真空度（<10^{-4} Pa）下，由高压（30~60 kV）加速的电子冲击阳极金属靶面（如钼或铜）时产生。

晶体是由具有一定结构的原子、原子团（或离子团）按一定的周期在三维空间重复排列而成的。反映整个晶体结构的最小平行六面体单元称为晶胞。晶胞的形状及大小可通过三组棱相互间的夹角 α、β、γ 及三组棱边长 a、b、c 描述，α、β、γ 和 a、b、c 称为晶胞常数。通过晶体的布喇菲点阵中任意 3 个不共线的格点作一平面，会形成一个包含无限多个格点的二维点阵，通常称为晶面。相互平行的诸晶面称为一晶面族，一晶面族中所有晶面既平行且各晶面上的格点具有完全相同的周期分布，通常以互质的整数 $(h^* k^* l^*)$ 代表晶体表面的一族晶面的指标。当某一波长（0.5～2.5 Å）的单色 X 射线以一定的方向投射到晶体时，晶体内的这些晶面像镜面一样反射入射线。但不是任何的反射都是衍射，只有那些面间距为 $d_{h^* k^* l^*}$，与入射 X 射线的夹角为 $\theta_{nh^* nk^* nl^*}$，且两相邻晶面反射的光程差为波长的整数倍 n 的晶面簇在反射方向的散射波，才会相互叠加而产生这种波长和位相不变，方向改变的相干散射效应，即衍射效应，如图 15-1 所示。

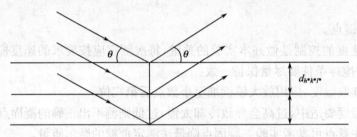

图 15-1　布拉格反射条件

衍射效应遵循布拉格方程：

$$2d_{h^* k^* l^*} \sin\theta_{nh^* nk^* nl^*} = n\lambda \tag{15-1}$$

式中，n 为衍射级数；$nh^* nk^* nl^*$ 为密勒指数，它与衍射指数 h、k、l 的关系为

$$h = nh^* \qquad k = nk^* \qquad l = nl^* \tag{15-2}$$

如果样品与入射线夹角为 θ，晶体内某一簇晶面符合布拉格方程，则其衍射方向与入射线方向的夹角为 2θ。对于多晶粉末样品，晶体中存在多种具有不同取向的晶面，同一族平面点阵与 X 射线夹角 θ 的方向有无数个，产生无数个衍射，分布在顶角为 4θ 的圆锥上，如图 15-2 所示。当 X 射线衍射仪的计数管和样品绕试样中心轴转动时（试样转动 θ 角，计数管转动 2θ），就可以把满足布拉格方程的所有衍射线记录下来。

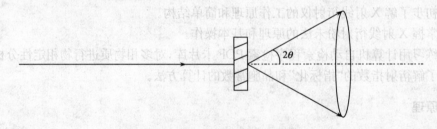

图 15-2　半顶角为 2θ 的衍射圆锥

2. 粉末 X 射线衍射仪的构造

图 15-3 是粉末 X 射线衍射仪的构造简图。从图 15-3 可知，X 射线衍射仪主要由 X 射线

发生器、测角仪和记录仪三部分组成。将样品安置在测角器中心底座上,计数管始终对准中心,绕中心旋转。样品每转动 2θ,电子记录仪同步转动,逐一记录各衍射强度。以测得的 X 射线的衍射强度(I)与最强衍射峰的强度(I_0)的比值(I/I_0)为纵坐标,以 2θ 为横坐标所表示的图谱称为 X 射线粉末衍射(XRD)图。衍射峰位置 2θ 与晶面间距(晶胞大小与形状)有关,而衍射线的强度(峰高)与该晶胞内(原子、离子或分子)的种类、数目以及它们在晶胞中的位置有关。由于任何两种晶体其晶胞形状、大小和内含物总存在着差异,所以 2θ 和相对强度(I/I_0)可作物相分析的依据。与化学分析不同,X 射线衍射分析不仅可以得出组成物质的元素种类及其含量,也能说明其存在状态。例如,有两种晶体物质混合在一起,经化学分析只能指出有 Ca^{2+}、Na^+、Cl^- 及 SO_4^{2-},X 射线衍射分析则可以直接指出它们是 $CaSO_4$ 和 NaCl 还是 Na_2SO_4 和 $CaCl_2$。在区分物质的同素异构体时,X 射线衍射分析更是具有独特的优势。另外,在 X 射线衍射分析中,试样虽经 X 射线照射,但不发生化学反应,也不消耗试样,对试样是无损的。

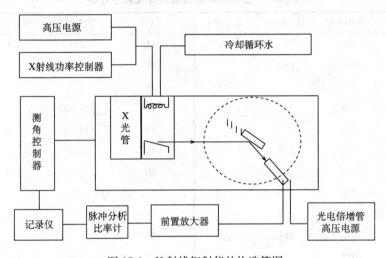

图 15-3　X 射线衍射仪的构造简图

3. 晶胞大小的测定

由几何结晶学可推出,在立方晶系中,晶面间距 d 与衍射指标存在如下关系:

$$\frac{n}{d} = \sqrt{\frac{n^2 h^{*2} + n^2 k^{*2} + n^2 l^{*2}}{a^2}} = \sqrt{\frac{h^2 + k^2 + l^2}{a^2}} \tag{15-3}$$

式中,a 为立体晶体晶胞的边长。将式(15-1)和式(15-3)合并,整理得

$$\sin^2\theta = \frac{\lambda^2}{4a^2}(h^2 + k^2 + l^2) \tag{15-4}$$

属于立方晶系的晶体有三种点阵形式:简单立方 (P)、体心立方 (I) 和面心立方 (F),它们可以通过 XRD 图鉴别。从式(15-4)可知,$\sin^2\theta$ 与 $(h^2 + k^2 + l^2)$ 呈正比。因此,对于不同的立方点阵,如下所示:

简单立方点阵

$\sin^2\theta_1 : \sin^2\theta_2 : \sin^2\theta_3 : \cdots = 1 : 2 : 3 : 4 : 5 : 6 : 8 : 9 : 10 : 11 : 12 : 13 : 14 : 16 : \cdots$

体心立方点阵

$$\sin^2\theta_1 : \sin^2\theta_2 : \sin^2\theta_3 : \cdots = 2 : 4 : 6 : 8 : 10 : 12 : 14 : 16 : 18 : 20 : 22 : 24 : 26 : 28 : \cdots$$

$$= 1 : 2 : 3 : 4 : 5 : 6 : 7 : 8 : 9 : 10 : 11 : 12 : 13 : 14 : \cdots$$

面心立方点阵

$$\sin^2\theta_1 : \sin^2\theta_2 : \sin^2\theta_3 : \cdots = 1 : 1.33 : 2.67 : 3.67 : 4 : 5.33 : 6.33 : 6.67 : 8 : \cdots$$

$$= 3 : 4 : 8 : 11 : 12 : 16 : 19 : 20 : 24 : \cdots$$

从以上 $\sin^2\theta$ 之比可以得知,在简单立方晶胞中衍射指数无系统消光,缺 7、15、23 等衍射线。但由于系统消光(其他的衍射线因散射线的相互干扰而消失)的原因,在体心晶胞中只有 $(h^2+k^2+l^2)$ 等于偶数的粉末衍射线,在面心晶胞中只有 h、k、l 均为偶数或全为奇数的粉末衍射线。上述三种立方点阵的衍射指标及其平方和列于表 15-1。

表 15-1　立方点阵的衍射指标及其平方和

$h^2+k^2+l^2$	简单(P)	体心(I)	面心(F)	$h^2+k^2+l^2$	简单(P)	体心(I)	面心(F)
1	100			14	321	321	
2	110	110		15			
3	111		111	16	400	400	400
4	200	200	200	17	410,322		
5	210			18	411,330	411, 330	
6	211	211		19	331		331
7				20	420	420	420
8	220	220	220	21	421		
9	300,221			22	332	332	
10	310	310		23			
11	311		311	24	422	422	422
12	222	222	222	25	500,432		
13	320			⋯			

因此,可由衍射谱的各衍射峰的 $\sin^2\theta$ 定出所测物质所属的晶系和晶胞的点阵型式,然后根据入射 X 线的波长 λ 和各衍射峰所对应的衍射指数,通过式(15-4)可以计算得到立方晶系的晶胞常数。如不符合上述任何一个数值,则说明该晶体不属立方晶系,需要用对称性较低的四方、六方、⋯由高到低的晶系逐一分析尝试决定。至于三方、四方、六方、单斜和三斜晶系的晶胞常数、面间距与密勒指数间的关系及其衍射指标可参阅相关 X 射线结构分析的书籍。

根据获得的晶胞常数,就可计算晶胞体积。对于立方晶系,每个晶胞中的内含物(原子、离子或分子)的个数 m,可按式(15-5)求得

$$m = \frac{\rho \cdot a^3}{M/N_A} \tag{15-5}$$

式中,M 为待测样品的摩尔质量;N_A 为阿伏伽德罗常量;ρ 为该样品的晶体密度。

三、仪器和试剂

D8-Advence 型 X 射线粉末衍射仪(Cu 靶),(1 台),NaCl (A.R.)。

四、实验步骤

1. 制样

把待测样品于玛瑙研钵中研磨至 200～325 目,把研细的样品倒入样品框并略高于样品框板面,然后用不锈钢刮片压紧样品,使样品足够紧密且表面光滑平整,附着在框内不至于脱落。

2. 装样

将装好样品的样品框插在测角仪中心的底座上,关好 X 射线衍射仪内防护罩的罩帽和外防护罩的铅玻璃防护窗,防止 X 射线散射。安装样品时要轻插、轻拿,以免样品由于震动而脱落在测试台上。

3. 仪器准备

开启稳压电源,接通线路总电源。开启循环冷却水,待冷却水运行正常后,管电流、管电压表指示在最小位置时再接通 X 射线粉末衍射仪主机电源。

4. 样品扫描

接通计算机电源,打开计算机 X 射线衍射仪应用软件,设置管电压、管电流至需要值,设置合适的衍射条件及参数,注意填写文件名和样品名,开始样品测试。扫描完成后,保存数据文件,进行各种处理。系统提供六种处理功能:寻峰、检索、积分强度计算、峰形放大、平滑、多重绘图。

5. 关机操作

测量完毕,关闭 X 射线衍射仪应用软件,取出装样品的玻璃板,倒出框穴中的样品,洗净样品板,晾干。关闭衍射仪主机电源,循环水冷却 20 min 后关闭水泵电源,然后关闭水源和线路总电源。

五、数据记录与处理

(1) 根据实验测得 NaCl 晶体粉末衍射线的各 $\sin^2\theta$ 值,用整数连比起来,与上述规律对照,确定该晶体的点阵型式,按表 15-1 将各粉末衍射线顺次指标化,并与通过 d/n、I/I_0 数据查对 PDF 或 ASTM 卡片获得的晶体衍射数据比较。

(2) 根据式(15-4)计算 NaCl 的晶胞常数 a。注意在实际的精确测量中,应选取衍射角大的粉末线数据进行计算,或用最小二乘法求各粉末线所得 a 值的最佳平均值。

(3) 根据式(15-5)计算晶胞中 NaCl 的"分子"数。已知 NaCl 的相对分子质量 $M_r=58.5$,NaCl 晶体的密度 $\rho=2.164$ g・cm^{-3}。

六、分析讨论

(1) 实验关键。

(ⅰ) 使用衍射仪时,必须严格按照操作规程进行,尤其是水、电的开关先后顺序。

(ⅱ) 粉末衍射的谱图质量与样品制备有密切关系。在研磨样品时,必须以不损害晶体的晶格为前提。将样品研磨至 200~350 目(~10^{-6} m),一般至手感无颗粒感觉方可。

　　(ⅲ) 安放样品时确认使样品与照相机中心轴合轴,且不随中心轴转动而左右晃动。

　　(2) 如果样品的粒径过大对 XRD 图有什么影响?

　　(3) 非晶物质能否散射 X 射线? 能否得到 X 射线图像?

七、扩展实验

　　(1) 设计实验研究粒径对 NaCl 晶体 XRD 图的影响,并分析原因。

　　(2) 设计实验测定 $CaCl_2$-KCl 混合物的 XRD 图,并进行分析。

实验十六　KCl-HCl-H_2O 三组分平衡相图的绘制

一、实验目的

　　(1) 熟悉相律,掌握等边三角形坐标的使用方法。

　　(2) 学会绘制 KCl-HCl-H_2O 三组分体系相图的方法。

　　(3) 了解湿固相法的原理,学会确定溶液中纯固相组成点的方法。

二、实验原理

　　水盐体系是自然界(海水、盐湖)和无机化工生产中(肥料、碱、盐)常见的反应体系。水-盐相图对溶解、结晶、混合、蒸发、冷却、分离等化学化工过程具有重要的指导作用。无机化工生产中最常用的是三元水盐体系。根据吉布斯相律,三组分体系单相存在时,$f = K - \phi + 2 = 4$,即必须用四维空间相图描述三组分体系完整的相平衡状态。但如果在等温等压下,$f^* = K - \phi + 0 = 2$(单相),复杂的四维空间相图可很方便地转变为双变量平面图形相图。因此,为克服三组分平衡相图描述的困难,一般采用等温等压平衡相图。

　　三组分体系等温等压相图通常用等边三角形坐标描述,三角形的三个顶点分别代表纯 A、纯 B 以及纯 C 三个组分,三条边分别代表其顶点两端二组分体系的组成,三角形内的任意一点则表示三组分体系的组成。

　　如图 16-1 所示,将三角形的每边分为 100 等份,通过三角形内任意一点 O 引平行于各边的直线,则 O 点的组成为 A%=$\overline{Cc}$,B%=$\overline{Aa}$,C%=$\overline{Bb}$。根据简单的几何原理可以证明:

$$\overline{Cc} + \overline{Aa} + \overline{Bb} = \overline{AB} = \overline{AC} = \overline{BC} \tag{16-1}$$

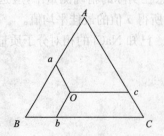

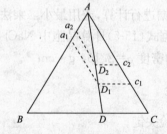

图 16-1　三组分系统成分表示法　　　　图 16-2　三组分系统组成表示法

等边三角形组成坐标法有两个特征：

（1）位于与某一顶点相连直线上的诸体系中，它们所含的由另外两个顶点所表示的两种组分的相对数量相同。例如，图 16-2 AD 线上的诸点 D_1 及 D_2，其所含组分 B 及 C 的比例相等，即

$$\frac{B\%}{C\%} = \frac{\overline{c_1 D_1}}{\overline{D_1 a_1}} = \frac{\overline{c_2 D_2}}{\overline{D_2 a_2}} \tag{16-2}$$

（2）组分相同而组成不同的两个三组分体系 P 和 Q，其混合形成一个新的三组分体系 O 时，新体系的状态必位于 PQ 直线上（图 16-3），并且两个三组成体系 P 和 Q 的质量比（W_P/W_Q）符合杠杆规则，即

$$\frac{W_P}{W_Q} = \frac{\overline{QO}}{\overline{OP}} \tag{16-3}$$

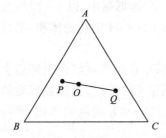

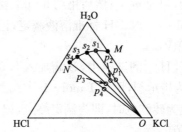

图 16-3　三组分系统的杠杆规则　　　图 16-4　温固相法绘制 KCl-HCl-H₂O 三组分平衡相图

对于三元水盐体系的溶解度与相图测定通常有湿固相法、合成复合体法和物理化学分析法，在本实验中采用湿固相法测定并绘制 KCl-HCl-H₂O 三组分平衡相图（图 16-4）。湿固相法的基本原理：在等边三角形相图中凡带有饱和溶液的固相组成点（如 p_1、p_2、p_3 和 p_4）必定处于饱和溶液组成点（如 s_1、s_2、s_3 和 s_4）和纯固相点（如 O 点）的连接线上。如果 O 点恰好落在代表一种盐的顶点，则纯固相点为该盐的无水盐点；如果 O 点刚好落在两直线角边上，则纯固相点为水合物；如果交点落在底边上，则固相为无水复盐。

因此，在本实验中，通过测定定温下 KCl 在不同浓度盐酸溶液中的饱和溶解度以及湿固相的成分，将它们连成线，确定饱和溶解度曲线 MN 线和纯固相成分 O 点，即可绘制 KCl-HCl-H₂O 三组分平衡相图。

三、仪器和试剂

电子分析天平（1 台），粗天平（1 台），恒温摇床（1 台），具塞锥形瓶（50 mL，6 个；100 mL，7 个；250 mL，3 个），酸式滴定管（1 支），碱式滴定管（1 支），移液管（10 mL，2 支），洗耳球（1 个），移液管（2 mL，1 支），恒温槽（1 台），药匙（2 把），KCl（A. R.），HCl（12 mol·L⁻¹），AgNO₃（0.1 mol·L⁻¹），NaOH（0.1 mol·L⁻¹），5% K₂CrO₄ 溶液，HNO₃ 0.05（mol·L⁻¹），1%酚酞溶液。

四、实验步骤

1. 样品制备

取 7 个 100 mL（编号 1～7）干净具塞锥形瓶，分别加入煮沸冷却后的蒸馏水以及 1 mol·L⁻¹、

2 mol·L^{-1}、4 mol·L^{-1}、6 mol·L^{-1}、8 mol·L^{-1} HCl 溶液各 25 mL,再分别加入 KCl 各 10 g。然后置于 35 ℃的恒温摇床中中速度振荡约 15 min,取出放入 30 ℃的恒温槽中静止 30 min,备用。

2. [H$^+$]和[Cl$^-$]的测定

(1) 1 号样品澄清后,吸取 0.4~0.5 mL 上层饱和溶液于 50 mL 具塞锥形瓶中,准确称量吸取液的质量,记为 $m_{1,液}$;然后用约 50 mL 蒸馏水洗至 250 mL 锥形瓶中,滴加 0.05 mol·L^{-1} HNO$_3$ 使溶液呈弱酸性,以 5% K$_2$CrO$_4$ 为指示剂,用 0.1 mol·L^{-1} AgNO$_3$ 标准溶液滴定 Cl$^-$ 浓度,当体系沉淀的颜色从乳白色突变为砖红色时,即为滴定终点,记下 0.1 mol·L^{-1} AgNO$_3$ 消耗的体积,平行测量三次,取平均值 $\overline{V}_{AgNO_3}$。

(2) 2 号样品澄清后,吸取 0.4~0.5 mL 上层饱和溶液于 50 mL 具塞锥形瓶中,准确称量吸取液的质量,记为 $m_{2,液}$;然后用约 50 mL 蒸馏水洗至 250 mL 锥形瓶中,以 1% 酚酞为指示剂,用 0.1 mol·L^{-1} NaOH 标准溶液滴定,记下 0.1 mol·L^{-1} NaOH 消耗的体积,平行测量三次,取平均值 $\overline{V}_{NaOH}$。

在标定好[H$^+$]的试样中,逐滴加入 0.05 mol·L^{-1} HNO$_3$ 直至溶液红色刚好褪去。以 5% K$_2$CrO$_4$ 为指示剂,用 0.1 mol·L^{-1} AgNO$_3$ 标准溶液滴定 Cl$^-$ 浓度,当体系沉淀的颜色从乳白色突变为砖红色时,即为滴定终点,记下 0.1 mol·L^{-1} AgNO$_3$ 消耗的体积,平行测量三次,取平均值 $\overline{V}_{AgNO_3}$。

(3) 取 2 号样品下层湿固相 0.2~0.4 g 于另一 50 mL 具塞锥形瓶中,准确称量湿固相的质量,记为 $m_{2,固}$。按步骤 2 相同的方法标定湿固相中的[H$^+$]和[Cl$^-$]。

(4) 3~7 号样品的上层饱和溶液和湿固相中[H$^+$]和[Cl$^-$]按步骤 3 相同的方法标定。

五、数据记录与处理

(1) 原始数据记录。

(ⅰ) 室温＝＿＿＿＿＿ ℃,大气压＝＿＿＿＿＿ Pa。

(ⅱ) 恒温摇床温度＿＿＿＿＿ ℃,恒温槽温度＿＿＿＿＿ ℃。

(ⅲ) [H$^+$]和[Cl$^-$]的滴定数据记录。

样品编号	样品质量 w/g	0.1 mol·L^{-1} NaOH				0.1 mol·L^{-1} AgNO$_3$			
		V_1	V_2	V_3	$\overline{V}_{NaOH}$	V_1	V_2	V_3	$\overline{V}_{AgNO_3}$
蒸馏水									
1 mol·L^{-1}(液)									
2 mol·L^{-1}(液)									
4 mol·L^{-1}(液)									
6 mol·L^{-1}(液)									
8 mol·L^{-1}(液)									
1 mol·L^{-1}(固)									
2 mol·L^{-1}(固)									
4 mol·L^{-1}(固)									
6 mol·L^{-1}(固)									
8 mol·L^{-1}(固)									

（2）根据下列公式计算每瓶样品饱和溶液和湿固相中 KCl、HCl 以及 H_2O 的质量百分含量，然后绘制相图。

$$m_{HCl}\% = \frac{c_{NaOH}\overline{V}_{NaOH} \times 36.46}{1000 \times w} \times 100\%$$

$$m_{KCl}\% = \frac{(c_{AgNO_3}\overline{V}_{AgNO_3} - c_{NaOH}\overline{V}_{NaOH}) \times 74.55}{1000 \times w} \times 100\%$$

$$m_{H_2O}\% = 100\% - m_{HCl}\% - m_{KCl}\%$$

六、分析与思考

（1）实验关键。

（ⅰ）振荡速度不宜过快，保持中速为宜。

（ⅱ）饱和溶液和湿固相的量不宜过多或过少，一般取饱和溶液 0.4～0.5 mL，湿固相 0.2～0.4 g。

（ⅲ）要严格保证样品的恒温，取样时样品不能离开恒温槽。

（ⅳ）吸取饱和溶液时，注意不能带有母液（含有固体的溶液），但取湿固相可以带有母液。

（ⅴ）终点颜色判断要一致。

（2）本实验使用的锥形瓶是否都需要干燥？

七、扩展实验

查阅文献，自行设计实验采用酸度计和氯度计测定饱和溶液和湿固相中[H^+]和[Cl^-]，据此绘制 KCl-HCl-H_2O 三组分体系相图。

［提示］　请参考文献：翁建新 . 2005. 酸度计、氯度计测定 KCl-HCl-H_2O 体系的组成. 高师理科学刊，25(4)：38。

实验十七　KNO_3 溶解热的测定

一、实验目的

（1）用电热补偿法测定硝酸钾在水中的积分溶解热。

（2）了解电热补偿法测定热效应的基本原理。

（3）学会作图法求解积分稀释热、微分溶解热和微分稀释热。

二、实验原理

物质的溶解过程常伴随着热效应，该热效应通常来源于溶质晶格的破坏和溶质分子或离子的溶剂化。其中，溶质晶格的破坏常为吸热过程，而溶剂化常为放热过程，溶解热是上述两个过程热量的总和。影响溶解热的关键因素是溶质和溶剂的性质和用量、温度以及压力。根据物质在溶解过程中溶液浓度的变化，溶解热分为积分（变浓）溶解热和微分（定浓）溶解热。在等温等压且不做非体积功时，1 mol 溶质 B 溶解在有限量的溶剂或溶液中所产生的热效应称为积分（变浓）溶解热，用 Q_s 表示；而 1 mol 溶质 B 溶解在无限量的某一定浓度溶液中时所产生的热效应，则称为微分（定浓）溶解热，用 $\left(\dfrac{\partial Q}{\partial n_B}\right)_{T,p,n_A}$ 表示。

同样，溶液的稀释过程通常也伴随着热效应，该热效应称为稀释热或冲淡热。它也分为积分稀释热和微分稀释热两种。在等温等压且不做非体积功时,含 1 mol 溶质 B 的溶液用有限量的溶剂 A 冲释时所产生的热效应,称为积分稀释热,用 Q_d 表示;而无限量的某一定浓度溶液用 1 mol 溶剂 A 冲释时所产生的热效应,则称为微分稀释热,用 $\left(\dfrac{\partial Q}{\partial n_A}\right)_{T,p,n_B}$ 表示。

积分溶解热 Q_s 可由实验直接测定,其他三种热效应则可通过 Q_s-n_0 曲线求得。

在定温定压下

$$Q = \Delta_{sol}H = f(n_A, n_B) \tag{17-1}$$

对 Q 进行全微分,即

$$dQ = \left(\frac{\partial Q}{\partial n_A}\right)_{T,p,n_B} dn_A + \left(\frac{\partial Q}{\partial n_B}\right)_{T,p,n_A} dn_B \tag{17-2}$$

对式(17-2)两边积分可得

$$Q = \left(\frac{\partial Q}{\partial n_A}\right)_{T,p,n_B} n_A + \left(\frac{\partial Q}{\partial n_B}\right)_{T,p,n_A} n_B \tag{17-3}$$

式(17-3)两边除以 n_B,并定义 $n_0 = \dfrac{n_A}{n_B}$,则

$$\frac{Q}{n_B} = \left(\frac{\partial Q}{\partial n_A}\right)_{T,p,n_B} \frac{n_A}{n_B} + \left(\frac{\partial Q}{\partial n_B}\right)_{T,p,n_A} = n_0 \left(\frac{\partial Q}{\partial n_A}\right)_{T,p,n_B} + \left(\frac{\partial Q}{\partial n_B}\right)_{T,p,n_A} \tag{17-4}$$

把 $Q = n_B Q_s$,$n_A = n_B n_0$ 代入式(17-4),进一步化解得

$$Q_s = n_0 \left(\frac{\partial Q_s}{\partial n_0}\right)_{T,p,n_B} + \left(\frac{\partial Q}{\partial n_B}\right)_{T,p,n_A} \tag{17-5}$$

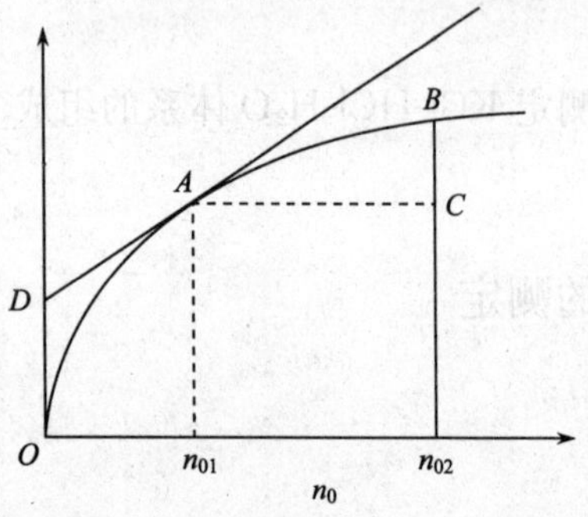

图 17-1 是 1 mol 溶质 B 溶解在 n_A mol 溶剂 A 中的 Q_s-n_0 曲线,过曲线上任意一点(如 A 点)作切线,则切线斜率为对应浓度溶液的微分稀释热,切线在纵轴上的截距为对应浓度溶液的微分溶解热,而溶液稀释过程的积分稀释热 Q_d 可用式(17-6)表示

$$Q_d = Q_s(n_{02}) - Q_s(n_{01}) \tag{17-6}$$

在本实验中,硝酸钾在水中的溶解为一吸热过程,其积分溶解热 Q_s 可以采用电热补偿法测定。设初始温度为 T_0,当在一定量的溶剂水中加入硝酸钾溶解时,由于溶解的进行,系统的温度逐渐降低,此时可通过固定功率

图 17-1　Q_s-n_0 图

的电加热过程使温度恢复初始温度 T_0。根据热力学第一定律,电加热提供的热量在数值上等于该溶解过程的热效应,即

$$Q = n_B Q_s = I^2 R t = IVt = qt \tag{17-7}$$

式中,I 为通过电阻为 R 的电阻丝加热器的电流;V 为电阻丝两端所加的电压;t 为电热补偿时间;q 为输出功率。针对本实验,硝酸钾在水中的积分溶解热可通过式(17-8)计算求得。

$$Q_s = \frac{IV \cdot \sum_{i=1}^{n} t_i}{\sum_{i=1}^{n} m_i / M_{KNO_3}} \tag{17-8}$$

三、仪器和试剂

溶解热测定微机控制系统(含温度传感器,1 套),精密稳流电源(1 台),量热计(保温杯,搅

拌器,加热器,1套),称量瓶(8个),普通天平(精度为0.1g,1台),分析天平(精度为0.0001g,1台),药匙(1把),毛刷(1支),硝酸钾(A.R.)。

四、实验步骤

1. 样品的称量

用分析天平依次精确称取约 2.5 g、2.5 g、2.5 g、3.0 g、3.0 g、3.0 g、4.0 g 和 4.5 g 干燥且碾细的硝酸钾于 8 个编号的称量瓶中,精确至 0.0001 g。记录空称量瓶和空称量瓶+样品的质量。

称取 200 g 蒸馏水(精确到 0.1 g)于保温瓶中。

2. 溶解热的测定

将干净的搅拌磁子和加热器放入保温瓶中,接好电路,调节精密稳流电源的电流输出旋钮至零电流。开启微机控制系统的数据采集系统电源,运行溶解热测定软件,根据软件提示选择数据采集串口,按下开始实验。输入实验样品名称,并将温度传感器置于空气中测定室温。

开启精密稳流电源开关,开启搅拌,调节搅拌速度适中。将温度传感器放入保温瓶的水中,调节输出电流,使加热器的功率为 2.25～2.3 W,对系统进行加热升温。待系统稳定后,注意实验过程不再改变加热功率大小。当系统温度升至高于室温 0.5 ℃时,测定软件自动开始计时,根据提示加入第一份硝酸钾样品。注意残留在容量瓶中的硝酸钾样品要用毛刷全部清理至保温瓶中。由于硝酸钾的溶解,系统温度逐渐下降(正常应降至低于室温 0.5 ℃左右),随后在加热器的加热作用下,系统温度又恢复到初始温度,软件自动记录第一份样品溶解完成的电热补偿时间和温度变化,并提示加入第二份硝酸钾样品。按此,逐次加入第二至第八份硝酸钾样品,直至最后一份样品溶解完成。关闭搅拌电源和加热电源,打开保温瓶盖,检查无硝酸钾固体残留,完成测定;否则实验失败,必须分析原因重新测定。

精确称量空容量瓶(含少量残留 KNO_3)的质量,计算每份样品的质量。

五、数据记录与处理

(1) 原始数据记录。

（ⅰ）室温=_____℃,大气压=_____Pa,m_{H_2O}=_____g,加热功率 q=____W。

（ⅱ）溶解热的测定。

项目	编号							
	1	2	3	4	5	6	7	8
空称量瓶								
空称量瓶+样品								
空称量瓶+残留样品								
添加样品质量								
电热补偿时间 t_i/s								
$n_{0i}=\dfrac{n_A}{n_B}$								
$Q_s/(J \cdot mol^{-1})$								

(m_i/g 标注于左侧,跨空称量瓶、空称量瓶+样品、空称量瓶+残留样品、添加样品质量四行)

（2）作 Q_s-n_0 关系曲线图，求算 n_0 分别为 80、100、200、300、400 时 KNO_3 的积分溶解热、微分溶解热、微分冲淡热以及 n_0 从 80～100、100～200、200～300、300～400 时的积分冲淡热。

注意：

（ⅰ）实验测试完毕后，点击"退出"按键退出数据采集界面时切记不能直接点击关闭窗口，否则数据无法保存处理。为防止误击造成实验数据遗失，建议实验中抄下每份样品溶解的时间和加热功率。

（ⅱ）在数据处理界面中，输入每份硝酸钾样品的精确质量和蒸馏水质量，点击"当前数据处理"按键，计算机将自动处理得到实验过程每份样品加入后对应溶液的 n_0 值和 Q_s 值。然后，点击"打印"按键，计算机自动打印数据处理结果和 Q_s-n_0 关系曲线图，或通过拷贝屏幕按键将数据和图表以图片形式拷贝并粘贴到画图板中保存。

六、分析与思考

（1）实验关键。

（ⅰ）固体 KNO_3 易吸水，故称量和加样动作应迅速。

（ⅱ）确保样品完全溶解是本实验成功的关键之一，因此在实验前固体 KNO_3 务必要研磨成粉状，并在 110℃ 烘干。同时要适当地控制加样与搅拌的速度，以避免样品由于溶解不完全造成系统温度很快回升到起始温差，引起实验重做。

（ⅲ）保温瓶宜选择透明的双层玻璃保温瓶，以便观察到硝酸钾的溶解情况，避免不完全溶解情况的出现。同时保温杯底部宜略下凹，以免搅拌时硝酸钾颗粒散开影响溶解。（市售保温杯底部通常凸起，搅拌时硝酸钾颗粒容易散开，可通过适当移动保温杯使硝酸钾完全溶解。）

（2）为什么实验条件设定为初始温度高于室温 0.5 ℃？

（3）分析实验的主要误差来源。

七、扩展实验

设计实验测定冰的溶解热效应。

组合实验 V

实验十八 热电偶的制作及应用

一、实验目的

（1）了解热电偶温度计的测温原理。

（2）学会热电偶温度计的制作与校正方法。

（3）掌握电位差计的原理和使用方法。

二、实验原理

1. 热电偶原理

将两种不同材质的金属导线连接成闭合回路，如果两接点的温度不同，由于金属的热电效应，在回路中就会产生一个与温差有关的电动势，称为温差电势。在回路中串接一毫伏表，就能粗略地测出温差电势值，如图 18-1 和图 18-2。

图 18-1 热电偶的结构

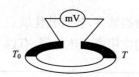

图 18-2 热电偶的测量

温差电势只与两个接点的温差有关，与导线的长短、粗细和导线本身的温度分布无关。这样一对导线的组合就称为热电偶温度计，简称热电偶，见图 18-3。

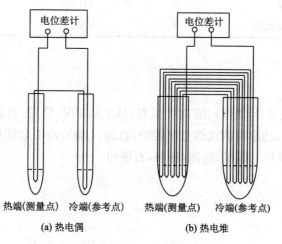

图 18-3 热电偶和热电堆示意图

实验表明,在一定温度范围内,温差电势 E 与两接点的温度 T_0 和 T 存在着函数关系 $E=f(T_0,T)$,如果一个接点 T_0(通常指冷端)的温度保持不变,则温差电势就只与另一个接点 T(通常指热端)的温度有关,即 $E=f(T)$。当测得温差电势后,即可求出另一个接点(热端)的温度。为了增加温差电势,提高测量精度,可将几个热电偶串联成热电堆,如图 18-3(b)。热电势为各支热电偶温差电势之加和,测量灵敏度可达 0.0001 K。

2. 热电偶的标定

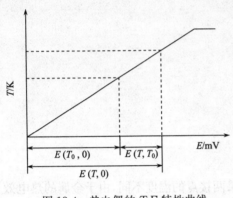

图 18-4 热电偶的 T-E 特性曲线

将热电偶作为温度计,必须先将热电偶的温差电势与温度值 T 之间的关系进行标定。一般不用内插式计算,而是用实验方法,用表格或 T-E(或 E-T)特性曲线形式表示。标定方法,一般采用:①固定点法,即测量已知沸点或熔点温度的标准物质在沸点或熔点时的温差电势值;②标准热电偶法,将待标热电偶与标准热电偶一起置于恒温介质中,逐点改变恒温介质的温度,待热电偶处于热平衡状态下测出每一点的温差电势。热电偶的 T-E 特性曲线如图 18-4。

3. 热电偶的分类

热电偶的种类繁多,各有其优缺点。可根据不同的用途选择不同型号的热电偶。目前我国已经标准化的常用商品热电偶,有以下几种:

热电偶分类	型号	新分度号	旧分度号	使用温度 $t/℃$	
				长期	短期
铂铑$_{10}$-铂	WRLB	S	LB-3	1300	1600
铂铑$_{30}$-铂铑$_6$	WRLB	B	LL-2	1600	1800
镍铬-镍硅	WRLB	K	EU-2	1000	1300
镍铬-考铜	WREA	T	EA-2	600	800

三、仪器和试剂

UJ36 型直流电位差计(1 台),隔离变压器(1kVA,30V,公用,自制,1 台),多功能温度测量控制仪(自制,1 台),功率可调式熔点测定炉(自制,1 台),高温套管和绝缘套管(各 2 支),压线钳(1 把),镍铬-考铜热电偶丝,硅油,硼砂,石墨粉。

四、实验步骤

1. 热电偶的制作

按实验要求,截取两根适当长度的电偶丝,消除两端的氧化膜,套上绝缘套管,用钢丝钳将两根偶丝的端部绞合在一起。微微加热,立即蘸取少许硼砂,再在热源上加热,使硼砂均匀地覆盖住绞合头,防止偶丝高温焊接时被氧化。

交流弧焊法:将隔离变压器输出电压调至 30V 左右,以碳棒为一极,绞合头为一极,用绝缘良好的夹子夹住,使两极相碰,电弧产生的瞬间高温使绞合头熔焊在一起,形成光滑的焊珠。

刚焊接的热电偶存在内应力,金相结构不符合要求,使用过程中会导致温差电势不稳定,结果重现性差。精密测量用的热电偶必须进行严格的热处理,消除内应力。

2. 热电偶的校正

将热电偶的两端分别插入盛有少许硅油的不锈钢细管中,然后将一支不锈钢细管(冷端)插入盛有冰水的保温瓶中,另一支不锈钢细管(热端)和插有标准热电偶的不锈钢细管一起插入功率可调式熔点测定炉的样品管(样品管中以纯锡为标准介质)中。用多功能温度测量控制仪将介质温度加热至 500 ℃,然后调节功率可调式熔点测定炉的加热功率让其缓慢冷却,在500 ℃至室温之间每降 10 ℃左右取一个温度测试点,用 UJ36 型电位差计分别测出各温度测试点的电动势。

3. 热电偶的运用——用自制热电偶测定铋的凝固点

首先将适量纯铋放入不锈钢样品管,然后在样品表面均匀覆盖一层石墨粉防止氧化。把上述样品管插入功率可调式熔点测定炉中,调节熔点测定炉的加热功率,使样品缓慢加热至完全熔化后,用插有自制热电偶热端的不锈钢细管轻轻搅拌均匀,温度继续升高 50 ℃左右。然后控制熔点测定炉以 6～8 ℃的冷却速率降温。每 30 s 用电位差计测定一次热电势,直至150 ℃实验结束。

五、数据处理

(1) 原始数据记录。

(ⅰ) 室温＝＿＿＿＿＿＿℃,大气压＝＿＿＿＿＿＿Pa。

(ⅱ) 以 Sn 为介质校正热电偶的 T-E 表。

温度 T/K	温差电势 E/mV	温度 T/K	温差电势 E/mV	温度 T/K	温差电势 E/mV

(ⅲ) Bi 样品的 E-t 表。

时间 t/min	温差电势 E/mV	时间 t/min	温差电势 E/mV	时间 t/min	温差电势 E/mV

（2）根据 T-E 数据，作热电偶的 T-E 特性曲线，并用图解法或最小二乘法求出 T-E 之间的函数关系式。

（3）根据热电偶的 T-E 特性曲线，计算出铋凝固点测定过程中不同温差电势与温度的对应关系，绘制温度与时间的步冷曲线（T-t 图），确定铋的凝固点（曲线平台所对应的相变点温度即为铋的凝固点），并与文献值比较。

六、分析与思考

（1）实验关键。

（ⅰ）制作热电偶时，熔焊形成的焊珠必须光滑，以免假焊。

（ⅱ）热电偶校正时，标准热电偶热端与自制热电偶的热端必须置于介质的同一位置，以保持测温点的一致性。自制热电偶的冷端，应保持在零度。

（ⅲ）插热电偶冷、热端的不锈钢细管必须加入少许硅油，以防止因热导率和时间滞后等引起误差。

（2）为什么热电偶可以作为温度计？

（3）热电偶温度计与普通温度计测温各有什么优缺点？

（4）电位差计作为第三种导体接入热电偶的两种导体之间，为什么对测量结果无影响？

七、扩展实验

制作高精度热电堆温度计并进行校正。

实验十九　二组分金属相图的绘制

一、实验目的

（1）学会用热分析法绘制 Sn-Bi 二组分相图，了解固液相图的基本特点。

（2）掌握热分析法的测量技术。

（3）掌握智能式固液相图实验仪的使用方法。

二、实验原理

相图是描绘研究体系的状态随温度、压力、组成等变量的改变而变化的几何图形，它反映体系在指定条件下的相平衡情况，如相数和各相的组成等。对于蒸气压较小的二元凝聚体系，相图常用温度-组成图描述。

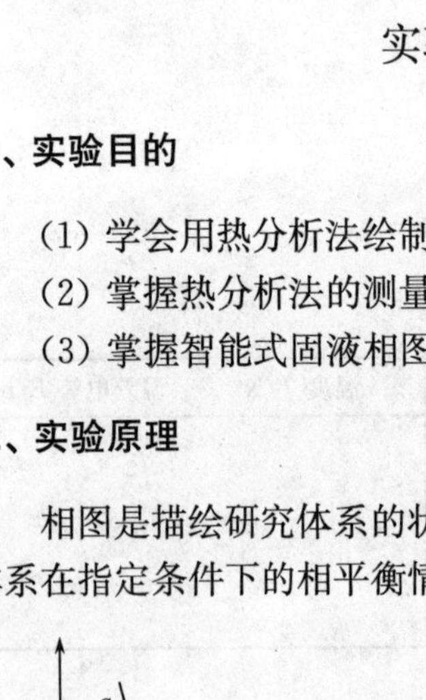

图 19-1　出现过冷现象
步冷曲线的校正

热分析法是绘制相图常用的基本方法之一。该法是通过在定压下先将体系全部熔化成一均匀液相，然后从高温逐渐冷却，在冷却过程中，每隔一定时间记录一次温度，作温度-时间的变化曲线，即步冷曲线。当体系不发生相变时，体系温度随时间的变化是均匀的；当体系在冷却过程中发生相变，由于伴随着热效应，体系温度随时间的变化速率必发生变化，步冷曲线出现转折点或平台；步冷曲线转折点或平台的温度即为体系的相变点温度。需要注意的是，在冷却过程中往往伴随着过冷现象的发生，轻微过冷有利于相变温度的确定，但严重过冷者却会使转折点发生起伏,导致相变温度的确定产生困难(图 19-1)。针对上述情况,可通过延长 dc 线与 ab 线相交,确定相变点(交点 e)。

为此,通过测定一系列组成不同样品的步冷曲线,从步冷曲线上找出相变点温度,即可绘制出被测体系的相图,如图 19-2 所示。

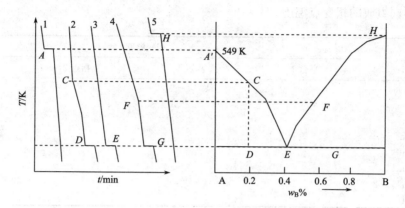

图 19-2   热分析法绘制相图

体系温度的测量,可选用合适的热电偶或热电阻型的温度传感器。本实验采用 P_t100 温度传感器作测量元件,用自制的智能式固液相图实验仪绘制步冷曲线。

三、仪器和试剂

智能式固液相图测量仪(自制,1 台),P_t100 温度传感器(1 个),不锈钢样品管(6 支),锡,铋,硅油,石墨粉。

四、实验步骤

1. 样品配制

将试样按下列质量分数配好,装入 6 个不锈钢样品管中,并在样品上面覆盖一层石墨粉。

编号	1	2	3	4	5	6	7	8
质量分数	1.0 Bi	0.1 Sn	0.2 Sn	0.43 Sn	0.6 Sn	0.79 Sn	0.9 Sn	1.0 Sn

2. 测定步冷曲线

把样品管放入智能式固液相图测量仪炉体中,在样品管中插入加有少许硅油的不锈钢细管,然后把 P_t100 温度传感器插入不锈钢细管中。缓慢加热至待测样品完全熔化,用插有 P_t100 温度传感器的不锈钢细管轻轻搅拌,使管内样品呈均匀液体。继续升温 40~50℃,将 P_t100 温度传感器端部置于样品中部,然后让其自然冷却,并同时打开智能式固液相图测量仪的实时记录功能,进入实时测试状态,直到温度降至步冷曲线的水平部分以下。用鼠标分别点击温度-时间实时曲线上的相变点,坐标左上角会分别自动弹出各相变点温度和时间,记录各相变点的温度,并打印实时曲线。

五、数据记录与处理

（1）原始数据记录。

（ⅰ）室温＝_____℃，大气压＝_____Pa。

（ⅱ）不同组成的相变点温度。

样品	相变温度			
	平台 1	拐点 1	拐点 2	平台 2
1.0 Bi				
0.1 Sn				
0.2 Sn				
0.43 Sn				
0.6 Sn				
0.79 Sn				
0.9 Sn				
1.0 Sn				

（2）绘制 Sn-Bi 二组分相图，并得出低共熔组成和共熔温度。文献值：Sn-Si 低共熔点为 134℃，低共熔组成为 43% Sn。

六、分析与思考

（1）实验关键。

（ⅰ）被测体系必须时时处于或非常近于相平衡状态，冷却速度宜慢不宜快，一般体系保持 5～7 ℃·min^{-1} 的均匀冷却速度为佳。

（ⅱ）在测试过程中需保持样品在管中的均匀性。另外需避免温度过高导致样品发生氧化变质。通常在样品全部熔化后再升温 50 K 左右较为适宜，注意电炉升温的惯性需提前降电压。样品上面加少量石墨粉，是为了隔绝空气，防止金属在高温下氧化，这也是普遍采用的措施。

（2）步冷曲线各段的斜率以及水平段的长短与哪些因素有关？

七、扩展实验

设计实验利用自制的热电偶或热电堆绘制二组分 Sn-Bi 金属相图。

实验二十　原电池电动势的测定

一、实验目的

（1）掌握电极、电极电势、电池电动势、可逆电池电动势等概念。

（2）学会一些电极的制备和处理方法。

（3）掌握电位差计的原理及使用方法。

二、实验原理

电池（原电池或化学电源）是把化学能转变为电能的装置，它由两个半电池（电极）和连通两个电极的电解质溶液组成，其电动势等于正、负电极的电势差。设正极电势为 φ_+，负极电势

为 φ_-，则 $E=\varphi_+-\varphi_-$。

以 Cu-Zn 电池为例：

电池表示式 $\qquad$ $Zn(s)\,|\,Zn^{2+}(m_1)\,||\,Cu^{2+}(m_2)\,|\,Cu(s)$

负极 $\qquad$ $Zn(s)-2e^-\longrightarrow Zn^{2+}(a_{Zn^{2+}})$ $\quad$ $\varphi_-=\varphi_{Zn^{2+}|Zn}^{\ominus}-\dfrac{RT}{2F}\ln\dfrac{1}{a_{Zn^{2+}}}$

正极 $\qquad$ $Cu^{2+}(a_{Cu^{2+}})+2e^-\longrightarrow Cu\ \ (s)$ $\quad$ $\varphi_+=\varphi_{Cu^{2+}|Cu}^{\ominus}-\dfrac{RT}{2F}\ln\dfrac{1}{a_{Cu^{2+}}}$

电池总反应为 $\quad Zn(s)+Cu^{2+}(a_{Cu^{2+}})\longrightarrow Zn^{2+}(a_{Zn^{2+}})+Cu(s)$

对于单个离子，其活度无法单独测定。但对于强电解质的稀溶液，单个离子的活度可近似地用平均活度系数代替，即

$$a_{Cu^{2+}}=\gamma_{\pm,Cu^{2+}}\cdot\frac{m_2}{m^{\ominus}}\qquad a_{Zn^{2+}}=\gamma_{\pm,Zn^{2+}}\cdot\frac{m_1}{m^{\ominus}}$$

所以

$$E=\varphi_+-\varphi_-=E^{\ominus}-\frac{RT}{2F}\ln\frac{a_{Zn^{2+}}}{a_{Cu^{2+}}}$$

测量电池电动势要在接近热力学可逆条件下进行，不能用伏特计直接测量，否则电路中有电流通过，电池内阻会产生压降，并在电池的两个电极上发生化学反应，溶液浓度发生变化，电动势数值不稳定。所以，要准确测定电池电动势，只有在无电流的情况下进行，所以要采用对消法原理用电位差计测量电动势。电位差计的原理及使用方法见附录 1 专题 V 电学测量技术及仪器。必须指出，电极电势的大小不仅与电极的种类、溶液浓度有关，还与温度有关。为方便起见，可用下式求算出温度 T 时的标准电极电势 $\varphi_T^{\ominus}$：

$$\varphi_T^{\ominus}=\varphi_{298\,K}^{\ominus}+\alpha(T-298)+\frac{1}{2}\beta(T-298)^2$$

式中，α、β 为电池电极的温度系数。

对于 Cu-Zn 电池：

铜电极 $Cu^{2+}|Cu$ $\qquad$ $\alpha=-0.000016\ V\cdot K^{-1}$ $\qquad$ $\beta=0$

锌电极 $Zn^{2+}|Zn$ $\qquad$ $\alpha=-0.0001\ V\cdot K^{-1}$ $\qquad$ $\beta=0.62\times10^{-6}\ V\cdot K^{-1}$

此外，当两个电极的不同电解质溶液接触时，在溶液界面上总有液体接界电势存在，在电动势测量中常用"盐桥"降低液接电势至毫伏数量级以下。常用的盐桥有 KCl(饱和或 3 $mol\cdot L^{-1}$)、KNO_3、NH_4NO_3 等。

三、仪器和试剂

UJ-25 型高电势电位差计(1 台)，直流复射式检流计(1 台)，标准电池(1 个)，工作电池(1 套)，锌电极(1 支)，铜电极(2 支)，电镀装置(1 套)，电极管(3 支)，铂丝、银丝、砂纸若干，镀银液(实验室准备)，饱和甘汞电极(1 个)，饱和硝酸亚汞溶液(A. R.)，$ZnSO_4$(A. R.)，$CuSO_4$(A. R.)，KCl(A. R.)，HCl(0.1 $mol\cdot L^{-1}$)，H_2SO_4(6 $mol\cdot L^{-1}$)，HNO_3(6 $mol\cdot L^{-1}$)。

四、实验步骤

1. 电极制备

1) Ag-AgCl 电极制备

将表面经过清洁处理的自制铂丝电极作阴极，用金相砂纸打磨光洁的银丝作阳极，在镀银

液中进行电镀银。控制电流约 5 mA,在铂丝电极上电镀 40 min 形成白色致密的银层。将镀好的银电极用蒸馏水仔细冲洗,然后以此银电极为阳极,另选一铂丝或铂片电极为阴极,在 0.1 mol·L^{-1} HCl 溶液中进一步电解,电流控制在 5 mA 左右电解 20 min,即可在银电极表面形成紫褐色 Ag-AgCl 层。把上述制备的 Ag-AgCl 电极置于含有少量 AgCl 沉淀的稀 HCl 溶液中,并置于暗处保存。

镀银液的配制(实验室预先准备):首先将 AgNO$_3$(35～45 g)和 K$_2$S$_2$O$_5$(35～45 g)溶于 300 mL 蒸馏水中,不断搅拌使之生成白色的焦亚硫酸银沉淀,然后缓慢加入 Na$_2$S$_2$O$_3$(200～250 g),不断搅拌使白色沉淀全部溶解,加水稀释至 1000 mL。新鲜配制的镀液略显黄色,或有少量混浊和沉淀,但只要静止数日,经过滤即可得到非常稳定的澄清镀银液。

2) 锌电极的制备

锌电极首先用 6 mol·L^{-1} H$_2$SO$_4$ 浸洗以除去表面氧化膜,水洗后放入含有饱和硝酸亚汞和棉花的小烧杯中,在棉花上擦拭 3～5 s 后,取出水洗。将处理好的锌电极直接插入电极管中,并用橡皮塞塞紧,以免漏气。再将电极管的虹吸管管口插入盛有 0.10 mol·L^{-1} ZnSO$_4$ 溶液的小烧杯内,用洗耳球将 ZnSO$_4$ 溶液吸入至高出电极约 1 cm,停止抽气,旋紧夹子。电极管的虹吸管不得有气泡和漏液现象。

3) 铜电极的制备

将铜电极在 6 mol·L^{-1} HNO$_3$ 溶液内浸洗,除去氧化层,用水冲洗干净。淋洗后的铜电极放入盛有 CuSO$_4$ 溶液的电镀槽内电镀,电流密度控制在 10 mA·cm^{-2},电镀装置见图20-1,电镀 30～40 min。由于铜表面极易氧化,故必须在测量前进行现场电镀。铜电极的装配与锌电极相同。

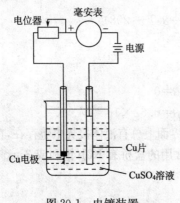

图 20-1 电镀装置

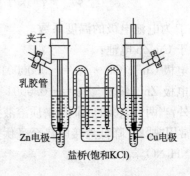

图 20-2 电池组合示意图

2. 电池组合

将上面制备好的锌、铜半电池和 Ag-AgCl 电极分别插入作为盐桥的饱和 KCl 溶液中,组成不同的电池组(图 20-2)。电池组合如下:

(1) Zn(s)|ZnSO$_4$(0.10 mol·L^{-1})||CuSO$_4$(0.10 mol·L^{-1})|Cu(s)

(2) Cu(s)|CuSO$_4$(0.01 mol·L^{-1})||CuSO$_4$(0.10 mol·L^{-1})|Cu(s)

(3) Zn(s)|ZnSO$_4$(0.10 mol·L^{-1})||HCl(0.10 mol·L^{-1})|AgCl(s)|Ag(s)

(4) Ag(s)|AgCl(s)|HCl(0.10 mol·L^{-1})||CuSO$_4$(0.10 mol·L^{-1})|Cu(s)

(5) Zn(s)|ZnSO$_4$(0.10 mol·L^{-1})||KCl(饱和)|Hg$_2$Cl$_2$(s)|Hg(s)

(6) Hg(l) | Hg$_2$Cl$_2$(s)|KCl(饱和)||CuSO$_4$(0.10 mol·L^{-1})|Cu(s)

3. 电池电动势测定

(1) 原电池电动势测量线路的连接(图 20-3)。

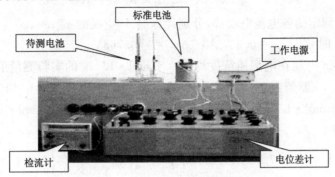

图 20-3　电池电动势测量装置示意图

(2) 工作电流的校正。先读取环境温度,根据标准电池的温度系数,校正标准电池的电动势。调节标准电池的温度补偿旋钮至计算值,标定电位差计。标准电池的电动势-温度的关系式为

$$E_T/V = 1.01845 - 4.05 \times 10^{-5}(T/K - 293.15) - 9.5 \times 10^{-7}(T/K - 293.15)^2$$
$$+ 1 \times 10^{-8}(T/K - 293.15)^3$$

(3) 用电位差计分别测量上述 6 个电池的电动势。

五、数据记录与处理

(1) 原始数据记录。

(i) 室温＝_____℃,大气压＝_____Pa。

(ii) 电池电动势的测量。

编号	电池表示式	E_1/V	E_2/V	E_3/V	$\bar{E}/V$
(1)	Zn(s)|ZnSO$_4$(0.10 mol·L^{-1})||CuSO$_4$(0.10 mol·L^{-1})|Cu(s)				
(2)	Cu(s)|CuSO$_4$(0.01 mol·L^{-1})||CuSO$_4$(0.10 mol·L^{-1})|Cu(s)				
(3)	Zn(s)|ZnSO$_4$(0.10 mol·L^{-1})||HCl (0.10 mol·L^{-1})|AgCl(s)|Ag(s)				
(4)	Ag(s)|AgCl	HCl (0.10 mol·L^{-1})||CuSO$_4$(0.10 mol·L^{-1})|Cu(s)				
(5)	Zn(s)|ZnSO$_4$(0.10 mol·L^{-1})||KCl(饱和)|Hg$_2$Cl$_2$(s)	Hg(s)				
(6)	Hg(s)	Hg$_2$Cl$_2$(s)	KCl(饱和)||CuSO$_4$(0.10 mol·L^{-1})|Cu(s)				

(2) 根据 Ag-AgCl 标准电极电势的温度(℃)校正公式:

$$\varphi_t^{\ominus}/V = 0.23683 - 5.2004 \times 10^{-4}t/℃ - 2.5441 \times 10^{-6}(t/℃)^2$$

计算实验温度下 Ag-AgCl 电极的电极电势。

$$\varphi_{Cl^-|AgCl|Ag} = \varphi_{Cl^-|AgCl|Ag}^{\ominus} - \frac{RT}{F}\ln a_{Cl^-}$$

其中,$0.1 \ mol \cdot L^{-1} HCl$ 溶液在 t ℃时的平均活度系数可通过下式求得

$$-\lg\gamma_{\pm} = -\lg 0.8027 + 1.620 \times 10^{-4} t/℃ + 3.13 \times 10^{-7} (t/℃)^2$$

(3) 根据饱和甘汞电极的电极电势温度校正公式,计算实验温度下的电极电势:

$$\varphi_{SCE}/V = 0.2415 - 7.61 \times 10^{-4} (T/K - 298)$$

(4) 根据实验测定的各电池电动势,分别计算铜、锌电极的 $\varphi_T^{\ominus}$、φ_T、$\varphi_{298\ K}^{\ominus}$,并与文献值相比较。文献值 298 K 时 $\varphi_{Cu^{2+}|Cu}^{\ominus} = 0.337V$,$\varphi_{Zn^{2+}|Zn}^{\ominus} = -0.763V$。

(5) 计算 Cu-Zn 电池在电解质浓度均为 $0.1 \ mol \cdot L^{-1}$ 时的实验测量值 $E_{实}$,并与理论电动势 $E_{理}$ 进行比较。文献值:$\gamma_{\pm,CuSO_4} = 0.16 (0.1 \ mol \cdot L^{-1})$,$\gamma_{\pm,CuSO_4} = 0.40 (0.01 \ mol \cdot L^{-1})$,$\gamma_{\pm,ZnSO_4} = 0.15 (0.1 \ mol \cdot L^{-1})$。298 K 条件下,电解质浓度均为 $0.1 \ mol \cdot L^{-1}$ 时的铜-锌电池的理论电动势值为

$$E/V = 0.337 \ V - (-0.763 \ V) - \frac{RT}{2F} \ln \frac{0.1 \times 0.15}{0.1 \times 0.16} = 1.099$$

六、分析与思考

(1) 实验关键。

(ⅰ) 制备电极时,如果电流密度过大或镀前电极表面处理不干净,会使镀层粗糙而易于脱落,致使电极电势有所改变而影响所测定的电动势值。

(ⅱ) 组成电池的两电极管内气密性要好(不漏液),无气泡,电解质溶液的液面高度不得超出镀铜或汞齐的高度。

(ⅲ) 测量前可根据电化学知识初步估算被测电池电动势,以便测量时能迅速找到平衡点,同时避免电极极化。

(ⅳ) 电位差计测电池电动势时,每测一次前都需用标准电池校正,否则因工作电池放电而改变了工作电流,致使电位差计的刻度不等于实际电动势值。

(2) 在用电位差计测量电动势的过程中,检流计的光点总是向一个方向偏移,这可能是什么原因?

(3) 为什么锌电极表面要做成锌汞齐?

(4) 盐桥的作用是什么? 作为盐桥的电解质有何要求? 如何制作 U 形 KCl 饱和溶液盐桥?

七、扩展实验

(1) 设计实验利用电动势法测定难溶盐氯化银的溶度积。

(2) 设计实验利用电动势法测定丹尼尔电池的热力学函数,如 $\Delta_r H_m$、$\Delta_r G_m$、$\Delta_r S_m$ 等。

(3) 设计实验利用电动势法测定 $0.100 \ mol \cdot L^{-1} \ CuSO_4$、$0.100 \ mol \cdot L^{-1} \ ZnSO_4$、$0.100 \ mol \cdot L^{-1} \ HCl$ 溶液的平均活度系数。

实验二十一　铝阳极氧化法表面修饰与着色

一、实验目的

(1) 了解铝阳极氧化法表面修饰的基本原理及方法。

(2) 了解铝阳极氧化后氧化膜的质量检验方法以及着色技术。

二、实验原理

铝及其合金在空气中都会在其表面自然生成一层极薄的氧化膜($0.01\sim0.5\mu m$)。这层氧化膜是无定形的,因此使表面失去原有的光泽,而且因氧化膜疏松多孔不均匀,它虽有一定的抗腐蚀作用,但不可能有效地防止铝及其合金遭受进一步的氧化、腐蚀。

用电化学方法在铝或铝合金表面生成较厚的致密氧化膜,该过程称为阳极氧化。这种人工氧化膜经过适当处理(封闭)后,无定形氧化膜转化为晶形氧化膜,孔隙被消除,膜层硬度增高,耐磨性、抗腐蚀性、电绝缘性也大大提高,光泽度增强,能经久不变,还可经适当染色处理而得到理想的外观。因此,铝的表面氧化处理在许多工程技术中得到广泛的应用。

工业上,铝阳极氧化采用的电解液主要有三种:硫酸、草酸和铬酸。采用不同的电解液,可以获得不同厚度的具有不同机械性能和物理化学性能的氧化膜。

以铅(或石墨)为阴极、铝为阳极,在 H_2SO_4 溶液中进行电解,两极反应如下:

阴极 $\qquad\qquad\qquad 6H^+ + 6e^- =\!=\!= 3H_2\uparrow$

阳极 $\qquad\qquad\qquad 2Al - 6e^- =\!=\!= 2Al^{3+}$

$$2Al^{3+} + 6H_2O =\!=\!= 2Al(OH)_3 + 6H^+$$

$$2Al(OH)_3 =\!=\!= Al_2O_3 + 3H_2O$$

电解过程中,H_2SO_4 又可以使形成的 Al_2O_3 膜部分溶解,所以氧化膜的生长依赖于金属氧化速度和 Al_2O_3 膜溶解的速度。要得到一定厚度的氧化膜,必须控制适当的氧化条件,使氧化膜形成速度大于溶解速度。

阳极氧化所得的膜是整片玻璃状的无水氧化铝(Al_2O_3),其厚度一般为 $0.01\sim0.1\mu m$。膜的外层较软,是由水合氧化铝($Al_2O_3\cdot H_2O$)组成的,膜层空隙率高,吸附能力强,容易染色。因此,把氧化后的铝制件用有机染料或无机染料的水溶液染色可得到各种鲜艳的颜色,提高表面的美观度。

因氧化膜呈正电性,故应选用负电性而且易溶于水的阴离子染料。例如,直接染料、酸性染料和活性染料,它们分别带有亲水的磺酸基—SO_3Na、羧酸基—$COONa$,能溶于水,且带负电性。

三、仪器和试剂

直流稳压稳流电源(1 台),恒温槽(1 台),电解槽(1 套),电流表(3~5 A,1 只),滑线电阻器(1 只),电子天平(1 台),台秤(1 台),比重计(1 支),温度计(1 支),电炉(1 只),烧杯(500 mL,1 个),烧杯(150 mL,3 只),量筒(1 mL,10 mL,2 只),镊子(1 把),钳子(1 把),铝板(若干),HNO_3($2\ mol\cdot L^{-1}$),H_2SO_4(15%),$NaOH$($3\ mol\cdot L^{-1}$),$K_2Cr_2O_7$ 盐酸钝化液,铝片,无水乙醇,溶膜液,着色液。

四、实验步骤

1. 配制 $10\%NaOH$ 溶液 $100\ g$

将 1 个 $150\ cm^3$ 小烧杯放在台秤上称量,再放入固体 NaOH _____ g(计算量),然后加入水 _____ cm^3 溶解。

注意:NaOH 固体有强腐蚀性,不能用手直接拿,要用镊子夹取。溶解时会产生大量的热,注意切勿溅到眼中或皮肤上(若溅到眼中或皮肤上应该立即如何处理?)。

2. 配制 15% H_2SO_4 溶液 500 mL

按实验室浓硫酸的相对密度及百分浓度计算所需浓硫酸及水的体积。

浓硫酸:相对密度_____,百分浓度_____。配制 15% H_2SO_4 溶液 500 mL 需要该浓硫酸_____mL,加水_____mL。

用量筒量取适量水倒入烧杯,再量取计算量的浓 H_2SO_4 缓缓倒入烧杯中,并不断搅拌,直到全部混合均匀。注意:先加水再加浓硫酸,顺序绝对不能颠倒!(为什么?)

3. 铝片表面清洗

只有把铝片表面处理干净,阳极氧化后才能生成致密的氧化膜。清洗步骤:①取两块铝片,用去污粉刷洗,然后用自来水冲洗;②碱洗:将铝片放在 60~70 ℃ 3 mol·L^{-1}NaOH 溶液中浸 1 min,取出后用自来水冲洗,油除净的铝片表面应不挂水珠;③酸洗:为了除去碱处理时铝表面沉积出的杂质和中和吸附的碱,将铝片放在 2 mol·L^{-1}HNO$_3$ 溶液中浸泡 1 min,取出用自来水冲洗。经过清洗后的铝片不能再用手接触,以免沾污。洗净的铝片可存放于盛水的烧杯中待用。

4. 铝的阳极氧化

(1) 计算铝片浸入电解液部分(尚留一部分不浸入电解液)的总面积(应计算铝片的两面),按照电流密度为 10~15 mA·cm^{-2}计算所需的电流大小_____mA。

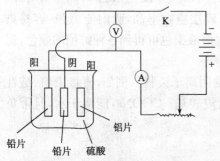

图 21-1　铝的阳极氧化装置图

(2) 将两个铝片作为阳极,铅为阴极,15% H_2SO_4 为电解液,按图 21-1 接好线路。通电后,调节可变电阻,开始时用较小电流密度(不大于 5 mA·cm^{-2},计算所需的电流大小_____mA)氧化 1 min,而后逐渐调整电流到所需的数值,观察两极反应的情况。

(3) 通电 30 min(电解液温度不超过 25 ℃)后切断电源,取出铝片,用自来水冲洗。

(4) 水封:由于铝氧化膜具有高的孔隙率和吸附性,很容易被污染,所以氧化后要进行封闭处理。处理方法是将铝片放入沸水中煮,其原理是利用无水 Al_2O_3 发生水化作用,反应如下:

$$Al_2O_3 + H_2O \longrightarrow Al_2O_3 \cdot H_2O$$
$$Al_2O_3 + 3H_2O \longrightarrow Al_2O_3 \cdot 3H_2O$$

由于氧化膜表面和孔壁的三氧化二铝水化的结果,氧化物体积增大,将孔隙封闭。将氧化后的一块铝片放在沸水(去离子水)中煮 10 min,取出放入无水乙醇中数秒钟,晾干,准备进行质量检验。

5. 质量检验

(1) 绝缘性检验。利用串联小灯泡的电路(图 21-2)试验铝片氧化部分与未氧化部分的绝缘性能。

（2）氧化膜厚度测定：用溶膜法，溶膜液由 H_3PO_4 和 CrO_3 组成。此溶液可将氧化膜溶解，但不与铝反应。溶膜液配方：H_3PO_4 35 mL，CrO_3 20 g，加水至 100 mL。实验步骤如下：

（ⅰ）将铝片放于电子天平上称量，记下质量 m_1 _____ g（称量后先做耐腐蚀实验，然后进行溶膜）。

（ⅱ）将铝片浸入 90～100℃溶膜液中浸泡 15 min，取出后用水冲洗，再浸入无水乙醇后取出晾干。

（ⅲ）用同一电子天平称量，记下质量 m_2 _____ g。

（ⅳ）计算氧化膜厚度：设氧化膜的平均密度 $\rho = 2.7$ g · cm^{-3}，$m_1 - m_2$ 为氧化膜质量。根据氧化膜的面积 A 就可以计算出氧化膜的厚度 _____ μm。计算公式如下：

图 21-2　绝缘性检验装置图

$$d = \frac{m_1 - m_2}{A\rho}$$

（3）耐腐蚀性[注意此实验在溶膜实验称量（ⅰ）后进行]。

在铝片阳极氧化处理的部分和未阳极氧化部分各加一滴 $K_2Cr_2O_7$ 盐酸溶液，观察反应。比较这两部分产生气泡和液滴变绿时间的快慢。写出反应方程式。

样品	是否有气泡产生	液滴变绿时间/s	反应方程式
氧化部分			
未氧化部分			

6. 铝阳极氧化膜的着色

经过阳极氧化处理得到的新鲜氧化膜，因有孔隙和较高的吸附性能，可经过一定的工艺处理染上各种鲜艳的色彩。按如下配方可获得 18 K、14 K 金色。

（1）配方和工艺条件。

着色液配制：0.1～0.2 g 茜素红和 0.04～0.08 g 茜素黄用蒸馏水配成 1000 mL。

着色工艺条件：温度为 50～60 ℃，着色时间为 1～5 min。

（2）铝片经阳极氧化后用水冲洗干净，不进行水封处理而立即放入着色液中着色（着色液放在电炉上，在 40～60 ℃下着色，着色时间随所需颜色深浅而定）。染色过的铝片经过水冲洗干净后，放入煮沸的去离子水中煮沸 5 min，进行封闭处理后取出。

五、数据记录与处理

（1）原始数据记录。

（ⅰ）室温 = _____ ℃，大气压 = _____ Pa。

（ⅱ）配制 10%NaOH 溶液 100 g。

固体 NaOH _____ g，然后加入水 _____ mL 溶解。

（ⅲ）配制 15％H$_2$SO$_4$ 溶液 500 mL。

浓硫酸的相对密度＿＿＿＿，百分浓度＿＿＿＿。浓硫酸＿＿＿＿mL，加水＿＿＿＿mL。

（2）铝的阳极氧化。

按电流密度 10～15 mA·cm^{-2} 计算的电流为＿＿＿＿mA；按电流密度不大于 5 mA·cm^{-2} 计算的电流＿＿＿＿mA。

（3）铝着色等级＿＿＿＿。

六、分析与思考

（1）能否用较浓的 NaCl 溶液代替 15％H$_2$SO$_4$ 作电解液进行铝的阳极氧化？

（2）用什么方法检验铝阳极氧化后氧化膜的绝缘性及耐腐蚀性？

（3）影响表面处理质量的主要因素有哪些？

七、扩展实验

（1）利用扫描电子显微镜观察铝阳极氧化的表面形貌，并用 EDX 谱分析表面成分。

（2）查阅文献，设计实验实现钢铁表面着色。

（3）查阅文献，设计实验实现铜表面着色。

实验二十二　　焦磷酸盐镀铜

一、实验目的

（1）理解焦磷酸盐镀铜的基本原理及影响因素。

（2）了解钢铁表面电镀铜的一般工艺。

（3）掌握阴极（或阳极）电流效率的计算方法，明确电化当量的基本概念。

二、实验原理

电镀是金属表面处理的重要组成部分。它是以被镀基体为阴极，通过电解作用，在基体上获得结合牢固的金属或合金膜（镀层）。根据工程实际和人们日常生活中对金属镀层的不同要求，镀层分防护性镀层、防护-装饰性镀层、电性能镀层、可焊性镀层、修复性镀层等。

电镀的基本过程（以焦磷酸盐镀铜为例）：首先将镀件进行打磨、表面除油等预处理。然后将镀件浸在金属盐（K$_6$[Cu(P$_2$O$_7$)$_2$]）的溶液中作为阴极，金属铜板浸在金属盐的溶液中作为阳极。接通直流电源后，阴极发生还原反应，溶液中的简单金属离子或络离子在电极与溶液界面间获得电子，在镀件表面被还原形成一定晶体结构的铜镀层。电解除油和电镀铜装置见图22-1 和图 22-2。

阴极反应　　　　　　　　　　$[Cu(P_2O_7)_2]^{6-} + 2e^- \longrightarrow Cu + 2P_2O_7^{4-}$

阳极反应　　　　　　　　　　　　　$Cu - 2e^- \longrightarrow Cu^{2+}$

在具体电镀工艺过程中，电镀液的温度、pH、搅拌速度、电流密度、极间距离、施镀时间等因素均对镀层质量有一定的影响。

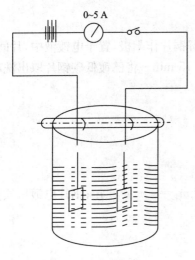

图 22-1　电解除油装置图

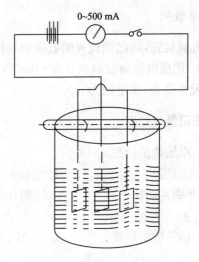

图 22-2　电镀铜装置图

三、实验仪器和试剂

稳压稳流电源(1 台),电流表(500 mA,1 只),调温电炉(1 只),温度计(0~100 ℃,1 支),烧杯(500 mL,2 个;250 mL,1 个),玻璃棒(1 根),镊子(200 mm,1 把),电子天平(公用,1 台),不锈钢片(60 mm×40 mm 打孔,1 片),电解铜片(60 mm×60 mm 打孔,2 片),低碳钢片(60 mm×40 mm 打孔,1 片),自制挂钩(用漆包线制作,3 个),棕刚玉砂纸和金相砂纸(各 1 小片),游标卡尺(公用,1 个),$Cu_2P_2O_7$(A.R.),$K_4P_2O_7 \cdot 3H_2O$(A.R.),$NaOH$(A.R.),Na_2CO_3(A.R.),$Na_3PO_4 \cdot H_2O$(A.R.),$Na_2SiO_3 \cdot 9H_2O$(A.R.),柠檬酸,$NH_3 \cdot H_2O$(A.R.),柠檬酸铵(A.R.)。

四、实验步骤

1. 电化学除油液和电镀液的制备(实验室准备)

(1) 电化学除油液。

$NaOH$ 30 g·L^{-1},Na_2CO_3 30 g·L^{-1},$Na_3PO_4 \cdot H_2O$ 30 g·L^{-1},$Na_2SiO_3 \cdot 9H_2O$ 9 g·L^{-1}。

(2) 电镀液。

$Cu_2P_2O_7$ 65 g·L^{-1},$K_4P_2O_7 \cdot 3H_2O$ 300 g·L^{-1},$(NH_4)_2HC_6H_5O_7$(柠檬酸铵)22 g·L^{-1},$NH_3 \cdot H_2O$ 2.5 g·L^{-1},pH 8.2~8.8。

2. 电镀工件的镀前预处理

(1) 钢片总面积的测量。用棕刚玉砂纸擦去低碳钢片表面锈迹和毛刺,再用金相砂纸打磨后,用游标卡尺测量低碳钢片的长(a)、宽(b)、高(h),获得钢片的总面积 $S=2(ab+bh+ah)$。

(2) 低碳钢片用水洗净后,放在 50℃去油液中进行电解除油。要求低碳钢片作阴极,不锈钢片作阳极,片间距离 1~2 cm,阴极电流密度取 2 A·dm^{-2},通电时间 2 min。取出低碳钢片用去离子水冲洗干净并吸干,用电子天平称量,质量记为 m_1。

3. 电镀铜

按电镀装置,将已预处理的低碳钢片作阴极,电解铜片作阳极,置于电镀液中,片间距离为 $1\sim2$ cm,阴极电流密度取 0.5 A·dm^{-2},室温,电镀 15 min。将已镀低碳钢片取出洗净擦干,用电子天平称量,质量记为 m_2。

五、数据记录与处理

(1) 原始数据记录。

(i) 室温=_____℃ 大气压=_____Pa。

(ii) 钢片面积=_____cm^2;钢片电镀前质量 m_1=_____g;钢片电镀后质量 m_2=_____g。

(2) 估算镀层厚度:

$$\delta = \frac{m_2 - m_1}{\rho s}$$

式中,δ 为镀层的平均厚度;$\rho=8.94$ g·cm^{-3}(铜的密度);s 为钢片面积。

(3) 计算焦磷酸盐镀铜的阴极电流效率(η)。

阴极电流效率是指当一定电量通过时,在电极上实际获得产物的质量($\Delta m_{实}$)与通过同一电量按法拉第定律获得产物的质量($\Delta m_{理}$)之比。

$$\eta = \frac{\Delta m_{实}}{\Delta m_{理}} \times 100\% = \frac{\Delta m_{实}}{KIt} \times 100\% = \frac{nF\Delta m_{实}}{MIt} \times 100\%$$

式中,K 为电化当量;M 为摩尔质量;n 为转移电子数;F 为法拉第常量;t 为电镀时间。

六、分析与思考

(1) 钢铁表面镀铜能否提高抗腐蚀性能?

(2) 为什么焦磷酸盐镀铜的电镀液 pH 要控制为 $8.2\sim8.8$,pH 偏高或偏低有什么影响?

七、扩展实验

(1) 查阅文献并考察电镀厂,设计实验进行无氰仿金电镀。

[提示] 仿金制品中,绝大多数是通过电化学作用在氰化镀液中进行而得到的铜锌、铜锡或铜锌锡合金仿金镀镀层。但由于氰化物的毒性很大,需要寻找无氰仿金电镀技术。在无氰仿金电镀中关键技术是控制镀液配方中主盐与络合剂的比例。以下是一种仿金镀液配方与工艺。

仿金镀液配方		工艺参数	
硫酸铜	$4.0\sim6.0$ g·L^{-1}	pH	$8.0\sim8.5$
硫酸锌	$30\sim40$ g·L^{-1}	电流密度	$1.0\sim2.0$ A·dm^{-2}
锡酸钠	$4.0\sim5.0$ g·L^{-1}	温度	$20\sim40$℃
焦磷酸钾	$200\sim300$ g·L^{-1}	时间	$2\sim4$ min

仿金镀液配方		工艺参数	
酒石酸钾钠	$30\sim35\ g \cdot L^{-1}$	阳极	H62 黄铜
柠檬酸	$10\sim12\ g \cdot L^{-1}$	搅拌	
甘油	$8\sim12\ mL \cdot L^{-1}$		
碳酸钠	$10\sim12\ g \cdot L^{-1}$		
双氧水	$0.3\sim0.6\ mL \cdot L^{-1}$		

（2）设计实验把高磷废水转变为过磷酸钙肥料。

[提示] 高磷废水 $\xrightarrow{Ca(OH)_2}$ 磷酸钙 $\xrightarrow{H_2SO_4}$ 过磷酸钙

实验二十三　不锈钢电解抛光及废液处理

一、实验目的

（1）了解电解抛光的基本原理及其影响因素。

（2）掌握不锈钢电解抛光的一般工艺，初步学会操作。

二、实验原理

电解抛光是一种常用的电解加工方法。它是利用在电解过程中，金属表面上凸出部分的溶解速率大于凹入部分这一特点，对微观粗糙的金属材料表面进行处理使其光亮与平整的加工工艺。表面平滑、光亮的金属材料不仅美观，而且具有较强的防腐蚀性能。与一般的光亮浸蚀和机械抛光相比，电解抛光具有速度快、质量好、抛光液使用寿命长、不受工件形状影响等优点。

对钢铁、铝、铜等多种金属材料的电解抛光，一般均采用以磷酸为主要成分的抛光液，以待加工工件为阳极（连接电源正极）、铅板为阴极。本实验以不锈钢抛光为例，工件不锈钢作阳极，铅板作阴极，在含 H_3PO_4、H_2SO_4、CrO_3 分别为 65%、10%、15% 的电解液中进行电解抛光。主要电极反应式有：

阳极 $\qquad\qquad\qquad\qquad Fe-2e^- \longrightarrow Fe^{2+}$

阴极 $\qquad\qquad Cr_2O_7^{2-}+14H^++6e^- \longrightarrow 2Cr^{3+}+7H_2O$

$\qquad\qquad\qquad\qquad 2H^++2e^- \longrightarrow H_2 \uparrow$

通常认为，在阳极附近还会发生以下两种反应：

Fe^{2+} 的氧化 $\qquad 6Fe^{2+}+Cr_2O_7^{2-}+14H^+ \longrightarrow 6Fe^{3+}+2Cr^{3+}+7H_2O$

盐的生成 $\qquad\qquad 2Fe^{3+}+3HPO_4^{2-} \longrightarrow Fe_2(HPO_4)_3$

$\qquad\qquad\qquad 2Fe^{3+}+3SO_4^{2-} \longrightarrow Fe_2(SO_4)_3$

当阳极附近 $Fe_2(HPO_4)_3$、$Fe_2(SO_4)_3$ 等盐类的浓度增加到一定程度时，会在阳极表面形成一层黏性薄膜，阻碍 Fe^{2+} 的扩散，使阳极发生极化，阳极发生反应的实际电势升高，即阳极的溶解速率减小。同时，由于在微观粗糙的工件表面上黏性薄膜的分布不均匀，凸起部分的膜较薄，其极化电势较小，铁的溶解反应速率也比凹入部分大，于是粗糙的阳极表面逐渐被整平。

电解抛光具有机械抛光所不具备的优点，但也有缺点，如在工件表面容易出现斑点，这主要是处理不当或电解液受污染所致。实际应用中,影响电解抛光的因素主要有抛光液的配比,阴、阳极面积比与极间距,阳极电流密度,温度等。另外,工件的预处理及后处理过程也是不可忽视的环节。

不锈钢电解抛光过程中的漂洗水和电解废液中的 Cr^{6+} 是一种有毒物质,如不及时进行无害化处理,将会对人体造成伤害,对环境造成污染。本着环保和推行清洁生产的原则,我们将本实验产生的废水进行无害化处理。选用方法:化学还原法或电解法进行处理。

(1) 化学还原法(硫酸亚铁-石灰法)。

将废液用硫酸调至酸性,再加入硫酸亚铁溶液,使六价铬还原为微毒的三价铬,然后加入石灰乳,调节 pH 至 8～9,沉淀分离而除去。废液无害化处理过程的反应如下:

$$6FeSO_4 + H_2Cr_2O_7 + 6H_2SO_4 \longrightarrow 3Fe_2(SO_4)_3 + Cr_2(SO_4)_3 + 7H_2O$$

$$Cr_2(SO_4)_3 + Fe_2(SO_4)_3 + 6Ca(OH)_2 \longrightarrow 2Cr(OH)_3\downarrow + 2Fe(OH)_3\downarrow + 6CaSO_4\downarrow$$

(2) 电解法。

废液中六价铬的含量少于 100 mg·L^{-1},pH 为 4.0～6.5,宜采用电解法处理。本实验采用普通碳素钢作电极,在直流电作用下,电解池内的铁阳极不断溶解,产生的亚铁离子能在酸性条件下将六价铬还原成三价铬。

$$Fe - 2e^- \longrightarrow Fe^{2+}$$

$$Cr_2O_7^{2-} + 6Fe^{2+} + 14H^+ \longrightarrow 2Cr^{3+} + 6Fe^{3+} + 7H_2O$$

$$CrO_4^{2-} + 3Fe^{2+} + 8H^+ \longrightarrow Cr^{3+} + 3Fe^{3+} + 4H_2O$$

在阴极上主要发生氢离子放电,析出氢气。由于阴极不断析出氢气,废水逐渐由酸性变为碱性。pH 由 4.5～6.5 提高到 7～8,在弱碱性和中性介质中,铁离子和铬离子生成氢氧化物沉淀。

$$Fe^{2+} + 2OH^- \longrightarrow Fe(OH)_2\downarrow$$

$$6Fe(OH)_2 + Cr_2O_7^{2-} + 7H_2O \longrightarrow 6Fe(OH)_3\downarrow + 2Cr(OH)_3\downarrow + 2OH^-$$

$$Cr^{3+} + 3OH^- \longrightarrow Cr(OH)_3\downarrow$$

$$Fe^{3+} + 3OH^- \longrightarrow Fe(OH)_3\downarrow$$

三、仪器药品

稳流稳压计(1 台),电热板(800 W,1 个),水银温度计(0～100 ℃,1 支),烧杯(500 mL,2 个;100 mL,2 个),铅板(60 mm×60 mm 打孔,1 块),洗瓶(1 只),钢片(60 mm×40 mm 打孔,2 片),导线,鳄鱼夹,玻璃棒,砂纸(棕刚玉,粒度 60 目),金相砂纸($W2801^\#$,若干),电极挂钩(自制),浓硫酸(A.R.),磷酸(A.R.),氢氧化钠(A.R.),碳酸钠(A.R.),磷酸钠(A.R.),硅酸钠(A.R.),铬酐 CrO_3(A.R.)。

四、实验步骤

1. 除油液、抛光液以及后处理浸泡液的配制

(1) 电化学除油液。NaOH 30 g·L^{-1},Na_2CO_3 30 g·L^{-1},Na_3PO_4·$10H_2O$ 30 g·L^{-1},Na_2SiO_3·$9H_2O$ 4 g·L^{-1}。在阳极(工件)极板面积为 60 mm×40 mm 左右时,每 500 mL 除

油液可反复使用 10 次左右。

（2）抛光液（质量百分比浓度）。H_2SO_4 10%，H_3PO_4 65%，CrO_3 15%，去离子水余量。配制时应先将 CrO_3 溶于适量去离子水中，再将 H_3PO_4、H_2SO_4 依次加入，然后加去离子水至所需体积。每 500 mL 抛光液（按每次抛光 10 min 计）可连续使用 7 次左右。

（3）后处理浸泡液。3% Na_2CO_3 溶液。

2. 不锈钢预处理

用棕刚玉砂纸打磨不锈钢片正、反两面，将表面毛刺和氧化皮除去，再改用 W2801# 金相砂纸继续打磨至轻度划痕消去，冲洗干净，挂在电极挂钩上；然后放入经预加热、温度为 70 ℃ 的除油液中进行电化学除油。按图 23-1 装好各仪器，要求待加工钢片为阳极，铅板为阴极，并调节电极挂钩控制两极板平行且间距为 1～2 cm，通过调节恒流恒压计使阳极电流密度为 3 A·dm^{-2}，时间为 3 min。除油后趁热用去离子水将钢片冲洗干净，并迅速放入电解抛光液中进行抛光，以免钢片表面再次氧化。

3. 电解抛光

按图 23-1 装好各仪器，将经预处理的钢片作阳极，铅板作阴极，置于温度为 70～80℃ 电解抛光液中，要求控制极板间距为 1～2 cm，阳极电流密度为 10～11 A·dm^{-2}，时间为 10 min 左右。

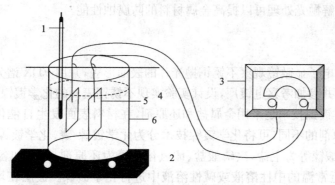

图 23-1 电解抛光实验仪器装置图
1. 水银温度计；2. 加热板；3. 恒流恒压计；4. 玻璃棒；5. 电极板；6. 电解槽

4. 后处理

将抛光好的钢片用去离子水冲洗干净，放入 3% Na_2CO_3 溶液浸泡 5 min，然后冲洗、擦干，交实验指导教师评定质量等级。

5. 废液处理

1）方法一：化学还原法（硫酸亚铁-石灰法）

将 400 mL 含铬离子的洗涤液用 3 mol·L^{-1} 硫酸调至酸性，再加入 0.5 mol·L^{-1} 硫酸亚铁溶液 10 mL，不断搅拌，使六价铬还原为微毒的三价铬，然后加入 10% 石灰乳［用 $Ca(OH)_2$ 配制］，调节 pH 至 8～9，使沉淀完全后过滤，以达到去除铬离子的目的。

2) 方法二：电解法

在 400 mL 含铬离子的洗涤液中插入两片 60 mm × 60 mm 普通碳素钢板作电极，接上直流电源，在电流 1 A 下电解 30 min，生成沉淀而除去铬离子。

6. 测评抛光质量

采用电动轮廓仪检测表面粗糙度，据表面光洁程度评出等级。

五、数据记录与处理

(1) 原始数据记录。

（ⅰ）室温＝_____℃，大气压＝_____Pa。

（ⅱ）两极板平行间距_____，阳极电流密度_____，时间_____。

(2) 钢片表面平均粗糙度_____，抛光等级_____。

六、分析与思考

(1) 能否用盐酸或硝酸作为钢铁电解抛光液的主要成分？为什么？

(2) 为何采用 3‰ Na_2CO_3 溶液作为后处理浸泡液？

(3) 观察本实验电解抛光后的不锈钢片，往往可以发现其正、反两面的光洁度有一定差别，这是什么原因引起的？采取什么措施能够尽量减少这一差别？

(4) 为什么电解抛光处理可以提高金属材料的防腐蚀性能？

七、扩展实验

(1) 利用扫描电子显微镜观察不锈钢抛光片的表面形貌，并用 EDX 谱分析表面成分。

(2) 查阅文献并参加考察电镀厂，设计实验实现不锈钢表面的化学镀镍。

［提示］　化学镀镍技术是采用金属盐和还原剂，在材料表面发生自催化反应获得镀层的方法。以使用还原剂的不同，可将化学镀镍技术分为化学镀镍-磷、化学镀镍-硼两大类。镀液一般以硫酸镍、乙酸镍等为主盐，次磷酸盐、硼氢化钠等为还原剂，再添加各种助剂。在 90℃的酸性溶液或接近常温的中性溶液或碱性溶液中进行化学镀镍。镀层在均匀性、耐蚀性、硬度、可焊性、装饰性上都显示出优越性。

(3) 查阅文献并参加考察塑料电镀厂，设计实验实现 ABS 塑料表面的仿金电镀。

［提示］　利用电解原理将某种金属覆盖在塑料制品表面的工艺，旨在提高塑料的美观、耐磨、导电等性能，拓宽塑料制品的应用范围。但是塑料本身是不良导体，不能像金属一样直接电镀，为此镀前必须经化学处理，在塑料表面沉积一层金属层电膜（预先进行化学镀），再同金属一样进行电镀。

实验二十四　银纳米电缆的合成、表征及电学性质*

一、实验目的

(1) 掌握水热合成的基本操作。

(2) 了解合成一维纳米材料的基本方法及原理。

(3) 学会分析银纳米电缆的形成过程的方法，能够合成出银纳米电缆。

（4）了解银纳米电缆的表征方法，测试银纳米电缆的导电性能。

二、实验原理

纳米是长度单位，$1\ nm = 10^{-9}\ m$。纳米材料又称纳米结构材料（nanostructured materials），是指三维空间尺寸中至少有一维处于纳米尺度范围（1～100 nm）或由它们作为基本单元构筑的材料。纳米材料的基本单元按照空间维数可以分为三类：①零维，指在空间三维尺度上均在纳米尺度范围，如纳米颗粒、纳米团簇、人造原子、纳米孔洞等；②一维，指在空间中有两维处于纳米尺度范围，如纳米线、纳米棒、纳米带、纳米管等；③二维，指在三维空间里有一维在纳米尺度范围，如纳米片、超薄膜、超晶格等。

一维纳米结构的形成与结晶过程紧密相关。由气相、液相或固相形成晶态固体包括两个基本步骤：成核和生长。当溶液中建筑基元（原子、离子或分子）的浓度达到足够高时，它们会通过均相成核相互聚集而形成小的团簇（或晶核）。随着建筑基元的不断提供，这些晶核可以作为晶种继续长成较大的结构。通常有七种策略实现一维纳米材料：① 利用固体材料本征的各向异性结构实现一维生长[图 24-1(a)]；② 引入固、液界面以减少晶种的对称性[图 24-1(b)]；③ 使用各种各样的具有一维形貌的模板去诱导一维纳米结构的形成[图 24-1(c)]；④ 利用过饱和度控制，调节晶种的生长习性；⑤ 使用合适的封盖试剂，动力学上控制晶种的各个晶面的生长速率[图 24-1(d)]；⑥ 利用零维纳米结构的自组装[图 24-1(e)]；⑦ 一维微米结构的尺寸减小[图 24-1(f)]。

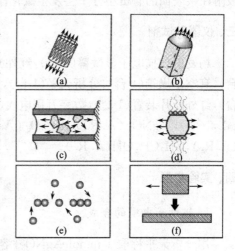

图 24-1　有效实现一维纳米材料的六种不同策略的示意图

(a) 取决于固体的各向异性的晶体结构；(b) 蒸气-液相-固相过程中通过液滴限定作用；(c) 模板的诱导作用；(d) 封盖试剂的动力学控制；(e) 零维纳米材料的自组装；(f) 一维微米结构的尺寸剪裁

银呈现高度对称的各向同性的面心立方结构。因此，在不使用模板的情况下，通过液相路线合成银一维纳米结构，必须选择合适的封盖试剂（方法⑤），使其选择性的吸附在晶种的某些晶面上，导致其他晶面的优先生长。对于封盖试剂它们通常属于有机物一类，如表面活性剂分子聚乙烯吡咯烷酮、嵌断高分子聚醚多元醇 P123、有机小分子十二硫醇等。

纳米科学和技术发展的一个重要方向是构筑纳米器件。作为器件的内部连线和活性组成部分的一维金属纳米线一直是广大科研人员的研究焦点。在已知的各种金属当中，金属银展现最好的导电性和导热性。然而，高比表面积造就的高化学反应活性，使得银纳米线容易氧化，特别是遇到含硫化合物容易发生腐蚀。解决这种问题的有效策略之一是在其外表面涂覆一层惰性物质。这种导电金属纳米线为核，绝缘材料为鞘，尺度在纳米级的材料，被形象地称为纳米电缆。如何采用可靠的方法合成高品质的纳米电缆仍是国内外科研人员面临的一个挑战课题。

普通物理化学中有关氧化还原方向的判据可以借鉴用于银纳米材料的化学制备中。对于液相法制备银，还原剂（X）与 Ag^+ 的电势差可以通过以下两个半反应的电势计算：

$$Ag^+ + e^- \longrightarrow Ag \qquad E_1$$

$$X - e^- \longrightarrow X^+ \qquad E_2$$

$$\Delta E = E_1 - E_2$$

ΔE 与该氧化还原反应能否自发进行的热力学判据 ΔG 的关系可通过下式联系起来：

$$\Delta G = -nF\Delta E$$

式中，ΔG 为氧化还原反应的吉布斯自由能变化值；n 为反应过程中的电子转移数目；F 为法拉第常量。当 $\Delta E > 0$ V 时，$\Delta G < 0$，表明氧化还原反应在相关纳米材料制备的一般条件（等温、等压和不做非体积膨胀功）下可以自发进行。

通过合理地选择有机小分子，使其同时具有封盖试剂和还原试剂的功能。在水热条件下，吸附在银表面的有机小分子会发生碳化作用，这样可以实现银/碳纳米电缆的合成。

三、仪器和试剂

场发射扫描电子显微镜（1 台），红外光谱仪（1 台），热蒸镀仪（1 台），X 射线粉末衍射仪（1 台），真空干燥箱（1 台），分析天平（1 台），高速离心机（1 台），旋转涂膜机（1 台），磁力搅拌器（1 台），红外压片装置（1 套），数字万用电表（1 只），烧杯（若干），烘箱（1 台），水热反应釜（容积 60 mL，1 个），$AgNO_3$（A. R.），K_2CO_3（A. R.），NH_2SO_3H（A. R.），$C_6H_4(OH)(COOH)$（A. R.），CH_3CH_2OH（A. R.）。

四、实验步骤

1. 银纳米电缆的合成

用分析天平称取 1 mmol $AgNO_3$，溶解于 45 mL 蒸馏水中，加入 0.5 mmol K_2CO_3，立即有大量的白色沉淀产生。接着向此溶液中加入 2 mmol NH_2SO_3H，沉淀在搅拌下被充分溶解，溶液变得澄清。最后向此澄清溶液中加入 2 mmol 水杨酸。搅拌几分钟后，溶液被转移到容量为 60 mL 具有聚四氟乙烯内衬的不锈钢高压釜中。密封后，在 200 ℃ 静置反应 36 h 后，自然冷却至室温。开启反应釜，釜中的灰色悬浮物，经抽滤分离，固体分别用蒸馏水、无水乙醇清洗数次后，放到真空干燥箱中在 60 ℃ 干燥 4 h 后，备用。

2. 银纳米电缆的表征

1）产物的 X 射线衍射测试

取干燥后的部分样品分散在少量的无水乙醇溶液中，涂覆在单晶硅（531）表面，晾干后，放置于 Bruker D8 Advance 衍射仪上。设置衍射参数[$10° \sim 70°$, $8° \cdot min^{-1}$, $0.01° \cdot 步^{-1}$]，测试原始数据并加以处理。

2）产物的场发射扫描电镜测试

取一段导电胶带粘在干净的试样台上，取少量的固体粉末，平铺在导电胶带上，用洗耳球将表面的粉末吹净（将留在表面没黏附牢固的样品吹走）。用热蒸镀仪在其表面喷上一层薄薄的金颗粒，蒸金时间约 25 s（电流小于 10 A）。将处理好的样品固定在试样架上，放入扫描电子显微镜内进行扫描电镜观察。

3）产物的红外光谱测试

取少量干燥样品于玛瑙研钵中与 KBr 晶块一起磨细，混合均匀后，压片，置于样品支架上进行测试。对记录谱图，进行处理（基线校正、扣除背景、归一化、标峰），谱图检索，确认其化学结构。

3. 银纳米电缆的形成过程观测

分别制备不同反应时间段 1 h、4 h、8 h、16 h、32 h 的中间产物,通过场发射扫描电镜观察纳米电缆的形成过程。

4. 银纳米电缆导电性的测量

将银纳米电缆粉末分散于无水乙醇中制备成悬浊液,旋涂于表面氧化的二氧化硅基片上,将此基片在真空箱中干燥。采用万用表测试任意两点相距 1 mm 和 1 cm 处的电流,根据结果判断电缆的导电性。

五、数据记录和处理

(1) 室温＝_____ ℃,大气压＝_____ Pa。
(2) 原始 X 射线衍射花样数据的作图处理,指标化。
(3) 记录银纳米电缆的长度、直径、银核的直径。
(4) 红外光谱的吸收振动峰的归属。
(5) 相距 1 mm 处的电流_____ A,相距 1 cm 处的电流_____ A。

六、分析与思考

(1) 实验注意点。
(ⅰ) 水热反应釜的填充度不要超过 80%。
(ⅱ) 采用旋涂法制备的银纳米电缆薄膜,确保连续分布均匀。
(2) 反应过程中使用的 NH_2SO_3H 及水杨酸的作用是什么?
(3) 如何判断水杨酸的还原性?
(4) 银纳米电缆的形成过程?

七、扩展实验

试设计实验测定银纳米电缆的电阻率。

[提示] 纳米电缆粉末放入内径为 1 cm 的不锈钢圆柱形套管中,施加压力 5 MPa,用万用电表测出圆柱的电阻值,并记下其高度,用下式计算其体积电阻率:

$$\rho_V = \frac{RS}{H}$$

式中,ρ_V 为体积电阻率($\Omega \cdot cm$);R 为电阻值(Ω);S 为圆柱体的底面积(cm^2);H 为圆柱体的高度(cm)。

组合实验 Ⅵ

实验二十五　溶液表面张力的测定

一、实验目的

（1）了解表面张力的性质以及表面张力与吸附的关系。

（2）掌握最大泡压法测定表面张力的原理和技术。

（3）测定不同浓度正丁醇水溶液的表面张力，求算表面吸附量和正丁醇分子的横截面积。

二、实验原理

物质表面层的分子与内部分子周围的环境不同。内部分子所受四周临近相同分子的作用力是对称的，各个方向的力彼此抵消。但是在表面层的分子，一方面受到本相内物质分子的作用；另一方面又受到性质不同的另一相中物质分子的作用，因此表面层的性质与内部不同。对于液体来说，表面的分子受液体内部分子的吸引力远大于外部蒸气分子对它的吸引力，致使表面层分子受到向内的拉力，表面积趋于最小，以达到受力平衡。表面张力（表面吉布斯自由能）表征了液体自动缩小趋势的大小。液体的表面张力与液体的成分、溶质的浓度、温度以及表面气氛等因素有关。

对于溶液，由于溶质能使溶剂表面张力发生变化，因此可以通过调节溶质在表面层的浓度改变表面张力。根据能量最低原则，当溶质能降低溶剂的表面张力时，在表面层中溶质的浓度比溶液内部大；反之，溶质使溶剂的表面张力升高时，它在表面层中的浓度比在内部的浓度低，这种表面浓度与内部浓度不同的现象称为溶液的表面吸附。吉布斯（Gibbs）用热力学方法求得指定温度下溶液的浓度、表面张力和吸附量之间的定量关系，即吉布斯吸附方程：

$$\Gamma = -\frac{c}{RT}\left(\frac{\mathrm{d}\sigma}{\mathrm{d}c}\right)_T \tag{25-1}$$

式中，Γ 为溶质在表层的吸附量（单位为 $\mathrm{mol \cdot m^{-2}}$）；$c$ 为稀溶液浓度（$\mathrm{mol \cdot L^{-1}}$）；$\sigma$ 为溶液的表面张力（$\mathrm{J \cdot m^{-2}}$ 或 $\mathrm{N \cdot m}$）；T 为热力学温度（K）；R 为摩尔气体常量。$\left(\dfrac{\mathrm{d}\sigma}{\mathrm{d}c}\right)_T$ 表示在一定温度下表面张力随浓度的变化率。当 $\left(\dfrac{\mathrm{d}\sigma}{\mathrm{d}c}\right)_T < 0$ 时，$\Gamma > 0$，溶液表面层的浓度大于内部的浓度，称为正吸附；当 $\left(\dfrac{\mathrm{d}\sigma}{\mathrm{d}c}\right)_T > 0$ 时，$\Gamma < 0$，溶液表面层的浓度小于内部的浓度，称为负吸附。

表面活性剂加入溶剂后，能使溶剂的表面张力显著降低。被吸附的表面活性剂分子在水溶液表面层中的排列由它在液层中的浓度决定，如图 25-1 所示。图 25-1(a)和图 25-1(b)是不饱和层中分子的排列，图 25-1(c)是饱和层分子的排列。随着表面活性剂在溶液中浓度的增大，它在溶液表面被吸附的量也随之增加。当浓度增至一定程度时，被吸附分子占据了所有表面，形成饱和吸附层。在这一过程中，溶液的表面张力也逐渐减小。

以表面张力对浓度作图，可得 σ-c 曲线，如图 25-2 所示。从图 25-2 中可以看出，在表面活性剂浓度较小时,σ 随浓度的增加迅速下降,但是随着溶液中表面活性剂浓度的增大,以后的变化比较缓慢。

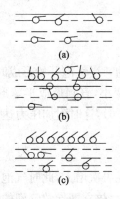

图 25-1 表面活性剂分子在
水溶液表面上的排列

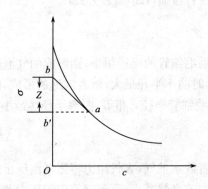

图 25-2 表面张力与浓度的关系

在 $\sigma\text{-}c$ 曲线上任选一点 a 作切线,即可求得该点所对应浓度的斜率,再由式(25-1)可求得不同浓度下的 Γ 值。

在一定温度下对于单分子层吸附,吸附量 Γ 与溶液浓度 c 的关系可用朗缪尔(Langmuir)吸附等温式表示:

$$\Gamma = \Gamma_\infty \frac{kc}{1 + kc} \tag{25-2}$$

式中,Γ_∞ 为饱和吸附量;k 为常数。将式(25-2)取倒数可得

$$\frac{c}{\Gamma} = \frac{kc + 1}{k\Gamma_\infty} = \frac{c}{\Gamma_\infty} + \frac{1}{k\Gamma_\infty} \tag{25-3}$$

以 c/Γ 对 c 作图,得一直线,该直线的斜率为 $1/\Gamma_\infty$,即可求得 Γ_∞。

如果以 N 代表 1 m^2 表面上溶质的分子数,则有

$$N_A = \Gamma_\infty L \tag{25-4}$$

式中,N_A 为阿伏伽德罗常量。由此可得每个溶质分子在表面上所占据的横截面积为

$$S = \frac{1}{\Gamma_\infty N_A} \tag{25-5}$$

因此,若测得不同浓度溶液的表面张力,从 $\sigma\text{-}c$ 曲线上求出不同浓度的吸附量 Γ,再由 $c/\Gamma\text{-}c$ 曲线上求出 Γ_∞,便可计算出溶质分子的横截面积 S。

本实验采用最大泡压法测定乙醇水溶液的表面张力,实验装置如图 25-3 所示。

当毛细管下端端面与被测液体液面相切时,液体沿毛细管上升。打开抽气瓶的活塞缓缓放水抽气,此时测定管中的压力 p_r 逐渐减小,而与外界连通的毛细管中的大气压力为

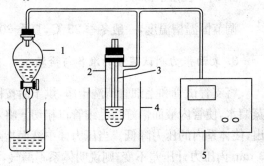

图 25-3 测定表面张力实验装置图
1. 抽气瓶;2. 支管试管;3. 毛细管;4. 恒温槽;
5. 数字式微压差测量仪

p_0。当此压差 $\Delta p(\Delta p = p_0 - p_r)$ 在毛细管端面上产生的作用力稍大于毛细管口的表面张力时,气泡从毛细管口脱出,此附加压力与表面张力成正比,与气泡的曲率半径 R 成反比,其关系式为拉普拉斯(Laplace)公式:

$$\Delta p = \frac{2\sigma}{R} \tag{25-6}$$

如果毛细管的半径很小,则形成的气泡基本上是球形的。当气泡开始形成时,表面几乎是平的,这时曲率半径最大;随着气泡的形成,曲率半径逐渐变小,直到形成半球形,这时曲率半径 R 和毛细管半径 r 相等,曲率半径达最小值。根据式(25-6),这时附加压力达最大值。

$$\Delta p_{max} = \frac{2\sigma}{r} \tag{25-7}$$

随着放水抽气,大气压力将把气泡压出管口。曲率半径再次增大,此时气泡表面膜所能承受的压力差必然减小,而测定管中的压力差却在进一步加大,故立即导致气泡的破裂。

根据式(25-7)可得

$$\sigma = \frac{r}{2}\Delta p = K\Delta p \tag{25-8}$$

式中,K 为毛细管常数,通常用已知表面张力的纯水标定。

三、仪器和试剂

表面张力测定装置(1 套),恒温水浴(1 套),阿贝折射仪(1 台),洗耳球(1 个),滴管(2 支),烧杯(1 个),正丁醇(A. R.)。

四、实验步骤

1. 配制正丁醇水溶液

(1) 用称量法粗略配制 0.02 mol · L^{-1}、0.05 mol · L^{-1}、0.10 mol · L^{-1}、0.15 mol · L^{-1}、0.20 mol · L^{-1}、0.25 mol · L^{-1}、0.30 mol · L^{-1} 的正丁醇水溶液各 50 mL 待用。

(2) 精确配制 0.02 mol · L^{-1}、0.05 mol · L^{-1}、0.10 mol · L^{-1}、0.15 mol · L^{-1}、0.20 mol · L^{-1}、0.25 mol · L^{-1}、0.30 mol · L^{-1} 的正丁醇水溶液标准溶液各 10 mL。

2. 调节恒温水浴

调节恒温槽温度,一般冬季 25 ℃,夏季 30 ℃。

3. 表面张力测试装置的准备与检漏

将支管试管和毛细管清洗干净,烘干后按图 25-3 装好全套装置。在支管试管中加入适量蒸馏水,使管内液面恰好与毛细管口相切。将水注入抽气瓶中,打开活塞,这时抽气瓶中水流出,使体系内的压力降低。当压力计中液面指示出若干的压差时,关闭活塞,停止抽气。若2~3 min 内压力计压差不变,则说明体系不漏气,可以进行实验。

4. 测定毛细管常数

上述装有蒸馏水的支管试管在恒温槽中恒温 10 min,毛细管必须保持垂直并注意液面位置。

慢慢打开抽气瓶活塞,注意气泡形成的速率应保持稳定,通常控制在每分钟 10～12 个气泡。待气泡均匀稳定的放出时,读取压差计上的最大数值 Δp,读三次,取平均值,计算毛细管常数 K。

5. 测定正丁醇溶液的表面张力

按照实验步骤 4. 分别测量不同浓度的正丁醇溶液。从稀到浓依次进行。每次测量前必须用少量被测液洗涤测定管,尤其是毛细管部分,确保毛细管内、外溶液的浓度一致。测定完毕,将正丁醇溶液倒回原试剂瓶。

6. 正丁醇水溶液浓度的精确测定

(1) 用阿贝折射仪测定不同浓度的正丁醇-H_2O 标准液的折射率。
(2) 采用阿贝折射仪测定不同浓度的正丁醇溶液的折射率。

五、数据记录与处理

(1) 原始数据记录。
(ⅰ) 室温＝_____℃,大气压＝_____ Pa。
(ⅱ) 毛细管常数的测定。

Δp/Pa				水的表面张力/(N·m^{-1})	毛细管常数 K
1	2	3	平均		

(ⅲ) 待测液体的表面张力。

序号	最大压差 Δp_{max}/Pa				表面张力 σ/(N·m^{-1})
	1	2	3	平均值	
1					
2					
3					
4					
5					
6					
7					
8					

(ⅳ) 正丁醇的折射率和浓度。

序号	折射率								溶液浓度/(mol·L^{-1})	
	1		2		3		平均值			
	标准液	待测液	标准液	待测液	标准液	待测液	标准液	待测液	标准液	待测液
1										
2										

序号	折射率										溶液浓度/(mol·L^{-1})
	1		2		3		平均值				
	标准液	待测液	标准液	待测液	标准液	待测液	标准液	待测液	标准液	待测液	
3											
4											
5											
6											
7											
8											

（2）求算。

（ⅰ）查阅文献值，根据该实验温度下水的表面张力，求算毛细管常数 K。

（ⅱ）分别计算出各种浓度正丁醇溶液的表面张力 σ 值。

（ⅲ）根据所测不同浓度的正丁醇溶液的折射率，由浓度-折射率工作曲线查出各溶液的浓度。

（ⅳ）作 σ-c 图，并在曲线上取 10 个点，分别作出切线，并求得对应的斜率。

（ⅴ）根据方程式(25-1)求算各浓度的吸附量，作出 c/Γ-c 图，由直线斜率求算 Γ_∞，并计算溶质分子的横截面积 S。

六、分析与思考

（1）实验关键。

（ⅰ）本实验成功的关键：仪器系统不能漏气；所用毛细管必须干燥、干净，实验中要与液面垂直相切；气泡逸出速度适当。

（ⅱ）毛细管半径不能太大或太小。若太大，则最大压力差小，引起的读数误差大；若太小，气泡易从毛细管中成串、连续地冒出，泡压平衡时间短，压力计所读最大压力差不准。一般选用毛细管的粗细标准是，在测水的表面张力时，最大压力差为 500~800 Pa。

（2）为什么要读最大压力差？

七、扩展实验

查阅文献，设计实验测量表面活性剂吸附层的厚度？

［提示］　测定表面张力的方法很多，如毛细管上升法、最大气泡法、滴重法和吊环法等。在实验设计中可任选一种方法测量不同浓度下的表面张力，获得饱和吸附量 Γ_∞，结合溶质的摩尔质量 M 和密度 ρ，通过下式求出吸附层的厚度 δ：

$$\delta = \frac{\Gamma_\infty M}{\rho}$$

实验二十六　　表面活性剂临界胶束浓度的测定

一、实验目的

（1）了解表面活性剂的特性及胶束形成原理。

（2）学会用电导法测定十二烷基硫酸钠的临界胶束浓度。

二、实验原理

表面活性剂是由具有亲水性的极性基团和具有憎水性的非极性基团所组成的化合物。在较低浓度的表面活性剂的水溶液中，表面活性剂分子被吸附在表面上，从而降低了溶液的表面张力。当溶液浓度逐渐增大时，表面上聚集的表面活性剂增多而形成单分子层。表面吸附饱和后，继续增加表面活性剂的浓度，在溶液中的表面活性剂为了能稳定存在，其非极性基团相互吸引，形成极性基团向外的分子团。随着表面活性剂浓度的增大，这种分子团也增大，形成球状、棒状或层状的胶束。当憎水基团完全包在胶束内部时，只剩下亲水基团方向朝外，胶束与水之间几乎不存在排斥作用，从而可以稳定存在于水相中。把形成胶束所需表面活性剂的最低浓度称为临界胶束浓度（critical micelle concentration，CMC）。如果继续在溶液中加入表面活性剂，则只会增加溶液中胶束的数量和大小。

临界胶束浓度可作为表面活性剂的表面活性的一种量度。因为临界胶束浓度越小，则表示该表面活性剂形成胶束所需浓度越低，达到表面饱和吸附的浓度也越低。因而改变表面性质起到润湿、乳化、增溶和起泡等作用所需的浓度也越低。实验发现，溶液的某些物理性质（如表面张力、渗透压、电导性质、增溶作用和去污能力等）随着溶液中表面活性剂浓度的变化在临界胶束浓度前、后有显著的不同。用适当的方法测定溶液的这些物理性质随表面活性剂浓度变化的数值并绘制曲线，可以通过曲线拐点求出表面活性剂的临界胶束浓度。

测定临界胶束浓度的常用方法有以下几种：电导法（只适用于离子型表面活性剂）、表面张力法、浊度法、染料法、折射率法以及增溶法等。本实验采用电导法测定表面活性剂的临界胶束浓度。通过测定不同浓度的十二烷基硫酸钠水溶液的电导率（或摩尔电导率），作出电导率（或摩尔电导率）与浓度的关系图，从图中曲线的转折点求出临界胶束浓度。

三、仪器和试剂

电导率仪（1台），电导池/电极（1套），恒温槽（1套），带刻度的移液管（1支），比色管（50 mL，11支），电导水，$0.020 \ mol \cdot L^{-1}$ 十二烷基硫酸钠溶液。

四、实验步骤

（1）打开超级恒温槽电源，将温度调到 25 ℃ 或其他合适的温度。将装有 $0.020 \ mol \cdot L^{-1}$ 十二烷基硫酸钠溶液的试剂瓶放入水浴中，以使试样完全溶解，当溶液澄清后取出。

（2）将电导电极用蒸馏水洗净，并用滤纸吸干备用。

（3）在 11 支比色管中分别移取 1.25 mL、2.5 mL、5.0 mL、7.5 mL、10.0 mL、12.5 mL、15.0 mL、17.5 mL、20.0 mL、22.5 mL、25.0 mL 十二烷基硫酸钠溶液，分别配制 $0.001 \ mol \cdot L^{-1}$、$0.002 \ mol \cdot L^{-1}$、$0.004 \ mol \cdot L^{-1}$、$0.006 \ mol \cdot L^{-1}$、$0.008 \ mol \cdot L^{-1}$、$0.01 \ mol \cdot L^{-1}$、$0.012 \ mol \cdot L^{-1}$、$0.014 \ mol \cdot L^{-1}$、$0.016 \ mol \cdot L^{-1}$、$0.018 \ mol \cdot L^{-1}$ 以及 $0.020 \ mol \cdot L^{-1}$ 待测溶液，然后分成两组用皮筋扎起后放入恒温槽中恒温 15 min。

（4）从低浓度到高浓度依次测定表面活性剂溶液的电导率值，每次测量前电极都要用待测溶液淋洗两三次。每个溶液的电导率值需测定三次，取平均值，记录每次测量结果。有关电导率仪器的使用请参考附录1专题Ⅳ电学测量技术及仪器。

（5）测试完毕，清洗电极，关闭电源。

五、数据记录与处理

（1）原始数据记录。

（ⅰ）室温＝＿＿＿＿＿℃，大气压＝＿＿＿＿＿＿Pa。

（ⅱ）不同浓度十二烷基硫酸钠溶液的电导率的测定。

$c/(mol \cdot L^{-1})$	$\kappa /(S \cdot m^{-1})$			
	1	2	3	平均值
0.001				
0.002				
0.004				
0.006				
0.008				
0.010				
0.012				
0.014				
0.016				
0.018				
0.020				

（2）求算。

（ⅰ）计算各浓度的十二烷基硫酸钠水溶液的电导率平均值。

（ⅱ）作出 κ-c 图，由曲线转折点确定 CMC 值，并与文献值比较，参阅附录 2 附表 2-24。

六、分析与思考

（1）实验关键。

（ⅰ）确保配制的十二烷基硫酸钠溶液的浓度精确。十二烷基硫酸钠药品为分析纯，称样前要烘干，不含水等其他杂质。配制时保证其完全溶解。系列溶液配制时，取液要精确。

（ⅱ）注意预热、恒温测定。

（ⅲ）精确测定电导电极的仪器常数，校正电导率仪，正确进行测量溶液电导的操作。

（ⅳ）电极插入被测溶液后，轻轻摇动被测液，以便反复冲洗电极表面，保证电极表面溶液浓度与主体溶液浓度一致，并静置 2～3min 后再测定电导率。

（2）最大泡压法也可测量表面张力和临界胶束浓度，它与本实验所采用的方法有什么异同之处？

七、扩展实验

查阅文献设计测量表面活性剂胶束生成热效应的实验。

［提示］ 根据 $\dfrac{d\ln CMC}{dT} = -\dfrac{\Delta H}{2RT^2}$，通过测量不同温度条件下的 CMC，通过作图法即可求得。

实验二十七 溶胶的制备与稳定性

一、实验目的

(1) 掌握溶胶制备的基本原理及方法。

(2) 学会对溶胶的丁铎尔(Tyndall)现象和布朗运动的观察。

(3) 了解影响溶胶稳定性的因素及大分子物质对溶胶的保护作用。

二、实验原理

1. 溶胶的制备方法与原理

溶胶(憎液溶胶)是指极细的固体颗粒分散在互不相溶的分散介质中所形成的多相分散体系,其颗粒尺寸为 1 nm~1 μm,它具有与小分子溶液和粗分散体系不同的特性,如动力性质(如布朗运动、扩散与沉降等)、光学性质(如丁铎尔效应等)、电学性质以及流变性质等。制备溶胶时,必须使分散相粒子的大小落在胶体分散体系的范围之内,并加入适当的稳定剂。通常制备溶胶有两种方法:分散法和凝聚法。

1) 分散法

用机械、化学等方法使固体的粒子变小。主要有三种方式,即机械研磨、超声分散和胶溶分散。

机械研磨法:用机械粉碎的方法将固体磨细。目前主要采用胶体磨或球磨机等把粗粒子磨细,但一般只能将质点磨细到 1 μm 左右。该法适用于脆且易碎的物质,对于柔韧性的物质必须先硬化再粉碎,同时一般添加明胶作稳定剂。

超声分散法:利用高频超声波(频率高于 16000 Hz)产生的巨大撕碎力,降低分散相的颗粒尺寸,使之均匀分散而不聚集。此法操作简单,效率高,常用作胶体分散及乳状液的制备。

胶溶分散法:通过加入或去除过量稳定剂,把暂时聚集在一起的胶体粒子重新分散成溶胶。例如,氢氧化铁、氢氧化铝等沉淀实际上是胶体质点的聚集体,在加入或去除过量稳定剂的条件下,通过适当搅拌可重新分散形成溶胶。这种使沉淀转化成溶胶的过程称为胶溶作用,胶溶作用只能用于新鲜的沉淀。若沉淀放置过久,小颗粒经过老化,出现粒子间的连接或变成大的粒子,就不能利用胶溶作用达到重新分散的目的。

2) 凝聚法

该法的基本原理是形成分子分散的过饱和溶液,控制条件使分子或离子聚集成胶粒。与分散法相比,该法不仅在能量上有利,而且可以制成高分散度的胶体。凝聚法主要有化学反应法和更换介质法。

化学反应法:通过各种化学反应使生成物呈过饱和状态,使初生成的难溶物微粒结合成胶粒,在少量稳定剂存在下形成溶胶,这种稳定剂一般是某一过量的反应物。

更换介质法:该法是利用同一种物质在不同溶剂中溶解度相差悬殊的特性,使溶解于良溶剂中的溶质,在加入不良溶剂后,因其溶解度下降而以胶体粒子的大小析出,形成溶胶。此法制作溶胶方法简便,但得到的胶体粒子尺寸较大。

2. 溶胶的稳定与聚沉

1) 溶胶的稳定性

溶胶是一种多相分散体系,具有热力学的不稳定性,但溶胶经过净化后,在一定条件下能在相当长的时间内稳定存在。使溶胶能稳定存在的原因:①胶粒的布朗运动使溶胶不致因重力而沉降,即动力学稳定性;②胶团存在双电层结构,带有相同电荷的胶粒相互排斥导致不易聚集,这是使溶胶稳定存在的最重要原因;③胶团双电层中的反离子是水化的,该水化膜阻止了胶粒间的相互碰撞,从而有限地防止了胶粒的合并变大。

2) 溶胶的聚沉

要使溶胶聚沉就必须破坏溶胶稳定的因素,这可以从降低胶粒的电动电势和反离子的水化着手,从本质上来说是减少粒子间的排斥作用。除溶胶浓度和温度外,电解质的加入或带相反电荷溶胶的混合都将破坏胶团的双电层结构,降低胶粒的电极电势,使溶胶发生聚沉。在指定条件下使某溶胶聚沉时,电解质的最低浓度称为聚沉值,聚沉值常用 $mmol \cdot L^{-1}$ 表示。溶胶聚沉的主要规律有:

(1) 电解质中与胶粒电荷相反的离子是溶胶聚沉的主要因素,一般来说,反号离子价数越高,聚沉能力越大,聚沉值越小,聚沉值与反号离子价数的 6 次方成反比,即 Hardy-Schulze 规律。

(2) 同价离子的聚沉能力相近,但也略有不同。若用碱金属离子聚沉负溶胶时,其聚沉能力的次序为 $Cs^+ > Rb^+ > K^+ > Na^+ > Li^+$;而用不同的一价负离子聚沉正溶胶时,其聚沉能力的次序为 $F^- > Cl^- > Br^- > NO_3^- > I^- > CNS^-$,即同价无机小离子的聚沉能力常随其水化半径增大而减小,这一顺序称为感胶离子序。

(3) 有机离子具有很强的聚沉能力,特别是一些称为大分子絮凝剂的表面活性物质(如脂肪酸盐)和聚酰胺类化合物的离子对于破坏溶胶非常有效,这已经应用在工业上以及土壤改良等方面。

(4) 将正溶胶和负溶胶互相混合,也能发生相互聚沉作用。它与电解质聚沉溶胶不同之处在于:只有当正溶胶的胶粒所带总正电荷量恰好等于负溶胶的胶粒所带总负电荷量时,才完全相互聚沉,否则只能发生部分聚沉,甚至不聚沉。

(5) 向溶胶中加入少量的高分子化合物使溶胶的稳定性降低或破坏,这种作用前者称为敏化作用,后者称为絮凝作用。当加入的高分子化合物浓度较大时,则常可提高溶胶的稳定性,这种作用称为高分子的保护作用。一般认为,絮凝作用的机理是吸附在质点表面上的高分子长链可能同时吸附在其他质点的空白表面上,从而将多个质点拉在一起,导致絮凝。而高分子浓度大时质点表面可完全被吸附的高分子化合物覆盖,质点间不再能被拉扯到一起,从而产生保护作用。

三、仪器和试剂

72 型分光光度计(1 台),显微镜(带暗视场聚光镜,1 台),酒精灯(1 只),丁铎尔现象实验器(1 台),电炉(1 只),量筒(1 只),酸式滴定管(1 根),洗耳球(1 个),试管夹(1 个),锥形瓶(100 mL,3 个),布氏漏斗(1 个),抽滤瓶(1 个),具塞试管(10 支),药匙(1 把),滴管(5 支),磁力搅拌器(1 台),滤纸(1 盒),半透膜(1 张),水泵(1 台),烧杯(25 mL、150 mL、250 mL、500 mL,各 4 个),玻璃棒(1 根),移液管(2 mL、5 mL、10 mL,各 1 支),$FeCl_3$(A. R.),$AgNO_3$(A. R.),$K_3[Fe(CN)_6]$(A. R.),NaCl (A. R.),Na_2SO_4(A. R.),KI (A. R.),CH_3CH_2OH(95%,

A. R. ），$NH_3 \cdot H_2O$（A. R. ），硫磺粉（A. R. ），松香，水解聚丙烯酰胺（A. R. ），1‰明胶溶液。

四、实验步骤

1. 溶胶的制备

1）胶溶法

氢氧化铁溶胶的制备：取 10 mL 20‰ $FeCl_3$ 溶液放在小烧杯中，加水稀释到 100 mL，然后用滴管逐滴加入 10‰氨水到稍微过量。过滤，将生成的 $Fe(OH)_3$ 沉淀用蒸馏水洗涤数次。将沉淀放入另一烧杯中，加 10 mL 蒸馏水，再用滴管滴加约 10 滴 20‰$FeCl_3$ 溶液，并用小火加热，最后得到棕红色透明的 $Fe(OH)_3$ 溶胶。

2）更换介质法

硫溶胶的制备：取少量硫黄放在试管中加 2 mL 乙醇，加热至沸腾，使硫磺充分溶解。趁热将上部清液倒入盛有 20 mL 水的烧杯中并搅动，得到硫的水溶胶。实验中注意观察现象。

松香溶胶的制备：配制 2‰的松香-乙醇溶液，用滴管将溶液逐滴地滴入盛有蒸馏水的烧杯中，同时剧烈搅拌，可得到半透明的松香水溶胶。如果发现有较大的质点，需将溶胶再过滤一次，然后观察所得的结果。

3）化学反应法

碘化银溶胶的制备：

（1）取 5 mL 0.02 mol · L^{-1}KI 溶液于 25 mL 烧杯中，一边搅拌，一边用滴管缓慢滴加 4.5 mL 0.02 mol · L^{-1}AgNO$_3$ 溶液，制得 AgI 溶胶（A）。留待后续实验使用。

（2）仿照（1）的方法，在 5 mL 0.02 mol · L^{-1} AgNO$_3$ 溶液中，一边搅拌，一边缓慢滴加 4.5 mL 0.02 mol · L^{-1}KI 溶液，制得 AgI 溶胶（B）。

氢氧化铁溶胶的制备：量取 100 mL 蒸馏水，置于 250 mL 烧杯中，先煮沸 2 min，用滴定管逐滴加入 2‰ $FeCl_3$ 溶液 20 mL，得到棕红色 $Fe(OH)_3$ 溶胶。将上述冷却的 $Fe(OH)_3$ 溶胶倒入半透膜袋中，扎好袋口，将其置于 2～3 倍溶胶体积的蒸馏水中，使水温保持为 60～70 ℃进行热渗析，每隔 20 min 换一次水，直至渗析液用 AgNO$_3$ 检查不出 Cl^-。

2. 丁铎尔现象和布朗运动的定性观察

1）丁铎尔现象的观察

将一束光线通过胶体溶液，在与光束前进方向相垂直的侧向可观察到一个混浊发亮的光柱，这种乳光现象称为丁铎尔现象，它是胶体粒子强烈散射光线的结果。

取适量上述已制备好的松香溶胶加入丁铎尔现象实验器中，从侧孔观察。

2）布朗运动的观察

用暗视野显微镜可以观察到胶体质点的光散射及布朗运动。其具体方法如下：在一干净的凹形载片上，放几滴制备好的硫溶胶（注意：所滴溶胶要稀释到合适的浓度才利于观察），盖上玻璃盖片，注意应避免有气泡；然后在带有暗视野的显微镜下进行观察，可以看到溶胶质点所发出的散射光点，在不停地做布朗运动。若图像不清晰，则最好用油镜头进行观察。

3. 溶胶的稳定性

1）聚沉值的测定

$Fe(OH)_3$ 溶胶聚沉值的测定。用移液管向 3 个干净并烘干的 100 mL 锥形瓶中各移入

10 mL 经过渗析的 $Fe(OH)_3$ 溶胶,然后分别用 NaCl 溶液($0.2\ mol \cdot L^{-1}$)、Na_2SO_4 溶液($0.2\ mol \cdot L^{-1}$)及 $K_3[Fe(CN)_6]$ 溶液($0.001mol \cdot L^{-1}$)滴定锥形瓶中的 $Fe(OH)_3$ 溶胶。每滴 1 滴电解质溶液,都必须充分搅动,直到溶胶刚刚产生混浊。记下此时所需各电解质溶液的体积数,计算聚沉值。

2)溶胶的相互聚沉作用

取本实验中制备的两种 AgI 溶胶各 5 mL,在试管中混合,观察 AgI 溶胶的互沉现象并记录。

3)大分子溶液的保护作用

取 5 mL $Fe(OH)_3$ 溶胶,加入 1‰明胶溶液 5 mL 混合均匀。测定 NaCl 溶液($0.2\ mol \cdot L^{-1}$)、Na_2SO_4 溶液($0.2\ mol \cdot L^{-1}$)及 $K_3[Fe(CN)_6]$ 溶液($0.001\ mol \cdot L^{-1}$)对溶胶的聚沉值,并与未加明胶时得到的聚沉值比较。

4)高分子化合物的絮凝作用

取 $0.01\ mol \cdot L^{-1}$ KI 溶液 90 mL,用滴定管慢慢滴入 100 mL 浓度为 $0.01\ mol \cdot L^{-1}$ $AgNO_3$ 溶液,并充分搅拌均匀。取 10 支 25 mL 具塞试管,分别用移液管移入 19 mL 制备的 AgI 溶胶,再分别加 0.1 mL、0.2 mL、0.5 mL、0.7 mL、0.8 mL、1.0 mL、1.2 mL、1.4 mL、1.6 mL 以及 1.8 mL 浓度为 0.02%水解聚丙烯酰胺溶液(相对分子质量约为 10^6),然后在每支具塞试管中加蒸馏水至满刻度。将塞子塞紧后,各支试管上下倒置约 10 次,静置 1 h;从液面下(靠底部约 2 cm 处)吸取 5 mL 具塞试管内液体,用 72 型分光光度计测定每一试管内液体的吸光度(波长 420 nm,以蒸馏水为空白液)。

五、数据记录与处理

(1)原始数据记录。

(ⅰ)室温=_____℃,大气压=_____Pa。

(ⅱ)聚沉值测定实验。

溶胶	电解质消耗的体积 V/mL		
	$0.2\ mol \cdot L^{-1}$NaCl	$0.2\ mol \cdot L^{-1}$Na$_2$SO$_4$	$10^{-3}\ mol \cdot L^{-1}K_3$[Fe(CN)$_6$]
10 mL Fe(OH)$_3$ 溶胶			
5 mL Fe(OH)$_3$ 溶胶+5 mL 1‰明胶溶液			

(ⅲ)高分子化合物絮凝作用的吸光度测定(19 mL AgI 溶胶)。

絮凝剂的体积/mL	0.1	0.2	0.5	0.7	0.8	1.0	1.2	1.4	1.6	1.8
吸光度 A										

(2)观察和记录实验中的现象,并加以解释。

(3)写出各溶胶的胶团结构,并判断各溶胶胶粒带电的正、负性。

(4)求出各电解质对 $Fe(OH)_3$ 溶胶及其在明胶保护下的聚沉值和聚沉值之比,讨论电解质反离子价数对溶胶聚沉的影响,并验证 Hardy-Schulze 规律。

$$聚沉值 = cV_1/(V_1 + V_2)$$

式中，V_1 为使溶胶刚发生聚沉时所需电解质溶液的体积；c 为电解质溶液的浓度；V_2 为溶胶的体积。

（5）以水解聚丙烯酰胺（HPAM）浓度为横坐标、絮凝效率为纵坐标作图，求出最佳絮凝值。

$$絮凝效率 = \frac{加\ HPAM\ 后溶胶的吸光度}{未加\ HPAM\ 溶胶的吸光度}$$

六、分析与思考

（1）溶胶纯化的目的是什么？

（2）如何判断溶胶胶粒带正电还是带负电？

（3）如何判断溶胶是否已净化完全？

七、扩展实验

（1）设计区分溶液、憎液溶胶和亲液溶胶的实验。

（2）查阅文献，设计实验测定上述制备的溶胶粒子的平均尺寸分布。

［提示］　可采用动态光散射激光粒度分析仪进行分析。

实验二十八　溶胶电动电势的测定

一、实验目的

（1）掌握电泳法测定 $Fe(OH)_3$ 溶胶电动电势的原理和方法。

（2）观察溶胶的电泳现象并了解其电学性质。

（3）用电泳法测定胶粒电泳速率和溶胶电动电势。

二、实验原理

在胶体分散体系中，由于胶体本身的电离或胶粒对某些离子的选择性吸附，胶粒的表面带有一定的电荷。在外加电场作用下，荷电的胶粒在分散介质中发生相对运动，这种胶粒向正极或负极移动的现象称为电泳。发生相对移动的界面称为切动面，切动面与液体内部的电势差称为电动电势或 ζ 电势。电动电势 ζ 与胶粒的性质、介质成分及胶体的浓度有关，是溶胶稳定性的重要量度。一般 ζ 电势的绝对值越大，表明胶粒荷电越多，胶粒间斥力越大，胶粒越稳定。反之，ζ 电势越小，溶胶的聚集稳定性越差，当 ζ 电势等于零时，溶胶的聚集稳定性最差。原则上，任何一种溶胶的电动现象（如电泳、电渗、液流电势、沉降电势）都可以用来测定电动电势，其中电泳法最为方便。电泳法分为两类，即宏观电泳法和微观电泳法。宏观电泳法是测定溶胶与另一不含胶粒的导电液体的界面在电场中的移动速度，而微观法则是直接测定单个胶粒在电场中的移动速度，然后通过计算获得 ζ 电势。对于高分散度的溶胶，如 $Fe(OH)_3$ 胶体，不易观察个别粒子的运动，只能采用宏观法；而对于颜色太浅或浓度过稀的溶胶，则适宜用微观法。

本实验采用宏观电泳法测量 $Fe(OH)_3$ 胶体的 ζ 电势。通过观察时间 $t(s)$ 内电泳仪中溶胶与辅助液的界面在电场作用下移动的距离 $d(m)$，按式（28-1）求 ζ 电势。

$$\zeta = \frac{K\pi\eta u}{\varepsilon E} = \frac{K\pi\eta}{\varepsilon E} \cdot \frac{d}{t} \tag{28-1}$$

式中，K 为与胶粒形状有关的常数(对于球形粒子 $K=5.4\times10^{10}$ V^2·s^2·kg^{-1}·m^{-1}，对于棒形粒子 $K=3.6\times10^{10}$ V^2·s^2·kg^{-1}·m^{-1}，本实验胶粒为棒形)；η 为介质的黏度(kg·m^{-1}·s^{-1})；u 为泳动速率；ε 为介质的介电常数；E(V·m^{-1})为相距 L(m)的两极间的平均电势梯度。如果辅助液的电导率 $\bar{\kappa}_0$ 与溶胶的电导率 $\bar{\kappa}$ 相近，则在整个电泳管内的电势降可近似地认为是均匀的，那么当电泳仪两极间电势差为 U 时，则平均电势梯度可表示为

$$E=\frac{U}{L} \tag{28-2}$$

反之，如果 $\bar{\kappa}_0$ 与 $\bar{\kappa}$ 相差很大，则在整个电泳管内的电势降不均匀，E 可以通过式(28-3)求算。

$$E=\frac{U}{\dfrac{\bar{\kappa}}{\bar{\kappa}_0}(L-L_K)+L_K} \tag{28-3}$$

式中，L_K 为溶胶两界面间的距离。在本实验中 $\bar{\kappa}_0$ 和 $\bar{\kappa}$ 数值相近。

三、仪器和试剂

电泳仪(1 台)，万用电炉(1 台)，电泳管(1 只)，电导率仪(1 台)，秒表(1 个)，铂电极(2 个)，超级恒温槽(1 台)，锥形瓶(250 mL，1 个)，容量瓶(100 mL，1 个)，烧杯(800 mL、250 mL、100 mL，各 1 个)，4%脲素溶液，5%火棉胶，10% FeCl$_3$ 溶液，1% KCNS 溶液，1% AgNO$_3$ 溶液，KCl 饱和溶液。

四、实验步骤

1. Fe(OH)$_3$ 溶胶的制备与纯化

1) 半透膜的制备

选择一个内壁光滑的 250 mL 锥形瓶，洗净烘干。在瓶中倒入少许 5%火棉胶溶液，小心转动锥形瓶，使火棉胶在壁上形成均匀薄层，倾出多余的火棉胶，倒置锥形瓶，让剩余的火棉胶液流尽，并让乙醚蒸发，直至用手指轻轻接触火棉胶膜而不黏着。然后加水入瓶内至满(注意加水不宜太早，若乙醚未蒸发完，则加水后膜呈白色而不适用；但也不可太迟，到膜变干硬后不易取出)，浸膜于水中约几分钟，剩余在膜上的乙醚即被溶去。倒去瓶内的水，再在瓶口剥开一部分膜，在此膜和瓶壁间灌水至满，膜即脱离瓶壁，轻轻取出所盛之袋。检验袋壁是否有漏洞，若有漏洞，只需擦干有洞部分，用玻璃棒蘸火棉胶溶液少许轻轻接触漏洞，即可补好。制好的半透膜不用时，浸放在蒸馏水中保存。

2) 水解法制备 Fe(OH)$_3$ 溶胶

量取 100 mL 蒸馏水加入 250 mL 烧杯中，加热至沸腾，缓慢滴加 5 mL 10%FeCl$_3$ 溶液，并不断搅拌，加毕继续保持沸腾 3~5 min，即可得到红棕色透明的 Fe(OH)$_3$ 溶胶。稍冷却后加入适量的 4%脲素以络合多余的反离子 Cl$^-$。

3) 热渗析法净化 Fe(OH)$_3$ 溶胶

将上述制备的 Fe(OH)$_3$ 溶胶，注入半透膜内用线拴住袋口，置于 800 mL 清洁烧杯中，杯中加蒸馏水约 300 mL，维持温度在 60 ℃左右，进行渗析。每 20 min 换一次蒸馏水，4 次后取出 1 mL 渗析水，分别用 1%AgNO$_3$ 及 1%KCNS 溶液检查是否存在 Cl$^-$ 及 Fe^{3+}，如果仍存在，应继续换水渗析，直到检查不出，将净化过的 Fe(OH)$_3$ 溶胶移入一清洁干燥的 100 mL 小烧杯中待用。

2. KCl 辅助液的制备

调节恒温槽温度为(25.0±0.1)℃,用电导率仪测定 $Fe(OH)_3$ 溶胶在 25 ℃时的电导率,然后配制与之相同电导率的 KCl 溶液。方法是根据附录2附表2-19所给出的 25 ℃时 KCl 摩尔电导率-浓度关系,用内插法求算与该电导率对应的 KCl 浓度,并在 100 mL 容量瓶中配制该浓度的 KCl 溶液。

3. 仪器的安装

用蒸馏水洗净电泳管后,再用少量溶胶洗一次,将渗析好的 $Fe(OH)_3$ 溶胶倒入电泳管中(图28-1),使液面超过活塞(2)、(3)。关闭这两个活塞,把电泳管倒置,将多余的溶胶倒净,并用蒸馏水洗净活塞(2)、(3)以上的管壁。打开活塞(1),用 KCl 溶液冲洗一次后,再加入该溶液,并超过活塞(1)少许。插入铂电极按装置图 28-1 连接好线路。

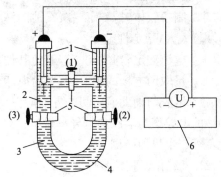

图 28-1　电泳仪器装置图
1. Pt 电极;2. HCl 溶液;3. 溶胶;4. 电泳管;
5. 活塞;6. 电泳仪

4. 溶胶电泳的测定

开启电泳仪,迅速调节输出电压为 45 V。关闭活塞(1),同时打开活塞(2)和(3),并同时计时,准确记下溶胶在电泳管中液面位置,每 10 min 记录 1 次胶体向负极的泳动距离 d,通电约 1 h 后断开电源,并量取两极之间的距离 L。

实验结束后,关闭电源,拆除线路。回收胶体溶液,并用自来水洗电泳管多次,最后用蒸馏水洗一次。

五、数据记录与处理

(1)原始数据记录。

(ⅰ)室温=_____℃,大气压=_____ Pa,溶胶电导率 $\bar{\kappa}$=_____,盐酸电导率 $\bar{\kappa}_0$=_____。

电极间距 L=_____,水的黏度 η=_____,电压 U=_____,介电常数 ε=_____。

(ⅱ)电泳实验。

时间 t/min	界面高度 h/m	界面移动距离 d/m	电泳速率 u/(m·s^{-1})	平均值 $\bar{u}$(m·s^{-1})
0				
10				
20				
30				
40				
50				
60				

(2) 计算溶胶的平均电势梯度、平均电泳速率及电动电势 ζ。已知 25 ℃下水的黏度 $\eta=0.001$ Pa·s;水的介电常数($0\sim45$ ℃):$\ln\varepsilon_t=4.474268-4.54420\times10^{-3}t$,25 ℃时 $\varepsilon=8.89\times10^{-9}$ C·V·m^{-1}。文献值:氢氧化铁溶胶的 $\zeta=+0.044$ V。

六、分析与思考

(1) 实验关键。

(ⅰ) 制备胶体时,一定要缓慢地向沸水中逐滴加入 $FeCl_3$ 溶液,并不断搅拌,否则得到的胶体颗粒太大,稳定性差。

(ⅱ) 电泳测定管必须洗净,避免其他离子干扰引起溶胶聚沉。

(ⅲ) 量取两电极的距离时,要沿电泳管的中心线量取,电极间距离的测量需尽量精确。

(ⅳ) 溶胶与辅助液之间的界面应保持清晰分明,否则不能进行实验。因此在实验中要将辅助液的电导率与溶胶的电导率调节一致,避免因界面处电场强度的突变造成两臂界面移动速度不等产生界面模糊。

(2) 氢氧化铁胶粒带什么电荷?

(3) 电泳实验中辅助液选择的根据是什么?

(4) 溶胶中加入脲素的作用是什么?

(5) 电泳的实验方法有多种,试指出并分别说明其用途。

七、扩展实验

(1) 设计实验研究电泳管两极上施加不同电压时,对 $Fe(OH)_3$ 溶胶胶粒 ζ 电势的测定的影响。

(2) 溶胶净化的方法很多如渗析法、络合法、离子交换法等。如不用渗析法,试设计实验改为使用强酸强碱离子交换树脂来除去其他离子的方法来净化 $Fe(OH)_3$ 溶胶。

实验二十九　乳状液的制备和性质

一、实验目的

(1) 了解乳状液的制备原理和性质。

(2) 掌握鉴别乳状液的方法。

二、实验原理

乳状液是由一种液体分散于另一种与之不相混溶的液体中形成的多相分散体系。通常其中一种液体是水或水溶液;另一种则是与水不相互溶的有机液体,一般统称为"油"。当直接把水和"油"共同振摇时,虽然可以使其相互分散,但是静置后很快又会分成两层。为了形成稳定的乳状液必须添加的第三组分称为乳化剂。乳化剂之所以能使乳状液稳定,主要是由于①在分散相液滴的周围形成坚固的保护膜;②降低界面张力;③形成双电层。视具体体系,可以是上述因素的一种或几种同时起作用。乳状液的一个特点是,对于指定的"油"和水而言,可以形成"油"分散在水中的水包油乳状液,用符号油/水(O/W)表示;也可以形成水分散在"油"中的油包水乳状液,用符号水/油(W/O)表示。这通常与两种液体的相对数量无关,而主要与形成乳状液时所添加的乳化剂性质有关。如果乳化剂的亲水性大,则它更倾向于与水结合,因此在水"油"界面上的吸附膜是弯曲的,应当凸向水相,而凹向"油"相,这样就使"油"成为不连续的分布而形成 O/W 型乳状液;如果乳化剂是憎水性的,则情况刚好相反,吸附膜凹向水相,使水成为不连续的分布而成 W/O 型乳状液。

形成乳状液时被分散的相称为内相,而作为分散介质的相为外相。内相是不连续的,而外相是连续的,这是鉴定乳状液类型的依据。一般要确定乳状液类型常用的方法有稀释法、染色法和电导法等。乳状液能被与外相液体相同的液体稀释。例如,牛奶能被水稀释,所以牛奶的外相是水,属于 O/W 型乳状液。将水溶性染料(如亚甲基蓝)加入乳状液中,整个溶液呈蓝色,说明水是外相,乳状液是 O/W 型。若只有星星点点液滴带色,则是 W/O 型。测定乳状液的电导也能判断其类型,以水为外相的乳状液电导较高;反之,以油为外相的乳状液导电能力较差。

乳状液的转化是指 O/W 型乳状液变成 W/O 型乳状液或相反的过程。这种转化一般是通过外加物质使乳化剂的性质改变而引起的。例如,当用亲水性的二氧化硅粉末作为乳化剂时,形成了 O/W 型的乳状液。在该乳状液中加入足量的憎水性乳化剂,如炭黑,则其转变为 W/O 型乳状液。在此过程中,如果所加入的相反类型的乳化剂的量太少,则乳状液的类型不发生转化。用量适中,亲水和憎水型的乳化剂同时起相反的效应,乳状液变得不稳定而被破坏。

乳状液是一种热力学不稳定体系,最终平衡应该是"油"水分离、分层,所以破乳是必然结果。然而破乳一般不易很快实现,为破乳而加入的物质称为破乳剂。破坏乳状液主要是破坏乳化剂的保护作用,使水、"油"两相分层析出。常用的方法有:①用不能生成牢固保护膜的表面活性物质排代原来的乳化剂;②加入能与乳化剂反应的试剂,使乳化剂发生反应转变为不能起乳化作用的物质;③如前所述,加入适当数量起相反效应的乳化剂。此外,还可采用升高温度、加上离心力场和外加电场等物理机械方法,破坏乳化剂的作用,从而达到破乳的目的。

三、仪器和试剂

试管(8 支),滴管(7 支),1%十二烷基硫酸钠水溶液,1%Span-80 煤油溶液,吐温-80,苏丹红Ⅲ(A. R.),甲苯(A. R.)。

四、实验步骤

1. 乳状液的制备

取 1%十二烷基硫酸钠水溶液 5 mL 于试管中,一边摇动,一边逐滴加入约 1mL 甲苯,剧烈摇动,直至无分层现象,即得Ⅰ型乳状液。

取 1% Span-80 煤油溶液 5 mL 于试管中,一边摇动,一边滴加水,剧烈摇动,直至无分层现象,得到Ⅱ型乳状液。

2. 乳状液的鉴别

分别取 1~2 mL 上述乳状液Ⅰ和Ⅱ,置于 2 支试管中,分别用滴管加入一滴油溶性染料苏丹红Ⅲ,振荡,观察实验现象,判断乳状液的类型。

3. 乳状液的转化和破乳

取Ⅰ型和Ⅱ型乳状液各 1~2 mL,分别放在 2 支试管中,在水浴中加热,观察现象。

取 2~3 mLⅠ型乳状液于试管中,逐滴加入饱和 NaCl 溶液,每加一滴剧烈摇动,注意观察乳状液的破乳和转相。

取 2~3 mLⅡ型乳状液于试管中,逐滴加入吐温-80,每加一滴剧烈振荡,观察乳状液有无破乳和转相。

五、数据记录与处理

（1）原始数据记录。

（ⅰ）室温＝_____℃,大气压＝_____Pa。

（ⅱ）Ⅰ型乳状液中加入苏丹红Ⅲ后的现象：_____；

Ⅱ型乳状液中加入苏丹红Ⅲ后的现象：_____；

加热后,Ⅰ型和Ⅱ型乳状液有何变化：_____；

Ⅰ型乳状液破乳转相变化现象：_____；

Ⅱ型乳状液破乳转相变化现象：_____。

（2）根据实验现象,判断Ⅰ型和Ⅱ型乳状液的类型。

（3）分析Ⅰ型和Ⅱ型乳状液在破乳转相过程中,乳状液类型的变化和原理。

六、分析与思考

（1）实验关键。

在制备乳状液时,甲苯和水应分次加入,每加一次应剧烈摇动,确保完全分层。在实验过程中,应密切注意观察实验现象。

（2）乳化剂与 HLB 值,参阅附录 2 附表 2-25。

通常,我们用 HLB(hydrophile-lipophile balance,亲水亲油平衡)值表示表面活性物质的亲水性。它的计算或测定是经验的,其值越大表示亲水性越强。虽然对于不同种类的表面活性剂还没有统一的计算公式和测定方法,但是 HLB 值仍可作为选择表面活性剂的参考。一般 HLB 值为 2~6 时,可形成 W/O 型乳状液；HLB 值为 8~18 时,形成 O/W 型乳状液。在本实验中,十二烷基硫酸钠的 HLB 值为 40,吐温-80 的 HLB 值为 15,皆为亲水性乳化剂,可形成 O/W 型乳状液；而 Span-80 煤油溶液的 HLB 值为 4.3,为憎水性乳化剂,可形成 W/O 型乳状液。

七、扩展实验

查阅文献,设计实验制备 W/O/W 型和 O/W/O 型多重乳状液,并进行鉴别。

［提示］ 乳状液还可形成多重乳状液。多重乳状液有两种类型,W/O/W 型和 O/W/O 型。前者是含有分散水珠的油相悬浮于水相中,后者则是含有分散油相的水相悬浮于油相中。多重乳状液的制备一般可分为两步,如 W/O/W 型乳状液,可先制成 W/O 型乳状液,再加到含适当乳化剂的水相中(缓慢加入并搅拌),但在适当条件下也可一步形成。

实验三十 高分子化合物平均摩尔质量的测定

一、实验目的

(1) 掌握黏度法测定高分子化合物平均摩尔质量的基本原理和实验技术。

(2) 测定聚乙二醇的平均摩尔质量。

二、实验原理

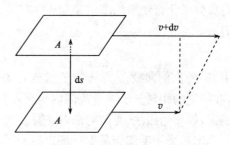

黏度是指液体对流动所表现的阻力,这种力反抗液体中邻接部分的相对移动,因此可看作一种内摩擦。图 30-1 是液体流动的示意图。当相距为 ds 的两个液层以不同速率(v 和 $v+dv$)移动时,产生的流速梯度为 $\dfrac{dv}{ds}$。当建立平稳流动

图 30-1 液体流动示意图

时,维持一定流速所需的力(液体对流动的阻力)f' 与液层的接触面积 A 以及流速梯度 $\dfrac{dv}{ds}$ 成正比,即

$$f' = \eta \cdot A \cdot \frac{dv}{ds} \tag{30-1}$$

若以 f 表示单位面积液体的黏滞阻力,$f = \dfrac{f'}{A}$,则

$$f = \eta\left(\frac{dv}{ds}\right) \tag{30-2}$$

式(30-2)称为牛顿黏度定律表示式,其比例常数 η 称为黏度系数,简称黏度,单位为 Pa・s。

高分子化合物在稀溶液中的黏度,主要反映了液体在流动时存在着内摩擦。其中因溶剂分子之间的内摩擦表现出来的黏度称为纯溶剂黏度,记作 η_0;此外还有高分子化合物分子之间的内摩擦,以及高分子与溶剂分子之间的内摩擦。三者之总和表现为溶液的黏度 η。在同一温度下,一般来说,$\eta > \eta_0$。相对于溶剂,其溶液黏度增加的分数称为增比黏度,记作 η_{sp},即

$$\eta_{sp} = \frac{\eta - \eta_0}{\eta_0} \tag{30-3}$$

而溶液黏度与纯溶剂黏度的比值称为相对黏度,记作 η_r,即

$$\eta_r = \frac{\eta}{\eta_0} \tag{30-4}$$

η_r 也是整个溶液的黏度行为,η_{sp} 则意味着已扣除了溶剂分子之间的内摩擦效应。两者关系为

$$\eta_{sp} = \frac{\eta}{\eta_0} - 1 = \eta_r - 1 \tag{30-5}$$

对于高分子溶液,增比黏度 η_{sp} 往往随溶液的浓度 c 增加而增加。为了便于比较,将单位浓度下所显示出的增比黏度即 $\dfrac{\eta_{sp}}{c}$ 称为比浓黏度;而 $\dfrac{\ln \eta_r}{c}$ 称为比浓对数黏度。η_r 和 η_{sp} 都是量纲为 1 的量。

　　为了进一步消除高分子化合物分子之间的内摩擦效应，必须将溶液浓度无限稀释，使得每个高分子化合物分子彼此相隔极远，其相互干扰可以忽略不计。这时溶液所呈现出的黏度行为基本上反映了高分子与溶剂分子之间的内摩擦。这一黏度的极限值记为

$$\lim_{c \to 0} \frac{\eta_{sp}}{c} = [\eta] \tag{30-6}$$

$[\eta]$ 称为特性黏度，其值与浓度无关。实验证明，当聚合物、溶剂和温度确定以后，$[\eta]$ 的数值只与高分子化合物平均摩尔质量 $\overline{M_r}$ 有关，它们之间的半经验关系可用 Mark Houwink 方程式表示：

$$[\eta] = K \cdot \overline{M_r}^{\alpha} \tag{30-7}$$

式中，K 为比例常数；α 为与分子形状有关的经验常数。它们都与温度、聚合物、溶剂性质有关，在一定的相对分子质量范围内与相对分子质量无关。K 和 α 的数值只能通过其他绝对方法确定，如渗透压法、光散射法等。黏度法只能从测定 $[\eta]$ 的值来求算出 $\overline{M_r}$。

　　本实验采用毛细管黏度计测定高分子的 $[\eta]$。当液体在毛细管黏度计内因重力作用而流出时遵守泊肃叶（Poiseuille）定律：

$$\frac{\eta}{\rho} = \frac{\pi h g r^4 t}{8lV} - m \frac{V}{8\pi lt} \tag{30-8}$$

式中，ρ 为液体的密度；l 为毛细管长度；r 为毛细管半径；t 为流出时间；h 为流经毛细管液体的平均液柱高度；g 为重力加速度；V 为流经毛细管的液体体积；m 为与仪器的几何形状有关的常数，在 $\frac{r}{l} \ll 1$ 时，可取 $m=1$。

　　对某一支指定的黏度计而言，令 $\alpha = \frac{\pi h g r^4}{8lV}$，$\beta = m\frac{V}{8\pi l}$，则式（30-8）可改写为

$$\frac{\eta}{\rho} = \alpha t - \frac{\beta}{t} \tag{30-9}$$

式中，$\beta < 1$。当 $t > 100$ s 时，等式右边第二项 $\frac{\beta}{t}$ 可以忽略。在稀溶液中，溶液的密度 ρ 与溶剂的密度 ρ_0 近似相等。这样，通过测定溶液和溶剂的流出时间 t 和 t_0，就可求算 η_r：

$$\eta_r = \frac{\eta}{\eta_0} = \frac{t}{t_0} \tag{30-10}$$

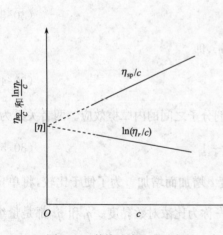

图 30-2　外推法求 $[\eta]$ 示意图

进而可分别计算得到 η_{sp}、$\frac{\eta_{sp}}{c}$ 和 $\frac{\ln\eta_r}{c}$ 值。配制一系列不同浓度的溶液分别进行测定，以 $\frac{\eta_{sp}}{c}$ 和 $\frac{\ln\eta_r}{c}$ 为同一纵坐标，c 为横坐标作图，得两条直线，分别外推到 $c=0$ 处，其截距即为 $[\eta]$（如图 30-2 所示），代入式（30-7）（K、α 已知），即可得到高分子化合物的平均摩尔质量。

三、仪器和试剂

　　乌氏黏度计（1 支），恒温水浴（1 套），移液管

(5 mL、10 mL,各 1 支),水抽气泵(1 只),分析天平(1 台),抽滤瓶(250 mL,1 个),秒表(1 个),烧杯(50 mL,1 个),锥形瓶(100 mL,1 个),洗耳球(1 个),容量瓶(50 mL,1 个),3 号玻璃砂漏斗(1 只),吹风机(1 个),聚乙二醇(A.R.),铬酸洗液。

四、实验步骤

1. 聚乙二醇溶液的配制

用分析天平准确称取 1.0 g 聚乙二醇样品,倒入 50 mL 烧杯中,加入约 30 mL 蒸馏水,在水浴中加热溶解至溶液完全透明,取出自然冷却至室温,再将溶液移至 50 mL 容量瓶中,并用蒸馏水稀释至刻度。然后用 3 号玻璃沙漏斗过滤,滤液装入 100 mL 锥形瓶中备用。

2. 黏度计的洗涤

乌氏黏度计的构造如图 30-3 所示。先将洗液灌入黏度计内,并使其反复流过毛细管部分。然后将洗液倒入专用瓶中,先后用自来水、蒸馏水洗涤三次。容量瓶、移液管也都应洗净,干燥后待用。

图 30-3　乌氏黏度计构造

3. 溶剂流出时间 t_0 的测定

开启恒温水浴,视室温高低调节恒温槽至 25 ℃、30 ℃或 35 ℃。将黏度计垂直安装在恒温水浴中(G 球及以下部位均浸在水中),用移液管吸取 10 mL 蒸馏水,从 A 管注入黏度计 F 球内,在 C 管的上端套上干燥清洁橡皮管,并用夹子夹住 C 管上的橡皮管下端,使其不通大气。用洗耳球在 B 管的上端吸气,将水从 F 球经 D 球、毛细管、E 球抽至 G 球中部,取下洗耳球,同时松开 C 管上夹子,使其通大气。此时溶液顺毛细管而流下,当凹液面最低处流经刻度 a 线时,立刻按下秒表开始计时,至 b 处则停止计时。记下液体流经 a、b 之间所需的时间。重复测定三次,偏差小于 0.2 s 取其平均值,即为 t_0 值。

4. 溶液流出时间的测定

取出黏度计,倾去其中的水,用电吹风的热风吹黏度计各部分,同时将黏度计支管 C 接上水抽气泵抽气,使黏度计干燥。用移液管移取已预先恒温好的溶液 10 mL,注入黏度计内,与步骤 3. 中的方法相同安装黏度计,测定溶液的流出时间 t。

然后依次加入 2.0 mL、3.0 mL、5.0 mL、10.0 mL 蒸馏水。每次稀释后都要将稀释液抽洗黏度计的 E 球,使黏度计内各处溶液的浓度相等,按同样方法分别测定不同浓度溶液的流出时间。

五、数据记录与处理

(1) 原始数据记录。

(ⅰ) 室温＝_____℃,大气压＝_____ kPa,恒温温度＝_____℃。

(ⅱ) 溶剂流出时间 $t_{0,1}＝$_____ , $t_{0,2}＝$_____ , $t_{0,3}＝$_____ ;平均值 $\bar{t}_0$ ＝_____。

(ⅲ) 不同浓度时溶液的流出时间。

$c/(\text{g} \cdot \text{L}^{-1})$	流出时间 t /s				η_r	η_{sp}/c	$\ln\eta_r/c$
	1	2	3	平均			

（2）求算。

（ⅰ）根据实验，对不同浓度的溶液测得的相应流出时间，计算 η_r、η_{sp}、$\dfrac{\eta_{sp}}{c}$ 和 $\dfrac{\ln\eta_r}{c}$。

（ⅱ）以 $\dfrac{\eta_{sp}}{c}$ 和 $\dfrac{\ln\eta_r}{c}$ 对浓度 c 作图，得两条直线，外推至 $c=0$ 处，求出 $[\eta]$。

（ⅲ）将 $[\eta]$ 值代入式（30-7），计算 $\overline{M}$ 值，求出聚乙二醇的平均摩尔质量。对于聚乙二醇的水溶液，不同温度下的 K 和 α 值见表 30-1。

表 30-1 聚乙二醇不同温度时的 K 和 α 值（水溶液）

$t/℃$	$K\times10^6/(\text{m}^3 \cdot \text{kg}^{-1})$	α	$\overline{M}_r\times10^{-4}$
25	156	0.50	0.019～0.1
30	16.6	0.82	0.04～0.4
35	12.5	0.78	2～500
40	6.4	0.82	3～700
45	6.9	0.81	3～700

六、分析与思考

（1）实验关键点。

（i）所用黏度计必须洁净。微量的灰尘、油污等会产生局部的堵塞现象，影响溶液在毛细管中的流速，导致误差的产生。

（ii）实验过程中注意保持毛细管的垂直和防止外界的震动，以防影响溶液的流经时间。

（iii）温度的波动对溶液的黏度有影响，因而恒温槽应具有很好的控温精度。

（iv）实验中溶液的稀释直接在黏度计中进行，因此每加入一次溶剂要充分混合，并抽洗黏度计的 E 球和 G 球，使黏度计各处的浓度相等。

（2）用黏度法测量高分子化合物的平均摩尔质量时，对溶液的浓度有什么要求？

（3）如果实验测量结果显示 $\dfrac{\eta_{sp}}{c}$-c 和 $\dfrac{\ln\eta_r}{c}$-c 两条直线平行，或在 $c\neq0$ 时相交，如何确定特性黏度 $[\eta]$？

（4）为什么 $\lim\limits_{c\to0}\dfrac{\eta_{sp}}{c}=\lim\limits_{c\to0}\dfrac{\eta_r}{c}$？

（5）测定液体黏度的主要方法有哪些？

（6）高分子化合物平均摩尔质量的测定方法有哪些？

七、扩展实验

（1）查阅文献，设计实验运用膜渗透压法测定高分子化合物的平均摩尔质量。

（2）查阅文献，设计实验运用黏度法测量流体的活化能 E_a（流体流动时必须克服的能垒）。

［提示］　通过测定在不同温度下流体黏度，按关系式 $\eta = A e^{\frac{E_a}{RT}}$ 求算。

（3）查阅文献，设计实验利用奥氏黏度计测量乙醇的黏度。

［提示］　参阅附录 1 专题Ⅵ黏度测量技术及仪器。

$$\frac{\eta_{乙醇}}{\eta_{水}} = \frac{\rho_{乙醇}}{\rho_{水}} \frac{t_1}{t_2} \quad （\rho_{乙醇} \text{ 和 } \rho_{水} \text{ 查表}）$$

组合实验 Ⅶ

实验三十一　磁化率的测定

一、实验目的

(1) 掌握古埃(Gouy)法磁天平测定物质磁化率的原理和方法。

(2) 测定配合物的磁化率，推算其未成对电子数，判断分子的配键类型。

二、实验原理

物质在磁感应强度为 B_0 的外磁场作用下，会被磁化产生一个磁感应强度为 B' 附加磁场，这时物质内部的磁感应强度 B 为

$$B = B_0 + B' = \mu_0 H + B' \tag{31-1}$$

式中，μ_0 为真空磁导率，$\mu_0 = 4\pi \times 10^{-7} \text{N} \cdot \text{A}^{-2}$；$H$ 为磁场强度。除铁磁性物质以外，物质的附加磁场的磁感应强度 B' 与外磁场的磁感应强度 B_0 成正比。令 $B' = \chi \mu_0 H$，则

$$B = (1 + \chi)\mu_0 H = \mu_r \mu_0 H = \mu H \tag{31-2}$$

式中，χ 为物质的体积磁化率；μ_r 为物质的相对磁导率；μ 为物质的磁导率。

化学上常用质量磁化率 χ_m 或摩尔磁化率 χ_M 表示物质的磁化能力。其定义为

$$\chi_m = \frac{\chi}{\rho} \quad (\text{m}^3 \cdot \text{kg}^{-1}) \qquad \chi_M = \frac{M\chi}{\rho} \quad (\text{m}^3 \cdot \text{mol}^{-1})$$

式中，ρ 为物质的密度。

(1) 物质的磁性一般可分为三种：顺磁性、反磁性和铁磁性。

（ⅰ）顺磁性是指磁化后永久磁矩的方向和外磁场方向相同时所产生的磁效应，摩尔顺磁化率 $\chi_\text{顺} > 0$，磁化的强度与外磁场强度成正比。

（ⅱ）反磁性是指磁化后诱导磁矩方向和外磁场方向相反时所产生的磁效应。摩尔逆磁化率 $\chi_\text{逆} < 0$，磁化的强度与外磁场强度成正比，随外磁场的消失而消失（电子的拉摩进动产生一个与外磁场方向相反的诱导磁矩，导致物质具有反磁性）。

（ⅲ）铁磁性是指物质被磁化的强度随外磁场强度的增加而剧烈增加，与外磁场强度之间不存在正比关系，物质的磁性不随外磁场的消失而同时消失。

(2) 在温度不太高、外磁场不太强且忽略粒子间相互作用时，摩尔顺磁化率 $\chi_\text{顺}$ 与分子磁矩 μ_s 之间遵循居里定律：

$$\chi_\text{顺} = \frac{N_A \mu_0 \mu_s^2}{3kT} \tag{31-3}$$

式中，N_A 为阿伏伽德罗常量；k 为玻耳兹曼常量；T 为热力学温度。

物质的摩尔磁化率 χ_M 为

$$\chi_M = \chi_\text{顺} + \chi_\text{逆} \tag{31-4}$$

由于顺磁性物质的 $\chi_顺 \gg \chi_逆$，因此，可视 $\chi_M \approx \chi_顺 = \dfrac{N_A \mu_0 \mu_s^2}{3kT}$。

居里定律将物质的宏观物理量（$\chi_顺$）与粒子的微观性质（分子磁矩 μ_s）联系起来。由于分子磁矩 μ_s 取决于电子的轨道运动状态和未成对电子数 n，并且 μ_s 与 n 符合如下公式：

$$\mu_s = \sqrt{n(n+2)} \mu_B \tag{31-5}$$

式中，μ_B 为玻尔磁子，其物理意义是单个自由电子自旋所产生的磁矩，$\mu_B = \dfrac{eh}{4\pi m_e} = 9.274 \times 10^{-24} \text{J} \cdot \text{T}^{-1}$；$n$ 为未成对电子数。通过分子磁矩 μ_s 推算未成对电子数 n，从而可以得到关于配合物分子结构的某些信息。

（3）古埃法测定物质的摩尔顺磁化率的原理。

通过测定物质在不均匀磁场中受到的力，求出物质的磁化率。实验装置如图 31-1 所示。

把样品装于样品管中，悬于两磁极中间，样品管的下端位于磁极间磁场强度最大区域，设强度为 H，而上端位于磁场强度很弱的区域，设强度为 H_0，则样品在沿样品管方向所受的力 F 可表示为

$$F = \mu_0 \chi_m m H \frac{\partial H}{\partial z} \tag{31-6}$$

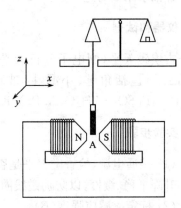

图 31-1 古埃磁天平示意图

式中，m 为样品质量；H 为磁场强度；$\dfrac{\partial H}{\partial z}$ 为沿样品方向的磁场强度梯度。设样品管的高度为 h 时，把式（31-6）移项积分，得整个样品所受的力为

$$F = \frac{\chi_m m (H^2 - H_0^2) \mu_0}{2h} \tag{31-7}$$

如果 H_0 忽略不计，则简化为

$$F = \frac{\chi_m m H^2 \mu_0}{2h} \tag{31-8}$$

用磁天平测出物质在加磁场前、后的质量变化 Δm，显然

$$F = \Delta m \cdot g = \frac{\chi_m m H^2 \mu_0}{2h} \tag{31-9}$$

式中，g 为重力加速度。整理后得

$$\chi_m = \frac{2\Delta m \cdot gh}{\mu_0 m H^2} \tag{31-10}$$

由于

$$\chi_M = M \cdot \chi_m \tag{31-11}$$

因此，把式（31-11）代入式（31-10），可得

$$\chi_M = \frac{2\Delta m \cdot gh}{\mu_0 m H^2} \cdot M \tag{31-12}$$

又因为 $H = B/\mu_0$，所以式（31-12）可以改为

$$\chi_M = \frac{2\Delta m \cdot \mu_0 gh}{m B^2} \cdot M \tag{31-13}$$

原则上只要测得 Δm、h、m、B 等物理量，即可由式(31-13)求出顺磁性物质的摩尔磁化率。等式右边各项都可以由实验直接测定，由此可以求物质的摩尔磁化率。

磁感应强度 B 可用特斯拉计直接测量，不均匀磁场中必须用已知质量磁化率的标准物质进行标定。本实验用莫尔盐(六水合硫酸亚铁铵)作为标准物质标定外磁感应强度 B。莫尔盐的质量磁化率可用式(31-14)进行计算：

$$\chi_m = \frac{9500}{T+1} \times 4\pi \times 10^{-9}\,\mathrm{m^3 \cdot kg^{-1}} \tag{31-14}$$

式中，T 为实验时的温度。本实验测定亚铁氰化钾和硫酸亚铁的摩尔磁化率，求出金属离子的磁矩并推求未成对电子数。

三、仪器和试剂

古埃磁天平(配电子分析天平，1 台)，毫特斯拉计(1 台)，软质玻璃样品管(1 只)，装样品工具(包括角匙、小漏斗、玻璃棒、研钵，1 套)，$(NH_4)_2SO_4$(A.R.)，$FeSO_4 \cdot 6H_2O$(A.R.)，$FeSO_4 \cdot 7H_2O$(A.R.)，$K_4[Fe(CN)_6] \cdot 3H_2O$(A.R.)。

四、实验步骤

(1) 接通电源，检查磁天平是否正常。通电和断电时应先将电源旋钮调到最小。励磁电流的升降平稳、缓慢，以防励磁线圈产生的反电动势将晶体管等元件击穿。

(2) 标定磁感应强度(B)。

(i) 将毫特斯拉计的磁感应探头平面垂直置于磁铁中心位置，调节励磁电流分别为 3 A、4 A，转动毫特斯拉 4 的探头，使毫特斯拉计的读数最大并记录这个数值 B_{max}/mT，然后通过调节棉线长度使样品管底部与标定的最大磁感应强度处重合。

(ii) 把空样品管底部悬于磁感应强度最大的位置(磁极中心线上)，准确称取空样品管的质量；然后接通励磁电流，由小到大调节励磁电流至 3 A，迅速且准确地称取此时空样品管的质量；继续由小到大调节励磁电流至 4 A，再称质量；继续将励磁电流缓升至 5 A，接着将励磁电流缓降至 4 A，称空样品管的质量；然后将励磁电流缓降至 3 A，再称空样品管的质量；称毕，将励磁电流降至零，断开电源，最后称一次空样品管的质量。

上述励磁电流由小至大、再由大至小的测量方法，是为了抵消实验时磁场剩磁现象的影响。

(3) 取下样品管，把已经研细的莫尔盐通过小漏斗装入样品管，样品高度约为 16 cm(此时样品上端位于磁感应强度 $B=0$ 处)。用直尺准确测量样品的高度 h 并记录，注意样品要研磨细小，装样均匀不能有断层。方法与(ii)测定莫尔盐在励磁电流分别为 0 A、3 A、4 A 时的质量相同并记录。测定完毕，将样品管中药品倒入回收瓶，擦净待用。

(4) 样品的摩尔磁化率测定。

把测定过莫尔盐的样品管擦洗干净，把待测样品 $FeSO_4 \cdot 7H_2O$ 与 $K_4[Fe(CN)_6] \cdot 3H_2O$ 分别装在样品管中，按着上述步骤分别测定在励磁电流分别为 0 A、3 A、4 A 时的质量并记录。

五、数据记录与处理

(1) 原始数据记录。

(i) 室温＝_____℃，大气压＝_____Pa，励磁电流＝_____A。

（ⅱ）样品管高度和质量测量。

被测物质	样品高度 h/cm	不同励磁电流下的样品质量 m/g		
		0 A	3 A	4 A
空样品管				
空样品管＋莫尔盐				
空样品管＋$FeSO_4 \cdot 7H_2O$				
空样品管＋$K_4[Fe(CN)_6] \cdot 3H_2O$				

（2）计算实验时所加励磁电流时的磁感应强度。

（3）计算样品的摩尔磁化率。

（4）计算样品的分子磁矩与分子的未成对电子数。

六、分析与思考

（1）实验的关键。

（ⅰ）注意装样的均匀性,粉末样品在管中的装填要求均匀,否则由此引起的相对误差可达±3%。采用多次反复测定并取平均值,可使误差减小到±1%。标定和测定用的试剂要研细,填装时要不断地敲击桌面,使样品填装得均匀没有断层,并且要达到 16 cm 以上。防止铁磁性物质的混入,不可使用含铁、镍的角匙或镊子。

（ⅱ）置样品底部于磁极的中心线上,即最强磁场处。样品管应足够长,使其上端所处的磁场强度可以忽略不计。吊绳和样品管必须垂直位于磁场中心的霍尔探头之上,样品管不能与磁铁和霍尔探头接触,相距至少 3 mm 以上。

（ⅲ）样品管的磁化率应予校正。如采用中央封闭,下部真空,上部装样品的特制样品管,并置于中央最强磁场位置,样品所受作用力可视为互相抵消,便无需进行玻璃磁化率校正。

（ⅳ）避免空气对流的影响,有条件时可采用真空系统。

（ⅴ）测定用的试管一定要干净。

（ⅵ）磁天平总机架必须放在水平位置,分析天平应作水平调整,一旦调好水平,不要使天平移动。

（ⅶ）励磁电流的变化应平稳、缓慢,调节电流时不宜过快和用力过大。

（ⅷ）测试样品时,应关闭玻璃门窗,对整机不宜振动,否则实验数据误差较大。

（2）磁化率测定的主要方法有哪些?

（3）不同励磁电流下测得的样品摩尔磁化率是否相同? 如果测量结果不同应如何解释?

（4）用本实验方法判别共价配键还是电价配键有何局限性?

（5）如何根据实验结果推断 $FeSO_4 \cdot 7H_2O$ 的结构?

七、扩展实验

查阅文献,设计合成烟酸镍并测定其磁化率。

[提示]　分子的顺磁化率与分子的构型有关。根据顺磁化率的测定,能够确定分子的磁矩和未配对电子数。因而可能得到关于顺磁原子的价态和立体化学的相关信息。例如,自由 Ni^{2+} 有 2 个未配对电子,它可以生成有 4 个配位体的两种类型的络合物。如果是四面体（sp^3

杂化),有 2 个未配对电子,应为顺磁性;如果是平面四边形(dsp^2 杂化),无未配对电子,络合物应是反磁性的。

实验三十二　生物矿物和生物矿化*

一、实验目的

(1) 了解自然界中的生物矿物和生物矿化现象。

(2) 掌握通过红外光谱表征不同晶型碳酸钙的方法。

(3) 学会制备不同晶型的碳酸钙。

二、实验原理

生物矿物(biomineral)是指生物体内的硬组织所包含的无机物,如羟基磷灰石(磷酸钙)、文石和方解石(碳酸钙)等,从组成上看,与自然界的矿物相同,因此称为"生物矿物",如珍珠、贝壳、蛋壳、牙齿、骨骼、结石等。生物矿化(biomineralization)是指在有机基质的调控和参与下生物矿物在生物体内的形成过程。在生物体控制的条件下,生物矿化形成的产物(生物矿物)显示出与自然非生物条件下形成的矿物截然不同的结构和力学性能等特性。通常生物矿物具有复杂、优美而精细的多级结构是在有机基质和无机纳米粒子协同作用下组装而成,同时这种结构赋予其特有的性能。以贝壳珍珠层为例,其组成的 95% 以上为碳酸钙(文石结构),但断裂韧性比单相碳酸钙(文石)高 3000 多倍。

生物矿化是当前科学研究的前沿方向,作为生物和纳米技术的一个重要交融点受到国际学术界的高度重视。材料科学家希望能够模拟生物矿物的特殊结构以制备高性能的功能材料;医学科学家则希望能够制备可以应用的生物医用材料。然而,这一切都离不开人们对生物体内矿化过程和矿化机理的深入理解和研究。

珍珠(贝壳珍珠层)和蛋壳的化学组成类似,主要是大量的碳酸钙和微量的有机物,但它们的机械强度差别非常明显。这一差异主要是由于它们在微观结构上的差异以及碳酸钙晶形的不同引起的。珍珠(贝壳珍珠层)主要是由文石构成的同心环状结构,而蛋壳则是由方解石构成的柱状多孔结构。

生物矿化过程中有机基质的调控作用非常重要。正是由于有机基质的参与和调控,才使得生物体可以控制碳酸钙的晶形以及组装形成自身所需要的特殊多级结构。

碳酸钙的晶形有方解石(calcite)、文石(aragonite)、球霰石(vaterite)、六水碳酸钙和单水碳酸钙五种。其中,自然界生物体中常见的是方解石和文石,球霰石则很少。六水碳酸钙和单水碳酸钙是亚稳态的碳酸钙,常温常压下不稳定。区别不同晶形碳酸钙的常用方法有 X 射线衍射、红外光谱(IR)以及拉曼光谱等。本实验采用红外光谱表征不同的碳酸钙晶形。碳酸钙的结构比较简单,在光谱中出现的主要是碳酸根的红外吸收峰,分为四个区域:$\nu_1 \sim$ 1450 cm^{-1};$\nu_2 \sim$1080 cm^{-1};$\nu_3 \sim$870 cm^{-1} 和 $\nu_4 \sim$710 cm^{-1}。ν_3 和 ν_4 谱带分别是碳酸根的面内弯曲振动和面外弯曲振动吸收峰。一般而言,通过这些吸收峰的差异可以区分碳酸钙的晶形。不同晶形碳酸钙的特征吸收如下:方解石$\sim$872 cm^{-1},$\sim$712 cm^{-1};文石$\sim$856 cm^{-1},$\sim$844 cm^{-1}(弱),$\sim$712 cm^{-1},$\sim$700 cm^{-1}(弱);球霰石$\sim$872 cm^{-1},$\sim$745 cm^{-1},另外 ν_1 吸收峰的峰形和峰位也可以作为辅助解析之用。

方解石是热力学上最稳定的一种碳酸钙晶形;文石、球霰石则是亚稳定的晶形,从热力学上看,在水溶液中将转化为方解石;然而在其他离子和有机基质的参与和存在下,文石、球霰石可以稳定存在一定的时间。

三、仪器和试剂

红外光谱仪(公用,1 台),磁力搅拌器(1 台),电子天平(公用,1 台),烘箱(1 台),布氏漏斗(1 个),抽滤瓶(1 个),直形滴液漏斗(1 个),烧杯、量筒和滤纸(若干),珍珠,鸡蛋壳,Na_2CO_3(A. R.),$CaCl_2$(A. R.),$MgCl_2$(A. R.),KBr(A. R.),聚(4-乙烯苯磺酸钠)(PSS,M_w=70000)。

四、实验步骤

1. 制备珍珠粉和鸡蛋壳粉

将珍珠和鸡蛋壳弄碎,磨成粉,比较其强度差异。

2. 红外光谱表征珍珠粉和鸡蛋壳

取少量溴化钾和少量珍珠粉于研钵中混合、研磨后压片,在红外光谱仪上记录其红外光谱。采用同样的方法表征鸡蛋壳,比较它们碳酸钙红外吸收区的差异。

3. 方解石、文石、球霰石的制备

1) 方解石的制备

称取适量的氯化钙和碳酸钠分别配制 10 mmol·L^{-1}氯化钙溶液和 10 mmol·L^{-1}碳酸钠溶液各 100 mL。把上述碳酸钠液置于烧杯中加热升温至约 40 ℃,然后快速加入上述氯化钙溶液,搅拌反应 1 h,过滤,洗涤沉淀,烘干。

2) 文石的制备

称取适量碳酸钠于烧杯中,加入 100 mL 水配制成 20 mmol·L^{-1}碳酸钠溶液。另称取0.222 g 无水氯化钙和 0.192 g 无水氯化镁于另一烧杯中,加入 100 mL 水配制 20 mmol·L^{-1}氯化钙和氯化镁的混合溶液。

在第三个烧杯中加入 200 mL 蒸馏水,加热至 80 ℃,恒温搅拌下将上述氯化钙和氯化镁混合溶液以及碳酸钠溶液同时逐滴加入烧杯中,滴加速度为 1.5～2.0 mL·min^{-1}。滴加完毕,再继续搅拌反应 10～20 min。过滤,洗涤沉淀,烘干。

3) 球霰石的制备

称取 0.222 g 无水氯化钙于烧杯中,加入 100 mL 水配制成 20 mmol·L^{-1}氯化钙溶液,备用。

称取 0.212 g 无水碳酸钠和 0.20 g 聚(4-乙烯苯磺酸钠)于另一烧杯中,加入 100 mL 水配制成 20 mmol·L^{-1}碳酸钠和聚(4-乙烯苯磺酸钠)的混合溶液,放在磁力搅拌器上搅拌溶解,然后将上述制备的 100 mL 20 mmol·L^{-1}氯化钙溶液快速加入并搅拌反应 30 min。待反应完毕后,离心分离,洗涤沉淀一两次,收集固体并在烘箱中干燥。

4. 红外光谱表征方解石、文石和球霰石

分别取少量溴化钾和少量干燥后的产物于研钵中混合、研磨后压片,在红外光谱仪上记录其红外光谱。比较它们碳酸钙红外吸收区的差异。

五、数据记录与处理

(1) 贝壳珍珠层中碳酸钙的红外特征吸收为_____,

鸡蛋壳中碳酸钙的红外特征吸收为_____。

(2) 实验制备的方解石红外特征吸收为_____,

实验制备的文石红外特征吸收为_____,

实验制备的球霰石红外特征吸收为_____。

六、分析与思考

(1) 实验关键。

(i) 在制备方解石、文石、球霰石时,要注意浓度、温度、混溶次序、混溶速度等条件。

(ii) 在进行不同晶形碳酸钙的红外光谱测试时,注意每次溴化钾与样品的量应保持一致,以便于不同样品特征吸收的比较。

(2) 贝壳和鸡蛋壳的主要差异?

(3) 珍珠有哪些基本性质?

(4) 珍珠为什么如此美丽?

七、扩展实验

查阅文献,自行设计实验考察不同晶形碳酸钙的形貌和物相组成。

[提示] 用扫描电子显微镜和 X 射线粉末衍射技术进行表征。

实验三十三 磷酸二氢钾晶体的合成与结构解析*

一、实验目的

(1) 掌握磷酸二氢钾(KDP)的合成和单晶培养的实验技术。

(2) 了解单晶 X 衍射数据收集的一般步骤。

(3) 了解单晶结构解析的一般方法与步骤。

二、实验原理

人工生长 KDP 单晶已有半个多世纪的历史,由于其优良的非线性光学性能,被广泛用于制作各种激光倍频器的材料。这种晶体既具有多功能的性质,又是一种性能较优良的电光晶体材料,并且它也是唯一能用于激光核聚变等研究的高功率系统中的晶体。

KDP 晶体的合成是一个简单的酸碱反应生成盐的过程

$$H_3PO_4 + KOH \longrightarrow H_2O + KH_2PO_4$$

反应在水溶液中进行,在反应液中同时存在 K^+、H^+、OH^-、PO_4^{3-}、HPO_4^{2-}、$H_2PO_4^-$ 等,在不同 pH 的溶液中,PO_4^{3-}、HPO_4^{2-}、$H_2PO_4^-$ 和 H_3PO_4 等基团所占有的比例不同,对应的分配系数(a_i)分别可表示为

$$a_0 = \frac{[PO_4^{3-}]}{c} = \left\{ \frac{[H^+]^3}{k_1 k_2 k_3} + \frac{[H^+]^2}{k_2 k_3} + \frac{[H^+]}{k_3} \right\}^{-1} \tag{33-1}$$

$$a_1 = \frac{[\text{HPO}_4^{2-}]}{c} = a_0 \frac{[\text{H}^+]}{k_3} \tag{33-2}$$

$$a_2 = \frac{[\text{H}_2\text{PO}_4^-]}{c} = a_0 \frac{[\text{H}^+]^2}{k_2 k_3} \tag{33-3}$$

$$a_3 = \frac{[\text{H}_3\text{PO}_4]}{c} = a_0 \frac{[\text{H}^+]^3}{k_1 k_2 k_3} \tag{33-4}$$

式中,c 为磷酸体系的总浓度,$c = [\text{PO}_4^{3-}] + [\text{HPO}_4^{2-}] + [\text{H}_2\text{PO}_4^-] + [\text{H}_3\text{PO}_4]$;$k_1$、$k_2$ 和 k_3 分别为第一、第二和第三解离系数。

$$k_1 = \frac{[\text{H}^+][\text{H}_2\text{PO}_4^-]}{[\text{H}_3\text{PO}_4]}, \quad k_2 = \frac{[\text{H}^+][\text{HPO}_4^{2-}]}{[\text{H}_2\text{PO}_4^-]}, \quad k_3 = \frac{[\text{H}^+][\text{PO}_4^{3-}]}{[\text{HPO}_4^{2-}]}$$

对于任一给定 pH 的溶液,可用上述 a_0、a_1、a_2、a_3 的表达式计算出不同离子基团在整个磷酸体系中所占有的百分数,并且给出[PO_4^{3-}]、[HPO_4^{2-}]、[H_2PO_4^-]和[H_3PO_4]基团的分布图(图 33-1)。

如图 33-1 所示,在 pH=4.5 左右,[H_2PO_4^-]基团约占有 99%。在 KDP 晶体的合成和生长过程中,选择这样的 pH 范围,一方面[H_2PO_4^-]基团作为生长基元之一,密度大,吸附在晶体生长界面上的生长基元的平均自由程短,因此在单位时间内扩散到生长格位上的生长基元数目比其他不同 pH 溶液的概率多,有利于 KDP 晶体的生长;另一方面它基本排除了其他基团的存在,有利于提高产率。

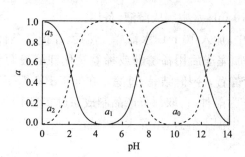

图 33-1　[PO_4^{3-}]、[HPO_4^{2-}]、[H_2PO_4^-]
和[H_3PO_4]基团的分布图

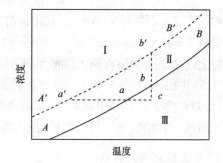

图 33-2　溶液状态图
Ⅰ. 不稳区;Ⅱ. 亚稳区;Ⅲ. 稳定区

从溶液中生长晶体最重要的参数是溶解度。根据溶解度与温度的关系绘制得到的溶解度曲线,又是选择生长方法和生长温度的重要依据。在我们所讨论的溶液体系中,压力对溶解度的影响很小,而温度的影响却十分显著。这种温度-浓度的关系用比较典型的溶解度曲线表示为图 33-2。曲线 AB 将整个溶液区划分为两部分:上部为过饱和区,又称不稳定区;下部为不饱和区,又称稳定区。AB 即为溶解度曲线。

过饱和状态在热力学上是不稳定的,但不稳定的程度又有所区别。在靠近溶解度曲线的区域里,稳定性稍好,如果没有外来杂质或引入晶核,溶液本身不会成核而析出晶体;在稍远离溶解度曲线的区域内,稳定性很差,会自发成核而析出固相。所以可用 $A'B'$ 这条过溶解度曲线将其划分成"不稳过饱和区"和"亚稳过饱和区"。亚稳过饱和区对培养晶体特别重要,人们总是希望析出的溶质在晶种上生长,以长成大的合格的晶体。亚稳区的大小既同结晶物质的本性有关,也极易受外界条件的干扰,如搅拌、温度、杂质等。不同物质溶液的亚稳区差别相当

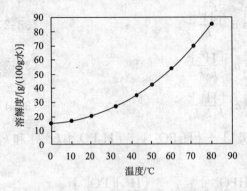

图 33-3　KDP 的溶解度-温度曲线

大,它的大小趋向可以用过饱和度或过冷度估计。KDP 晶体的过冷度为 9 ℃,属于水溶液晶体中较大的一种。要生长晶体就必须使溶液达到过饱和,从图 33-2 可知,使处于 c 点的不饱和溶液达到饱和状态,有两种方法可供选择:其一经 a 点到达 a',采用降温法,保持溶液浓度不变,降低温度达到溶液过饱和;其二经 b 点到达 b' 点,采用恒温蒸发法,蒸发溶剂,提高溶液的浓度。对于溶解度和溶解度温度系数都较大的物质,一般采用降温法较理想;而对于溶解度较大,溶解度温度系数较小或有负温度系数的物质,宜用恒温蒸发法。KDP 晶体则属于后者。它的溶解度曲线见图 33-3。

三、仪器和试剂

单晶 X 射线衍射仪(公用,1 台),磁力搅拌器(1 台),烘箱(公用,1 台),显微镜(公用,1 台),烧杯(若干),浓磷酸(85％),氢氧化钾(A. R.),pH 试纸。

四、实验步骤

1. KDP 单晶的制备

称取 2.7 g (约 40 mmol) 氢氧化钾溶于 10 mL 水中制成溶液,备用。

量取 7 mL(约 40 mmol)85％磷酸于烧杯中,加入 10 mL 水稀释。然后,在搅拌条件下慢慢地将上述氢氧化钾溶液滴入磷酸溶液中,滴加完毕后用稀磷酸或稀氢氧化钾溶液调节 pH 约为 4.5,并在 80 ℃蒸发至 10 mL。将浓缩液静置,冷却,结晶,过滤。在低于 100 ℃下干燥,称量,计算产率。从产品中选取 1～2 颗单晶作为晶种,再取部分产品制成超过室温 10 ℃左右的饱和溶液。在培养皿中投入晶种,倒入溶液,室温下静置,培养大的单晶。

2. 单晶的挑选与粘贴

在体视显微镜下观察晶体的透明性、形状、大小等,并选取透明性好,形状规则,大小在 0.1～0.4 mm 的单晶,粘在玻璃丝上,用于衍射数据收集。

3. X 衍射数据收集:

按操作规程开机后,升电压到 50 kV,调整电流为 30 mA,曝光时间为 5 s,双击 SMART 程序,建立数据目录和路径,调节单晶样品使其处在 X 射线的靶心、定晶胞、收集衍射数据。

五、数据记录与处理

(1) 室温 _____ ℃,大气压 _____ Pa。

(2) 计算 KDP 晶体产率。

(3) 衍射数据处理与结构解析:双击 SAINPLUS 程序,进行数据还原;双击 SADABS 作吸收校正,然后双击 SHELXTL 程序,进行结构解析。

(4) 点击 XCIF 产生结构报告文件,并将缺失的数据补齐。

(5) 点击 XP,画出分子结构图,并进行相关的结构分析。

六、分析与思考

(1) 实验关键与注意点。

（ⅰ）酸碱中和反应为强放热反应,注意反应物的稀释,以免造成伤害。

（ⅱ）控制溶液的酸度,以提高产率。

（ⅲ）晶体培养过程中,保持器皿和环境清洁,不引入外来杂质。

（ⅳ）单晶衍射仪为大型的贵重仪器,应严格按操作规程进行操作,并及时做好实验记录。

(2) 如何达到 KDP 溶液的亚稳态?

(3) 目前有哪些应用较为广泛的晶体结构解析程序及绘图软件?

(4) 选择晶体时应注意哪些事项?

七、扩展实验

查阅文献,自行设计实验表征 KDP 晶体的非线性光学性质。

［提示］ 利用偏光显微镜测量。

实验三十四　分子模型与晶体结构

一、实验目的

(1) 学会用球棍搭建常见的分子晶体、金属晶体以及离子晶体模型。

(2) 掌握分子点群与分子的偶极矩和旋光性之间的关系。

(3) 观察典型金属晶体和离子晶体的结构特点,了解物质三维空间的立体配置。

二、实验原理

1. 分子点群与分子的偶极矩和旋光性

具有极性化学键的分子,其分子形状决定分子是否具有偶极矩,进而影响分子间作用力及沸点、表面张力、气化热与溶解度等性质。利用路易斯电子点式和价层电子对互斥理论(valence shell electron pair repulsion,VSEPR)可以预测分子形状,进而获得分子晶体的对称动作群(分子点群)。分子点群与分子的偶极矩和旋光性密切相关。

分子是否具有偶极矩的判据:若分子中有两个或两个以上的对称元素交于一点,则该分子无偶极矩,反之则有偶极矩。即属于 C_1、C_s、C_n、C_{nv} 群的分子有偶极矩,属于 C_i、S_n、C_{nh}、D_n、D_{nh}、D_{nd}、T_d 和 O_h 群的分子无偶极矩。

分子是否具有旋光性的判据:有象转轴 S_n 的分子无旋光性,无象转轴 S_n 的分子有旋光性。由于 $S_1 = \sigma$,$S_2 = i$,因此,也可以说具有对称面 σ,对称中心 i 和象转轴 $S_{4n}(n=1,2,\cdots)$ 的分子无旋光性,属于 C_1、C_n、D_n 点群的分子有旋光性。

2. 晶体结构

固体可分为晶体、非晶体和准晶体三大类。固态物质是否为晶体,一般可由 X 射线衍射法予以鉴定。晶体内部质点在三维空间周期性重复有序排列,使其具有各自特别的晶体结构与形状。晶体按其内部结构可分为七大晶系和十四种晶格类型。晶体结构与组成粒子排列的紧密程度会影响其熔点、密度、延展性等性质。以立方晶系为例,简单立方、体心立方和面心立方晶格的排列方式、粒子的配位数(每个原子邻接之原子数)、单位晶胞中所含粒子数及填充紧密度均不相同。晶体结构中,单层晶格点排列的情形可如图 34-1 所示。图 34-1(a)中每一个代表晶格点的圆球配位数为 4,晶格点间的空隙较大,这种排列方式称为四方堆积。图 34-1(b)中第二列粒子排列在第一列相邻两个粒子的空隙间,排列较紧密,每一圆球的配位数为 6,这种排列方式称为最密堆积。最密堆积依层与层排列的差异又分为两种。如图 34-2(a) 为 AB-AB……两层重复叠排,则为六方最密堆积。如图 34-2(b) 为 ABCABC……三层重复叠排,则为立方最密堆积或称为面心立方。至于离子晶体,一般是较大的离子(通常为阴离子,以 r_- 表示)以最密堆积的形式排列,然后半径较小的离子(通常为阳离子,以 r_+ 表示)依离子半径比(r_+/r_-)安置于较大离子的空隙间,如四面体空隙、八面体空隙或立方体空隙中,使阳离子与阴离子间的吸引力最大、排斥力最小。以 NaCl 为例,氯离子以面心立方晶形排列,钠离子位于八面体空隙。本实验以圆球代表晶体结构中各晶格点的原子、分子或离子,通过小棍或随意贴黏土堆叠成各式晶体模型,观察其立体形状及填充紧密度。

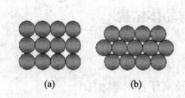

(a)   (b)

图 34-1　晶格中粒子的规则排列

(a)   (b)

图 34-2　六方最密堆积(a)和立方最密堆积(b)

三、仪器和试剂

塑料球棍分子模型(1 套),随意贴黏土(数块),色纸(1 张),数码相机(1 台,公用)。

四、实验步骤

(1) 根据路易斯电子点式和价层电子对互斥理论预测分子形状,并用不同颜色的球棍搭建具有正确键角的分子模型(表 34-1),用数码相机记录所搭建的分子模型。寻找对称元素及数目,确定分子点群,并判断其是否具有偶极矩和旋光性。黑球:代表碳原子 C;白球:代表氢原子 H;红球:代表氧原子 O;蓝球:代表氮原子 N;绿球:代表氯原子 Cl;其他:代表杂原子 P 或 F。

表 34-1　分子点群与分子的偶极矩和旋光性

分子		H_2O_2	NF_3	BF_3	C_2H_6			CH_4	CH_3Cl	$CHCl_3$	PCl_5
					重叠式	交叉式	任意式				
分子形状											
分子模型											
对称元素及数目	对称轴										
	镜面										
	对称中心										

续表

分子	H_2O_2	NF_3	BF_3	C_2H_6 重叠式	交叉式	任意式	CH_4	CH_3Cl	$CHCl_3$	PCl_5
所属点群										
偶极矩										
旋光性										

（2）以相同大小的小球为原子，依表 34-2 黏合成简单立方、体心立方、面心立方晶体堆积，照相记录其形状、观察其堆积的紧密度、三度空间立体排列，以及每个原子之邻接原子数（配位数），同时计算每单位晶格中所含原子数。

表 34-2　晶体模型

立方晶系	简单立方	体心立方	面心立方
晶格与晶系	(a)	(b)	(c)
配位数			
每单位晶格所含原子数			
晶体模型			
最密堆积	最密堆积	六方最密堆积	立方最密堆积
晶格	(d)	(e)	(f)
晶体模型			
离子晶体	（四面体空隙）ZnS	（八面体空隙）NaCl	（立方体空隙）CsCl
晶格	(g)	(h)	(i)
晶体模型			

(3) 以模型盒中之小球参照图 34-1(a) 和图 34-1(b) 黏合 2～3 层原子,堆叠观察其三维空间立体排列,并照相记录。

(a)　　　　　(b)

图 34-3　NaCl 的晶体结构(a) 和 ZnS 中的四面体空隙(b)

(4) 以模型盒中之小球参照图 34-2(a) 和图 34-2(b) 黏合堆排六方最密堆积及立方最密堆积,并照相记录。同时,转动所组成之立方最密堆积,找出最适合角度,观察其面心立方之晶体结构。

(5) 参照图 34-3(a)NaCl 离子晶体的晶体结构,黏合表 34-2 中各离子晶体的模型,并照相记录。观察四面体空隙 [图 34-3(b)]、八面体空隙及立方体空隙之位置。

五、数据记录与处理

(1) 室温=_____℃,大气压=_____ Pa。

(2) 根据实验内容填写表 34-1 和表 34-2。

(3) 计算立方最密堆积、六方最密堆积、体心立方最密堆积、简单立方堆积和金刚石堆积等的堆积系数(＊空间占有率)。

(4) 计算最密堆积中的空隙。

(i) 四面体空隙。一个四面体空隙由 4 个球构成,所以一个球在一个四面体中占有_____分之一的空隙。一个球参与_____个四面体空隙的构成,因此平均一个球占有_____个四面体空隙。计算四面体空隙中心到球面的最短距离(用球半径 r 表示)。

(ii) 八面体空隙。一个八面体空隙由 6 个球构成,所以一个球在一个八面体中占有_____分之一的空隙。一个球参与_____个八面体空隙的构成,因此平均一个球占有_____个八面体空隙。计算八面体空隙中心到球面的最短距离(用球半径 r 表示)。

六、分析与思考

(1) 确定下列分子或离子的点群。

I_3^- , ICl_3 , IF_5 , PCl_3 , PCl_3F_2 , PF_5 , SCl_2 , SF_6 , $SnCl_2$, XeF_4 , XeO_4

(2) 指出哪些类型点群的分子具有偶极矩。

(3) 指出哪些类型点群的分子具有旋光性。

(4) 试判断并分析右图晶体。

(i) 结构型式、负离子堆积方式、正负离子配位数比以及正离子占据的空隙类型和空隙分数。

(ii) 与金刚石晶体比较,填写下列表格。

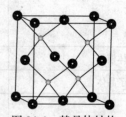

图 34-4　某晶体结构

	结构基元	晶胞中结构基元数目	点阵型式	特征对称要素
金刚石				
图 34-4 所示晶体				

参考文献

北京大学化学学院物理化学实验教学组. 2003. 物理化学实验. 4 版. 北京:北京大学出版社

陈国华,王光信. 2004. 电化学方法应用. 北京:化学工业出版社

陈小明,蔡继文. 2007. 单晶结构分析原理与实践. 2 版. 北京:科学出版社

陈宗琪,戴闽光. 1994. 胶体化学. 3 版. 北京:高等教育出版社

东北师范大学,等. 1989. 物理化学实验. 2 版. 北京:高等教育出版社

东北师范大学,等. 1995. 物理化学实验指导书. 长春:东北师范大学出版社

复旦大学,等. 2004. 物理化学实验. 3 版. 北京:高等教育出版社

傅献彩,沈文霞,姚天扬,等. 2007. 物理化学. 5 版. 北京:高等教育出版社

郭子成,杨建一,罗青枝. 2005. 物理化学实验. 3 版. 北京:北京理工大学出版社

何道法,何宇华,方国勇. 2010. 固液相图实验仪. 实用新型专利(专利申请号:201020613374.8)和外观设计专利(专利申请号:01030621142.2). 中国

何道法,何宇华. 2007. 功率可调式熔点测定炉. 实用新型专利(专利授权号:ZL200720033957.1)和外观设计专利(专利授权号:ZL200630122062.6). 中国

何广平,南俊民,孙艳辉,等. 2008. 物理化学实验. 北京:化学工业出版社

胡英,吕瑞东,刘国杰,等. 2005. 物理化学. 4 版. 北京:高等教育出版社

华南师范大学化学实验教学中心. 2008. 物理化学实验. 北京:化学工业出版社

李瑞英,古喜兰,陈六平,等. 2003. 丙酮碘化反应实验的改进. 中山大学学报论丛,23(1):421

李树棠. 1999. 晶体 X 射线衍射学基础. 北京:冶金工业出版社

凌锦龙,张建梅. 2008. 盐效应对丙酮碘化反应动力学参数的影响. 化学研究与应用,18(7):844

刘衍光,包信和,王学杰,等. 1982. 分光光度法测量碘的蒸气压计算碘的标准熵和升华热. 化学通报,(4):48

鲁纯素,侯新朴. 1994. 生物物理化学. 北京:北京医科大学和中国协和医科大学联合出版社

马礼敦. 2004. 近代 X 射线多晶体衍射——实验技术与数据分析. 北京:化学工业出版社

南京大学. 1997. 物理化学实验. 南京:南京大学出版社

南开大学化学元素系物理化学教研室. 1991. 物理化学实验. 天津:南开大学出版社

牛自得,程芳琴. 2002. 水盐体系相图及其应用. 天津:天津大学出版社

清华大学化学系物理化学实验编写组. 1991. 物理化学实验. 北京:清华大学出版社

丘利,胡玉和. 1999. X 射线衍射技术及设备. 北京:冶金工业出版社

邱光正,张天秀,刘耘. 2000. 大学基础化学实验. 济南:山东大学出版社

孙尔康,徐维清,邱金恒. 2000. 物理化学实验. 南京:南京大学出版社

唐林,孟阿兰,刘红天. 2008. 物理化学实验. 北京:化学工业出版社

田宜灵,李洪玲. 2008. 物理化学实验. 2 版. 北京:化学工业出版社

王丽芳,康艳珍. 2007. 物理化学实验. 3 版. 北京:化学工业出版社

王伦,方宾. 2003. 化学实验(下册). 北京:高等教育出版社

王月娟,赵雷洪. 2008. 物理化学实验. 杭州:浙江大学出版社

魏永巨,刘翠格,默丽萍. 2005. 碘、碘离子和碘三离子的紫外吸收光谱. 光谱学与光谱分析,25(1):86

翁建新. 2005. 酸度计、氯度计测定 KCl-HCl-H_2O 体系的组成. 高师理科学刊,25(4):38

夏海涛. 2003. 物理化学实验. 哈尔滨:哈尔滨工业大学出版社

项一非,李树家. 1988. 中级物理化学实验. 3 版. 北京:高等教育出版社

小久见善八. 2002. 电化学. 郭成言译. 北京:科学出版社

徐家宁,朱万春,张忆华,等. 2006. 基础化学实验. 北京:高等教育出版社

徐菁利,陈燕青,赵家昌,等. 2009. 物理化学实验. 上海:上海交通大学出版社

亚当森 A W. 1984. 表面的物理化学. 顾惕人译. 北京:科学出版社

尹业平,王辉宪. 2003. 物理化学实验. 北京:科学出版社

袁誉洪. 2008. 物理化学实验. 北京:科学出版社

张春晔. 2006. 物理化学实验. 2 版. 南京:南京大学出版社

张宏祥,王为. 2004. 电镀工艺学. 天津:天津科学技术出版社

张克从,王希敏. 1996. 非线性光学晶体材料科学. 北京:科学出版社

张胜涛. 2002. 电镀工程. 北京:化学工业出版社

张新丽,胡小玲,苏克和. 2008. 物理化学实验. 北京:化学工业出版社

赵国玺,朱珬瑶. 2003. 表面活性剂作用原理. 北京:中国轻工业出版社

周公度,段连运. 2008. 结构化学基础. 4 版. 北京:北京大学出版社

Addadi L, Raz S, Weiner S. 2003. Taking advantage of disorder: amorphous calcium carbonate and its roles in biomineralization. Adv Mater, 15: 959

David R. 2009. Lide CRC Handbook of Chemistry and Physics . 90th ed. Bosa Roca: CRC Press Inc

Jada A, Verraes A. 2003. Preparation and microelectrophoresis characterisation of calcium carbonate particles in the presence of anionic polyelectrolyte. Colloids and Surfaces A: Physicochem Eng Aspects, 7: 219

Ma D K, Zhang M, Xi G C, et al. 2006. Fabrication and characterization of ultralong Ag/C nanocables, carbonaceous nanotubes, and chainlike beta-Ag_2Se nanorods inside carbonaceous nanotubes. Inorg Chem, 45(12): 4845

Stafford F E, Holt C W, Pauison G L. 1963. Heat of vaporization of I_2 using absolute entropy data: A physical chemistry experiment. J Chem Educ, 40: 249

Xia Y N, Yang P D, Sun Y G, et al. 2003. One-dimensional nanostructures: Synthesis, characterization, and applications. Adv Mater, 15(2): 353

附录 1 物理化学实验技术专题

专题 I 温度测量技术及仪器

一、温标

1. 温标及其确立步骤

温度是国际单位制的七个基本量之一,是表征体系中物质内部大量分子、原子平均动能的一个宏观物理量,是体系的强度单位。

温标是温度数值的标定与度量的方法。确立一种温标,需要以下三个步骤:

(1) 选择测温物质。作为测温物质,它的某种物理性质(如体积、电阻、温差电势以及辐射电磁波的波长等)与温度有依赖关系且具有良好的重现性。

(2) 确定基准点。测温物质的某种物理特性只能显示温度变化的相对值,必须确定其相当的温度值,才能实际使用。通常是以某些高纯物质的相变温度,如凝固点、沸点等,作为温标的基准点。

(3) 划分温度值。基准点确定以后,还需要确定基准点之间的分隔。例如,摄氏温标是以 1 atm 下水的冰点(0 ℃)和沸点(100 ℃)为两个定点,定点间分为 100 等份,每一份为 1 ℃。用外推法或内插法求得其他温度。

实际上,一般所用物质的某种特性与温度之间并非严格地呈线性关系,因此用不同物质做的温度计测量同一物体时,所显示的温度往往不完全相同。

2. 常用温标

(1) 热力学温标。热力学温标也称开尔文温标,是一种理想的绝对的温标,单位为 K,用热力学温标确定的温度称为热力学温度,用 T 表示。定义:热力学温度单位开尔文(K)是水三相点热力学温度的 1/273.15。

(2) 摄氏温标。摄氏温标规定 101.325 Pa 下,水的冰点为 0 ℃,沸点为 100 ℃,在这两点之间划分为 100 等份。每一份代表 1 ℃。符号为 t ,单位为℃。

热力学温标与摄氏温标的关系为

$$T/K = 273.15 + t/℃$$

(3) 国际温标。规定从低温到高温划分为四个温区,在各温区分别选用一个高度稳定的标准温度计度量各固定点之间的温度值。这四个温区及相应的标准温度计见附表 1-1。

附表 1-1 四个温区的划分及相应的标准温度计

温度范围/K	13.81~273.15	273.15~903.89	903.89~1337.58	1337.58 以上
标准温度计	铂电阻温度计	铂电阻温度计	铂铑(10%)-铂热电偶	光学高温计

二、温度计

1. 水银温度计

水银温度计是实验室常用的温度计。它具有结构简单、价格低廉、使用方便、能直接读数且精确度较高等优点，但存在易损坏且损坏后无法修理等缺点。水银温度计的适用范围为 238.15～633.15 K（水银的熔点为 234.45 K，沸点为 629.85 K）。如果用石英玻璃作管壁，充入氮气或氩气，最高使用温度可达 1073.15 K。常用的水银温度计刻度间隔有 2 K、1 K、0.5 K、0.2 K、0.1 K 等，与温度计的量程范围有关，可根据测定精度选用。

1）水银温度计的种类和使用范围

（1）常用水银温度计：5～150 ℃、150 ℃、250 ℃、360 ℃等，最小分度为 1 ℃或 0.5 ℃。

（2）量热用水银温度计：0～15 ℃、12～18 ℃、15～21 ℃、18～24 ℃、20～30 ℃，最小分度为 0.01 ℃或 0.002 ℃。

（3）测温差用贝克曼温度计。移液式的内标温度计，温差量程 0～5 ℃，最小分度值为 0.01 ℃。

（4）石英温度计。用石英作管壁，其中充以氮气或氢气，最高可测温 800 ℃。

（5）电接点温度计。它可以在某一温度点上接通或断开，与电子继电器等装置配套，可以用来控制温度。

（6）分段温度计，从−10～220 ℃，共有 23 支。每支温度范围 10 ℃，每分度 0.1 ℃，另外有−40～400 ℃，每隔 50 ℃ 1 支，每分度 0.1 ℃。

2）水银温度计的校正

大部分水银温度计是"全浸式"的，使用时应将其完全置于被测体系中，使两者完全达到热平衡。但实际使用时往往做不到这一点，所以在较精密的测量中需作校正。

（1）零点校正。

因为玻璃属于一种过冷液体，属热力学不稳定体系，体积随时间会有所改变，导致温度读数与真实不符，因此必须校正零点。对此，可以把温度计与标准温度计进行比较，也可以用纯物质的相变点标定校正。冰水体系是最常使用的一种。

（2）露茎校正。

水银温度计有"全浸"和"非全浸"两种。非全浸式水银温度计常刻有校正时浸入量的刻度，在使用时若室温和浸入量均与校正时一致，所示温度是正确的。

全浸式水银温度计使用时应当全部浸入被测体系中，达到热平衡后才能读数。全浸式水银温度计如不能全部浸没在被测体系中，则因露出部分与体系温度不同，必然存在读数误差，因此必须进行校正。这种校正称为露茎校正。如附图 1-1 所示，校正公式为

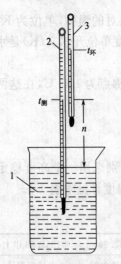

附图 1-1　露茎校正
1. 被测体系；2. 测量温度计；
3. 辅助温度计

$$\Delta t = \frac{kh}{1-kh}(t_{测} - t_{环})$$

式中，$\Delta t = t_{实} - t_{测}$ 为读数校正值，$t_{实}$ 为温度的正确值；$t_{测}$ 为温度计的读数值；$t_{环}$ 为露出待测体系外水银柱的有效温度（从放置在露出一

半位置处的另一支辅助温度计读出);h 为露出待测体系外部的水银柱长度,称为露茎高度,以温度差值表示;k 为水银对于玻璃的膨胀系数,使用摄氏度时,$k=0.00016$,上式中,因为 $kh \ll 1$,所以 $\Delta t \approx kh(t_{测}-t_{环})$。

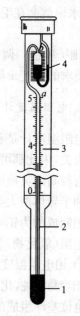

2. 贝克曼温度计

1) 贝克曼温度计的特点

贝克曼温度计是一种移液式内标温度计(附图 1-2),它的主要特点如下:

(1) 测量精度高。常用贝克曼温度计的最小刻度为 0.01 ℃,用放大镜可以读准到 0.002 ℃。此外,还有一种最小刻度为 0.002 ℃的贝克曼温度计,可以估计读准到 0.0004 ℃。

(2) 量程小。一般只有 5 ℃量程,最小刻度为 0.002 ℃的贝克曼温度计量程只有 1 ℃。

(3) 使用范围较宽。贝克曼温度计的结构不同于普通温度计,拥有上、下两个水银储槽(1 和 4),水银储槽中的水银量可根据需要进行调节,因此尽管量程只有 5 ℃,但可以在不同范围内使用。一般常用的贝克曼温度计可以在 $-6 \sim 120$ ℃使用。

(4) 用于测量温差。由于水银球中的水银量可变,因此水银柱的刻度值不是温度的绝对值,只是在量程范围内的温度变化值。

(5) 易碎。使用时不能与坚硬物质碰撞,以免损坏温度计,使用完毕要断开上、下水银球,然后放置于规定盒中。

附图 1-2　贝克曼温度计

1. 水银球;2. 毛细管;3. 温度标尺;4. 水银储槽

2) 贝克曼温度计的使用方法

首先根据实验的要求确定选用哪一类型的贝克曼温度计。使用时需经过以下步骤:

(1) 测定贝克曼温度计的 R 值。

贝克曼温度计最上部刻度处 a 到毛细管末端 b 处所相当的温度值称为 R 值。将贝克曼温度计与一支普通温度计(最小刻度 0.1 ℃)同时插入盛水或其他液体的烧杯中加热,贝克曼温度计的水银柱就会上升,由普通温度计读出从 a 到 b 段相当的温度值,称为 R 值。一般取几次测量值的平均值。

(2) 水银球 1 中水银量的调节。

在使用贝克曼温度计时,首先应当将它插入一杯与待测体系温度相同的水中,达到热平衡以后,如果毛细管内水银面在所要求的合适刻度附近,说明水银球 1 中的水银量合适,不必进行调节。否则,就应当调节水银球中的水银量。调节的具体步骤:

(ⅰ) 恒温水的准备。

恒温水浴的温度 t' 选择按照下式计算:

$$t' = t + R + (5-x)$$

式中,t 为实验温度;x 为 t 时贝克曼温度计的设定读数。

(ⅱ) 水银丝的连接与水银量的调节。

若水银球 1 内水银过多,毛细管水银量超过 b 点:用左手握贝克曼温度计中部,将温度计倒置,右手轻击左手手腕,使水银储槽 4 内水银与 b 点处水银连接,再将温度计轻轻倒转放置在温度为 t' 的水中,平衡后用左手握住温度计的顶部,迅速取出,离开水面和实验台,立即用右手轻击左手手腕,使水银储槽 4 内水银在 b 点处断开。此步骤要特别小心,切勿使温度计与硬物碰撞,以免损坏温度计。

若水银球 1 中的水银量过少:用左手握住贝克曼温度计中部,将温度计倒置,右手轻击左手腕,水银就会在毛细管中向下流动,待水银储槽 4 内水银与 b 点处水银相接后,再按上述方法调节。

(ⅲ)验证。调节后,将贝克曼温度计放在实验温度为 t 的水中,观察温度计水银柱是否在所要求的刻度 x 附近,如相差太大,再重新调节。

3. 电阻温度计

电阻温度计是利用物质的电阻随温度变化的特性制成的测温仪器。任何物体的电阻都与温度有关,因此都可以用来测量温度。但是,能满足实际要求的并不多。在实际应用中,不仅要求有较高的灵敏度,而且要求有较高的稳定性和重现性。目前,按感温元件的材料分有金属导体和半导体两大类。金属导体有铂、铜、镍、铁和铑铁合金。目前大量使用的材料为铂、铜和镍。铂制成的为铂电阻温度计、铜制成的为铜电阻温度计都属于定型产品;半导体有锗、碳和热敏电阻(氧化物)等。

1) 铂电阻温度计

铂容易提纯,化学稳定性高,电阻温度系数稳定且重现性很好。所以,铂电阻与专用精密电桥或电位差计组成的铂电阻温度计有极高的精确度,被选定为 13.81～903.89 K(－259.34～630.74 ℃)温度范围内的标准温度计。

铂电阻温度计用的纯铂丝,必须经 933.35 K(660 ℃)退火处理,绕在交叉的云母片上,密封在硬质玻璃管中,内充干燥的氦气,成为感温元件,用电桥法测定铂丝电阻。

在 273 K 时,铂电阻每欧姆温度系数大约为 0.00392 $\Omega \cdot K^{-1}$。此温度下电阻为 25 Ω 的铂电阻温度计,温度系数大约为 0.1 $\Omega \cdot K^{-1}$,欲使所测温度能准确到 0.001 K,测得的电阻值必须精确到 $\pm 10^{-4} \Omega$ 以内。

2) 热敏电阻温度计

热敏电阻的电阻值会随着温度的变化而发生显著的变化,它是一个对温度变化极其敏感的元件。它对温度的灵敏度比铂电阻、热电偶等其他感温元件高得多。目前,常用的热敏电阻由金属氧化物半导体材料制成,能直接将温度变化转换成电性能,如电压或电流的变化,测量电性能变化就可得到温度的变化结果。

热敏电阻与温度之间并非线性关系,但当测量温度范围较小时,可近似为线性关系。实验证明,其测定温差的精度足以和贝克曼温度计相比,而且还具有热容量小、响应快、便于自动记录等优点。根据电阻-温度特性可将热敏电阻器分为两类:

(1)具有正温度系数的热敏电阻器(positive temperature coefficient,简称 PTC)。

(2)具有负温度系数的热敏电阻器(negative temperature coefficient,简称 NTC)。

热敏电阻器可以做成各种形状,附图 1-3 是珠形热敏电阻器的构造示意图。在实验中可将其作为电桥的一臂,其余三臂为纯电阻(附图 1-4)。其中 R_1、R_2 是固定电阻,R_S 是可变电阻,R_T 为热敏电阻,E 为电源。在某一温度下将电桥调节平衡,记录仪中无电压讯号输入,当温度发生变化时,记录笔记录下电压变化,只要标定出记录笔对应单位温度变化时的走纸距离,就能很容易地求得所测温度。实验时应避免热敏电阻的引线受潮漏电,否则将影响测量结果和记录仪的稳定性。

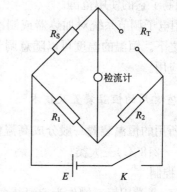

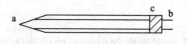

附图 1-3　珠形热敏电阻器示意图　　　　　附图 1-4　热敏电阻测温示意图
a. 用热敏材料作的热敏元；b. 引线；c. 壳体

4. 热电偶温度计

将两种不同材质的金属导线连接成闭合回路，如果两接点的温度不同，由于金属的热电效应，在回路中会产生一个与温差有关的电动势，称为温差电势。在回路中串接一毫伏表，就能粗略地测出温差电势值。温差电势只与两个接点的温差有关，与导线的长短、粗细和导线本身的温度分布无关。这样一对导线的组合就称为热电偶温度计，简称热电偶。有关热电偶和热电堆的结构和测量原理图见实验十八。

热电偶的种类繁多，各有其优缺点，可根据不同的用途选择不同型号的热电偶。目前我国已经标准化的常用的商品热电偶，列于附表 1-2。

附表 1-2　常用商品热电偶的参数

热电偶分类	型号	新分度号	旧分度号	使用温度℃	
				长期	短期
铂铑$_{10}$-铂	WRLB	S	LB-3	1300	1600
铂铑$_{30}$-铂铑$_6$	WRLB	B	LL-2	1600	1800
镍铬-镍硅	WRLB	K	EU-2	1000	1300
镍铬-考铜	WREA	T	EA-2	600	800

三、温度的控制技术

温度是一个极其特别的物理量。在热力学中时常出现，在日常生活中也无处不在。在物理化学实验中所测得的数据，如黏度、密度、蒸气压、表面张力、折射率、电导、化学反应速率常数等都与温度有关。所以，许多物理化学实验必须在恒温或以一定的升（降）温速率条件下进行。因此，了解温度的控制原理和掌握温度控制设备的使用技术是做好物理化学实验的必备条件，每一个实验者都必须熟练掌握。

1. 温度控制方法

（1）利用物质的相变点温度来实现。将被测对象置于处于相平衡的介质中，就可以获得一个高度稳定的恒温条件。其优点是操作简便、价廉和高稳定度；其缺点是恒温温度不能随意调节,因此限制了它的使用范围。

(2) 利用电子调节系统对加热器或制冷设备的各种状态进行自动调节,使被控对象处于设定的温度之下。恒温的温度可以随意调节,所以,此方法在现代化工农业生产和科学实验中得到广泛的应用。

2. 实验室常用的恒温装置及技术

实验中所用的恒温装置一般分成高温恒温($>250\ ℃$)、常温恒温(室温$\sim250\ ℃$)及低温恒温(室温$\sim-218\ ℃$)三大类。

1) 常温控制

在常温区,通常用恒温槽作为控温装置。恒温槽是实验室常用的一种以液体为介质的恒温装置,根据温度控制范围,可选用以下液体介质:$0\sim90\ ℃$用水;$80\sim160\ ℃$用甘油或甘油水溶液;$70\sim300\ ℃$用液状石蜡、汽缸润滑油或硅油。

恒温槽是由浴槽、电接点温度计、继电器、加热器、搅拌器和温度计组成,具体装置示意图见附图1-5。继电器必须和电接点温度计、加热器配套使用。电接点温度计是一支可以导电的特殊温度计,又称导电表。附图1-6是它的结构示意图。它有两个电极,一个固定与底部的水银球相连,另一个可调电极6是金属钨丝,由上部伸入毛细管内。顶端有一磁铁,可以旋转螺旋丝杆,用以调节金属丝的高低位置,从而调节设定温度。当温度升高时,毛细管中水银柱上升与一金属丝接触,两电极导通,使继电器线圈中电流断开,加热器停止加热;当温度降低时,水银柱与金属丝断开,继电器线圈通过电流,使加热器线路接通,温度又回升。如此不断反复,使恒温槽控制在一个微小的温度区间波动,被测体系的温度也就限制在一个相应的微小区间内,从而达到恒温的目的。

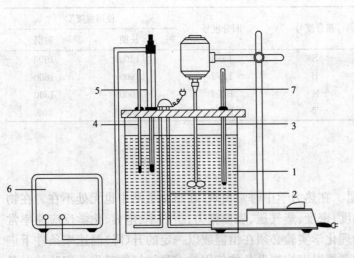

附图1-5　恒温槽的装置示意图

1. 浴槽;2. 加热器;3. 搅拌器;4. 温度计;5. 电接点温度计;6. 继电器;7. 贝克曼温度计

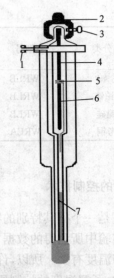

附图1-6　电接点温度计

1. 接触点引线;2. 磁铁;3. 固定螺钉;4. 螺杆;5. 标铁;6. 可调电极(钨丝);7. 水银柱

目前,实验室通常采用电子管继电器对加热器进行开关式加热,下面简单介绍电子管继电器的工作原理。

　　电子管继电器由继电器和控制电路两部分组成,附图 1-7 是电子管继电器的线路图。由图可知,电子管的工作可以看作为一个半波整流器,$R_0 \sim C_1$ 并联电路负载两端的交流分量用来作为栅极的控制电压。当电接点温度计的触点为断路时,栅极与阴极之间由于 R_1 的耦合而处于同位,即栅极偏压为零。这时板流较大,约有 18 mA 通过继电器,能使衔铁吸下,使加热器通电加热;当电接点温度计为通路,板极是正半周,这时 $R_0 \sim C_1$ 的负端通过 C_2 和电接点温度计加在栅极上,栅极出现负偏压,使板极电流减少到 2.5 mA,衔铁弹开,电加热器断路。

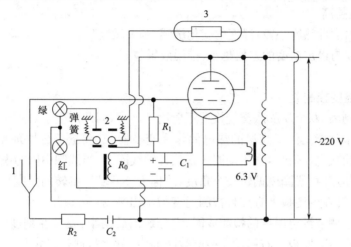

附图 1-7　电子管继电器线路图
R_0 为 220 V、直流电阻约 2200 Ω 的电磁继电器
1. 电接点温度计;2. 衔铁;3. 电热器

　　因控制电压是利用整流后的交流分量,故 R_0 的旁路电容 C_1 不能过大,以免交流电压值过小,引起栅极偏压不足,衔铁吸下不能断开;C_1 太小,则继电器衔铁会颤动,这是因为板流在负半周时无电流通过,继电器会停止工作,并联电容后依靠电容的充放电而维持其连续工作,如果 C_1 太小就不能满足这一要求。C_2 用来调整板极的电压相位,使其与栅压有相同的峰值。R_2 用来防止触电。

　　电子管继电器控制温度的灵敏度很高。通过电接点温度计的电流最大为 30 μA,因而电接点温度计使用寿命很长,故获得普遍使用。

　　恒温槽的温度控制装置属于"通""断"类型,当加热器接通后,恒温介质温度上升,热量的传递使水银温度计中的水银柱上升。但热量的传递需要时间,因此常出现温度传递的滞后,往往是加热器附近介质的温度超过设定温度,所以恒温槽的温度也超过设定温度。同理,降温时也会出现滞后现象。由此可知,恒温槽控制的温度有一个波动范围,并不是控制在某一固定不变的温度。控温效果可以用灵敏度 Δt 表示:$\Delta t = \pm \dfrac{t_1 - t_2}{2}$。式中,$t_1$ 为恒温过程中水浴的最高温度;t_2 为恒温过程中水浴的最低温度。可以看出:附图 1-8 曲线(a)表示恒温槽灵敏度较高;曲线 (b)表示恒温槽灵敏度较差;曲线(c)表示

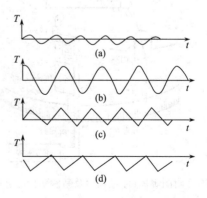

附图 1-8　控温灵敏度曲线

加热器功率太大;曲线(d)表示加热器功率太小或散热太快。影响恒温槽灵敏度的因素很多,要提高灵敏度的措施大体有:

(1) 恒温介质流动性要好,传热性能要好,控温灵敏度就高。

(2) 加热器功率要适宜,热容量要小,控温灵敏度就高。

(3) 搅拌器搅拌速度要足够大,才能保证恒温槽内温度均匀。

(4) 继电器电磁吸引电键时,后者发生机械作用的时间越短,断电时线圈中的铁芯剩磁越小,控温灵敏度就越高。

(5) 电接点温度计热容小,对温度的变化敏感,则灵敏度高。

(6) 环境温度与设定温度的差值越小,控温效果越好。

2) 高温控制

(1) 动圈式温度控制器。

由于温度控制表、双金属膨胀类变换器不能用于高温,因此产生了可用于高温控制的动圈式温度控制器。采用能工作于高温的热电偶作为变换器,其测量部分原理见附图 1-9。热电偶将温度信号变换成电压信号,加于动圈式毫伏计的线圈上,当线圈中因为电流通过而产生的磁场与外磁场相作用时,线圈就偏转一个角度,故称为"动圈"。偏转的角度与热电偶的热电势成正比,并通过指针在刻度板上直接将被测温度指示出来,指针上有一片"铝旗",它随指针左右偏转。另有一个调节设定温度的检测线圈,它分成前后两半,安装在刻度的后面,并且可以通过机械调节机构沿刻度板左右移动。检测线圈的中心位置,通过设定针在刻度板上显示出来。调节线路由高频电感三点式振荡器和一级功率放大器及控制继电器组成(附图 1-10),振荡器的射极回路中有一由固定于调节板上的选频网络(由线圈 L_3 和电容 C_3 组成),当高温设备的温度未达到设定温度,铝旗在检测线圈 L_3 之外时,此网络对振荡频率的交流阻抗较小,振荡幅度大,通过二极管 D 检波和三极管 BG_2 放大,驱动继电器使电热器加热;当温度达到设定温度时,铝旗全部进入检测线圈,改变了电感量,使选频网络对振荡频率的交流阻抗增大,振荡幅度减少,继电器释放,电热器停止加热。为防止当被控对象的温度超过设定温度时,铝旗冲出检测线圈而产生加热的错误信号,在温度控制器内设有挡针。

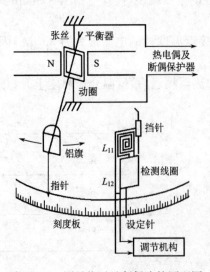

附图 1-9　测量指示及断偶防护原理图

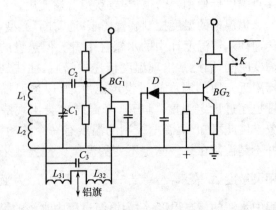

附图 1-10　高频振荡放大器线路原理图

（2）比例-积分-微分温度控制（简称 PID 控制）。

随着科学技术的发展，要求控制恒温和程序升温或降温的范围日益广泛，要求的控温精度也大大提高，在通常温度下，使用上述的断续式二位制控制器比较方便，但是由于只存在通断两个状态，电流大小无法自动调节，控制精度较低，特别在高温时精度更低。20 世纪 60 年代以来，控温手段和控温精度有了新的进展，广泛采用 PID 调节器，使用可控硅控制加热电流随偏差信号大小而作相应变化，提高了控温精度。

（ⅰ）比例调节。

比例调节就是要求输出的控制电压能跟随偏差信号电压的变化，自动地按比例增加或减少。比例调节的强弱用"比例带"P 衡量。其定义为

$$P = \frac{偏差电压}{控制电压}$$

显然，比例带是放大器放大倍数的倒数。比例带越小，比例调节作用则越强，在同样的偏差电压作用下，放大器输出的控制电压越大，最终在可控硅加热电路中的输出功率也相应越大。如要使被控对象的温度能稳定在设定值处，就必须使加热器在单位时间内继续提供一定的热量以补偿被控对象向环境耗散的热量。由于在单纯的比例调节中，加热器提供的功率会随着温度上升时偏差的减小而降低。当加热器提供的热量不足以补偿耗散时，温度就不再回升，这种现象称为"静差"，在单比例调节中是不可避免的。

（ⅱ）比例-积分调节。

为克服单比例调节中产生的静差，通常在比例反馈电路之前加一个微分反馈电路，该电路所产生的反馈电压随时间的增长而自行降低。见附图 1-11(a)，图中的 R_P 起比例调节作用，放大器输出端的控制电压不直接加在 R_P 上，而是通过微分电路 C、R_D（$R_D = R_{D1} + R_{D2}$），再将 R_D 上随时间衰减的电压加在 R_P 上。微分电路的特点：控制电压加到微分电路的两端时，充电电流 i_c 一开始很大，但随着电容器 C 上充电电压的升高而不断降低，因此 R_D 上的电压（$i_c \times R_D$）随时间 t 的变化遵循如附图 1-11 (b)所示的微分型指数衰减规律。显然，R_{D1} 阻值越大，i_c 的衰减速度越慢，R_P 上的电压衰减也越慢。这种随时间衰减的电压加到比例调节电阻 R_P 上后，反馈网络输出端的反馈电压也具有随时间按指数衰减的规律，又能通过 R_P 调节反馈电压在放大器输入电压中的比例。因此放大器输出的控制电压呈现的变化规律为，开始时由于反馈电压很大，致使总的输入电压很小，因而控制电压也很小，随着反馈电压按微分型指数规律衰减，总的输入电压按积分型的指数规律递增，输出的控制电压也按积分型指数规律递增，如附图 1-11(c)所示。因此加热电流与偏差信号的积分成比例，当偏差电压随着被控温度的回升而减少时，输出的控制电压也随即减小。这时，已充电的电容器 C 上的电压还是原来的控制电压值。此时导致电容器 C 反过来向 R_D 缓慢放电，由于放电时电流方向相反，反馈网络输出端的反馈电压的极性反转，成为正反馈，致使加热器继续保持较大的输出功率，电容器放电直至其电压与控制电压相等。可见积分器调节作用有一种始终将加热器输出功率"拖住"的作用，不使它像单比例调节那样，因偏差电压的变小而立即变小。当被控对象的温度回升到接近设定值时，偏差电压虽然极小，但加热器仍能在一段时间内维持一个较大的功率输出，从而消除静差。

积分作用的强弱通常用积分时间 T_1 表示，T_1 越短，表示积分作用越强，不仅过渡过程时间可以缩短，而且消除静差也快。但此时如被控对象热惰性大，就会使超调量增大，甚至引起不稳定；反之如 T_1 长，则过渡过程时间长。积分时间是用附图 1-11(a)中的可变电阻 R_{D1} 调节的，R_{D1} 越小，T_1 也越短。

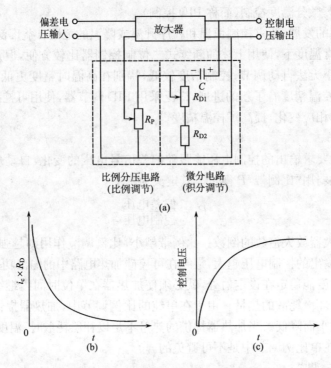

附图 1-11　比例-积分调节电路原理图

（ⅲ）比例-积分-微分调节。

比例-积分-微分调节规律是在体系温度回升到设定值的整个过程时间内，各自分阶段起作用，微分调节在前段，比例-积分调节在中段和后段。其具体电路是在附图 1-11(a)的反馈电路之前，加一个积分反馈电路，如附图 1-12 所示。控制电压首先加在由 R_1、R_2 构成的分压电路上。由于 $R_1 \gg R_2$，所以 $V_{R_1} \gg V_{R_2}$。V_{R_1} 通过可变电阻 R_3 向电容器 C_1 充电，C_1 上的电压按积分型指数曲线的规律递增到 V_{R_1}，加到微分电路两端 C、D 的电压 V_{CD} 由 V_{C_1} 和 V_{R_2} 叠加构成。因此当偏差电压产生的一瞬间，由放大器输出的控制的电压还来不及在电容器 C_1 上建立起电压，V_{CD} 就接近等于 V_{R_2}，所以 V_{CD} 在一开始很低，从而使 A、B 两端的负反馈电压也很低，致使 PID 调节器在偏差电压输入的一瞬间有一个较大的控制电压输出，从而迅速升温。随着

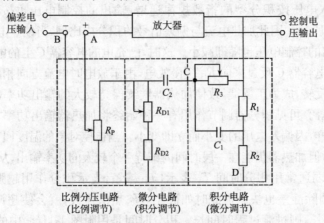

附图 1-12　比例-积分-微分调节电路原理图

V_{C_1} 不断增大(充电速度由 R_3 调节), V_{CD} 和 V_{AB} 均按积分型指数曲线规律升高,控制电压及加热电流均按微分型指数曲线规律降低。当 C_1 充电结束时,微分调节规律也随即结束,PID 调节器过渡到比例-积分调节规律的控温过程。微分调节作用通常用微分时间 T_D 衡量, T_D 越长,微分调节作用越强,升温快。但 T_D 过长也会引起振荡,所以 T_D 要调整适当。

比例带、积分时间和微分时间的设定: P、T_1、T_D 这三个参数的设定是一个较为复杂的问题,需根据具体情况选定。总的原则是要求过渡时间短、超调量小、不发生振荡。尽管 PID 调节法能精确控制被调节对象,但有超调过大、PID 参数较难确定、对扰动恢复慢等缺点。

3) 低温控制

实验室要低于室温的恒温条件,这需要低温控制装置。如需要恒温温度只是比室温稍低,可用带有制冷机的恒温浴槽,如成都仪器厂生产的 HS-4 型精密恒温浴槽。该仪器带有制冷功能,其控温范围为 $-15 \sim 95 \, ℃$,当需控温的温度低于 $+5 \, ℃$ 时,应将浴槽中的蒸馏水换成乙二醇与蒸馏水的混合液。

专题 Ⅱ　压力测量技术及仪器

压力是用来描述体系状态的一个重要参数。许多物理、化学性质(如熔点、沸点、蒸气压等)都与压力有关。在化学热力学和化学动力学研究中,压力也是一个很重要的因素。因此,压力的测量具有重要的意义。

物化实验中,涉及高压(钢瓶)、常压以及真空系统(负压)。对于不同压力范围,测量方法也不同,所用仪器的精确度也不同。

一、压力与测量仪器

1. 压力的定义与单位

压力是指均匀垂直作用于单位面积上的力,也称压力强度,简称压强。国际单位制(SI)用帕斯卡作为通用的压力单位,以 Pa 或帕表示。当作用于 $1 \, m^2$ (平方米)面积上的力为 $1 \, N$(牛顿)时就是 $1 \, Pa$(帕斯卡):

$$Pa = \frac{N}{m^2}$$

除国际标准单位帕(Pa)外,压力还有许多其他单位,如巴(bar)、标准大气压(atm)、托(Torr)、工程大气压(at)、毫米汞柱(mmHg)等,上述压力单位之间的换算关系见附录 2 附表 2-6。

除所用单位不同之外,压力还可用绝对压力、表压和真空度表示。附图 1-13 说明了三者的关系。显然,在压力高于大气压时:

$$绝对压 = 大气压 + 表压 \qquad 或 \qquad 表压 = 绝对压 - 大气压$$

在压力低于大气压时:

$$绝对压 = 大气压 - 真空度 \qquad 或 \qquad 真空度 = 大气压 - 绝对压$$

2. 测压仪表

传统的测压力仪器是采用 U 形管水银压力计或者金属外壳的气压表头,近年来出现电子压力计、数显微压计等。下面介绍几种常用的测压仪表。

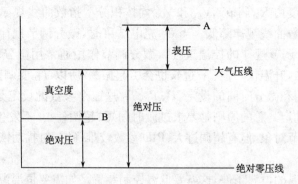

附图 1-13　绝对压、表压与真空度的关系

1) 液柱式压力计

液柱式压力计是物理化学实验中常用的压力计,如 U 形压力计。它具有构造简单、制作容易、价格低廉、使用方便等优点,能较准确地测量微小压力差,但其结构不牢固,耐压程度较差,示值与工作液体密度相关。附图 1-14 是一种液柱式 U 形压力计的示意图,它由两端开口的垂直 U 形玻璃管及垂直放置的刻度标尺所构成。管内下部盛有适量工作液体作为指示液,U 形管的两支管分别连接于两个测压口。由于气体的密度远小于工作液的密度,因此,由液面差 Δh 及工作液的密度 ρ、重力加速度 g 可以得到:

$$p_1 = p_2 + \Delta h \cdot \rho g \quad \text{或} \quad \Delta h = \frac{p_1 - p_2}{\rho g}$$

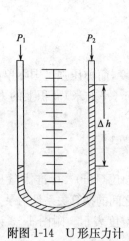

附图 1-14　U 形压力计

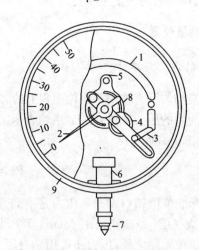

附图 1-15　弹簧管压力计

1. 金属弹簧管;2. 指针;3. 连杆;4. 扇形齿轮;5. 弹簧;
6. 底座;7. 测压接头;8. 小齿轮;9. 外壳

2) 弹性式压力计

弹性式压力计利用弹性元件的弹性力来测量压力。物化实验室中常用的为单管弹簧管式压力计。这种压力计的压力由弹簧管固定端进入,通过弹簧管自由端的位移带动指针运动,指示压力值,如附图 1-15 所示。使用弹性式压力计时应注意:

(1) 合理选择压力表量程。为了保证足够的测量精度,选择的量程应在仪表分度标尺的

1/2～3/4。

(2) 使用时环境温度不得超过 35 ℃，如超过应给予温度修正。

(3) 测量压力时，压力表指针不应有跳动和停滞现象。

(4) 对压力表应定期进行校验。

3）福廷式气压计

(1) 原理与结构。

福廷式气压计是一种真空压力计，其原理是以汞柱所产生的静压力平衡大气压力 p，用由此形成的汞柱高度度量大气压力的大小。实验室中，通常用毫米汞柱(mmHg)作为大气压力的单位。

福廷式气压计的构造如附图 1-16 所示。它的外部是一黄铜管，管的顶端有悬环，用以悬挂在实验室的适当位置。气压计内部是一根一端封闭的装有水银的长玻璃管。玻璃管封闭的一端向上，管中汞面的上部为真空，管下端插在水银槽内。水银槽底部是一羚羊皮袋，下端由螺旋支持，转动此螺旋可调节槽内水银面的高低。水银槽的顶盖上有一倒置的象牙针，其针尖是黄铜标尺刻度的零点。此黄铜标尺上附有游标尺，转动游标调节螺旋，可使游标尺上下游动。

(2) 福廷式气压计的使用方法。

（ⅰ）慢慢旋转螺栓 9，调节水银槽内水银面的高度，直至水银面与象牙尖刚刚接触。

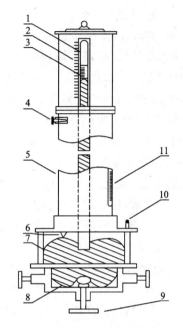

附图 1-16　福廷式气压计

1. 玻璃管；2. 黄铜标尺；3. 游标尺；4. 调节螺栓；5. 黄铜管；6. 象牙针；7. 汞槽；8. 羚羊皮袋；9. 调节水银面的螺栓；10. 气孔；11. 温度计

（ⅱ）调节游标尺：转动调节螺栓 4，使游标尺的底边及其后边金属片的底边同时与水银面凸面顶端相切。

（ⅲ）读取汞柱高度。

（ⅳ）整理工作。记下读数后，将气压计底部螺栓 9 向下移动，使水银面离开象牙针尖。记下气压计的温度及所附卡片上气压计的仪器误差值，然后进行校正。

(3) 气压计读数的校正。水银气压计的刻度是以温度为 0 ℃，纬度为 45°的海平面高度为标准的。若不符合上述规定时，从气压计上直接读出的数值，除进行仪器误差校正外，在精密的工作中还必须进行温度、纬度及海拔高度的校正。

（ⅰ）仪器误差的校正。由于仪器本身制造的不精确而造成读数上的误差称"仪器误差"。仪器出厂时都附有仪器误差的校正卡片，应首先加上此项校正。

（ⅱ）温度影响的校正。由于温度的改变，水银密度也随之改变，因而会影响水银柱的高度。同时由于铜管本身的热胀冷缩，也会影响刻度的准确性。当温度升高时，前者引起偏高，后者引起偏低。由于水银的膨胀系数比铜管的大，因此当温度高于 0 ℃时，经仪器校正后的气压值应减去温度校正值；当温度低于 0 ℃时，要加上温度校正值。气压计的温度校正公式如下：

$$p_0 = \frac{1+\beta t}{1+\alpha t}p = p - p\frac{\alpha-\beta}{1+\alpha t}t$$

式中，p 为气压计读数(mmHg)；t 为气压计的温度(℃)；α 为水银柱在 0～35 ℃的平均体膨胀系数($\alpha=0.0001818$ ℃$^{-1}$)；β 为黄铜的线膨胀系数($\beta=0.0000184$ ℃$^{-1}$)；p_0 为读数校正到 0 ℃时的气压值(mmHg)。显然，温度校正值即为 $t\dfrac{\alpha-\beta}{1+\alpha t}$，其数值列有数据表，实际校正时，读取 p、t 后可查表求得。

（ⅲ）海拔高度及纬度的校正。

重力加速度(g)随海拔高度及纬度不同而异，致使水银的质量受到影响，从而导致气压计读数的误差。其校正办法是，经温度校正后的气压值再乘以($1-2.6\times10^{-3}\cos2\lambda-3.14\times10^{-7}h$)。式中，$\lambda$ 为气压计所在地的纬度(度)；h 为气压计所在地的海拔高度(m)。此项校正值很小，在一般实验中可不必考虑。

（ⅳ）其他如水银蒸气压的校正、毛细管效应的校正等。因校正值极小，一般不考虑。

4) 空盒气压表

空盒气压表是由随大气压变化而产生轴向移动的空盒组作为感应元件，通过拉杆和传动机构带动指针，指示出大气压值的。

空盒气压表体积小、质量轻，不需要固定，只要求仪器工作时水平放置。但其精确度不如福廷式气压计。

5) 数字式气压计

数字式气压计可取代水银气压计测定室内大气压，采用三位或四位数字显示，使用环境温度 -10～40 ℃，量程(101.3±20)kPa，分辨率为 0.1～0.01 kPa。

二、真空技术

低于一个大气压的气体存在状态称为真空状态，真空程度简称真空度。某空间真空度越高，意味着其间压强越低，气体分子密度越小。真空度以压强为计量单位(Pa)。根据不同压强下气体的不同性质及使用方便，通常将真空范围划分为 5 段，见附表 1-3：

附表 1-3　真空的划分

真空范围	粗真空	低真空	高真空	超高真空	极高真空
p/Pa	$10^5>p>10^3$	$10^3\geqslant p>10^{-1}$	$10^{-1}\geqslant p>10^{-6}$	$10^{-6}\geqslant p>10^{-10}$	$p\leqslant10^{-10}$

1. 真空的获得

获得真空要用真空泵。真空泵按其工作条件及作用分为两大类：①能直接在大气压下工作的真空泵称为前级泵(如水喷射泵、机械泵、低温吸附泵等)，用以产生预备真空；②需在一定的前置真空条件下才能开始工作，以继续提高真空度的真空泵称为次级泵(如扩散泵、分子泵、吸气剂钛泵、钛离子泵、冷凝泵等)。

真空泵的主要性能指标：①出口耐压 p_{max}——出口所能承受的最大压强；②抽气速率 $s_p=(dV/dt)_p$——在一定压强下单位时间从被抽容器中抽除的气体体积；③极限真空 p_∞——在规定的工作条件下，不连接抽气负载时，长时间连续抽气所能抵达的最低压强。

1) 水流泵——粗真空

水流泵俗称"水力喷射器"，是应用柏努利原理以水为工作流体的喷射泵。在化学实验中常用玻璃喷射泵,在工业如酿酒、制糖、明胶生产过程中则大量采用金属喷射泵以获得粗真空。水流泵具有构造简单、使用方便等优点,但由于其所能达到的极限真空受水本身的蒸气压限制,真空效率较低。附图 1-17 是水流泵的结构示意图。

2) 机械泵——低真空

实验室常用单级旋片式真空泵,其结构示意图见附图 1-18,一般只能产生 $1.333 \sim 0.1333$ Pa 的真空,其极限真空为 $0.1333 \sim 1.333 \times 10^{-2}$ Pa。它主要由泵体和偏心转子组成。被吸入的气体随偏心轮旋转的旋片使气体压缩,被压缩后经过排气阀排出泵体外。如此循环往复,将系统内的压力减小。泵的效率取决于旋片与定子之间的严密程度。整个机件置于精制的真空泵油油箱中,这种油具有很低的蒸气压,兼作封闭液、润滑剂和冷却机件的作用。

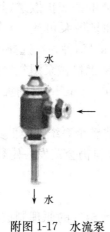

附图 1-17　水流泵

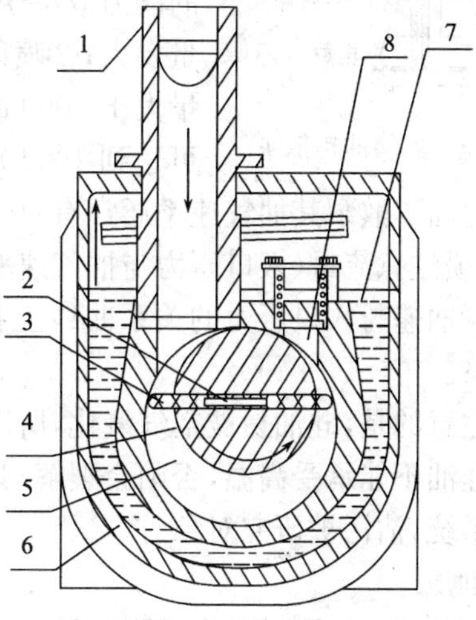

附图 1-18　旋片式真空泵

1. 进气嘴;2. 旋片弹簧;3. 旋片;4. 转子;
5. 泵体;6. 油箱;7. 真空泵油;8. 排气嘴

使用机械泵时应注意的问题:

(1) 机械泵不能直接抽含可凝性气体的蒸气、挥发性液体等。因为这些气体进入泵后会破坏泵油的品质,降低了油在泵内的密封和润滑作用,甚至会导致泵的机件生锈,因而必须在可凝气体进泵前先通过纯化装置。例如,用无水氯化钙、五氧化二磷、分子筛等吸收水分;用石蜡吸收有机蒸气;用活性炭或硅胶吸收其他蒸气等。

(2) 机械泵不能用来抽含腐蚀性成分的气体,如含氯化氢、氯气、二氧化氮等的气体。因这类气体能迅速侵蚀泵中精密加工的机件表面,使泵漏气,不能达到所要求的真空度。遇到这种情况时,应当使气体在进泵前先通过装有氢氧化钠固体的吸收瓶,以除去有害气体。

(3) 机械泵由电动机带动。使用时应注意马达的电压。若是三相电动机带动的泵,第一次使用时要特别注意三相马达旋转方向是否正确。正常运转时不应有摩擦、金属碰击等异声。运转时电动机温度不超过 50 ℃。

(4) 机械泵的进气口前应安装一个三通活塞。停止抽气时应使机械泵与抽空系统隔开而与大气相通,然后关闭电源。这样既可保持系统的真空度,又可避免泵油倒吸。

3) 扩散泵——高真空

扩散泵是利用工作物质高速从喷口处喷出,在喷口处形成低压,对周围气体产生抽吸作用而将气体带走,其极限真空度可达 10^{-7} Pa。

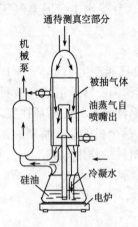

附图 1-19　玻璃油扩散泵

扩散泵采用的工作物质要求在常温下是液体,具有极低的蒸气压。根据工作物质的不同,扩散泵通常分为汞扩散泵和油扩散泵两类。目前实验室常用以高分子硅油为工作物质的油扩散泵。附图 1-19 是玻璃油扩散泵工作示意图。硅油被电炉加热沸腾,气化后通过中心导管从顶部的二级喷口处喷出,在喷口处形成低压,将周围气体带走。而硅油蒸气随即被冷凝回入瓶底,循环使用。被夹带在硅油蒸气中的气体在底部富集,而后被设置在前级的机械泵抽走。其间,硅油仅起抽运作用,其抽运气体的能力取决于三个因素:①工作气体,即硅油本身的相对分子质量要大;②喷射速度要高;③喷口级数要多。现在用相对分子质量大于 3000 的硅油作为工作气体的四级扩散泵,其极限真空度可达到 1×10^{-9} mmHg。三级油扩散泵可达 1×10^{-6} mmHg。实验室用的油扩散泵其抽气速率通常有 60 dm^3 · s^{-1}、300 dm^3 s^{-1} 两种。在选择机械泵作为前置泵时,必须注意流量(入口压力与抽气速率的乘积)的配合,考虑机械泵漏气等因素后,再从各种机械泵抽速与入口压力的关系曲线上找出入口压力为 10^{-1} mmHg 时的抽气速率,由此选择机械泵。

需要注意的是,硅油易被空气氧化,所以必须用机械泵先将整个系统抽至低真空后才能加热硅油。硅油不能承受高温,否则会裂解;其蒸气压虽然极低,但仍会蒸发一定数量的油分子进入真空系统,沾污被研究对象。

4) 其他泵

(1) 吸附泵。它是利用分子筛在低温时能吸附大量气体或蒸气的原理制成的,其极限真空度约为 10^{-3} mmHg。可以单独使用,其优点是无油污染,但工作时消耗液氮。通常用作超高真空系统中钛泵的前级泵。

(2) 钛泵。其抽气机理通常认为是化学吸附和物理吸附的综合,以化学吸附为主。钛泵达到了超高真空度(<5×10^{-10} mmHg),无油、无噪声和无振动,在 10^{-4} mmHg 时仍有较大的抽速,操作简便,寿命长。

(3) 分子泵是一种纯机械的高速旋转的真空泵,一般可获得小于 10^{-8} Pa 的无油真空。

(4) 低温泵是靠深冷的表面抽气而能达到极限真空的泵,它可获 $10^{-9} \sim 10^{-10}$ Pa 的超高真空或极高真空。

2. 真空的测量

真空的测量实际上就是测量低压下气体的压力,常用的测压仪器有 U 形水银压力计、麦氏真空规、热偶真空规、电离真空规和数字式低真空压力测试仪等。

粗真空的测量一般用 U 形水银压力计,对于较高真空度的系统使用真空规。真空规有绝对真空规和相对真空规两种。麦氏真空规称为绝对真空规,即真空度可以用测量到的物理量直接计算而得。而其他(如热偶真空规、电离真空规等)均称为相对真空规,测得的物理量只能经绝对真空规校正后才能指示相应的真空度。

1) 麦氏真空规——绝对真空规

其工作原理是将被测真空系统中一定量的残余气体压缩,比较压缩前、后体积和压力的变化,利用波义耳定律计算真空度。

$$p = \frac{ah^2}{V}$$

式中,p 为待测低压气体的压强;a 为毛细管截面积;V 为一玻泡体积;h 是闭管与开管时的汞高差,此高差也等于闭管剩有体积部分的高度。

麦氏真空规是一套硬质玻璃测量仪(附图 1-20),装置简单但不能测量压缩时会凝固的蒸气的压强,量程范围是 $10^{-1} \sim 10^{-6}$ mmHg。

2) 热偶真空规——相对真空规

其工作原理是基于气体压强在低于某一定值时,气体导热系数与压强成正比,$K = bp$,b 为一比例常数。气体压力降低,气体热导系数就减少,热电偶所反映的温差电势随之增加,根据温差电势与压强的关系,可得出系统的压力。

3) 电离真空规——相对真空规

实际上是一个特殊的三极管,具有阴极(灯丝)、栅极(加速极)和收集极。利用气体电离所产生的正离子数(离子电流)I_+、发射电流 I_e 与系统的气体压强(真空度)p 的关系

$$p = \frac{I_+}{S \cdot I_e}$$

式中,S 为规管灵敏度,通常定义为单位压强下的离子电流。

电离真空规的量程范围为 $1 \times 10^{-3} \sim 5 \times 10^{-10}$ mmHg。必须注意,当待测真空系统的压强低于 1×10^{-3} mmHg 时,才能使用电离真空规进行测量,否则会将规管灯丝烧坏。

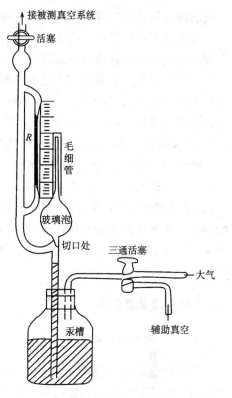

附图 1-20　麦氏真空规

实际上,一般将热偶真空规和电离真空规配合使用,在压强 $1 \times 10^{-1} \sim 1 \times 10^{-3}$ mmHg 时使用热偶真空规,在压强低于 1×10^{-3} mmHg 时使用电离真空规。

3. 真空系统的操作

1) 真空泵的使用

机械泵与扩散泵之间要装冷阱或干燥塔。工厂用水喷泵进行负压浓缩工序,或者使用机械泵在停止工作前,都必须先解除系统的真空而使系统通大气,然后才能断电和停止工作。如果相反操作,即先断电,必会发生水倒灌入真空(浓缩)系统,或机械泵中油被大气驱入真空系统的事故。

2) 检漏

检漏的方法很多,对于小型玻璃系统,在 0.1～15 Pa 的低真空,最适合于用高频火花真空检测仪,因为在这个真空度范围以外,无论是低于还是高于它,紫色的火花均不能穿越玻璃进入真空部分。火花检测到的漏洞处,还会对漏洞突发明亮的光点。此外,与真空测量结合,还有热偶规法、电离规法、萤光法、质谱仪、磁波仪等,分别适用于不同的漏气情况。工业生产上,

观察火苗的方法也常用来检测浓缩器是否漏气。用肥皂泡法检测正压力系统是否漏气非常有效，检测负压是对漏气疑点进行前、后两次真空情况的比较而得出结果。铺设在地下或海底的管道如有泄漏，可以用硫醇检测。

3）安全操作

由于真空系统内部的压强比外部低，真空度越高，器壁承受的大气压力越大，超过 1 L 的大玻璃球以及任何平底的玻璃容器都存在爆裂的危险。

球体比平底容器受力均匀，但若球体过大也难以承受大气的压力。尽可能不用平底容器，对较大的真空玻璃容器，外面最好套有网罩，以免爆炸时碎玻璃伤人。

若有大量气体被液化或在低温时被吸附，则体系温度升高后会产生大量气体，若没有足够大的孔使它们排出，又没有安全阀，也可能引起爆炸。如果用玻璃油泵，若液态空气进入热油中也会引起爆炸。因此，系统压力减到 133.322 Pa 前不要使用液氮冷阱，否则液氮将使空气液化，这又可能与凝结在阱中的有机物发生反应，引起不良后果。

使用汞扩散泵、麦氏真空规、水银压力计等，要注意安全防护，以免水银中毒。

在开启或关闭高真空系统活塞时，应当用两手操作。一手握活塞套，一手缓缓地旋转内塞，防止系统各部分产生力矩（甚至折裂）。还应注意，不要让大气猛烈冲入系统，也不要使系统中压力不平衡的部分突然接通，否则有可能造成局部压力突变，导致系统破裂或水银压力计冲水银。在真空操作不熟练的情况下，处处会出现这种事故。但只要操作细致、耐心，事故是可以避免的。

三、气体钢瓶及其使用

1. 气体钢瓶的颜色标记

气体钢瓶是由无缝碳素钢制成，适用于装介质压力在 15.0 MPa(150 atm)以下的气体。我国气体钢瓶常用的颜色标记列于附表 1-4。

附表 1-4　我国气体钢瓶常用的颜色标记

气体类别	瓶身颜色	标字颜色	字样
氮气	黑	黄	氮
氧气	天蓝	黑	氧
氢气	深绿	红	氢
压缩空气	黑	白	压缩空气
二氧化碳	黑	黄	二氧化碳
氨	棕	白	氨
液氨	黄	黑	氨
氯	草绿	白	氯
乙炔	白	红	乙炔
氟氯烷	铝白	黑	氟氯烷
石油气体	灰	红	石油气
粗氩气体	黑	白	粗氩
纯氩气体	灰	绿	纯氩

2. 气体钢瓶的操作方法

（1）在钢瓶上装上配套的减压阀。检查减压阀是否关紧,方法是逆时针旋转调压手柄至螺杆松动。

（2）打开钢瓶总阀门,此时高压表显示出瓶内储气总压力。

（3）慢慢地顺时针转动调压手柄至低压表显示出实验所需压力。

（4）停止使用时,先关闭总阀门,待减压阀中余气逸尽,再关闭减压阀。

3. 气体钢瓶使用的注意事项

（1）钢瓶应存放在阴凉、干燥、远离热源的地方。可燃性气瓶应与氧气瓶分开存放。

（2）搬运钢瓶要小心轻放,钢瓶帽要旋上。

（3）使用时应装减压阀和压力表。可燃性气瓶(如 H_2、C_2H_2)气门螺丝为反丝,不燃性或助燃性气瓶(如 N_2、O_2)为正丝。各种压力表一般不可混用。

（4）不要让油或易燃有机物沾染到气瓶上(特别是气瓶出口和压力表上)。

（5）开启总阀门时,不要将头或身体正对总阀门,防止阀门或压力表冲出伤人。

（6）不可把气瓶内气体用净,以防重新充气时发生危险。

（7）使用中的气瓶每三年应检查一次,装腐蚀性气体的钢瓶每两年检查一次,不合格的气瓶不可继续使用。

（8）氢气瓶应放在远离实验室的专用小屋内,用紫铜管引入实验室,并安装防止回火装置。

4. 氧气减压阀的工作原理与使用方法

1) 氧气减压阀工作原理

氧气减压阀的外观及工作原理见附图 1-21 和附图 1-22。

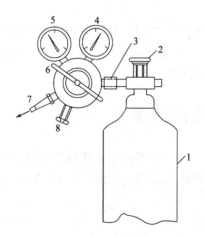

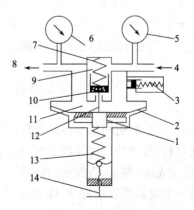

附图 1-21 气体钢瓶上的氧气减压阀示意图

1. 钢瓶;2. 钢瓶开关;3. 钢瓶与减压表连接螺母;
4. 高压表;5. 低压表;6. 低压表压力调节螺杆;7. 出口;
8. 安全阀

附图 1-22 氧气减压阀工作原理示意图

1. 弹簧垫块;2. 传动薄膜;3. 安全阀;4. 进口(接气体钢瓶);5. 高压表;6. 低压表;7. 压缩弹簧;8. 出口(接使用系统);9. 高压气室;10. 活门;11. 低压气室;
12. 顶杆;13. 主弹簧;14. 低压表压力调节螺杆

氧气减压阀的高压腔与钢瓶连接,低压腔为气体出口,并通往使用系统。高压表的示值为钢瓶内储存气体的压力。低压表的出口压力可由调节螺杆控制。

使用时先打开钢瓶总开关,然后顺时针转动低压表压力调节螺杆,使其压缩主弹簧并传动薄膜、弹簧垫块和顶杆而将活门打开。这样进口的高压气体由高压室经节流减压后进入低压室,并经出口通往工作系统。转动调节螺杆,改变活门开启的高度,从而调节高压气体的通过量并达到所需的压力值。

减压阀都装有安全阀。它是保护减压阀并使之安全使用的装置,也是减压阀出现故障的信号装置。如果由于活门垫、活门损坏或其他原因,导致出口压力自行上升并超过一定许可值,安全阀会自动打开排气。

2) 氧气减压阀的使用方法

(1) 按使用要求的不同,氧气减压阀有许多规格。最高进口压力大多为 150 kg·cm^{-2}(约 150×10^5 Pa),最低进口压力不小于出口压力的 2.5 倍。出口压力规格较多,一般为 0~1 kg·cm^{-2}(1×10^5Pa),最高出口压力为 40 kg·cm^{-2}(约 40×10^5 Pa)。

(2) 安装减压阀时应确定其连接规格是否与钢瓶和使用系统的接头相一致。减压阀与钢瓶采用半球面连接,靠旋紧螺母使二者完全吻合。因此,在使用时应保持两个半球面的光洁,以确保良好的气密效果。安装前可用高压气体吹除灰尘,必要时也可用聚四氟乙烯等材料作垫圈。

(3) 氧气减压阀应严禁接触油脂,以免发生火警事故。

(4) 停止工作时,应将减压阀中余气放净,然后拧松调节螺杆,以免弹性元件长久受压变形。

(5) 减压阀应避免撞击振动,不可与腐蚀性物质接触。

3) 其他气体减压阀

有些气体,如氮气、空气、氩气等永久性气体,可以采用氧气减压阀。但还有一些气体,如氨等腐蚀性气体,则需要专用减压阀。市面上常见的有氮气、空气、氢气、氨、乙炔、丙烷、水蒸气等专用减压阀。

这些减压阀的使用方法及注意事项与氧气减压阀基本相同。但还应指出:专用减压阀一般不用于其他气体。为了防止误用,有些专用减压阀与钢瓶之间采用特殊连接口。例如,氢气和丙烷均采用左牙螺纹,也称反向螺纹,安装时应特别注意。

专题Ⅲ　密度测量技术及仪器

密度(ρ)是物质的基本特性常数,其单位为 kg·m^{-3}。它可用于鉴定有机液体、区分两种类似化合物、检查物质的纯度、化合物的稳定同位素分析、估算某些物理常数(如沸点、熔点、折射率、比旋光度、黏度、表面张力等)。

若一个物体的质量为 m,体积为 V,则其密度 ρ 为

$$\rho = \frac{m}{V}$$

(Ⅲ-1)

可见,通过测定 m 和 V 可求出 ρ,m 可用物理天平精确称量,而物体体积的精确测量在密度测量中是个主要问题,可根据实际情况,采用不同的测量方法。密度的测定方法很多,现介绍几种常用的密度测定方法:

一、静力称衡法

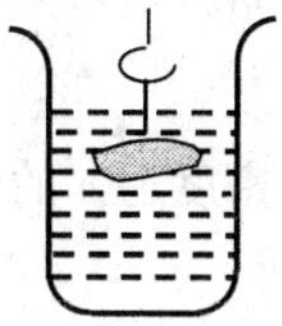

液体静力"称量法"是先用天平称被测物体在空气中的质量 m_1，然后将物体浸入水中，称出其在水中的质量 m_2，如附图1-23 所示，则物体在水中受到的浮力为

$$F = (m_1 - m_2)g \qquad (\text{III-2})$$

附图 1-23　静力称衡法
测量密度示意图

根据阿基米德原理，浸没在液体中的物体所受浮力的大小等于物体所排开液体的质量。因此，可以推出

$$F = \rho_0 V g \qquad (\text{III-3})$$

式中，ρ_0 为液体的密度；V 为排开液体的体积，即物体的体积。联立式（III-2）和式（III-3）可得

$$V = \frac{m_1 - m_2}{\rho_0} \qquad (\text{III-4})$$

由此得

$$\rho = \frac{m_1}{m_1 - m_2} \cdot \rho_0 \qquad (\text{III-5})$$

二、比重瓶（管）法

比重瓶（管）法的测量原理是，在一定温度的条件下，测定具有固定体积的比重瓶中物质的质量，根据式（III-1）计算获得密度。附图1-24 列出了部分比重瓶（管）的结构示意图。各比重瓶（管）的适用范围：

（1）Gay-Lussac 甘氏比重瓶：适用于实验室测定各类液体的密度。

（2）原李氏比重瓶：适应于测定砂、石及其他细粒的非沥青质公路材料的密度。

（3）Hubbaru 广口比重瓶：适用于实验室测定黏度较大液体及固体产品的密度。

（4）Reischauer 吕氏比重瓶：用于实验室测定各类液体的密度，由于有盖可适合易挥发性物质密度的测定。

（5）Lipkin 李勃氏比重管：适用于实验室采用悬挂式测定液体的对密度。

（6）Sprengel 斯氏比重管：适用于实验室（采用悬挂式）测定易挥发性液体的密度。

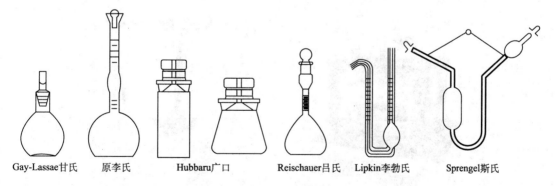

Gay-Lassae甘氏　原李氏　Hubbaru广口　Reischauer吕氏　Lipkin李勃氏　Sprengel斯氏

附图 1-24　比重瓶（管）示意图

1. 比重瓶法测量液体密度的方法

首先称量空比重瓶的恒温质量为 m_1，然后向比重瓶中注入蒸馏水，称量充满蒸馏水时的

温质量为 m_2，则 $m_2 = m_1 + \rho V$，则比重瓶的体积为

$$V = (m_2 - m_1)/\rho \tag{Ⅲ-6}$$

再将待测密度为 ρ' 的液体注入比重瓶，称量被测液体和比重瓶的恒温质量为 m_3，则 $\rho' = (m_3 - m_1)/V$，则

$$\rho' = \rho \frac{m_3 - m_1}{m_2 - m_1} \tag{Ⅲ-7}$$

2. 比重瓶法测定固体密度的方法

首先称出空比重瓶的质量为 m_1，再向瓶内注入已知密度的液体（该液体不能溶解待测固体，但能润湿待测固体），盖上瓶塞。置于恒温槽中恒温 10 min，用滤纸小心吸去比重瓶塞上毛细管口溢出的液体，取出比重瓶擦干，称出质量为 m_2，倒去液体，吹干比重瓶，将待测固体放入瓶内，恒温后称得质量为 m_3。然后向瓶内注入一定量上述已知密度的液体。将瓶放在真空干燥器内，用油泵抽气 3～5 min，使吸附在固体表面的空气全部抽走，再往瓶中注入上述液体，并充满。将瓶放入恒温槽，然后称得质量为 m_4，则固体的密度可由式（Ⅲ-8）计算：

$$\rho_s = \frac{m_3 - m_1}{(m_2 - m_1) - (m_4 - m_3)} \cdot \rho \tag{Ⅲ-8}$$

三、比重计法

市售的成套比重计是在　定温度下标度的，根据液体密度的大小选择一支比重计，在比重计所示的温度下插入待测液体中，从浮出液面的刻度可以直接读出该液体的密度。比重计测定液体的密度操作简单、方便，但不够精确。

四、比重天平法

比重天平有一个标准体积及质量一定的测锤，浸没于液体之中获得浮力而使横梁失去平衡。然后在横梁的 V 形槽里置相应质量的骑码，使梁恢复平衡，从而能迅速测得液体的密度。测量原理同静力称衡法。附图 1-25 列出了两种比重天平的示意图。

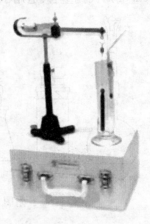

(a)　　　　　　　　　　(b)

附图 1-25　比重天平示意图

五、落滴法

落滴法适用于少量液体的密度测定,常用于测定溶液中浓度的微小变化,如血液组成的改变、同位素重水分析等。落滴法具有样品需量小、设备简单等优点,但由于液滴滴落的不溶性介质难于选择,影响了它的应用范围。落滴法测定液体的常用的设备为微量进样器或微量移液管。

落滴法测定密度的原理是斯托克斯(Stokes)定律,即一个微小液滴在一个不溶性介质中降落,当降落速度 v 恒定时,满足式(Ⅲ-9):

$$v = \frac{2gr^2(\rho - \rho_0)}{9\eta} \qquad (Ⅲ-9)$$

式中,g 为重力加速度;r 为液滴半径;ρ 为液滴的密度;ρ_0 为介质的密度;η 为介质的黏度。

如果液滴恒速降落定距离 s 时,其降落时间为 t,则

$$v = \frac{s}{t} = \frac{2gr^2(\rho - \rho_0)}{9\eta} \qquad (Ⅲ-10)$$

即

$$\frac{1}{t} = \frac{2gr^2(\rho - \rho_0)}{9\eta \cdot s} = k(\rho - \rho_0) \qquad (Ⅲ-11)$$

测定几种已知密度 ρ 样品的 $\frac{1}{t}$,作 $\frac{1}{t}$-ρ 直线,获得常数 k;再测定未知样品的 $\frac{1}{t}$,即可从式(Ⅲ-11)得到未知样品的密度。

专题Ⅳ 电学测量技术及仪器

电学测量技术是物理化学实验中应用最为广泛的重要实验技术之一,它不仅涉及多种物理化学性质,如溶液电导、离子迁移数、电离度、电极电势、热力学函数(反应热 ΔH、熵变 ΔS、自由能变化 ΔG 等)的改变及其温度系数、平衡常数、活度系数、反应速率常数、超电势等参数的测量,而且是热化学中精密温度测量和计量的基础,也是解决电极过程动力学和快速反应动力学参数等测量的主要技术与方法。作为基础实验,主要介绍传统的电化学测量与研究方法,只有掌握了传统的基本方法,才有可能正确理解和运用近代电化学研究方法。

一、电导的测量及仪器

电导是电解质溶液的性质,稀溶液的电导与离子浓度具有简单的线性关系。测量待测溶液电导的方法称为电导分析法,该法目前被广泛应用于分析化学和化学动力学过程的测试中。

1. 电导 G、电导率 κ 和摩尔电导率 Λ_m 的定义

电导为电阻(R)的倒数,电导的测量实际上就是测量电阻。电导用符号 G 表示,SI 单位为 S 或 Ω^{-1}。

电导率 κ 是电阻率的倒数,相当于单位长度(l)和单位截面积(A)导体的电导,单位为 $S \cdot m^{-1}$。

摩尔电导率 Λ_m 是指在相距为单位距离的两个平行电导电极之间,放置含有 1 mol 电解质溶液的电导,单位是 $S \cdot m^2 \cdot mol^{-1}$。

电导 G、电导率 κ 和摩尔电导率 Λ_m 三者的关系为

$$\Lambda_m = \frac{\kappa}{c} = \frac{l}{A} \frac{G}{c} = \frac{K_{cell} G}{c} \qquad (\text{IV-1})$$

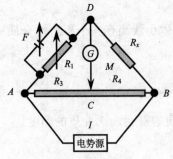

附图 1-26　交流电桥电路图

2. 电导和电导率的测量

1) 平衡电桥法

电导测定实际上测定的是电阻,常用的韦斯顿电桥如附图 1-26 所示。AB 为均匀的滑线可变电阻,并联一个可变电容 F 以便调节与电导池实现阻抗平衡,M 为盛有待测溶液的电导池。I 为频率 1000 Hz 左右的高频交流电源,G 为耳机或阴极示波器。

接通电源后,移动 C 点,使 DGC 线路中无电流通过,如用耳机则听到声音最小,这时的 D、C 两点电势降相等,电桥达平衡。根据几个电阻之间关系就可求得待测溶液的电导。

$$\frac{R_1}{R_x} = \frac{R_3}{R_4}$$

$$G = \frac{1}{R_x} = \frac{R_3}{R_4 R_1} = \frac{AC}{BC} \frac{1}{R_1} \qquad (\text{IV-2})$$

2) 电导率法

(1) 电导率仪的类型。

溶液的电导率通过电导率仪进行测量。电导率仪主要有指针式和数显式两种,见附图 1-27 和附图 1-28。前者质量较稳定。

附图 1-27　DDS-11A 指针式电导率仪

附图 1-28　DDS-11A 数显式电导率仪

(2) 电导率仪的工作原理。

电导率仪的工作原理如附图 1-29 所示。

首先,振荡器产生并输出交流电压源 E,并输送到电导池 R_x 与量程电阻(分压电阻)R_m 的串联回路里,则 R_m 获得的电压 E_m 为

$$E_{\mathrm{m}} = \frac{ER_{\mathrm{m}}}{(R_{\mathrm{m}} + R_x)} = ER_{\mathrm{m}} \Big/ \Big(R_{\mathrm{m}} + \frac{K_{\mathrm{cell}}}{\kappa}\Big)$$

式中，K_{cell} 为电导池常数。从上式可知，当 E、R_{m} 和 K_{cell} 均为常数时，电导率 κ 的变化必将引起 E_{m} 变化。因此，当将 E_{m} 送至交流放大器放大，再经过讯号整流时，就可获得推动表头的直流讯号输出，进而从表头可直读电导率。

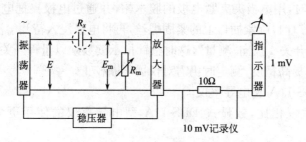

附图 1-29　工作原理图

需要注意的是，由于测量讯号为交流电，将造成电极极片间及电极引线间均出现不可忽视的分布电容 C_0（大约 60pF），电导池则有电抗存在。如果把电导池简单地视作纯电阻测量，将产生较大误差，特别在 $0 \sim 0.1~\mu\mathrm{S} \cdot \mathrm{cm}^{-1}$ 低电导率范围内，该项影响较为显著，通常在电导率仪中采用电容补偿加以消除。

（3）电导率仪的使用方法。

（ⅰ）指针式 DDS-11A 型电导率仪。附图 1-30 是 DDS-11A 型电导率仪的面板图。

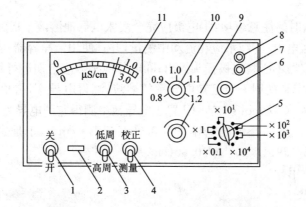

附图 1-30　DDS-11A 型电导率仪的面板图

1. 电源开关；2. 指示灯；3. 高周、低周开关；4. 校正、测量开关；5. 量程选择开关；6. 电容补偿开关；
7. 电极插口；8. 10 mV 输出插口；9. 校正调节器；10. 电极常数调节器；11. 表头

指针式 DDS-11A 型电导率仪的使用方法：

（a）接通电源前观察表针是否指零，若不指零，可调节表头螺丝，使其指零。

（b）接通电源，打开开关 1，预热数分钟。

（c）将校正测量开关 4 扳到"校正"位置，调节校正调节器 9 使电表满刻度指示。

（d）若待测液体的电导率低于 $300~\mu\mathrm{S} \cdot \mathrm{cm}^{-1}$ 时，开关 3 在"低周"位置，若待测液体的电导率为 $300 \sim 10^5 \mu\mathrm{S} \cdot \mathrm{cm}^{-1}$，开关在"高周"位置。

（e）将量程选择开关 5 扳到所需要的测量范围，若预先不知被测液体电导率，应先扳在最大电导率挡，然后逐挡下降。

（f）根据液体电导率的大小选用不同电极。当待测液体的电导率低于 $10~\mu S \cdot cm^{-1}$ 时，使用 DJS-1 型光亮电极；当待测液体的电导率为 $10 \sim 10^4~\mu S \cdot cm^{-1}$ 时，使用 DJS-1 型铂黑电极；当待测液体的电导率大于 $10^4~\mu S \cdot cm^{-1}$ 时，可选用 DJS-10 型铂黑电极。

（g）电极在使用时，用电极夹夹紧电极的胶木帽，并通过电极夹把电极固定在电极杆上，将电插头插入电极插口内，旋紧插口上的紧固螺丝，再将电极浸入待测溶液中。

（h）将校正测量开关 4 拨向"测量"，这时指针指示读数乘以量程开关的倍率，即为待测液的实际电导率。为了提高精度，测定时仍需对仪器不断校正。

（ⅱ）数显式 DDS-11A 型电导率仪。

与指针式电导率仪相比，数显式 DDS-11A 型电导率仪的使用更为简便，具体的操作方法：

（a）将电源插入接地可靠的插座。

（b）将选择开关置于校正位置，开机预热 15～20 min。

（c）将温度补偿置于 25 ℃。选择开关置于校正位置，调节常数调节器，使仪器显示所用电极的电极常数值。

（d）将电极插头插入插口，再将电极浸入待测溶液中。旋温度补偿器示值与待测液相同。

（e）将选择开关置于电导率位置，再选择合适的量程，（量程开关应由第 5 量程挡起逐步转向 4、3、2、1 量程挡）使仪器尽可能显示多位有效数字。此时仪器显示即为溶液的电导率。如使用第 5 量程挡仍显示 1（超量程），应换用常数为 10 的电导电极。使用时常数校正及显示的数值要乘以 10。

（ⅲ）电导率测量时的注意事项：①电极应完全浸入电导池溶液中；②电极的引线、插头应保持干燥，以减少接触电阻；③纯水应在流动中测量，并且使用洁净容器；④保证待测系统的温度恒定；⑤重新校正仪器不必将电极插头拔出；⑥电导池常数应定期进行复查和标定。

电导池常数的测定是利用一个已知电导率的溶液，测得电导率，再根据 $K_{cell} = \kappa R$ 计算。例如，25 ℃时，浓度为 $0.02~mol \cdot L^{-1}$ KCl 置于电导池中测得它的电导为 2914 μS。由表查得 25 ℃ 时 $0.02~mol \cdot L^{-1}$ KCl 溶液的电导率为 $0.002768~S \cdot cm^{-1}$，于是这个电极的常数即为 $K_{cell} = \kappa R = 0.002768/(2914 \times 10^{-6}) = 0.95(cm^{-1})$。

3）电导测定的应用

（1）检验水的纯度。

蒸馏水的电导率 κ 约为 $10^{-3} S \cdot m^{-1}$，去离子水或称高纯度的"电导水"的电导率应小于 $10^{-4}~S \cdot m^{-1}$，纯水的电导率为 $5.5 \times 10^{-6}~S \cdot m^{-1}$。

（2）测量难溶盐的溶解度。

例如，$PbSO_4$ 难溶盐的溶解度测定，方法是先测 $PbSO_4$ 饱和溶液的电导率 κ（溶液），再测纯水的 κ（水），则

$$\kappa(溶液) = \kappa(盐) + \kappa(水)$$

$$\Lambda_m^\infty(难溶盐) = \frac{k(难溶盐)}{c} = \frac{k(溶液) - k(H_2O)}{c}$$

$$\Lambda_m(难溶盐) = \Lambda_m^\infty(难溶盐)$$

根据上式，求得溶液的摩尔浓度 c，再求出溶解度。

（3）临界胶束浓度的测定。

离子型表面活性剂水溶液在达到表面饱和吸附后,便进入形成胶束的状态,溶液的电导性质产生转折点。据此,配制不同浓度的系列溶液,作电导对于浓度的 G - c 图,曲线转折点即为临界胶束浓度。

（4）动力学测乙酸乙酯皂化二级反应的速率常数。

乙酸乙酯皂化反应过程中,OH^- 的迁移率比 $CHCOO^-$ 的迁移率大得多,随着皂化反应的进程,OH^- 不断减少,而 $CHCOO^-$ 不断增加,体系的电导不断下降,根据

$$\frac{G_0 - G_t}{G_t - G_\infty} = ckt$$

以 $\frac{G_0 - G_t}{G_t - G_\infty}$ - t 作图,由直线斜率便可求得速率常数 k。

4）电导滴定

在滴定过程中,离子浓度不断变化,电导率也不断变化,利用电导率变化的转折点,确定滴定终点。电导滴定的优点是不用指示剂,对有色溶液和沉淀反应都能得到较好的效果,并能自动纪录。例如,用 NaOH 标准溶液滴定 HCl,用 NaOH 滴定 HAc,用 $BaCl_2$ 滴定 Ti_2SO_4,产物 $BaSO_4$ 和 TiCl 均为沉淀。

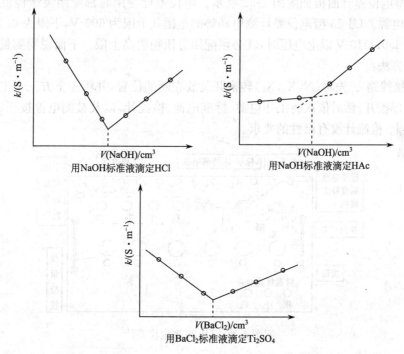

用NaOH标准液滴定HCl

用NaOH标准液滴定HAc

用BaCl₂标准液滴定Ti₂SO₄

二、电池电动势的测量及仪器

电池电动势是指外电流为零时的两电极间的电势差,因此不能直接用伏特计测量,一般用直流电位差计并配以饱和式标准电池和检流计测量。电位差计可分为高阻型和低阻型两类,使用时可根据待测系统的不同选用不同类型的电位差计。通常高电阻系统选用高阻型电位差计,低电阻系统选用低阻型电位差计。但不管电位差计的类型如何,其测量原理均为对消法（或补偿法）,以保证体系在可逆的条件下测量。下面具体以 UJ-25 型电位差计为例,说明其原理及使用方法。

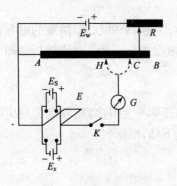

附图 1-31　对消法测定电动势
的原理示意图

E_w. 工作电池；R. 可变电阻；AB. 滑线电
阻；C、H. 滑动接触点；E_s. 标准电池；
E_x. 被测原电池；G. 检流计；K. 换向开关

1. UJ-25 型电位差计

1) 测量原理

UJ-25 型直流电位差计属于高阻电位差计，它适用于测量内阻较大的电源电动势，以及较大电阻上的电压降等。由于工作电流小，线路电阻大，故在测量过程中工作电流变化很小，因此需要高灵敏度的检流计。它的主要特点是测量时几乎不损耗被测对象的能量，测量结果稳定、可靠，而且有很高的准确度，因此被教学、科研部门广泛使用。附图 1-31 是对消法测定电动势的原理示意图。从图可知电位差计由三个回路组成：工作电流回路、标准回路和测量回路。待测电池的可逆电动势为

$$E_x = E_s \frac{\overline{AH}}{\overline{AC}}$$

2) 使用方法

UJ-25 型电位差计面板如附图 1-32 所示。电位差计使用时都配用灵敏检流计和标准电池以及工作电源。UJ-25 型电位差计测电动势的范围其上限为 600 V，下限为 0.000001 V，但当测量高于 1.911110 V 以上电压时，就必须配用分压箱提高上限。下面说明测量 1.911110 V 以下电压的方法：

（1）连接线路 。先将(N, X_1, X_2)转换开关放在断的位置，并将左下方三个电计按钮（粗、细、短路）全部松开，然后依次将工作电源、标准电池、检流计，以及被测电池按正、负极性接在相应的端钮上，检流计没有极性的要求。

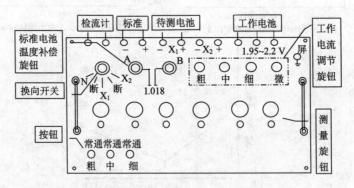

附图 1-32　UJ-25 型电位差计

（2）调节工作电压（标准化）。将室温时的标准电池电动势值算出。

对于镉汞标准电池，温度校正公式为

$$E_t = E_0 - 4.06 \times 10^{-5}(t/℃ - 20) - 9.5 \times 10^{-7}(t/℃ - 20)^2$$

式中，E_t 为室温 t 时标准电池电动势；$E_0 = 1.0186$ V，为标准电池在 20 ℃时的电动势。调节温度补偿旋钮（A，B），使数值为校正后的标准电池电动势。

将(N, X_1, X_2)转换开关放在 N（标准）位置上，按"粗"电计旋钮，旋动右上方（粗、中、细、微）四个工作电流调节旋钮，使检流计示零，再按"细"电计按钮，重复上述操作。注意按电计按

钮时,不能长时间按住不放,需要"按"和"松"交替进行。

(3) 测量未知电动势。将(N,X_1,X_2)转换开关放在 X_1 或 X_2(未知)的位置,按下电计"粗",由左向右依次调节六个测量旋钮,使检流计示零。然后按下电计"细"按钮,重复以上操作使检流计示零。读取六个旋钮下方小孔示数的总和即为电池的电动势。

3) 注意事项

(1) 测量过程中,若发现检流计受到冲击,应迅速按下短路按钮,以保护检流计。

(2) 由于工作电源的电压会发生变化,故在测量过程中要经常标准化。另外,新制备的电池电动势也不够稳定,应隔数分钟测一次,最后取平均值。

(3) 测定时电计按钮按下的时间应尽量短,以防止电流通过而改变电极表面的平衡状态。

若在测定过程中,检流计一直向一边偏转,找不到平衡点,这可能是电极的正、负号接错,线路接触不良,导线有断路,工作电源电压不够等原因引起,应该进行检查。

(4) 电动势测定的应用。电池电动势测量的应用意义广泛。例如,①计算化学反应的热力学函数值的变化;②测量溶液的 pH;③计算平衡常数,判断氧化还原反应的方向;④计算难溶盐的溶度积;⑤测求标准电极电势,计算离子的活度系数;⑥电位滴定,确定某些容量分析过程的滴定终点。

此外,电动势测定还在离子选择性电极、电势-pH 图等方面有重要的应用。

2. 其他配套仪器及设备

1) 盐桥

当原电池存在两种电解质界面时,便产生一种称为液体接界电势(液接电势)的电动势,它干扰电池电动势的测定。减小液体接界电势的办法常用盐桥。

(1) 常用盐桥的制备。将 3~4 g 琼脂和 30~40 g KCl 放在大约 100 mL 水中,加热溶解至沸腾(琼脂溶液),稍冷却后倒入或吸入玻璃弯管中,装满为止。温度降低后,部分 KCl 在琼脂中析出,玻璃管中出现白色的斑点,即可制备得到盐桥。

(2) 盐桥溶液的条件。

(ⅰ) 盐桥中正、负离子的迁移速率近似相等 $\nu_+ \approx \nu_-$,以保证液接电势 $E_j \approx 0$。常用盐桥溶液为饱和 KCl、KNO_3 和 NH_4NO_3 溶液等。

(ⅱ) 盐桥中盐浓度要很高,常用饱和溶液。

(ⅲ) 盐桥溶液不能与两端电池溶液发生反应。

(ⅳ) 盐桥只能降低液接电势,但不能完全消除,只有电池反串联才能完全消除 E_j,但化学反应和电动势都会改变。

2) 标准电池

标准电池是电化学实验中基本校验仪器之一,它分为饱和式和不饱和式标准电池两种。饱和式标准电池的温度系数大,具有优异的可逆性、重现性和稳定性,常用于精密测量;不饱和式标准电池的温度系数小,可逆性较差,常用于不太精密测量。附图 1-33 是饱和式惠斯通标准电池的构造简图。该类电池由一 H 型管构成,负极为

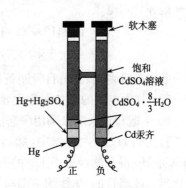

附图 1-33　饱和式标准电池构造图

含镉 12.5% 的镉汞齐, 正极为汞和硫酸亚汞的糊状物, 两极之间盛有硫酸镉饱和溶液, 管的顶端密封。电池反应如下:

负极　　　　　　　　　　　　　　$Cd(Hg) \longrightarrow Cd^{2+} + Hg(l) + 2e^-$

正极　　　　　　　　　　　　　　$Hg_2SO_4(s) + 2e^- \longrightarrow 2Hg(l) + SO_4^{2-}$

电池反应　$Hg_2SO_4(s) + Cd(Hg)(a) + 8/3H_2O \longrightarrow CdSO_4 \cdot 8/3H_2O(s) + Hg(l)$

　　饱和式惠斯通标准电池正极的温度系数约为 310 $\mu V/℃$, 负极约为 350 $\mu V/℃$。由于负极的温度系数比正极的大, 所以升温的总结果是构成电池的两半电池的电极电势之差反而减小, 即呈现负温度系数, 温度升高 1 ℃ 电动势约减小 0.05 mV。电动势与温度的关系为

$$E_t/V = 1.0186/V - 4.06 \times 10^{-5}(t/℃ - 20) - 9.5 \times 10^{-7}(t/℃ - 20)^2$$

　　使用标准电池时应注意:

　　(1) 标准电池是电压测量的标准量具, 不得作为电源使用, 操作时应短暂地、间断地使用, 一般不允许放电电流超过 0.1 mA, 决不允许电池短路。

　　(2) 适用环境温度是 4～40 ℃, 且温度起伏不大。

　　(3) 正、负极不能接错。

　　(4) 水平放置, 注意不能振荡, 不能倒置, 携取要平稳。

　　(5) 不能用万用电表直接测量标准电池。

　　(6) 电池未加套勿直接暴露于日光下, 否则会使硫酸亚汞变质, 电动势下降。

　　(7) 按规定时间, 需要对标准电池进行计量校正。

　　3) 常用电极

　　(1) 甘汞电极。甘汞电极是实验室中常用的参比电极, 具有装置简单、可逆性高、制作方便、电势稳定、温度系数小等优点, 其表示形式为 $Hg\text{-}Hg_2Cl_2(s) \mid KCl(a)$。根据 KCl 浓度不同, 甘汞电极分为饱和甘汞电极、1 $mol \cdot L^{-1}$ 甘汞电极和 0.1 $mol \cdot L^{-1}$ 甘汞电极。三种甘汞电极的电极反应均为 $Hg_2Cl_2(s) + 2e^- \longrightarrow 2Hg(l) + 2Cl^-(a_{Cl^-})$, 其在 298 K 时的电极电势和温度系数分别为

　　0.1 $mol \cdot L^{-1}$ 甘汞电极

$$E/V = 0.3337 - 8.75 \times 10^{-5}(t/℃ - 25) - 3 \times 10^{-6}(t/℃ - 25)^2$$

　　1.0 $mol \cdot L^{-1}$ 甘汞电极

$$E/V = 0.2801 - 2.75 \times 10^{-4}(t/℃ - 25) - 2.50 \times 10^{-6}(t/℃ - 25)^2$$
$$- 4 \times 10^{-9}(t/℃ - 25)^3$$

　　饱和甘汞电极

$$E/V = 0.2412 - 6.61 \times 10^{-4}(t/℃ - 25) - 1.75 \times 10^{-6}(t/℃ - 25)^2$$
$$- 9.0 \times 10^{-10}(t/℃ - 25)^3$$

作为参比电极, 实验室可自行制备各类甘汞电极。

　　(2) 甘汞电极的制备方法主要有:

　　(i) 饱和甘汞电极采用研磨法。

　　首先把 Hg 放入容器中, 然后把甘汞 (Hg_2Cl_2) 和少量汞放入乳钵中研磨, 将研磨成的 $Hg_2Cl_2\text{-}Hg$ 混合物静置于 Hg 的表面, 接着慢慢加入饱和 KCl 溶液, 最后引出导线即可 (一般是让封入玻璃管的 Pt 线的一端与 Hg 接触)。

　　(ii) 1 $mol \cdot L^{-1}$ 甘汞电极可用电解法 (附图 1-34)。首先在电极管中装入纯汞, 汞的量要

使汞面达到电极管的粗管部分以使汞有较大的
表面。插入铂丝电极（铂丝电极需全部插入汞
中），并吸入 1 mol·L^{-1} KCl 溶液。将电极管如
附图 1-34 装置后，以另一铂丝电极为阴极进行
通电，控制电流到铂丝电极上有气泡逸出即可。
通电时间约 30 min，使汞面上镀一薄层甘汞。
随后取下电极管，以 1 mol·L^{-1} KCl 溶液轻轻
冲几次，再装满即为 1 mol·L^{-1}甘汞电极。

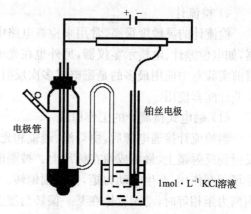

附图 1-34　电解法制备甘汞电极的装置图

使用甘汞电极时应注意：

（a）由于甘汞电极在高温时不稳定，故甘汞
电极一般适用于 70 ℃以下的测量。

（b）甘汞电极不宜用在强酸、强碱性溶液中，因为此时的液接电势较大，而且甘汞可能被
氧化。

（c）如果被测溶液中不允许含有氯离子，应避免直接插入甘汞电极。

（d）应注意甘汞电极的清洁，不得使灰尘或局外离子进入该电极内部。

（e）当电极内溶液太少时应及时补充。

（ⅲ）铂黑电极。铂黑电极是在铂片上镀一层颗粒较小的黑色金属铂所组成的电极，这是
为了增大铂电极的表面积。

电镀前一般需进行铂表面处理。对新制作的铂电极，可放在热的氢氧化钠乙醇溶液中，浸
洗 15 min 左右，以除去表面油污，然后在浓硝酸中煮几分钟，取出用蒸馏水冲洗。已长时间使
用的老化的铂黑电极可浸在 40～50 ℃的混酸（硝酸∶盐酸∶水＝1∶3∶4，体积比）中，洗去铂
黑，再经过浓硝酸煮 3～5 min 以去氯，最后用水冲洗。以处理过的铂电极为阴极，另一铂电极
为阳极，在 0.5 mol·L^{-1}硫酸中电解 10～20 min，以消除氧化膜。观察电极表面出氢是否均
匀，若有大气泡产生则表明有油污，应重新处理。在处理过的铂片上镀铂黑，一般采用电解法，
电解液的配制如下：3 g 氯铂酸（H_2PtCl_6）和 0.08g 乙酸铅（$PbAc_2$·$3H_2O$）溶于 100 mL 蒸馏
水。电镀时将处理好的铂电极作为阴极，另一铂电极作为阳极。阴极电流 15 mA 左右，电镀
约 20 min。如所镀的铂黑一洗即落，则需重新处理。铂黑不宜镀的太厚，但太薄又易老化和
中毒。

（ⅳ）Ag-AgCl 电极。Ag-AgCl 电极也是常用的参比电极，其电极反应为

$$AgCl(s) + e^- \longrightarrow Ag(s) + Cl^- (a_{Cl^-})$$

在 298 K 时，其电极电势随电解质浓度的改变而不同，见附表 1-5。

附表 1-5　Ag-AgCl 参比电极的电极电势与电解质溶液浓度的关系

[KCl]/(mol·L^{-1})	0.1	1.0	饱和
电极电势/V	0.288	0.22234	0.1981

Ag-AgCl 电极通常通过热分解法和电镀法制备。电镀法的制备方法如下：取一根洁净的
银丝（预先用 3 mol·L^{-1} HNO_3 溶液浸洗）与一根铂丝，均插入 0.1 mol·L^{-1} HCl 溶液中，外
接直流电源和可调电阻进行电镀。控制电流密度为 0.4 mA·cm^{-2}，通电约 30 min，在阳极
的银丝表面即镀上一层 AgCl。用去离子水洗净后，浸入指定浓度的 KCl 溶液中保存待用。

4）检流计

检流计的灵敏度很高，常用来检查电路中有无电流通过。主要用于平衡式直流电测量仪器，如电位差计、电桥示零仪器，另外也在光-电测量、差热分析等实验中测量微弱的直流电流。目前实验室中使用最多的是磁电式多次反射光点检流计，它可以和分光光度计及 UJ-25 型电位差计配套使用。

（1）磁电式检流计的工作原理。

当检流计接通电源后，由灯泡、透镜和光栏构成的光源发射出一束光，投射到平面镜上，又反射到反射镜上，最后成像在标尺上。被测电流经悬丝通过动圈时，产生的磁场与永久磁铁的磁场相互作用，产生转动力矩，使动圈偏转。但动圈的偏转又使悬丝的扭力产生反作用力矩，当两力矩相等时，动圈就停在某一偏转角度上。因平面镜随动圈而转动，所以在标尺上光点移动距离的大小与电流的大小成正比。

（2）AC15 型检流计使用方法。

（ⅰ）首先检查电源开关所指示的电压是否与所使用的电源电压一致，然后接通电源。

（ⅱ）旋转零点调节器，将光点准线调至零位。

（ⅲ）用导线将输入接线柱与电位差计"电计"接线柱接通。

（ⅳ）测量时先将分流器开关旋至最低灵敏度挡（0.01 挡），然后逐渐增大灵敏度进行测量（"直接"挡灵敏度最高）。

（ⅴ）在测量中若光点剧烈摇晃，可按电位差计短路键，使其受到阻尼作用而停止摇晃。

（ⅵ）实验结束或移动检流计时，应将分流器开关置于"短路"，以防止损坏检流计。

（3）检流计使用时的注意点。

（ⅰ）检流计的灵敏度需与电位差计的精密度相适应。若测量回路的总电阻值为 R，电位差计的精密度为 ΔE，则检流计的电流检测灵敏度 S 应小于 $\Delta E/R$ 值。习惯上检流计的电流检测灵敏度用检流计的分度值表示，即光点在标尺上每偏转 1 mm 所需要的电流。利用此关系可以计算与电位差计配套的检流计所应有的灵敏度。例如，电位差计 $\Delta E=1\times10^{-5}$ V，$R=1\times10^{3}$ Ω，则 $S=\Delta E/R=1\times10^{-8}$ A·mm^{-1}。

（ⅱ）使用检流计时还必须选择在合适的阻尼状态下工作，由于检流计的电流灵敏度指标与阻尼时间往往有矛盾，因此应在满足电流灵敏度要求的前提下，尽量选用阻尼时间短的检流计。

专题 Ⅴ　光学测量技术及仪器

光与物质相互作用可以产生各种光学现象（如光的折射、反射、散射、透射、吸收、旋光以及物质受激辐射等），通过分析研究这些光学现象，可以提供原子、分子及晶体结构等方面的大量信息。所以，不论在物质的成分分析、结构测定及光化学反应等方面都离不开光学测量。下面介绍物理化学实验中常用的几种光学测量仪器。

一、阿贝折射仪

折射率是物质的重要物理常数之一，许多纯物质都具有一定的折射率，如果其中含有杂质，则折射率将发生变化，出现偏差，杂质越多，偏差越大。因此通过折射率的测定，可以测定物质的浓度。

1. 阿贝折射仪的构造原理

阿贝折射仪的外形图如附图 1-35 所示。

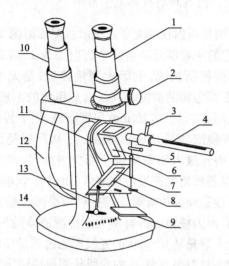

附图 1-35　阿贝折射仪外形图

1. 测量望远镜；2. 消色散手柄；3. 恒温水入口；4. 温度计；5. 测量
棱镜；6. 铰链；7. 辅助棱镜；8. 加液槽；9. 反射镜；10. 读数望远
镜；11. 转轴；12. 刻度盘罩；13. 闭合旋钮；14. 底座

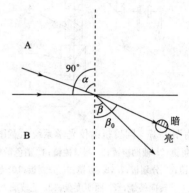

附图 1-36　光的折射

当一束单色光从介质Ⅰ进入介质Ⅱ（两种介质的密度不同）时，光线在通过界面时改变了方向，这一现象称为光的折射，如附图 1-36 所示。

光的折射现象遵从折射定律：

$$\frac{\sin\alpha}{\sin\beta} = \frac{n_{\mathrm{II}}}{n_{\mathrm{I}}} = n_{\mathrm{I,II}} \qquad (\text{V}-1)$$

式中，α 为入射角；β 为折射角；n_{I}、n_{II} 为交界面两侧两种介质的折射率；$n_{\mathrm{I,II}}$ 为介质Ⅱ对介质Ⅰ的相对折射率。

若介质Ⅰ为真空，因规定 $n = 1.0000$，故 $n_{\mathrm{I,II}} = n_{\mathrm{II}}$ 为绝对折射率。但介质Ⅰ通常为空气，空气的绝对折射率为 1.00029，这样得到的各物质的折射率称为常用折射率，也称为对空气的相对折射率。同一物质两种折射率之间的关系为

$$绝对折射率 = 常用折射率 \times 1.00029$$

根据式（Ⅴ-1）可知，当光线从一种折射率小的介质Ⅰ射入折射率大的介质Ⅱ时（$n_{\mathrm{I}} < n_{\mathrm{II}}$），入射角一定大于折射角（$\alpha > \beta$）。当入射角增大时，折射角也增大，设当入射角 $\alpha = 90°$ 时，折射角为 β_0，此折射角称为临界角。因此，当在两种介质的界面上以不同角度射入光线时（入射角 α 从 $0° \sim 90°$），光线经过折射率大的介质后，其折射角 $\beta \leqslant \beta_0$。其结果是大于临界角的部分无光线通过，成为暗区；小于临界角的部分有光线通过，成为亮区。临界角成为明暗分界线的位置，如图 1-36 所示。

另外，式（Ⅴ-1）可进一步转化为

$$n_{\mathrm{I}} = n_{\mathrm{II}} \frac{\sin\beta_0}{\sin\alpha} = n_{\mathrm{II}} \cdot \sin\beta_0 \qquad (\text{V}-2)$$

从式(V-2)可知,当固定一种介质时,临界折射角 β_0 与被测物质的折射率是简单的函数关系,这就是阿贝折射仪的设计原理。

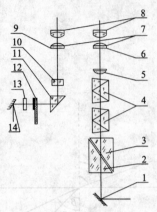

附图 1-37　阿贝折射仪光学系统示意图
1. 反射镜;2. 辅助棱镜;3. 测量棱镜;4. 消色散棱镜;
5. 物镜;6. 分划板;7,8. 目镜;9. 分划板;10. 物镜;
11. 转向棱镜;12. 照明度盘;13. 毛玻璃;
14. 小反光镜

2. 阿贝折射仪的光学系统

阿贝折射仪的光学系统示意图如附图 1-37 所示,它的主要部分是由两个折射率为 1.75 的玻璃直角棱镜所构成,上部为测量棱镜,是光学平面镜,下部为辅助棱镜。其斜面是粗糙的毛玻璃,两者之间有 0.1~0.15 mm 厚度空隙,用于装待测液体,并使液体展开成一薄层。当从反射镜反射来的入射光进入辅助棱镜至粗糙表面时,产生漫散射,以各种角度透过待测液体,而从各个方向进入测量棱镜而发生折射。其折射角都落在临界角 β_0 之内,因为棱镜的折射率大于待测液体的折射率,因此入射角从 $0°\sim90°$ 的光线都通过测量棱镜发生折射。具有临界角 β_0 的光线从测量棱镜出来反射到目镜上,此时若将目镜十字线调节到适当位置,

则会看到目镜上呈半明半暗状态。折射光都应落在临界角 β_0 内,成为亮区,其他部分为暗区,构成了明暗分界线。

根据式(V-2)可知,只要已知棱镜的折射率 $n_{棱}$,通过测定待测液体的临界角 β_0,就能求得待测液体的折射率 $n_{液}$。由于折射率的测定通常在大气环境下进行,β_0 值的测定很不方便,实验室中通常测定折射光从棱镜出来进入空气又产生折射的折射角 β'_0。$n_{液}$ 与 β'_0 之间的关系为

$$n_{液} = \sin r\sqrt{n_{棱}^2 - \sin^2\beta'_0} - \cos r \cdot \sin\beta'_0 \qquad (V\text{-}3)$$

式中,r 为常数;$n_{棱} = 1.75$。测出 β'_0 即可求出 $n_{液}$。因为在设计折射仪时已将 β'_0 换算成 $n_{液}$ 值,故从折射仪的标尺上可直接读出液体的折射率。

需要注意的是,在实际测量折射率时,我们使用的入射光不是单色光,而是使用由多种单色光组成的普通白光。因不同波长光的折射率不同而产生色散,在目镜中将看到一条彩色的光带,而没有清晰的明暗分界线,为此,在阿贝折射仪中安置了一套消色散棱镜(又称补偿棱镜)。通过调节消色散棱镜,使从测量棱镜出来的色散光线消失,明暗分界线清晰,此时测得的液体的折射率相当于用单色光钠光 D 线所测得的折射率 n_D。

3. 阿贝折射仪的使用方法

(1) 仪器安装。将阿贝折射仪安放在光亮处,但应避免阳光的直接照射,以免液体试样受热迅速蒸发。用超级恒温槽将恒温水通入棱镜夹套内,检查棱镜上温度计的读数是否符合要求[一般选用(20.0±0.1)℃或(25.0±0.1)℃]。

(2) 加样。旋开测量棱镜和辅助棱镜的闭合旋钮,使辅助棱镜的磨砂斜面处于水平位置。若棱镜表面不清洁,可滴加少量丙酮,用擦镜纸顺单一方向轻擦镜面(不可来回擦)。待镜面洗净干燥后,用滴管滴加数滴试样于辅助棱镜的毛镜面上,迅速合上辅助棱镜,旋紧闭合旋钮。若液体易挥发,动作要迅速,或先将两棱镜闭合,然后用滴管从加液孔中注入试样(注意切勿将

滴管折断在孔内)。

(3) 调光。转动镜筒使之垂直,调节反射镜使入射光进入棱镜,同时调节目镜的焦距,使目镜中十字线清晰明亮。调节消色散补偿器使目镜中彩色光带消失。再调节读数螺旋,使明暗的界面恰好同十字线交叉处重合。

(4) 读数。从读数望远镜中读出刻度盘上的折射率数值。常用的阿贝折射仪可读至小数点后的第四位,为了使读数准确,一般应将试样重复测量三次,每次相差不能超过 0.0002,然后取平均值。

4. 阿贝折射仪的使用注意事项

阿贝折射仪是一种精密的光学仪器,使用时应注意以下几点:

(1) 使用时要注意保护棱镜,清洗时只能用擦镜纸而不能用滤纸等。加试样时不能将滴管口触及镜面。对于酸、碱等腐蚀性液体不得使用阿贝折射仪。

(2) 每次测定时,试样不可加得太多,一般只需加 2~3 滴即可。

(3) 要注意保持仪器清洁,保护刻度盘。每次实验完毕,要在镜面上加几滴丙酮,并用擦镜纸擦干。最后用两层擦镜纸夹在两棱镜镜面之间,以免镜面损坏。

(4) 读数时,有时在目镜中观察不到清晰的明暗分界线,而是畸形的,这是由于棱镜间未充满液体;若出现弧形光环,则可能是由于光线未经过棱镜而直接照射到聚光透镜上。

(5) 若待测试样折射率不在 1.3~1.7,则阿贝折射仪不能测定,也看不到明暗分界线。

5. 阿贝折射仪的校正和保养

阿贝折射仪刻度盘的标尺零点有时会发生移动,必须加以校正。校正的方法一般是用已知折射率的标准液体,常用纯水。通过仪器测定纯水的折射率,读取数值,如与该条件下纯水的标准折射率不符,应调整刻度盘上的数值直至相符。也可用仪器出厂时配备的折光玻璃校正,具体方法一般在仪器说明书中有详细介绍。

阿贝折射仪使用完毕,要注意保养。应清洁仪器,如果光学零件表面有灰尘,可用高级麂皮或脱脂棉轻擦后,再用洗耳球吹去。如有油污,可用脱脂棉蘸少许汽油轻擦后再用乙醚擦干净。用毕,将仪器放入有干燥剂的箱内,放置于干燥、空气流通的室内,防止仪器受潮。搬动仪器时应避免强烈振动和撞击,防止光学零件损伤而影响精度。

二、旋光仪

1. 旋光现象和旋光度

一般光源发出的光,其光波在垂直于传播方向的一切方向上振动,这种光称为自然光,或称非偏振光;而只在一个方向上有振动的光称为平面偏振光。当一束平面偏振光通过某些物质时,其振动方向会发生改变,此时光的振动面旋转一定的角度,这种现象称为物质的旋光现象,这种物质称为旋光物质。旋光物质使偏振光振动面旋转的角度称为旋光度。尼柯尔(Nicol)棱镜就是利用旋光物质的旋光性而设计的。

2. 旋光仪的构造原理和结构

旋光仪的主要元件是两块尼柯尔棱镜。尼柯尔棱镜是由两块方解石直角棱镜沿斜面用加

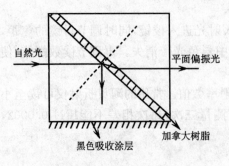

附图 1-38　尼柯尔棱镜

拿大树脂黏合而成,如附图 1-38 所示。

当一束单色光照射到尼柯尔棱镜时,分解为两束相互垂直的平面偏振光,一束折射率为 1.658 的寻常光,一束折射率为 1.486 的非寻常光,这两束光线到达加拿大树脂黏合面时,折射率大的寻常光(加拿大树脂的折射率为 1.550)被全反射到底面上的黑色涂层并被吸收,而折射率小的非寻常光则通过棱镜,这样就获得了一束单一的平面偏振光。用于产生平面偏振光的棱镜称为起偏镜,如让起偏镜产生的偏振光照射到另一个透射面与起偏镜透射面平行的尼柯尔棱镜,则这束平面偏振光也能通过第二个棱镜,如果第二个棱镜的透射面与起偏镜的透射面垂直,则由起偏镜出来的偏振光完全不能通过第二个棱镜。如果第二个棱镜的透射面与起偏镜的透射面之间的夹角 θ 为 $0°\sim90°$,则光线部分通过第二个棱镜,此第二个棱镜称为检偏镜。通过调节检偏镜,能使透过的光线强度在最强和零之间变化。如果在起偏镜与检偏镜之间放有旋光性物质,则由于物质的旋光作用,使来自起偏镜的光的偏振面改变了某一角度,只有检偏镜也旋转同样的角度,才能补偿旋光线改变的角度,使透过的光强与原来相同。旋光仪就是根据这种原理设计的。附图 1-39 是旋光仪的构造示意图。附图 1-40 列出了 WXG-4 型旋光仪的光学系统图。

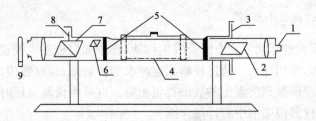

附图 1-39　旋光仪构造示意图

1. 目镜;2. 检偏棱镜;3. 圆形标尺;4. 样品管;5. 窗口;6. 半暗角器件;7. 起偏棱镜;8. 半暗角调节;9. 光源

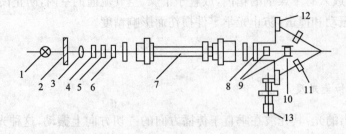

附图 1-40　WXG-4 型旋光仪的光学系统图

1. 光源;2. 毛玻璃;3. 聚光镜;4. 滤色镜;5. 起偏镜;6. 半波片;7. 样品管;8. 检偏镜;9. 物、目镜组;10. 调焦手轮;11. 读数放大镜;12. 度盘及游标;13. 度盘转动手轮

通过检偏镜用肉眼判断偏振光通过旋光物质前后的强度是否相同是十分困难的,这样会产生较大的误差,为此设计了一种在视野中分出三分视界的装置。其原理是,在起偏镜后放置一块狭长的石英片,由起偏镜透过来的偏振光通过石英片时,由于石英片的旋光性,使偏振旋

转了一个角度 Φ,通过镜前观察,光的振动方向如附图 1-41 所示。

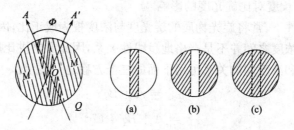

附图 1-41　三分视野示意图

A 是通过起偏镜的偏振光的振动方向,A' 是又通过石英片旋转一个角度后的振动方向,此两偏振方向的夹角 Φ 称为半暗角($\Phi=2°\sim3°$),如果旋转检偏镜使透射光的偏振面与 A' 平行,在视野中将观察到:中间狭长部分较明亮,而两旁较暗,这是由于两旁的偏振光不经过石英片,如附图 1-41 (b)所示。如果检偏镜的偏振面与起偏镜的偏振面平行(在 A 的方向时),在视野中将是中间狭长部分较暗而两旁较亮,如附图 1-41 (a)。当检偏镜的偏振面处于 $\frac{\Phi}{2}$ 时,两旁直接来自起偏镜的光偏振面被检偏镜旋转了 $\frac{\Phi}{2}$,而中间被石英片转过角度 Φ 的偏振面对被检偏镜旋转角度 $\frac{\Phi}{2}$,这样中间和两边的光偏振面都被旋转了 $\frac{\Phi}{2}$,故视野呈微暗状态,且三分视野内的暗度是相同的,如附图 1-41 (c),将这一位置作为仪器的零点,在每次测定时,调节检偏镜使三分视界的暗度相同,然后读数。

3. 影响旋光度的因素

1) 溶剂的影响

旋光物质的旋光度主要取决于物质本身的结构。另外,还与光线透过物质的厚度、测量时所用光的波长和温度有关。如果被测物质是溶液,影响因素还包括物质的浓度,溶剂也有一定的影响。因此,旋光物质的旋光度,在不同的条件下,测定结果通常不一样。因此一般用比旋光度作为量度物质旋光能力的标准,其定义式为

$$[\alpha]_t^D = \frac{10\alpha}{Lc}$$

式中,D 表示光源,通常为钠光 D 线;t 为实验温度,α 为旋光度;L 为液层厚度,单位为 cm;c 为被测物质的浓度[以每毫升溶液中含有样品的质量(单位:g)表示]。在测定比旋光度 $[\alpha]_t^D$ 值时,应说明使用什么溶剂,如不说明一般指水为溶剂。

2) 温度的影响

温度升高会使旋光管膨胀而长度加长,从而导致待测液体的密度降低。另外,温度变化还会使待测物质分子间发生缔合或解离,使旋光度发生改变。通常温度对旋光度的影响,可用下式表示:

$$[\alpha]_t^\lambda = [\alpha]_{20}^D + Z(t-20)$$

式中,t 为测定时的温度;Z 为温度系数。

不同物质的温度系数不同,一般为 $-(0.01\sim0.04)℃^{-1}$。为此,在实验测定时必须恒温,

旋光管上装有恒温夹套,与超级恒温槽连接。

3) 浓度和旋光管长度对比旋光度的影响

在一定的实验条件下,常将旋光物质的旋光度与浓度视为成正比,因为将比旋光度作为常数。而旋光度和溶液浓度之间并不是严格地呈线性关系,因此严格讲比旋光度并非常数,在精密的测定中比旋光度和浓度间的关系可用下面的三个方程之一表示:

$$[\alpha]_t^\lambda = A + Bq$$

$$[\alpha]_t^\lambda = A + Bq + Cq^2$$

$$[\alpha]_t^\lambda = A + \frac{Bq}{C + q}$$

式中,q 为溶液的百分浓度;A、B、C 为常数,可以通过不同浓度的几次测量确定。

旋光度与旋光管的长度成正比。旋光管通常有 10 cm、20 cm、22 cm 三种规格,经常使用的是 10 cm 长度的。但对旋光能力较弱或者较稀的溶液,为提高准确度,降低读数的相对误差,需用 20 cm 或 22 cm 长度的旋光管。

4. 旋光仪的使用方法

首先打开钠光灯,稍等几分钟,待光源稳定后,从目镜中观察视野,如不清楚可调节目镜焦距。

选用合适的样品管并洗净,充满蒸馏水(应无气泡),放入旋光仪的样品管槽中,调节检偏镜的角度使三分视野的暗度相同,读出刻度盘上的刻度并将此角度作为旋光仪的零点。

零点确定后,将样品管中蒸馏水换为待测溶液,按同样方法测定,此时刻度盘上的读数与零点时读数之差即为该样品的旋光度。

5. 使用注意事项

旋光仪在使用时,需通电预热几分钟,但钠光灯使用时间不宜过长。

旋光仪是比较精密的光学仪器,使用时,仪器金属部分切忌沾污酸、碱,防止腐蚀。光学镜片部分不能与硬物接触,以免损坏镜片。不能随便拆卸仪器,以免影响精度。

6. 自动指示旋光仪结构及测试原理

目前国内生产的旋光仪,其三分视野检测、检偏镜角度的调整采用光电检测器。通过电子放大及机械反馈系统自动进行,最后数字显示。该旋光仪具有体积小、灵敏度高、读数方便、减少人为的观察三分视野明暗度相同时产生的误差,对弱旋光性物质同样适应。

WZZ 型自动数字显示旋光仪,其结构原理如附图 1-42 所示。

该仪器用 20 W 钠光灯为光源,并通过可控硅自动触发恒流电源点燃,光线通过聚光镜、小孔光柱和物镜后形成一束平行光,然后经过起偏镜后产生平行偏振光,这束偏振光经过有法拉第效应的磁旋线圈时,其振动面产生 50 Hz 的一定角度的往复振动,该偏振光线通过检偏镜透射到光电倍增管上,产生交变的光电讯号。当检偏镜的透光面与偏振光的振动面正交时,即为仪器的光学零点,此时出现平衡指示。而当偏振光通过一定旋光度的测试样品时,偏振光的振动面转过一个角度 α,此时光电讯号就能驱动工作频率为 50 Hz 的伺服电机,并通过蜗轮蜗杆带动检偏镜转动 α 而使仪器回到光学零点,此时读数盘上的示值即为所测物质的旋光度。

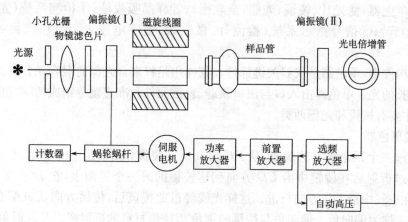

附图 1-42　WZZ 型自动数字显示旋光仪结构原理图

三、分光光度计

1. 吸收光谱原理

物质中分子内部的运动可分为电子的运动、分子内原子的振动和分子自身的转动,因此具有电子能级、振动能级和转动能级。

当分子被光照射时,将吸收能量引起能级跃迁,即从基态能级跃迁到激发态能级。而三种能级跃迁所需能量不同,需用不同波长的电磁波激发。电子能级跃迁所需的能量较大,一般为 $1 \sim 20$ eV,吸收光谱主要处于紫外及可见光区,这种光谱称为紫外及可见光谱。如果用红外线(能量为 $1 \sim 0.025$ eV)照射分子,此能量不足以引起电子能级的跃迁,而只能引发振动能级和转动能级的跃迁,得到的光谱为红外光谱。若以能量更低的远红外线($0.025 \sim 0.003$ eV)照射分子,只能引起转动能级的跃迁,这种光谱称为远红外光谱。由于物质结构不同对上述各能级跃迁所需能量都不一样,因此对光的吸收也就不一样,各种物质都有各自的吸收光带,因而就可以对不同物质进行鉴定分析,这是光度法进行定性分析的基础。

根据朗伯-比尔定律:当入射光波长、溶质、溶剂以及溶液的温度一定时,溶液的吸光度和溶液层厚度及溶液的浓度成正比,若液层的厚度一定,则溶液的吸光度只与溶液的浓度有关:

$$T = \frac{I}{I_0}, \qquad A = -\lg T = \lg \frac{I}{I_0} = \varepsilon l c$$

式中,c 为溶液浓度;A 为某一单色波长下的吸光度;I_0 为入射光强度;I 为透射光强度;T 为透光率;ε 为摩尔吸收系数;l 为液层厚度。当待测物质的厚度 l 一定时,吸光度与被测物质的浓度成正比,这就是光度法定量分析的依据。

2. 分光光度计的构造原理

一束复合光通过分光系统,被分成一系列波长的单色光,任意选取某一波长的光,根据被测物质对光的吸收强弱进行物质的测定分析,这种方法称为分光光度法,分光光度法所使用的仪器称为分光光度计。

分光光度计种类和型号较多,实验室常用的有 72 型、721 型、752 型等。各种型号的分光光度计的基本结构都相同,由五部分组成:①光源(钨灯、卤钨灯、氢弧灯、氖灯、汞灯、氙灯、激光光源);②单色器(滤光片、棱镜、光栅、全息栅);③样品吸收池;④检测系统(光电池、光电管、光电倍增管);⑤信号指示系统(检流计、微安表、数字电压表、示波器、微处理机显像管)。

在基本构件中,单色器是仪器关键部件。其作用是将来自光源的混合光分解为单色光,并提供所需波长的光。单色器由入口与出口狭缝、色散元件和准直镜等组成,其中色散元件是关键性元件,主要有棱镜和光栅两类。

1) 棱镜单色器

光线通过一个顶角为 θ 的棱镜,从 AC 方向射向棱镜,如附图 1-43 所示,在 C 点发生折射。光线经过折射后在棱镜中沿 CD 方向到达棱镜的另一个界面上,在 D 点又一次发生折射,最后光在空气中沿 DB 方向行进。这样光线经过此棱镜后,传播方向从 AA' 变为 BB',两方向的夹角 δ 称为偏向角。偏向角与棱镜的顶角 θ、棱镜材料的折射率以及入射角 i 有关。如果平行的入射光由 λ_1、λ_2、λ_3 三色光组成,且 $\lambda_1 < \lambda_2 < \lambda_3$,通过棱镜后,就分成三束不同方向的光,且偏向角不同。波长越短,偏向角越大,如附图 1-44 所示,$\delta_3 > \delta_2 > \delta_1$,这即为棱镜的分光作用,又称光的色散,棱镜分光器就是根据此原理设计的。

棱镜是分光的主要元件之一,一般是三角柱体。由于其构成材料不同,透光范围也就不同。例如,用玻璃棱镜可得到可见光谱,用石英棱镜可得到可见及紫外光谱,用溴化钾(或氯化钠)棱镜可得到红外光谱等。棱镜单色器示意图如附图 1-45 所示。

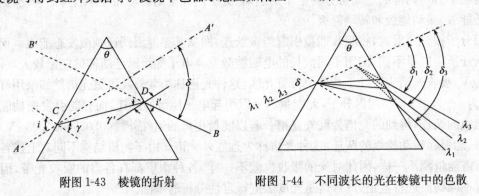

附图 1-43　棱镜的折射　　　　附图 1-44　不同波长的光在棱镜中的色散

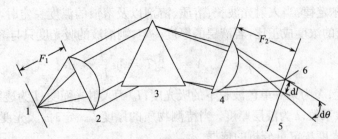

附图 1-45　棱镜单色器示意图

1. 入射狭缝;2. 准直透镜;3. 色散元件;4. 聚焦透镜;5. 焦面;6. 出射狭缝

2) 光栅单色器

单色器还可以用光栅作为色散元件,反射光栅是由磨平的金属表面上刻划许多平行的、等距离的槽构成。辐射由每一刻槽反射,反射光束之间的干涉造成色散。

3. 几种类型的分光光度计简介

1）72 型分光光度计

（1）构造原理及结构。

72 型分光光度计是可见光分光光度计，波长范围为 420～700 nm，它由三大部分组成：磁饱和稳压器、光源、单色光器、测光机构和微电计。其光学系统如附图 1-46 所示。

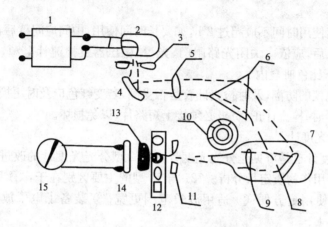

附图 1-46　72 型分光光度计光路图

1. 稳压电源；2. 钨丝灯；3. 入射狭缝；4. 反射镜；5. 透镜；6. 玻璃棱镜；7. 波长凸轮；8. 反射镜；9. 透镜；
10. 波长读数盘；11. 出射狭缝；12. 吸收池架；13. 光量调节；14. 硒光电池；15. 检流计

72 型分光光度计的测量依据是朗伯-比尔定律，它是根据相对测量原理工作的，即先选定某一溶剂作为标准溶液，设定其透光率为 100%，被测试样的透光率是相对于标准溶液而言的，即让单色光分别通过被测试样和标准溶液，两者能量的比值就是在一定波长下对于被测试样的透光率。如附图 1-46 所示，白色光源经入射狭缝、反射镜和透光镜后，变成平行光进入棱镜，色散后的单色光经镀铝的反射镜反射后，再经过透镜并聚光于出射狭缝上，狭缝宽度为 0.32 nm。反射镜和棱镜组装在一可旋转的转盘上并由波长调节器的凸轮带动，转动波长调节器便可以在出光狭缝后面选择到任一波长的单色光。单色光透过样品吸收池后由一光量调节器调节为适度的光通量，最后被光电电池吸收，转换成电流后由微电计指示，从刻度标尺上直接读出透光率的值。

（2）使用方法。

（ⅰ）在仪器通电前，先检查供电电源与仪器所需电压是否相符，然后接通电源。

（ⅱ）把单色光器的光路闸门拨到"黑"光位置，打开微电计开关，指示光点即出现在标尺上，用零位调节器把光点准确调到透光率标尺"0"位上。

（ⅲ）打开稳压器及单色光器的电源开关，把光路闸门拨到红点位置，按顺时针方向调节光量调节器，使微电计的指示光点达到标尺右边上限附近，10 min 后，等硒光电池趋于稳定后开始使用仪器。

（ⅳ）打开比色皿暗箱盖取出比色皿架，将四个比色皿中的一个装入标准溶液或蒸馏水，其余三个装待测溶液，为便于测量，将标准溶液放在比色皿架的第一格内，然后将比色皿架放入暗箱内固定好，盖好暗箱盖。

（ⅴ）将光路闸门重新拨到"黑"点，校正微电计至"0"位，再打开光路闸门，使光路通过标准溶液,用波长调节器调节所需波长,转动光量调节器把光点调到透光率为"100"的读数上。

(ⅵ)然后将比色皿拉杆拉出一格,使第二个比色皿的待测溶液进入光路,此时微电计标尺上的读数即为溶液中溶质的透光率。然后测定另外两个待测溶液。

(3)注意事项。

(ⅰ)仪器应放置在清洁、干燥、无尘、无腐蚀气体和不太亮的室内,工作台应牢固稳定。

(ⅱ)在测定溶液的色度不太强的情况下,尽量采用较低的电源电压(5.5 V),以便延长光源灯泡的寿命。

(ⅲ)仪器连续使用时间不应超过 2 h,如要长时间使用,中间应间歇后再用。

(ⅳ)测定结束后,应依次关闭光路闸门、光源、稳压器及检流计电源,取出比色皿洗净,用擦镜纸擦干,放于比色皿盒内。

(ⅴ)注意单色仪的防潮,及时检查硅胶是否受潮,若变红色应及时更换。

(ⅵ)搬动仪器时,检流计正、负极必须接上短路片,以免损坏。

2) 721 型分光光度计

721 型分光光度计也是可见光分光光度计,是 72 型分光光度计的改进型,适用波长范围 368~800 nm,主要用作物质定量分析。721 与 72 型的主要区别在于:① 所有部件组装为一体,使仪器更紧凑,使用更方便;② 适用波长范围更宽;③ 装备了电子放大装置,使读数更精确。

附图 1-47 和附图 1-48 是 721 型分光光度计的内部构造和光路系统图。

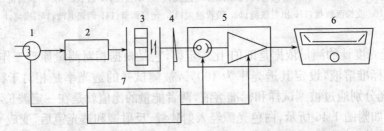

附图 1-47　721 型分光光度计内部结构图

1. 光源;2. 单色光器;3. 比色皿槽;4. 光量调节器;5. 光电管暗盒部件;6. 微安表;7. 稳压电源

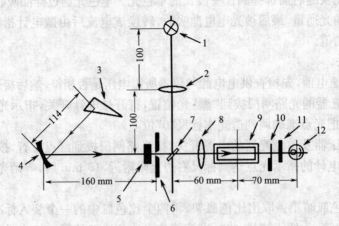

附图 1-48　721 型分光光度计光路系统示意图

1. 光源灯;2. 透镜;3. 棱镜;4. 准直镜;5. 保护玻璃;6. 狭缝;7. 反射镜;8. 光栏;
9. 聚光透镜;10. 比色皿;11. 光门;12. 光电管

3) 752型分光光度计

(1) 结构原理。

752型分光光度计为紫外光栅分光光度计,测定波长 200~800 nm。它由光源室、单色器、样品室、光电管暗盒、电子系统及数字显示器等部件组成,仪器的工作原理如附图 1-49 所示。仪器内部光路系统如附图 1-50 所示。从钨灯或氢灯发出的连续辐射经滤色片选择聚光镜聚光后投向单色器进狭缝,此狭缝正好位于聚光镜及单色器内准直镜的焦平面上,因此进入单色器的复合光通过平面反射镜反射及准直镜变成平行光射向色散光栅。光栅将入射的复合光通过衍射作用形成按照一定顺序均匀排列的连续单色光谱,此时单色光谱重新返回到准直镜,然后通过聚光原理成像在出射狭缝上。出射狭缝选出指定带宽的单色光通过聚光镜落在试样室被测样品中心,样品吸收后透射的光经光门射向光电管阴极面。根据光电效应原理,会产生一股微弱的光电流。此光电流经电流放大器放大,送到数字显示器,测出透光率或吸光度,或通过对数放大器实现对数转换,显示出被测样品的浓度 c 值。

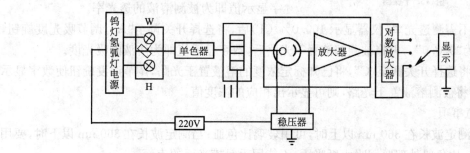

附图 1-49 752型分光光度计结构原理图

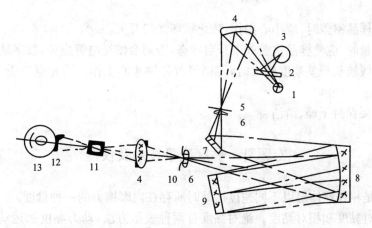

附图 1-50 752型分光光度计光路系统图

1. 钨灯;2. 滤色片;3. 氢灯;4. 聚光镜;5. 进狭缝;6. 保护玻璃;7. 反射镜;8. 准直镜;9. 光栅;10. 出狭缝;11. 样品;12. 光门;13. 光电管

(2) 使用方法。

752型分光光度计的外部面板如附图 1-51 所示。其具体操作步骤为

(ⅰ) 将灵敏度旋钮调到"1"挡(放大倍数最小)。

(ⅱ) 打开电源开关,钨灯点亮,预热 30 min 即可测定。若需用紫外光则打开"氢灯"开

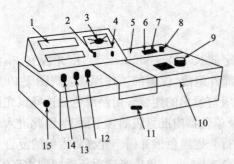

附图 1-51 752 型分光光度计面板图

1. 数字显示器；2. 吸光度调零旋钮；3. 选择开关；4. 浓度旋钮；5. 光源开关；6. 电源室；7. 氢灯电源开关；8. 氢灯触发按钮；9. 波长手轮；10. 波长刻度窗；11. 试样架拉手；12.100％T 旋钮；13.0％T 旋钮；14. 灵敏度旋钮；15. 干燥器

关,再按氢灯触发按钮,氢灯点亮,预热 30 min 后使用。

（ⅲ）将选择开关置于"T"。

（ⅳ）打开试样室盖,调节 0％ 旋钮,使数字显示为"0.000"。

（ⅴ）调节波长旋钮,选择所需测的波长。

（ⅵ）将装有参比溶液和被测溶液的比色皿放入比色皿架中。

（ⅶ）盖上样品室盖,使光路通过参比溶液比色皿,调节透光率旋钮,使数字显示为 100.0％（T）。如果显示不到 100.0％（T）,可适当增加灵敏度的挡数。然后将被测溶液置于光路中,数字显示值即为被测溶液的透光率。

（ⅷ）若不需测透光率,仪器显示 100.0％（T）后,将选择开关调至"A",调节吸光度旋钮,使数字显示为"000.0"。再将被测溶液置于光路后,数字显示值即为溶液的吸光度。

（ⅸ）若将选择开关调至"C",将已知标定浓度的溶液置于光路,调节浓度旋钮使数字显示为标定值,再将被测溶液置于光路,则可显示出相应的浓度值。

（3）注意事项。

（ⅰ）当测定波长在 360 nm 以上时,可用玻璃比色皿；当测定波长在 360 nm 以下时,要用石英比色皿。比色皿外部要用吸水纸吸干,不能用手触摸光面的表面。

（ⅱ）仪器配套的比色皿不能与其他仪器的比色皿单个调换。如需增补,应经校正后方可使用。

（ⅲ）开关样品室盖时,应小心操作,防止损坏光门开关。

（ⅳ）不测量时,应使样品室盖处于开启状态,否则会使光电管疲劳,数字显示不稳定。

（ⅴ）当光线波长调整幅度较大时,需稍等数分钟才能工作。因光电管受光后,需有一段响应时间。

（ⅵ）仪器要保持干燥、清洁。

专题Ⅵ 黏度测量技术及仪器

流体黏度是相邻流体层以不同速度运动时所存在内摩擦力的一种量度。

黏度分绝对黏度和相对黏度。绝对黏度有两种表示方法:动力黏度和运动黏度。动力黏度(俗称黏度)是指当单位面积的流层以单位速度相对于单位距离的流层流出时所需的切向力,用希腊字母 η 表示,其单位是帕斯卡·秒(Pa·s)。运动黏度是液体的动力黏度与同温度下该液体的密度 ρ 之比,用符号 ν 表示,其单位是平方米·秒$^{-1}$($m^2 \cdot s^{-1}$)。

相对黏度是指某液体黏度与标准液体黏度之比,是量纲为 1 的量。

化学实验室常用玻璃毛细管黏度计测量液体黏度。此外,恩格勒黏度计、落球式黏度计、旋转式黏度计等也广泛使用。

一、毛细管黏度计

实验室常用的毛细管黏度计主要有乌氏黏度计和奥氏黏度计两种,适用于测定液体黏度和高聚物的相对分子质量。除此之外,还有平氏黏度计和芬氏黏度计,平氏黏度计适用于测定石油产品的运动黏度,而芬氏黏度计是平氏黏度计的改良,其测量误差更小。

1. 玻璃毛细管黏度计的使用原理

泊塞耳(Poiseuille)黏度公式:

$$\eta = \frac{\pi p r^4 t}{8Vl} \qquad (\text{Ⅵ-1})$$

式中,V 为时间 t 内流经毛细管的液体体积;p 为管两端的压力差;r 为毛细管半径;l 为毛细管长度。

直接测定液体的绝对黏度困难很大,实验室中,通常采用测定待测量液体与标准液体(如水)的相对黏度来获得待测液体的绝对黏度。

假设相同体积的待测液体和水,分别流经同一毛细管黏度计,则

$$\eta_{液} = \frac{\pi p_1 r^4 t_1}{8Vl} \qquad (\text{Ⅵ-2})$$

$$\eta_{水} = \frac{\pi p_0 r^4 t_0}{8Vl} \qquad (\text{Ⅵ-3})$$

式(Ⅵ-2)与式(Ⅵ-3)相比,得

$$\frac{\eta_{液}}{\eta_{水}} = \frac{p_1 t_1}{p_2 t_2} = \frac{\rho_1 g h t_1}{\rho_0 g h t_2} = \frac{\rho_1 t_1}{\rho_0 t_2} \qquad (\text{Ⅵ-4})$$

式中,h 为液体流经毛细管的高度;ρ_1 为待测液体的密度;ρ_0 为水的密度。

因此,用同一根玻璃毛细管黏度计,在相同的条件下,两种液体的黏度比即等于它们的密度与流经时间的乘积比。若将水作为已知黏度的标准液(其黏度和密度可查阅手册),则通过式(Ⅵ-4)可计算出待测液体的绝对黏度。

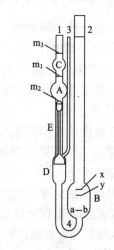

2. 乌氏黏度计

乌氏黏度计的外形各异但基本的构造如附图 1-52 所示,其使用方法基本相同。用乌氏黏度计测定黏度的操作步骤如下:

(1) 将黏度计垂直夹在恒温槽内,将纯水自 A 管注入黏度计内,恒温 5 min 左右,夹紧 C 管上连接的乳胶管,同时在连接 B 管制乳胶管上接洗耳球慢慢抽气,待液体升至 G 球的 1/2 左右时停止。打开 C 管乳胶管上的夹子使毛细管内液体同 D 球分开,用秒表测定液面在 a、b 两线间移动所需时间。

(2) 重复测定 3 次,每次误差不超过 0.2～0.3 s,取平均值。

(3) 洗净、烘干后,用同样的方法测定待测溶液的黏度。

(4) 实验完毕后,按开机相反的顺序关闭电源,整理实验台。

附图 1-52　乌氏黏度计
1. 主管;2. 宽管;3. 支管;4. 弯管;
A. 测定球;B. 储器;C. 缓冲球;
D. 悬挂水平储器;E. 毛细管;
x/y. 充液线;m_1/m_2. 环形测定线;
m_3. 环形刻线;a/b. 刻线

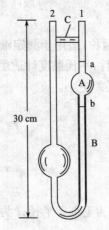

附图 1-53 奥氏黏度计
A. 球；B. 毛细管；C. 加固用的玻璃棒；
a/b. 环形测定线

2. 奥氏黏度计

奥氏黏度计的结构如附图 1-53 所示，适用于测定低黏滞性液体的相对黏度，其操作方法与乌氏黏度计类似。但是，由于乌氏黏度计有一支管 3，测定时管 1 中的液体在毛细管下端出口处与管 2 中的液体断开，形成气承悬液柱。这样流液下流时所受压力差 $\rho g h$ 与管 2 中液面高度无关，即与所加待测液的体积无关，故可以在黏度计中稀释液体。而奥氏黏度计测定黏度时，标准液和待测液的体积必须相同，因为液体下流时所受的压力差 $\rho g h$ 与管 2 中液面高度有关。以乙醇为例，用奥氏黏度计测定其黏度的操作步骤如下：

（1）将奥氏黏度计用洗液和蒸馏水清洗干净，然后烘干备用。

（2）调节恒温槽至实验温度如 $(25.0 \pm 0.1)℃$。

（3）用移液管量取适量（如 10 mL）无水乙醇加入黏度计中，然后把黏度计垂直固定在恒温槽中，恒温 5～10 min。

（4）用打气球接于 2 管，向管内打气。待液体上升至 C 球的 2/3 处，停止打气，打开管口 2。利用秒表测定液体流经 m_1 至 m_2 所需的时间。重复同样操作，测定 5 次，要求各次的时间相差不超过 0.3 s，取其平均值。

（5）将黏度计中的无水乙醇倾入回收瓶中，用热风吹干。再用移液管取 10 mL 蒸馏水放入黏度计中，与前述步骤相同，测定蒸馏水流经 m_1 至 m_2 所需的时间，重复同样操作，要求与前面相同。

3. 使用玻璃毛细管黏度计的注意事项

（1）黏度计必须洁净。使用前，一般先用经 2 号砂芯漏斗过滤过的洗液浸泡一天。如用洗液不能洗净黏度计，则改用 5％氢氧化钠乙醇溶液浸泡，再用水冲洗，直至毛细管壁不挂水珠，洗干净的黏度计置于 110 ℃ 的烘箱中烘干。

（2）黏度计应垂直固定在恒温槽内，以防止倾斜造成液位差和液体流经时间 t 的变化，引起测量误差。

（3）黏度计使用完毕，应立即清洗，特别是测高聚物时，要注入纯溶剂浸泡，以免残存的高聚物黏结在毛细管壁上而影响毛细管孔径，甚至堵塞。清洗后在黏度计内注满蒸馏水并加塞，防止落进灰尘。

（4）液体的黏度与温度有关，一般要求温度变化不超过 ± 0.3 ℃。

（5）毛细管黏度计的毛细管内径选择，可根据所测物质的黏度而定。毛细管内径太细，容易堵塞，而毛细管内径过粗则测量误差较大，一般选择 t_0（水流经毛细管的时间）≈ 120 s 的毛细管黏度计为宜。

二、落球式黏度计

1. 落球式黏度计的测定原理

落球式黏度计是借助于固体球在液体中运动所受到的黏性阻力，测量球在液体中落下一定距离所需的时间。这种黏度计尤其适用于测定具有中等黏性的透明液体。根据斯托克斯方程式：

$$f = 6\pi r \eta u \qquad (\text{Ⅵ-5})$$

式中，r 为球体半径；u 为球体下落速度；η 为液体黏度。在考虑浮力校正之后，重力与阻力相等时：

$$\frac{4}{3}\pi r^3 (\rho_s - \rho)g = 6\pi r \eta u \qquad (\text{Ⅵ-6})$$

故

$$\eta = \frac{2gr^2(\rho_s - \rho)}{9u} \qquad (\text{Ⅵ-7})$$

式中，ρ_s 为球体密度；ρ 为液体密度；g 为重力加速度；落球速度 $u = \dfrac{h}{t}$（h 为降落距离，t 为降落时间）。式（Ⅵ-7）可进一步转化为

$$\eta = \frac{2gr^2 t(\rho_s - \rho)}{9h} \xrightarrow{\ h\text{ 和 }r\text{ 为定值}\ } \eta = kt(\rho_s - \rho) \qquad (\text{Ⅵ-8})$$

式中，k 为仪器常数，可用已知黏度的液体测得。根据式（Ⅵ-8），在同一台仪器上，落球式测量相对黏度的关系式可表示为

$$\frac{\eta_1}{\eta_2} = \frac{(\rho_s - \rho_1)t_1}{(\rho_s - \rho_2)t_2} \qquad (\text{Ⅵ-9})$$

式中，ρ_1 和 ρ_2 分别为液体 1 和 2 的密度；t_1 和 t_2 分别为钢球在液体 1 和 2 中落下一定距离所需的时间。

2. 落球式黏度计的测定方法

落球式黏度计如附图 1-54 所示，其测试方法如下：

（1）用游标卡尺量出钢球的平均直径，计算球的体积。称量若干钢球，由平均体积和平均质量计算刚球的密度 ρ_s。

（2）将标准液（如甘油）注入落球管内并高于上刻度线，然后把落球管置于恒温槽中恒温。

（3）钢球从落球管中落下，用停表测定钢球由 a 落到刻度 b 所需时间。重复 4 次，计算平均时间。

（4）将落球式黏度计处理干净，按照上述测定方法测待测液体。

（5）标准液体的密度和黏度可从手册中查得，待测液的密度用比重瓶法测得。

落球式黏度计测量范围较宽，用途广泛，尤其适合于测定较高透明度的液体。但对钢球的要求较高，钢球要光滑而圆，另外要防止球从圆柱管下落时与圆柱管的壁相碰，造成测量误差。

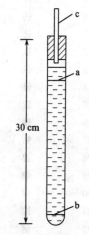

附图 1-54　落球式黏度计
a. 上刻线；b. 下刻线；
c. 落球管

附录 2 物理化学实验中常用数据表

附表 2-1 国际相对原子质量表

原子序数	名称	符号	相对原子质量	原子序数	名称	符号	相对原子质量
1	氢	H	1.0079	38	锶	Sr	87.62
2	氦	He	4.00260	39	钇	Y	88.9059
3	锂	Li	6.941	40	锆	Zr	91.22
4	铍	Be	9.01218	41	铌	Nb	92.9064
5	硼	B	10.81	42	钼	Mo	95.94
6	碳	C	12.011	43	锝	Tc	[97][99]
7	氮	N	14.0067	44	钌	Ru	101.07
8	氧	O	15.9994	45	铑	Rh	102.9055
9	氟	F	18.99840	46	钯	Pd	106.4
10	氖	Ne	20.179	47	银	Ag	107.868
11	钠	Na	22.98977	48	镉	Cd	112.41
12	镁	Mg	24.305	49	铟	In	114.82
13	铝	Al	26.98154	50	锡	Sn	118.69
14	硅	Si	28.0855	51	锑	Sb	121.75
15	磷	P	30.97376	52	碲	Te	127.60
16	硫	S	32.06	53	碘	I	126.9045
17	氯	Cl	35.453	54	氙	Xe	131.30
18	氩	Ar	39.948	55	铯	Cs	132.9054
19	钾	K	39.098	56	钡	Ba	137.33
20	钙	Ca	40.08	57	镧	La	138.9055
21	钪	Sc	44.9559	58	铈	Ce	140.12
22	钛	Ti	47.90	59	镨	Pr	140.9077
23	钒	V	50.9415	60	钕	Nd	144.24
24	铬	Cr	51.996	61	钷	Pm	[145]
25	锰	Mn	54.9380	62	钐	Sm	150.4
26	铁	Fe	55.847	63	铕	Eu	151.96
27	钴	Co	58.9332	64	钆	Gd	157.25
28	镍	Ni	58.70	65	铽	Tb	158.9254
29	铜	Cu	63.546	66	镝	Dy	162.50
30	锌	Zn	65.38	67	钬	Ho	164.9304
31	镓	Ga	69.72	68	铒	Er	167.26
32	锗	Ge	72.59	69	铥	Tm	168.9342
33	砷	As	74.9216	70	镱	Yb	173.04
34	硒	Se	78.96	71	镥	Lu	174.967
35	溴	Br	79.904	72	铪	Hf	178.49
36	氪	Kr	83.80	73	钽	Ta	180.9479
37	铷	Rb	85.4678	74	钨	W	183.85

续表

原子序数	名称	符号	相对原子质量	原子序数	名称	符号	相对原子质量
75	铼	Re	186.207	91	镤	Pa	231.0359
76	锇	Os	190.2	92	铀	U	238.029
77	铱	Ir	192.22	93	镎	Np	237.0482
78	铂	Pt	195.09	94	钚	Pu	[239][244]
79	金	Au	196.9665	95	镅	Am	[243]
80	汞	Hg	200.59	96	锔	Cm	[247]
81	铊	Tl	204.37	97	锫	Bk	[247]
82	铅	Pb	207.2	98	锎	Cf	[251]
83	铋	Bi	208.9804	99	锿	Es	[254]
84	钋	Po	[210][209]	100	镄	Fm	[257]
85	砹	At	[210]	101	钔	Md	[258]
86	氡	Rn	[222]	102	锘	No	[259]
87	钫	Fr	[223]	103	铹	Lr	[260]
88	镭	Ra	226.0254	104		Unq	[261]
89	锕	Ac	227.0278	105		Unp	[262]
90	钍	Th	232.0381	106		Unh	[263]

附表 2-2　国际单位制(SI)基本单位

基本量	基本单位	
	名称	符号
长度(length)	米(meter)	m
质量(mass)	千克(kilogram)	kg
时间(time)	秒(second)	s
电流(electric current)	安培(ampere)	A
热力学温度(thermodynamic temperature)	开尔文(Kelvin)	K
物质的量(amount of substance)	摩尔(mole)	mol
发光强度(luminous intensity)	坎德拉(candela)	cd

附表 2-3　具有特殊名称和符号的国际单位制(SI)衍生量

量的名称	单位名称	单位符号	SI 单位	SI 基本单位
平面角	弧度(radian)	rad		$m \cdot m^{-1} = 1$
立体角	球面度(steradian)	sr		$m^2 \cdot m^{-2} = 1$
频率	赫兹(hertz)	Hz		s^{-1}
力	牛顿(newton)	N		$m \cdot kg \cdot s^{-2}$
压力,应力	帕斯卡(pascal)	Pa	$N \cdot m^2$	$m^{-1} \cdot kg \cdot s^{-2}$
能量,功,热量	焦耳(joule)	J	$N \cdot m$	$m^2 \cdot kg \cdot s^{-2}$
功率,辐射通量	瓦特(watt)	W	$J \cdot s^{-1}$	$m^2 \cdot kg \cdot s^{-3}$
电荷	库仑(coulomb)	C		$s \cdot A$
电压,电动势,电势	伏特(volt)	V	$W \cdot A^{-1}$	$m^2 \cdot kg \cdot s^{-3} \cdot A^{-1}$
电容	法拉(farad)	F	$C \cdot V^{-1}$	$m^{-2} \cdot kg^{-1} \cdot s^4 \cdot A^2$
电阻	欧姆(ohm)	Ω	$V \cdot A^{-1}$	$m^2 \cdot kg \cdot s^{-3} \cdot A^{-2}$
电导	西门子(siemens)	S	$A \cdot V^{-1}$	$m^{-2} \cdot kg^{-1} \cdot s^3 \cdot A^2$

量的名称	单位名称	单位符号	SI 单位	SI 基本单位
磁通量	韦伯(weber)	Wb	$V \cdot s$	$m^2 \cdot kg \cdot s^{-2} \cdot A^{-1}$
磁感应强度,磁通量密度	特斯拉(tesla)	T	$Wb \cdot m^{-2}$	$kg \cdot s^{-2} \cdot A^{-1}$
电感	亨利(henry)	H	$Wb \cdot A^{-1}$	$m^2 \cdot kg \cdot s^{-2} \cdot A^{-2}$
摄氏温度	摄氏度(degree Celsius)	℃		K
光通量	流明(lumen)	lm	$cd \cdot sr$	$cd \cdot sr$
光照度	勒克斯(lux)	lx	$lm \cdot m^{-2}$	$m^{-2} \cdot cd \cdot sr$

附表 2-4　用于构成十进倍数和分数单位的词头

因数	词头名称		词头符号	因数	词头名称		词头符号
	中文	英文			中文	英文	
10^{24}	尧[它]	yotta	Y	10^{-1}	分	deci	d
10^{21}	泽[它]	zetta	Z	10^{-2}	厘	centi	c
10^{18}	艾[可萨]	exa	E	10^{-3}	毫	milli	m
10^{15}	拍[它]	peta	P	10^{-6}	微	micro	μ
10^{12}	太[拉]	tera	T	10^{-9}	纳[诺]	nano	n
10^{9}	吉[咖]	giga	G	10^{-12}	皮[可]	pico	p
10^{6}	兆	mega	M	10^{-15}	飞[母托]	femto	f
10^{3}	千	kilo	k	10^{-18}	阿[托]	atto	a
10^{2}	百	hecto	h	10^{-21}	仄[普托]	zepto	z
10^{1}	十	deca	da	10^{-24}	幺[科托]	yocto	y

附表 2-5　能量单位换算表

	J	kW·h	kgf·m	L·atm	cal	cal_{th}	Btu
1 焦耳(J)	1	2.77778×10^{-7}	1.01972×10^{-1}	9.86923×10^{-3}	2.38846×10^{-1}	2.39006×10^{-1}	9.47817×10^{-4}
1 千瓦特·小时(kW·h)	3.6×10^{6}	1	3.67098×10^{5}	3.55222×10^{4}	8.59645×10^{5}	8.60421×10^{5}	3.41214×10^{3}
1 千克力·米(kgf·m)	9.80665	2.72407×10^{-6}	1	9.67841×10^{-2}	2.34228	2.34385	9.29491×10^{-3}
1 升·标准大气压(L·atm)	1.01325×10^{2}	2.81458×10^{-5}	1.03323×10	1	2.42011×10^{5}	2.42173×10	9.60376×10^{-2}
1 卡(cal)	4.1868	1.163×10^{-6}	4.26936×10^{-1}	4.13205×10^{-2}	1	1.00067	3.96832×10^{-3}
1 热化学卡(cal_{th})	4.184	1.16222×10^{-6}	4.26629×10^{-2}	4.12929×10^{-2}	9.99331×10^{-1}	1	3.96567×10^{-3}
1 英热单位(Btu)	1.05506×10^{6}	2.93071×10^{-4}	1.07587×10^{2}	1.04126×10	2.51996×10^{5}	2.52164×10^{2}	1

附表 2-6　压力单位换算表

	Pa	bar	atm	at	Torr	mmHg
1 帕(Pa)	1	0.00001	0.00001	0.00001	0.0075	0.0075
1 巴(bar)	100000	1	0.9869	1.01972	750.062	750.062
1 标准大气压(atm)	101325	1.01325	1		760	760

续表

	Pa	bar	atm	at	Torr	mmHg
1托(Torr)	133.3	0.00133	0.00132	0.00136	1	1
1工程大气压(at)	98067	0.98067	0.9678	1	735.6	735.6
1毫米汞高(mmHg)	133.322	0.00133	0.00132	0.00136	1	1

附表 2-7　其他单位换算表

单位名称		符号	折合 SI 单位制
力的单位	1公斤力	kgf	9.80665 N
	1达因	dyn	10^{-5} N
比热容单位	1卡/克·度	$cal \cdot g^{-1} \cdot ℃$	$4.1886.8\ J \cdot kg^{-1} \cdot ℃$
	1尔格/克·度	$erg \cdot g^{-1} \cdot ℃$	$10^{-4}\ J\ kg^{-1} \cdot ℃$
黏度单位	1泊	P	$0.1\ N \cdot S \cdot m^{-2}$
	1厘泊	CP	$10^{-3}\ N \cdot S \cdot m^{-2}$
功率单位	1尔格/秒	$erg \cdot s^{-1}$	10^{-7} W
	1卡/秒	$cal \cdot s^{-1}$	4.1868 W
	1伏·秒	$V \cdot s$	1 Wb
	1安·小时	$A \cdot h$	3600 C
电磁单位	1德拜	D	$3.334 \times 10^{-30}\ C \cdot m$
	1高斯	Gs	10^{-4} T
	1奥斯特	Oe	$(1000/4\pi)A \cdot m^{-1}$

附表 2-8　基本物理常数表

常数	符号	数值	单位
真空中的光速	c_0, c	$2.99792458(12) \times 10^8$	$m \cdot s^{-1}$
真空磁导率	μ_0	$4\pi \times 10^{-7}$	$H \cdot m^{-1}$
真空介电常数(真空电容率)	ε_0	$8.85418782(7) \times 10^{-12}$	$F \cdot m^{-1}$
基本电荷	e	$1.60217733(49) \times 10^{-19}$	C
普朗克常量	h	$6.6260755(40) \times 10^{-34}$	$J \cdot s^{-1}$
阿伏伽德罗常量	L, N_A	$6.0221367(36) \times 10^{23}$	mol^{-1}
原子质量单位	U	$1.6605402(10) \times 10^{-27}$	kg
质子的静止质量	m_p	$1.6726231(10) \times 10^{-27}$	kg
中子的静止质量	m_n	$1.6749286(10) \times 10^{-27}$	kg
电子的静止质量	m_e	$9.1093897(54) \times 10^{-31}$	kg
法拉第常量	F	$9.6485309(29) \times 10^4$	$C \cdot mol$
里德堡常量	R_∞	$1.0973731534(13) \times 10^7$	m^{-1}
玻尔半径	a_0	$5.29177249(24) \times 10^{-11}$	m
玻尔磁子	μ_B	$9.2740154(31) \times 10^{-24}$	$J \cdot T^{-1}$
核磁子	μ_N	$5.0507866(17) \times 10^{-27}$	$J \cdot T^{-1}$
摩尔气体常量	R	$8.314510(70)$	$J \cdot K^{-1} \cdot mol^{-1}$
玻耳兹曼常量	k, k_B	$1.380658(12) \times 10^{-23}$	$J \cdot K^{-1}$
万有引力常量	G	$6.67259(85) \times 10^{-11}$	$m^3 \cdot kg^{-1} \cdot s^{-2}$

附表 2-9　铂铑-铂热电偶(分度号 LB-3)热电势与温度换算表(mV)

$t/℃$	0	10	20	30	40	50	60	70	80	90
0	0.000	0.050	0.113	0.173	0.235	0.299	0.364	0.431	0.500	0.571
100	0.643	0.717	0.792	0.869	0.946	1.025	1.106	1.187	1.269	1.352
200	1.436	1.521	1.607	1.693	1.780	1.867	1.955	2.044	2.134	2.224
300	2.315	2.407	2.498	2.591	2.684	2.777	2.871	2.965	3.060	3.155
400	3.250	3.346	3.441	3.538	3.634	3.731	3.828	3.925	4.023	4.121
500	4.220	4.318	4.418	4.517	4.617	4.717	4.817	4.918	5.019	5.121
600	5.222	5.324	5.427	5.530	5.633	5.735	5.839	5.943	6.046	6.151
700	6.256	6.361	6.466	6.572	6.677	6.784	6.891	6.999	7.105	7.213
800	7.322	7.430	7.539	7.648	7.757	7.867	7.978	8.088	8.199	8.310
900	8.421	8.534	8.646	8.758	8.871	8.985	9.098	9.212	9.326	9.441
1000	9.556	9.671	9.787	9.902	10.019	10.136	10.252	10.370	10.488	10.605
1100	10.723	10.842	10.961	11.080	11.198	11.317	11.437	11.556	11.676	11.795
1200	11.915	12.035	12.155	12.275	12.395	12.515	12.636	12.756	12.875	12.996
1300	13.116	13.236	13.356	13.475	13.595	13.715	13.835	13.955	14.074	14.193
1400	14.313	14.433	14.552	14.671	14.790	14.910	15.029	15.148	15.266	15.885
1500	15.504	15.623	15.742	15.860	15.979	16.097	16.216	16.334	16.451	16.569
1600	16.688									

附表 2-10　镍铬-镍硅热电偶(分度号 EU-2)热电势与温度换算表(mV)

t/℃	0	10	20	30	40	50	60	70	80	90
0	0.000	0.397	0.798	1.203	1.611	2.022	2.436	2.850	3.266	3.681
100	4.059	4.508	4.919	5.327	5.733	6.137	6.539	6.939	7.388	7.737
200	8.137	8.537	8.938	9.341	9.745	10.151	10.560	10.969	11.381	11.793
300	12.207	12.623	13.039	13.456	13.874	14.292	14.712	15.132	15.552	15.974
400	16.395	16.818	17.241	17.664	18.088	18.513	18.938	19.363	19.788	20.214
500	20.640	21.066	21.493	21.919	22.346	22.772	23.198	23.624	24.050	24.476
600	24.902	25.327	25.751	26.176	26.599	27.022	27.445	27.867	28.288	28.709
700	29.182	29.547	29.965	30.383	30.799	31.214	31.629	32.042	32.455	32.866
800	33.277	33.686	34.095	34.502	34.909	35.314	35.718	36.121	36.524	36.925
900	37.325	37.724	38.122	38.519	38.915	39.310	39.703	40.096	40.488	40.789
1000	41.269	41.657	42.045	42.432	42.817	43.202	43.585	43.968	44.349	44.729
1100	45.108	45.486	45.863	46.238	46.612	46.985	47.356	47.726	48.095	48.462
1200	48.828	49.192	49.555	49.916	50.276	50.633	50.990	51.344	51.697	52.049
1300	52.398	52.747	53.093	53.439	53.782	54.125	54.466	54.807	—	—

附表 2-11　镍铬-考铜热电偶(分度号 EA-2)热电势与温度换算表(mV)

t/℃	0	10	20	30	40	50	60	70	80	90
		−0.64	−1.27	−1.89	−2.50	−3.11				
0	0	0.65	1.31	1.98	2.66	3.35	4.05	4.76	5.48	6.21
100	6.95	7.69	8.43	9.18	9.93	10.69	11.46	12.24	13.03	13.84
200	14.66	15.48	16.30	17.12	17.95	18.76	19.59	20.42	21.24	22.07

续表

温度/℃	0	10	20	30	40	50	60	70	80	90
300	22.90	23.74	24.59	25.44	26.30	27.15	28.01	28.88	29.75	30.61
400	31.48	32.34	33.21	34.07	34.94	35.81	36.67	37.54	38.41	39.28
500	40.15	41.02	41.90	42.78	43.67	44.55	45.44	46.33	47.22	48.11
600	49.01	49.89	50.76	51.64	52.51	53.39	54.26	55.12	56.00	56.87
700	57.74	58.57	59.47	60.33	61.20	62.06	62.92	63.78	64.64	65.50

附表 2-12　在 0～100 ℃温度间水的几种性质*

温度/℃	密度/(g·cm^{-3})	质量热容/(J·g^{-1}·K^{-1})	蒸气压/kPa	表面张力/(mN·m^{-1})	黏度/(10^3 kg·m^{-1}·s^{-1})	介电常数
0	0.99984	4.2176	0.6113	75.64	1.7702	87.90
10	0.99970	4.1921	1.2281	74.23	1.3039	83.96
20	0.99821	4.1818	2.3388	72.75	1.0019	80.20
30	0.99565	4.1784	4.2455	71.20	0.7973	76.60
40	0.99222	4.1785	7.3814	69.60	0.6526	73.17
50	0.98803	4.1806	12.344	67.94	0.5468	69.88
60	0.98320	4.1843	19.932	66.24	0.4669	66.73
70	0.97778	4.1895	31.176	64.47	0.4050	63.73
80	0.97182	4.1963	47.373	62.67	0.3560	60.86
90	0.96535	4.2050	70.117	60.82	0.3165	58.12
100	0.95840	4.2159	101.325	58.91	0.2840	55.51

* 除蒸气压外,其他性质的数据的压力条件均为 100 kPa。

附表 2-13　不同温度下水的表面张力

t/℃	γ/(mN·m^{-1})	t/℃	γ/(mN·m^{-1})
0	75.64	24	72.13
5	74.92	25	71.97
10	74.23	26	71.82
11	74.07	27	71.66
12	73.93	28	71.50
13	73.78	29	71.35
14	73.64	30	71.18
15	73.49	35	70.38
16	73.34	40	69.56
17	73.19	45	68.74
18	73.05	50	67.91
19	72.90	60	66.18
20	72.75	70	64.42
21	72.59	80	62.61
22	72.44	90	60.75
23	72.28	100	58.85

附表 2-14　常用液体的密度*

名称	密度/(g·mL^{-1})	名称	密度/(g·mL^{-1})
汽油	0.70	氨水	0.93
乙醚	0.71	海水	1.03
石油	0.76	牛奶	1.03
酒精	0.79	乙酸	1.049
木精(0 ℃)	0.80	人血	1.054
煤油	0.80	盐酸(40%)	1.20
松节油	0.855	无水甘油(0 ℃)	1.26
苯	0.88	二硫化碳(0 ℃)	1.29
矿物油(润滑油)	0.9~0.93	蜂蜜	1.40
植物油	0.9~0.93	硝酸(91%)	1.50
橄榄油	0.92	硫酸(87%)	1.80
鱼肝油	0.945	溴(0 ℃)	3.12
蓖麻油	0.97	水银	13.6
水(0 ℃)	0.999867	水(20 ℃)	0.998229
水(2 ℃)	0.999968	水(40 ℃)	0.992244
水(4 ℃)	1.000000	水(60 ℃)	0.983237
水(18 ℃)	0.998621	水(100 ℃)	0.958375

*未注明者为常温。

附表 2-15　几种有机物质的蒸气压*

名称	适用温度范围/℃	A	B	C
四氯化碳		6.87926	1212.021	226.41
氯仿	−30~150	6.90328	1163.03	227.4
甲醇	−14~65	7.89750	1474.08	229.13
1,2-二氯化碳	−31~99	7.0253	1271.3	222.9
乙酸	0~36	7.80307	1651.2	225
	36~170	7.18807	1416.7	211
乙醇	−2~100	8.32109	1718.10	237.52
丙酮	−30~150	7.02447	1161.0	224
异丙醇	0~101	8.11778	1580.92	219.61
乙酸乙酯	−20~150	7.09808	1238.71	217.0
正丁醇	15~131	7.47680	1362.39	178.77
苯	−20~150	6.90561	1211.033	220.790
环己烷	20~81	6.84130	1201.53	222.65
甲苯	−20~150	6.95464	1344.80	219.482
乙苯	−20~150	6.95719	1424.251	213.206

*物质的蒸气压按安托万公式计算:$\lg p = A - \dfrac{B}{C+t} + D$,式中 A、B、C 为常数,$t(℃)$ 为温度,D 为压力单位的换算因子,其值为 2.1249。

附表 2-16　几种液体的折射率(25 ℃)

名称	折射率	名称	折射率
甲醇	1.326	乙醚	1.352
水	1.33252	丙酮	1.357

名称	折射率	名称	折射率
乙醇	1.359	乙苯	1.493
乙酸	1.37	甲苯	1.494
乙酸乙酯	1.37	苯	1.498
正己烷	1.372	苯乙烯	1.545
正丁醇	1.397	溴苯	1.557
氯仿	1.444	苯胺	1.583
四氯化碳	1.459	溴仿	1.587

附表 2-17 一些溶剂的凝固点降低常数 K_f（K·kg·mol^{-1}）

化合物	K_f	化合物	K_f
乙酰胺（acetamide）	3.92	1,4 二氧六环（1,4-dioxane）	4.63
乙酸（acetic）	3.63	二苯胺（diphenylamine）	8.38
苯乙酮（acetophenone）	5.16	乙烯（ethylene）	3.11
苯胺（aniline）	5.23	甲酰胺（formamide）	4.25
苯（benzene）	5.07	甲酸（formic）	2.38
苯甲腈（benzonitrile）	5.35	甘油（glycerol）	3.56
二苯甲酮（benzophenone）	8.58	甲基环己烷（methylcyclohexane）	2.6
（＋)-樟脑[（＋)-camphor]	37.8	萘（naphthalene）	7.45
1-氯萘（1-chloronaphthalene）	7.68	硝基苯（nitrobenzene）	6.87
邻甲酚（o-cresol）	5.92	苯酚（phenol）	6.84
间甲酚（m-cresol）	7.76	吡啶（pyridine）	4.26
对甲酚（p-cresol）	7.2	喹啉（quinoline）	6.73
环己烷（cyclohexane）	20.8	对甲基苯胺（p-toluidine）	4.91
环己醇（cyclohexanol）	42.2	甲苯（toluene）	3.55
顺式十氢萘（cis-decahydronaphthalene）	6.42	1,1,2,2-四氯-1,2-二氟乙烷（1,1,2,2-tetrachloro-1,2-difluoroethane）	41
反式十氢萘（trans-decahydronaphthalene）	4.7	1,1,2,2-四溴乙烷（1,1,2,2-tetrabromoethane）	21.4
苄（dibenzyl）	6.17	三溴甲烷（tribromomethane）	15
对二氯苯（p-dichlorobenzene）	7.57	水（water）	1.86
二乙醇胺（diethanolamine）	3.16	对二甲苯（p-xylene）	4.31

附表 2-18 一些强电解质的平均活度系数（25 ℃）

电解质浓度/(mol·kg^{-1})	$\gamma_{\pm}$				
	Cu(NO$_3$)$_2$	HCl	HNO$_3$	KCl	H$_2$SO$_4$
0.001	0.888	0.965	0.965	0.965	0.804
0.002	0.851	0.952	0.952	0.951	0.74
0.005	0.787	0.929	0.929	0.927	0.634
0.010	0.729	0.905	0.905	0.901	0.542
0.020	0.664	0.876	0.875	0.869	0.445
0.050	0.577	0.832	0.829	0.816	0.325
0.100	0.516	0.797	0.792	0.768	0.251
0.200	0.466	0.768	0.756	0.717	0.195

电解质浓度/(mol · kg⁻¹)	$\gamma_{\pm}$				
	Cu(NO₃)₂	HCl	HNO₃	KCl	H₂SO₄
0.500	0.431	0.759	0.725	0.649	0.146
1.000	0.456	0.811	0.73	0.604	0.125
2.000	0.615	1.009	0.788	0.573	0.119
5.000	2.083	2.38	1.063	0.593	0.197
10.000		10.4	1.644		0.527
15.000			2.212		1.077

附表 2-19 不同温度下 KCl 溶液的电导率

$t/℃$	$\kappa/(10^2 \text{ S} \cdot \text{m}^{-1})$		
	0.0100 mol · L⁻¹	0.0200 mol · L⁻¹	0.1000 mol · L⁻¹
10	0.001020	0.00194	0.00933
12	0.001070	0.002093	0.00979
14	0.001021	0.002193	0.01025
16	0.001173	0.002294	0.01072
18	0.001225	0.002397	0.01119
20	0.001278	0.002501	0.01167
22	0.001332	0.002606	0.01215
24	0.001386	0.002712	0.01264
26	0.001441	0.002819	0.01313
28	0.001496	0.002927	0.01362
30	0.001552	0.003036	0.01412
32	0.001609	0.003146	0.01462
34	0.001667	0.003256	0.01513

附表 2-20 一些电解质水溶液的摩尔电导率(25 ℃)

$c/(\text{mol} \cdot \text{L}^{-1})$	$\Lambda_\text{m}/(\text{S} \cdot \text{m}^2 \cdot \text{mol}^{-1})$				
	HCl	KCl	NaCl	NaAc	AgNO₃
0.1	391.13	128.90	106.69	72.26	109.09
0.05	398.89	133.30	111.01	76.88	115.18
0.02	407.04	138.27	115.70	81.20	121.35
0.01	411.80	141.20	118.45	83.72	124.70
0.005	415.59	143.48	120.59	85.68	127.14
0.001	421.15	146.88	123.68	88.5	130.45
0.0005	422.53	147.74	124.44	89.2	131.29
∞	425.95	149.79	126.39	91.0	33.29

附表 2-21　一些离子在水溶液中的极限摩尔电导率（25 ℃）

离子	$10^4\Lambda_m^\infty$ /(S·m²·mol⁻¹)	离子	$10^4\Lambda_m^\infty$ /(S·m²·mol⁻¹)	离子	$10^4\Lambda_m^\infty$ /(S·m²·mol⁻¹)	离子	$10^4\Lambda_m^\infty$ /(S·m²·mol⁻¹)
Ag^+	61.9	Ce^{3+}	210	F^-	54.4	CrO_4^-	170
Ba^{2+}	127.8	Co^{2+}	106	ClO_3^-	64.4	$Fe(CN)_6^{3-}$	444
Be^{2+}	108	Cr^{3+}	201	ClO_4^-	67.9	$Fe(CN)_6^{4-}$	303
Ca^{2+}	118.4	Cu^{2+}	110	CN^-	78	HCO_3^-	44.5
Cd^{2+}	108	Fe^{2+}	108	CO_3^{2-}	144	HS^-	65
Fe^{3+}	204	Na^+	50.11	HSO_3^-	50	PO_4^{3-}	207
H^+	349.82	Ni^{2+}	100	HSO_4^-	50	SCN^-	66
Hg^{2+}	106.12	Pb^{2+}	142	I^-	76.8	SO_3^{2-}	159.8
K^+	73.5	Sr^{2+}	118.92	IO_3^-	40.5	SO_4^{2-}	160
La^{3+}	208.8	Ti^+	76	IO_4^-	54.5	Ac^-	40.9
Li^+	38.69	Zn^{2+}	105.6	NO_2^-	71.8	$C_2O_4^{2-}$	148.4
Mg^{2+}	106.12			NO_3^-	71.4	Br^-	73.1
NH_4^+	73.5			OH^-	198.6	Cl^-	76.35

附表 2-22　无限稀释溶液离子摩尔电导率与温度的关系 $[10^4\Lambda_m^\infty(S·m^2·mol^{-1})]$

温度/℃	0	18	25	50
H^+	240	314	350	465
K^+	40.4	64.6	74.5	115
Na^+	26	43.5	50.9	82
NH^{4+}	40.2	64.5	74.5	115
Ag^+	32.9	54.3	63.5	101
$\frac{1}{2}Ba^{2+}$	33	55	65	104
$\frac{1}{2}Ca^{2+}$	40	51	60	98
$\frac{1}{3}La^{3+}$	35	61	72	119
OH^-	105	172	192	284
Cl^-	41.1	65.6	75.5	116
NO_3^-	40.4	61.7	70.6	104
$C_2H_2O_2^-$	20.3	34.6	40.8	67
$\frac{1}{2}SO_4^{2-}$	41	68	79	125
$\frac{1}{2}C_2O_4^{2-}$	39	63	73	115
$\frac{1}{3}C_6H_5O_7^{3-}$	36	60	70	113
$\frac{1}{4}Fe(CN)_6^{4-}$	58	95	111	173

附表 2-23　常用参比电极的电极电势及温度系数

名称	体系	E/V^*	$(\mathrm{d}E/\mathrm{d}T)/(\mathrm{mV \cdot K^{-1}})$
氢电极	Pt，$H_2 \mid H^+ (a_{H^+} = 1)$	0.0000	
饱和甘汞电极	Hg，$Hg_2Cl_2 \mid$ 饱和 KCl	0.2415	−0.761
标准甘汞电极	Hg，$Hg_2Cl_2 \mid 1 \ mol \cdot L^{-1} KCl$	0.2800	−0.275
甘汞电极	Hg，$Hg_2Cl_2 \mid 0.1 \ mol \cdot L^{-1} KCl$	0.3337	−0.875
银-氯化银电极	Ag，$AgCl \mid 0.1 \ mol \cdot L^{-1} KCl$	0.290	−0.3
氧化汞电极	Hg，$HgO \mid 0.1 \ mol \cdot L^{-1} KOH$	0.165	
硫酸亚汞电极	Hg，$Hg_2SO_4 \mid 1 \ mol \cdot L^{-1} H_2SO_4$	0.6758	
硫酸铜电极	Cu$\mid$饱和 $CuSO_4$	0.316	−0.7

* 25 ℃，相对于标准氢电极(NCE)。

附表 2-24　甘汞电极的电极电势与温度的关系

甘汞电极 *	φ/V
SCE	$0.2412 - 6.61 \times 10^{-4}(t/℃ - 25) - 1.75 \times 10^{-6}(t/℃ - 25)^2 - 9 \times 10^{-10}(t/℃ - 25)^3$
NCE	$0.2801 - 2.75 \times 10^{-4}(t/℃ - 25) - 2.50 \times 10^{-6}(t/℃ - 25)^2 - 4 \times 10^{-9}(t/℃ - 25)^3$
0.1 NCE	$0.3337 - 8.75 \times 10^{-5}(t/℃ - 25) - 3 \times 10^{-6}(t/℃ - 25)^2$

* SCE 为饱和甘汞电极；NCE 为标准甘汞电极；0.1 NCE 为 0.1 mol · L^{-1} 甘汞电极。

附表 2-25　常用表面活性剂的临界胶束浓度

名称	测定温度 $T/℃$	$CMC/(mol \cdot L^{-1})$
氯化十六烷基三甲基铵	25	1.60×10^{-2}
溴化十六烷基三甲基铵		9.12×10^{-5}
溴化十二烷基三甲基铵		1.60×10^{-2}
溴化十二烷基代吡啶		1.23×10^{-2}
辛烷基磺酸钠	25	1.50×10^{-1}
辛烷基硫酸钠	40	1.36×10^{-1}
十二烷基硫酸钠	40	8.60×10^{-3}
十四烷基硫酸钠	40	2.40×10^{-3}
十六烷基硫酸钠	40	5.80×10^{-4}
十八烷基硫酸钠	40	1.70×10^{-4}
硬脂酸钾	50	4.5×10^{-4}
油酸钾	50	1.2×10^{-3}
月桂酸钾	25	1.25×10^{-2}
十二烷基磺酸钠	25	9.0×10^{-3}
月桂醇聚氧乙烯(6)醚	25	8.7×10^{-5}
月桂醇聚氧乙烯(9)醚	25	1.0×10^{-4}
月桂醇聚氧乙烯(12)醚	25	1.4×10^{-4}
十四醇聚氧乙烯(6)醚	25	1.0×10^{-5}
丁二酸二辛基磺酸钠	25	1.24×10^{-2}
氯化十二烷基胺	25	1.6×10^{-2}
对十二烷基苯磺酸钠	25	1.4×10^{-2}
月桂酸蔗糖酯		2.38×10^{-6}
棕榈酸蔗糖酯		9.5×10^{-5}
硬脂酸蔗糖酯		6.6×10^{-5}

续表

名称	测定温度 $T/℃$	CMC/$(mol \cdot L^{-1})$
吐温-20	25	6×10^{-2}(以下数据单位是 $g \cdot L^{-1}$)
吐温-40	25	3.1×10^{-2}
吐温-60	25	2.8×10^{-2}
吐温-65	25	5.0×10^{-2}
吐温-80	25	1.4×10^{-2}
吐温-85	25	2.3×10^{-2}

附表 2-26　常用表面活性剂的 HLB 值 *

表面活性剂	商品名称	HLB 值
失水山梨醇三油酸醇	Span-85	1.8
失水山梨醇三硬脂酸酯	Span-65	2.1
失水山梨醇单棕榈酸酯	Span-40	6.7
失水山梨醇单月桂酸酯	Span-20	8.6
失水山梨醇单油酸酯	Span-80	4.3
失水山梨醇单硬脂酸酯	Span-60	4.7
乙二醇脂肪酸酯	Emcol EO-50	2.7
丙二醇单硬脂酸醋	Emcol PO-50	3.4
二乙二醇脂肪酸酯	Emcol DP-50	5.1
聚氧丙烯硬脂酸酯	Emulphor VN-430	9
失水山梨醇倍半油酸酯	Arlacel 83	3.7
二乙二醇单月桂酸酯	Atlas G-2147	6.1
姻乙二醇单硬脂酸醇	Atlas G-2147	7.7
聚氧乙烯蓖麻油	Atlas G-1794	13.3
十二烷基硫酸钠		40
油酸钠		18
油酸钾		20

* HLB＝3～6 适合作 W/O 型乳化剂，HLB＝7～9 适合作润湿剂渗透剂，HLB＝8～18 适合作 O/W 型乳化剂，HLB＝13～15 适合作洗涤剂，HLB＝15～18 适合作增溶剂。

附表 2-27　常见亲水基和亲油基的基团数 *

亲水基团		亲油基团	
—SO₃Na	38.7	—CH—	-0.475
—COOK	21.1	—CH₂—	
—COONa	19.1	—CH₃	
—N(叔胺)	9.4	=CH—	
酯(失水山梨醇环)	6.8	—CF₂—	-0.870
酯(自由)	2.4	—CF₃	
—COOH	2.1	苯环	-1.662
—OH(自由)	1.9	—CH₂—CH₂—CH₂—O—	-0.15
—O—	1.3		
—OH(失水山梨醇环)	0.5		
—CH₂—CH₂O	0.33		

* HLB 值＝$\sum$(亲水的基团数)＋$\sum$(亲油的基团数)＋7。

思考题参考答案

实验一

(1) 略。

(2) 在燃烧过程中,当氧弹内存在微量空气时,N_2 的氧化会产生热效应,在精确的实验中,这部分热效应应予校正。方法如下:预先在氧弹中放入 5~10 mL 蒸馏水,燃烧后将所生成的稀硝酸倒入 150 mL 锥形瓶中,并用少量蒸馏水洗涤氧弹内壁三次后一并收集到锥形瓶中,煮沸片刻赶走 CO_2 气体,用 0.100 mol·L^{-1} NaOH 标准溶液滴定。每毫升 0.100 mol·L^{-1} NaOH 溶液相当于 -5.983 J (放热)。

(3) 热是因温差而交换或传递的能量。热的种类很多,根据所发生的过程不同可分为三类:

(i) 反应热:在等温下,反应体系与环境间交换或传递的热,包括反应热、生成热和燃烧热等。当反应进度为 1 mol 时,上述反应热称为摩尔反应热。

(ii) 相变热:等温等压下,一定量的物质由一个相态转变为另一相态而与环境交换或传递的热,包括熔化热与凝固热、气化热和凝聚热、升华热与凝华热、转晶热等。

(iii) 混合热:在等温下,由两种或两种以上的物质混合时与环境间交换或传递的热,包括混合、溶解热、稀释热等。

若体系只做体积功,则等压过程中体系与环境间交换或传递的热就等于"焓"。故等压下的上述反应热、相变热、混合热又可称为反应焓、相变焓和混合焓。

(4) 量热仪器主要有:

(i) 氧弹式热量计(时间温差式):绝热式、恒温式、环境恒温式。

(ii) 差示扫描热量计(DSC):电热补偿式、功率补偿式、热流补偿式。

(iii) 差热分析仪(DTA):电热温差式。

量热方法主要分为

(i) 按测量原理分类:补偿式量热(电热补偿式、相变补偿式)和温差式量热(时间温差式和位置温差式)。

(ii) 按工作方式分类:绝热式 [$T_体 = T_环 = f(T)$]、恒温式($T_体 = T_环 =$ 恒定值)和环境恒温式[$T_体 = f(T)$,$T_环 =$ 恒定值]。

实验二

(1) 略。

(2) 根据稀溶液依数性,溶质加入量要少;而对于称量相对精密度来说,溶质不能太少。

(3) 在温度逐渐降低的过程中,搅拌过快,不易过冷;搅拌过慢,体系温度不均。温度回升时,搅拌过快,回升最高点因搅拌热而偏高;搅拌过慢,影响溶液凝固点测定值偏低。所以,搅拌的作用:一是使体系温度均匀;二是供热(尤其是刮擦器壁),促进固体新相的形成。

(4) 二组分低共熔体系中的凝固点降低曲线也称对某一纯物质饱和的析晶线。

(5) 糖水冰棒在结晶过程中,先析出纯溶剂冰,并非糖与水同时折出,直至大部分冰析出,才与糖在低共熔温度下定比例共析混合物,这种现象称为包晶,所以此类冰棒的外壳尤如冰窖,是不甜的。糖分沉积成底物。

(6) 冰点与三相点的定义原则上的区别如下:

	水的冰点	纯水的三相点
温度与压力	273.15 K(0 ℃), 101325 Pa	273.16 K(0.0098 ℃), 610 Pa
体系组分	多组分(含空气、CO_2 等)	单组分
稳定性	随地理位置而变	"固定点",因而为温标所采用
自由度	不定	0

(7) 测定物质摩尔质量的方法有:

(ⅰ) 沸点上升法。沸点上升也是稀溶液的一种依数性。当溶液中含有非挥发性溶质时,沸点将上升。则沸点升高值 ΔT_b 由下述公式给出:

$$\Delta T_b = T_b - T_b^* = K_b m_B = K_b \frac{\left(\dfrac{W_B}{M_B}\right)}{\left(\dfrac{W_A}{1000}\right)} = K_b \frac{1000 W_B}{M_B W_A}$$

整理得

$$M_B = K_b \frac{1000 W_B}{\Delta T_b W_A} \ (g \cdot mol^{-1})$$

式中,ΔT_b 为沸点升高值;T_b^* 和 T_b 分别为纯溶剂和稀溶液的沸点;m_B 为溶质 B 的质量摩尔浓度;K_b 为沸点升高常数,其数值只与溶剂的性质有关,单位为 $K \cdot kg \cdot mol^{-1}$;$W_A$ 和 W_B 分别为溶剂 A 和溶质 B 的质量;M_B 为溶质 B 的摩尔质量。

(ⅱ) 蒸气蒸馏法。

蒸馏两种不相混溶的液体,沸腾时馏出物中两种物质的物质的量之比等于它们在此温度下的蒸气压之比。测出馏出物中两种物质的质量之比;且已知一种物质的摩尔质量,则另一种物质的摩尔质量即可算得。

(ⅲ) 气体比重天平法。

气体比重天平的原理是根据阿基米德浮力原理,通过测定天平臂上的密封球在待测气体中所受的浮力而实现的。对两种稀薄气体分别在 (T_1, p_1) 和 (T_2, p_2) 时使比重天平达到平衡,则其密度应相等,即

$$\frac{M_1}{M_2} = \frac{p_2 T_1}{p_1 T_2}$$

故已知一种气体的摩尔质量,便可由此法求得另一种气体的摩尔质量。

实验三

(1) 略。

(2) 蔗糖是否纯,通过测比旋光度鉴定。另外,零点校正有利于近终点的判断,即旋光性由右旋变到左旋。

(3) 原因有:①对于这个准一级(二级)反应,由于大量水存在,虽有部分水分子参加反应,但在反应过程中水的浓度变化极小,所以只要蔗糖浓度不太浓,水的浓度变化问题对反应速度的影响不大;②尽管蔗糖的转化速率与蔗糖浓度、酸浓度、温度及催化剂种类有关,但速率常数 k 与其中的蔗糖浓度无关。

(4) 对于一级反应,在没有 α_∞ 数值,或者在反应不完全,不能求得 α_∞ 值时,也可由下求出反应的速率常数 k 值。先列出时间为 t 时的浓度 c_1 (或 α_t) 和时间为 $t+\Delta t$ 时的浓度 c_2 (或 α_2),Δt 可为任意的时间间隔,不过最好是实验时反应进行时间的一半,作 $\ln(c_1 - c_2)$ 对 t 的图,其斜率即为 $-k$。公式推导如下:

$$c = c_0 e^{-kt} \tag{1}$$

由此可得

$$c_1 = c_0 e^{-kt} \qquad c_2 = c_0 e^{-k(t+\Delta t)} \qquad c_1 - c_2 = c_0 e^{-kt}(1 - e^{1-k\Delta t}) \tag{2}$$

取对数

$$\ln(c_1 - c_2) = -kt + \ln[c_0(1 - e^{-k\Delta t})] \tag{3}$$

然后作 $\ln(c_1-c_2)\text{-}t$ 图,由斜率求得 $-k$。

由于旋光度 α 与浓度 c 成正比关系,则可设

$$\alpha = \beta c + P \qquad c_1 - c_2 = (\alpha_1 - \alpha_2)/\beta \tag{4}$$

式(4)代入式(3),可得

$$\ln(\alpha_1 - \alpha_2) = -kt + \ln[\beta c_0(1-e^{-k\Delta t})] \tag{5}$$

即作 $\ln(\alpha_1-\alpha_2)\text{-}t$ 图,由斜率可求得 $-k$。

实验四

(1) 根据酶催化的二步反应机理:

$$E + S \xrightleftharpoons[k_2]{k_1} ES \xrightarrow{k_3} P + E \tag{1}$$

ES 的形成速率可表示为

$$\frac{\mathrm{d}[ES]}{\mathrm{d}t} = k_1([E]_0 - [ES])[S] \tag{2}$$

ES 的分解速率可表示为

$$-\frac{\mathrm{d}[ES]}{\mathrm{d}t} = k_2[ES] + k_3[ES] \tag{3}$$

式(2)和式(3)中,$[E]_0$ 为酶的总浓度;$[ES]$ 为酶-底物中间物的浓度;$[E]_0-[ES]$ 为游离状态的酶的浓度;$[S]$ 为底物浓度。

当整个酶催化反应体系处于稳态时,ES 的形成速率与分解速率相等,即

$$k_1([E]_0 - [ES])[S] = k_2[ES] + k_3[ES] \tag{4}$$

式(4)整理可得

$$\frac{([E]_0 - [ES])[S]}{[ES]} = \frac{k_2 + k_3}{k_1} = K_M \tag{5}$$

因为酶反应速度 v 主要取决于第二步慢反应,即

$$v = \frac{\mathrm{d}[P]}{\mathrm{d}t} = k_3[ES] = k_3\frac{[E]_0[S]}{K_M + [S]} \tag{6}$$

当底物浓度较高时,所有的酶都将被底物饱和,而转变成 ES 复合物,即 $[E]_0=[ES]$ 时,酶催化反应达到最大速度 $v_{\max}$,即

$$v_{\max} = k_3[E]_0 \tag{7}$$

式(6)除以式(7),整理即可得米氏方程

$$v = \frac{v_{\max}[S]}{K_M + [S]} \tag{8}$$

(2) K_M 是酶学研究中的一个极为重要的数据,K_M 的物理意义是酶反应速率达到最大反应速度一半时的底物浓度,其单位与底物浓度的单位相同。在计算和应用 K_M 时需注意的问题:

(i) K_M 值是酶的特征常数之一,只与酶的性质有关,而与酶的浓度无关。不同的酶 K_M 值不同,如苹果酸酶为 $0.05\ \mathrm{mmol \cdot L^{-1}}$、脲酶为 $25\ \mathrm{mmol \cdot L^{-1}}$。

(ii) 同一种酶有几种底物就有几个 K_M 值,其中 K_M 值最小的底物一般称为该酶的最适底物或天然底物,如蔗糖是蔗糖酶的天然底物。此外,K_M 值还受 pH 及温度的影响。因此,K_M 值作为常数只是对一定的底物、一定的 pH、一定的温度条件而言。测定酶的 K_M 值可以作为鉴别酶的一种手段。K_M 值随不同底物而异的现象可以帮助判断酶的专一性,并助于研究酶的活性中心。

(iii) K_M 不等于 K_s(ES 的解离平衡常数)。

$$K_s = \frac{[E][S]}{[ES]} = \frac{k_2}{k_1} \qquad K_M = \frac{k_2 + k_3}{k_1}$$

只有当 k_1、$k_2 \gg k_3$ 时，K_M 值才可近似看作 K_s。$1/K_s$ 用来表示酶与底物亲和力的大小，$1/K_s$ 越大，表示亲和力越大。当 k_3 极小时，可近似地用 $1/K_M$ 表示酶与底物结合的难易程度。因为 $1/K_M$ 越大，K_M 越小，达到最大反应速度一半所需的底物浓度就越小。显然，最适底物与酶的亲和力最大，不需很高的底物浓度就可以很容易地达到 v_{max}。

实验五

（1）略。

（2）大多数情况下不适合溶液蒸气压的测定，因为产生的蒸气中易挥发组分不断被抽去，导致动态平衡的溶液组成不断变化。但是对于恒沸点混合物这样的特例，可用此法。

（3）除了测蒸发热、求正常沸点之外，还可求一些物质的冰点降低常数、临界点、三相点；如果物质符合楚顿规则的条件（分子无极性，在溶液中不缔合，除醇系列的多数有机物），可以测溶液中分子的缔合度；在多组分体系中利用 p-x 相图、T-x 相图测分子的活度、活度系数；将克劳修斯-克拉贝龙方程与开尔文公式结合起来还可求过热温度，沸腾时蒸气泡的半径等。

（4）测定蒸气压主要有三种方法：①静态法（等压计法）：指定温度下直接测量饱和蒸气压，通常用于测量具有较大蒸气压的液体；②动态法（沸点法）：变动外界压力下测定沸点；③饱和气流法：使干燥的惰性载气流通过被测物质时被饱和，然后设法测出一定体积载气流中待测物质的质量，再根据分压定律计算出被测物质的饱和蒸气压。

实验六

（1）略。

（2）回流冷凝效果不好，不但引起平衡沸点温度难以准确测量，而且收集的冷凝液不能代表平衡时气相的组成，低沸点组分在气相中的含量将低于原所应有的平衡组成，使眼区缩小。

（3）由于袋状冷凝槽部分最初收集的和后来收集的属于不同沸腾温度下的气相组成，或者说气相是不同温度下分馏组成的混合。导致气相组成向低沸点方向偏移，相图眼区扩大。

（4）温度是否恒定，气、液两相是否平衡，尤其是气相组成是否代表平衡组成，以及折射率的测定误差，所测折射率是否已进行温度的校正，气压、沸点等是否也进行了校正。

实验七

（1）略。

（2）因反应速度与温度有关，温度每升高 10 ℃，反应速度增加 2~4 倍，同时电导率也与温度有关，所以实验过程中需恒温，以保证反应在实验温度下进行。

（3）要按 $k = \dfrac{1}{t(a-b)} \ln \dfrac{b(a-x)}{a(b-x)}$ 进行运算，式中 $x = a\left(\dfrac{\kappa_0 - \kappa_t}{\kappa_0 - \kappa_\infty}\right)$（$a$ 为两溶液中浓度较低的一个溶液浓度）。以 κ_t-t 作图，可得到 κ_0 和 κ_∞ 的值，解出不同 t 时的 x 值，求解反应速率常数 k。

（4）不能。因为只有在稀溶液的条件下，强电解质的电导率 κ 与其浓度成正比关系，才可能推导出 κ_t 与 $\dfrac{\kappa_0 - \kappa_t}{t}$ 的线性方程，进而求得 k 值。

实验八

（1）略。

（2）本实验中误差的主要来源：①实验过程中吸入极性较大的水蒸气；②实验过程中溶剂或溶质的挥发造成浓度误差；③配制的溶液浓度过大，近似公式不能适用，产生系统误差。改进方法：控制乙酸乙酯的摩尔分数在 0.15 左右；将配制好的溶液马上置于反塞瓶中，实验过程用注射器直接从反塞瓶中针刺法取样加液，可有效地避免水蒸气的吸入。

（3）由于在无限稀释的非极性溶剂的溶液中，溶质分子所处的状态同气相相近，可以消除溶质分子间的相互作用。

（4）属于 C_n 和 $C_{nv}(n=1,2,3,\cdots,\infty)$ 点群的分子具有偶极矩。

实验九

（1）略。

（2）不行。先升温后降温法极易造成碘在器壁表面的结晶沾污，影响光密度测定的准确性。

（3）误差的主要来源有：①比色皿中碘未真正达到恒温和升华平衡；②数据处理方法引入的系统误差：标准熵 $S^{\ominus}$ 是通过 θ_v 计算求得，θ_v 则是以 $\ln[pT^{5/2}(1-e^{-\theta_v/T})]$ 对 $1/T$ 作图，通过外推法（$1/T=0$）获得，但实验温度一般为 $30\sim50\ ^\circ\text{C}$，由此不可避免地引入误差。

实验十

（1）略。

（2）解离常数和分配系数是温度的函数。

实验十一

（1）略。

（2）不会。其原因是丙酮碘化反应速率与碘的浓度无关（除非酸度过高），反应速率 $\left(v=-\dfrac{dc_{I_2}}{dt}\right)$ 为常数。因此从何时开始计时，对实验结果无影响。但如果计时太晚，将造成由于碘浓度的过低而使吸光度测量产生偏差。

（3）有影响。这是因为在碘水溶液中存在 I_3^-、I_2 和 I^- 的平衡，因此碘溶液吸收光的数量不仅取决于 I_3^- 的浓度，而且也与 I_2 的浓度有关。过去的文献已证实，当检测波长 $\lambda=565\ \text{nm}$ 时，吸光系数 $a_{I_3^-}=a_{I_2}$，即在 565 nm 这一特定的波长条件下，溶液的吸光度 A 与 I_3^- 和 I_2 浓度之和成正比，此波长测得的 k 值最接近于文献。

实验十二

（1）有效避免反应产物的干扰，提高测定的准确性。

（2）保持体系的离子强度不变。

实验十三

（1）略。

（2）密度瓶必须彻底洗净、烘干；恒温过程中瓶内不得留有气泡，毛细管内要始终充满液体；密度瓶外如沾有溶液，要迅速擦干；拿密度瓶时，用两指捏住密度瓶颈部，不要用手捧住密度瓶，以免体温影响；称量要迅速，减少环境温度影响。

（3）如果在密度瓶毛细管端部加做一个磨砂的帽形盖子，在装有样品的密度瓶离开恒温水浴之前毛细管端部就盖上帽形盖子，这样可避免环境温度的影响；特别是挥发性物质，有了帽形盖子，同时也可避免溶液的挥发。

实验十四

（1）略。

（2）理论上，对单组分体系恒压下只要两相平衡共存就可以测到凝固点。但实际上只有固相充分分散到液相中，也就是固、液两相的接触面相当大时，平衡才能达到。例如，将冷冻管放到冰浴后温度不断降低，达到凝固点后,由于固相逐渐析出,当凝固热放出速度小于冷却速度时,温度还可能不断下降,因而使凝固点的确定比较困难。因此采用过冷法先使液体过冷,然后突然搅拌,促使晶核产生,很快固相会骤然析出形成大量的微小结晶,这就保证了两相的充分接触。与此同时液体的温度也因为凝固热的放出开始回升,一直达到凝固点,保持一定时间的恒定温度,然后又开始下降。

(3) 液体在逐渐冷却过程中,当温度达到或稍低于其凝固点时,由于新相形成需要一定的能量,故结晶并不析出,这就是过冷现象。在冷却过程中,如有过冷现象是合乎要求的,但过冷太厉害或寒剂温度过低,则凝固热无法抵偿散热,此时温度不能回升到凝固点,在温度低于凝固点时完全凝固,就得不到正确的凝固点。因此,实验操作中必须注意掌握体系的过冷程度。

实验十五

(1) 略。

(2) 从理论上讲,样品条与 X 射线交汇处为"点"状且位于胶片环中心为最好,测量结果最准确。因此只有使样品尽可能细且与 X 射线垂直时旋转样品才能保证最为接近上述状态,否则将导致 X 射线的宽化、不对称,并影响衍射强度的结果。

(3) 非晶物质能散射 X 射线。但由于非晶物质不具有点阵结构,某方向上所有的散射波既不可能全部对消,也不可能全部得到加强,因此,得到的将是一个比较弥散的无一定花样的图形,不能用于物相分析。

实验十六

(1) 略。
(2) 不必要。

实验十七

(1) 略。

(2) 在加入硝酸钾的快速溶解前期,由于溶解吸热,系统温度会从高于室温降低到低于室温;而在溶解后期,由于电加热补偿,系统温度又从低于室温回升到高于室温。实验过程中温度的变化有一个先降低后升高的过程。实验初始温度设定为高于室温 0.5 ℃,是为了体系在实验过程中能更接近绝热条件,减少热损耗。

(3) 硝酸钾的纯度(潮解)、称量误差、加热功率误差、系统与环境之间的热交换损失误差、搅拌摩擦生热误差、计时误差等。

实验十八

(1) 略。

(2) 热电偶的电动势与两端的温差存在函数关系。

(3) 普通温度计的测量范围一般位于 300 ℃ 以下,测量范围较小;热电偶温度计的温度测量范围宽,可以测量 1000 ℃ 以上的高温,并可进行数字通讯,实现远程控制。

(4) 只要采用相同材料的连接导线且两接点处温度相同,那么在两接点上产生的接触电势差将大小相等、方向相反,相互抵消,因此对测量结果无影响。

实验十九

(1) 略。

(2) 步冷曲线各段的斜率与冷却速率及相变热相关,步冷曲线水平段的长短与样品的用量相关。

实验二十

(1) 略。

(2) 可能是电极的正、负极接反了。

(3) 由于锌中不可避免地会含有其他金属杂质,在溶液中本身会成为微电池,其原因是锌的电极电势较低(-0.7627 V),氢离子会在锌的杂质(金属)上放电,且锌是较活泼的金属,易被氧化。如果直接用锌片(或锌棒)作电极,将严重影响测量结果的准确度。锌汞齐化成为 $Zn(Hg)$,能使锌溶解于汞中,或者说锌原子扩散在惰性金属汞中,处于饱和的平衡状态,此时锌的活度仍等于1,氢在汞上的超电势较大,在该实验条件下,不会释放出氢气。所以汞齐化后,锌电极易建立平衡。同时制成含金属很少的汞齐后,还可减缓金属与水的相互作用,有利于电动势的测量。

(4) 盐桥的作用是为了降低液接电势。作为盐桥的电解质应满足条件:①不与两端电极溶液发生化学反应;②正、负离子的电迁移率相等或相近;③浓度足够高,甚至为饱和溶液。盐桥的制作方法很多,其中 KCl 饱和溶液盐桥的配制方法如下:在 100 mL 烧杯内加蒸馏水 50 mL,煮沸后加入 $0.5\sim1$ g 琼脂搅拌溶解,再溶入适量 KCl 至饱和,趁热灌入 U 形管内,待溶液冷凝后变为不流动的冻胶即可使用。

实验二十一

(1) 不能用较浓的 NaCl 溶液代替 $15\%H_2SO_4$ 作电解液进行铝的阳极氧化,否则,阳极电解产生的三价铝离子会水解生成氢氧化铝沉淀,不能形成氧化膜。

(2) 方法如下:

①可用万用电表分别测量铝片氧化部分两点间的电阻以及未氧化部分两点间的电阻,比较电阻大小来检验铝阳极氧化后氧化膜的绝缘性能;②用 $K_2Cr_2O_7$ 盐酸溶液分别与铝片氧化部分和未氧化部分作用,根据产生的气泡和液滴变绿的快慢来检验铝阳极氧化后氧化膜的耐腐蚀性。

(3) 主要因素有:铝阳极表面预处理的清洁度、硫酸浓度、温度、电流密度、氧化时间、杂质等。

实验二十二

(1) 不能。因铜的电极电势比铁的电极电势高,一旦局部镀层被破坏,暴露于潮湿的空气中,会使钢铁表面腐蚀得更快。然而许多金属易在铜上沉积,且结合力好,因此,铜镀层一般多作为预镀层或多层电镀的底层。

(2) pH 偏高(pH>9),易生成氢氧化铜沉淀;pH 偏低(pH<8),易导致焦磷酸钾水解。

实验二十三

(1) 不能。因用盐酸或硝酸作为钢铁电解抛光液的主要成分,电解过程中不能在阳极表面形成高电阻率的稠性黏膜;若不能使微凸处处于活化状态,而使微凹处处于钝化状态,则达不到微凸处被平整的效果。

(2) 起中和钢铁表面残留酸液及去油的作用。

(3) 主要是由于不锈钢片正、反两面的电流密度不同。可在电解池中并联两个阴极,将阳极的不锈钢片置于中间,可消除这一现象。

(4) 因经电解抛光处理可使金属材料表面形成一层钝化膜,从而可以提高金属材料的防腐蚀性能。

实验二十四

(1) 略。

(2) NH_2SO_3H 用作配位剂,水杨酸起着还原剂与提供碳源的作用。

(3) 可用控制实验的方法验证,相同的实验条件下,当反应体系中没有水杨酸,没有单质银产生,这表明水杨酸具有还原性。

(4) 观察与分析不同时间段中间产物的扫描电镜像,可以推断出银纳米电缆的形成经历成核-生长和同步碳化过程。

实验二十五

(1) 略。

(2) 测定时,在毛细管口与液面相接触的地方形成气泡,其曲率半径先逐渐变小,当其等于毛细管半径时,曲率半径值最小,附加压力也达到最大,且此时对于同一毛细管而言,最大压力差只与物质的表面张力有关,所以实验中读最大压力差。

实验二十六

(1) 略。

(2) 相同之处是原理,即含表面活性物质的稀溶液的物理性质随浓度而变化,当出现转折时,即可判断进入临界胶束浓度。本实验要求表面活性剂是离子型的,且在临界胶束浓度处具有明显的转折点,属于在平衡态下测定的一类。这与最大气泡法有所不同。

实验二十七

(1) 去除过多的电解质,提高溶胶的稳定性。

(2) 方法如下:①外加电解质的溶胶聚沉法,根据 Hardy-Schulze 规律判断胶粒的正、负性;②电泳法、电渗法等。

(3) 方法如下:①化学法,检测渗析液中是否还含有离子判断;②电导法,通过检测渗析液的电导率判断溶胶纯化的程度。

实验二十八

(1) 略。

(2) 带正电荷。胶团结构为 $\{[Fe(OH)_3]_m \cdot nFeO^+ \cdot (n-x)Cl^-\}^{x+} \cdot xCl^-$。

(3) 辅助液的选择原则:①胶体颜色反差要大,便于区分;②密度小于胶体,以保证界面清晰;③正、负离子迁移的速率相近,以克服两臂中上升和下降速率不等的困难;④辅助液与溶胶的电导率相近,以使电泳管内的电势降均匀,否则电泳公式要进行修正。

(4) 主要作用有:①增加溶胶的相对密度,使其与辅助液间的界面清晰;②络合一部分多余反离子 Cl^-,促使胶体稳定。$H_2N^+ {=} C(NH_2){-}O^- + HCl \Longleftrightarrow [H_2N^+ {=} C(NH_2){-}OH]Cl^-$ 溶胶中加入脲素,电导迅速降低,在加至 40% 左右时发生转折,而后曲线斜率变小,说明络合了部分 Cl^-。加脲素后的实验现象和结果与半透膜净化的结果区别不大。

(5) 各方法用途如下:

(i) 界面移动法:适用于溶胶或大分子溶液与分散介质形成的界面在电场作用下移动速度的测定。

(ii) 显微电泳法:用显微镜直接观察质点电泳的速度,要求研究对象必须在显微镜下能被明显观察到,此法简便,快速,样品用量少,在质点本身所处的环境下测定,适用与粗颗粒的悬浮体和乳状液。

(iii) 区域电泳法:是以惰性而均匀的固体或凝胶作为被测样品的载体进行电泳,以达到分离与分析电泳速度不同的各组分的目的。该法简便易行,分离效率高,所用样品少,还可避免对流影响,现已成为分离与分析蛋白质的基本方法。

实验二十九

(1) 略。

(2) 略。

实验三十

(1) 略。

（2）高分子化合物溶液的浓度与分子链间作用力密切相关。一般随着溶液浓度的增加，高分子化合物分子链之间的距离将逐渐缩短，分子链间作用力逐渐增大。当浓度超过一定限度时，高分子化合物溶液的 $\frac{\eta_{sp}}{c}$-c 和 $\frac{\ln\eta_r}{c}$-c 将不呈线性。但如果溶液太稀，测得的 t 和 t_0 很接近，则 η_{sp} 的相对误差比较大，故恰当的高分子化合物浓度可以保证 η_r 的值处于 1.2～2.0。

（3）以 $\frac{\eta_{sp}}{c}$-c 直线与纵坐标相交（$c=0$）时的位置确定高分子化合物的特性黏度$[\eta]$。

（4）因为 $\frac{\ln\eta_r}{c}=\frac{\ln(1+\eta_{sp})}{c}=\frac{\eta_{sp}}{c}\left(1-\frac{1}{2}\eta_{sp}+\frac{1}{3}\eta_{sp}^2-\cdots\right)$，当 $c\rightarrow0$ 时，η_{sp} 的高次项也趋于零，所以 $\lim\limits_{c\rightarrow0}\frac{\eta_{sp}}{c}=\lim\limits_{c\rightarrow0}\frac{\eta_r}{c}=[\eta]$。此外，根据实验，在溶液浓度很稀时，比浓黏度和比浓对数黏度与溶液浓度的关系如下：

$$\frac{\eta_{sp}}{c}=[\eta]+K[\eta]^2c$$

$$\frac{\ln\eta_r}{c}=[\eta]-B[\eta]^2c$$

分别以 $\frac{\eta_{sp}}{c}$ 和 $\frac{\ln\eta_r}{c}$ 对浓度 c 作图，外推至 $c\rightarrow0$ 的截距值即为$[\eta]$。同时作图，两条直线在纵坐标上应重合于一点，这样可验证实验的可靠性。

（5）主要有三种：①用毛细管黏度计测定液体在毛细管里的流出时间；②用落球式黏度计测定圆球在液体中的下落速率；③用旋转式黏度计测定液体与同心轴圆柱体相对转动的情况。在测定高分子化合物的特性黏度$[\eta]$时，用毛细管黏度计最为方便。

（6）高分子化合物平均摩尔质量是采用统计平均法求得的，统计平均方法不同会得到不同的平均摩尔质量。常见的有数均摩尔质量（$\overline{M_n}$）、重均摩尔质量（$\overline{M_w}$）、Z 均摩尔质量（$\overline{M_z}$）以及黏均摩尔质量（$\overline{M_\eta}$）等。测定高分子化合物平均摩尔质量的方法很多。除化学法（端基分析法）外，大多利用稀溶液各种性质与摩尔质量的关系测定。其中有热力学法（膜渗透压法、蒸气压法、沸点升高法和冰点下降法等）、动力学法（黏度法、超速离心沉降法）和光学法（光散射法），此外还有凝胶渗透色谱法（GPC 法）、质谱法以及小角中子散射法等，其中 GPC 法通过测定聚合物摩尔质量分布求得平均摩尔质量，是当前最快速、最方便的摩尔质量分布的测定方法。各种方法的适用范围如下。

测量方法	端基分析	膜渗透压法	蒸气压法（VPO）	沸点上升法	冰点下降法	光散射法	黏度法	超速离心沉降法	GPC 法
平均摩尔质量类型	$\overline{M_n}$	$\overline{M_n}$	$\overline{M_n}$	$\overline{M_n}$	$\overline{M_n}$	$\overline{M_w}$	$\overline{M_\eta}$	$\overline{M_z}$	$\overline{M_n}$、$\overline{M_w}$、$\overline{M_\eta}$
适用摩尔质量范围	$<3\times10^4$	$2\times10^4\sim10^6$	$<3\times10^4$	$<10^4$	$<10^4$	$10^3\sim10^7$	$10^3\sim10^8$	$10^2\sim10^6$	$10^2\sim10^7$

实验三十一

（1）略。

（2）主要测量方法：①感应法，检测磁场中物体所受感应的大小，通常是电学的方法，如感应电桥、振荡器或核磁共振等；②受力法，测定物体在磁场中所受力的大小求磁化率。作为测定方法中最简易的古埃磁天平（Gouy）和法拉第法就是此种类型。根据受力法派生的测定方法，有测定纯液体和溶液磁化率的奎克（Quincke）法和测定气体磁化率的朗肯（Rankine）法等。

(3) 相同。摩尔磁化率是物质特征的物理性质,不会因为励磁电流的不同而不同。但在不同励磁电流下测得的 χ_M 稍有不同,其主要原因在于天平测定臂很长(约 50 cm),引起 $\Delta\omega$ 的变化造成的,当然温度的变化也有一定影响。

(4) 测定磁矩是区分共价配键和电价配键的主要方法,但如果以共价配键或电价配键相结合的络离子含有相同数量的未成对电子,将无法有效区分。例如,Zn(未成对电子数为零),其共价络离子[如 $Zn(CN)_4^{2-}$ 和 $Zn(NH_3)_4^{2+}$ 等]和电价络离子[如 $Zn(H_2O)_4^{2+}$ 等],它们的磁矩均为零,因此对于 Zn^{2+} 来说,无法用测定磁矩的方法判别其配键性质。

(5) 根据实验测得的 $FeSO_4 \cdot 7H_2O$ 未成对电子数 $n=4$,可以推断 Fe^{2+} 配位体的可能构型,即是以 Fe^{2+} 为中心的四角双锥正八面体。

实验三十二

(1) 略。

(2) 贝壳珍珠层主要是同心环状结构的文石构成,而蛋壳则是由柱状多孔结构的方解石构成。

(3) 主要性质如下:

(ⅰ)物理性质。①颜色:珍珠颜色一般以浅色居多,主要有白色、银白色、粉红色及淡黄色,还有紫红色、灰色、褐色、蓝黑色等;②光泽:珍珠的光泽又称皮光或皮色,珍珠光泽与珠层厚度有关,一般珠层厚度越大,则珍珠光泽越强,而珠层厚度又与养殖时间有关,时间越长珠层越厚,因此养殖时间的长短决定光泽的强弱,从而也直接决定珍珠的价值,珍珠光泽是由于两个不同珍珠层之间光的干涉作用引起的;③硬度:珍珠的莫氏硬度为 2.5~4.5,平均为 3.1;④密度:天然珍珠与养殖珍珠密度略有不同,一般是 2.60~2.80 g・cm^{-3},天然海水珍珠为 2.68~2.74 g・cm^{-3},海水养殖珍珠为 2.65~2.76 g・cm^{-3},淡水养殖珍珠为 2.65~2.78 g・cm^{-3};⑤折光率:珍珠的折光率为 1.530~1.685,呈半透明至不透明。

(ⅱ)化学性质。①珍珠不耐酸,不耐碱:在酸、碱中很不稳定,很容易被溶解;②不耐热:珍珠长时间适度加热会失去水分,加热到一定程度,会变脆和碎裂;③被化妆品、汗酸等腐蚀和污染后,珍珠会变暗或失去光泽。另外,珍珠溶于丙酮、苯、二硫化碳等有机溶剂。

(4) 放在灯光下,从不同的角度观察珍珠,我们会发现珍珠焕发出神秘的色彩,并随着角度的变化而变化。有的珍珠晶莹剔透如滴滴露水散落于清晨的荷叶,而有的珍珠却古朴又神秘若来自千年历史长河的紫铜铸型。为什么会这样?这需要从珍珠的结构与成分说起。决定珍珠色彩的因素有两个:

(ⅰ)珍珠贝分泌出的色素。色素因为环境与贝种的不同而变化。因为环境状况千变万化,所以珍珠的色彩当然就扑朔迷离。

(ⅱ)珍珠的结构。珍珠是由一层层厚 0.3~0.4 μm 的珍珠层组成的。这些珍珠层是平行的,剖面呈同心圆结构。每一珍珠层都十分光滑,而且是半透明的。所以当光线照射到珍珠上以后,一部分被表面反射,而另一部分则进入珍珠内部,被另一层珍珠层反射,当然,还会有一部分再进入更深的珍珠层。因此,在每一珍珠层都会有部分光线被反射,也有一部分光线被折射,还有一部分光线会穿过珍珠。

光的反射使珍珠看起来明亮有光泽;光线的透射使珍珠看起来晶莹剔透;由于折射,光线会产生干涉现象,从而产生变幻不定的色彩。

珍珠本身的色彩、周围环境的色彩,再加上折射与干涉所产生的色彩,珍珠就变得梦幻朦胧,神秘无比。

实验三十三

(1) 略。

(2) 略。

(3) pH 约为 4.5,在 KDP 溶解度曲线与其过溶解度曲线之间的区域称为 KDP 溶液"亚稳过饱和区",此时,溶液处于亚稳态。不同物质溶液的亚稳区差别相当大,它的大小可以用过饱和度或过冷度估计。KDP 晶体的过冷度为 9 ℃,属于水溶液晶体中较大的一种。要生长晶体就必须使溶液达到过饱和。使不饱和溶液达到稳定过饱和状态,有两种方法可供选择:①采用降温法,保持溶液浓度不变,降低温度达到溶液过饱和;②采用恒温蒸发法,蒸发溶剂,提高溶液的浓度。对于溶解度和溶解度温度系数都较大的物质,一般采用降温法较理想;而对于溶解度较大,溶解度温度系数较小或有负温度系数的物质,宜用恒温蒸发法。磷酸二氢钾晶体则属于后者。

（4） SHELXTL、DIAMOND、WINGX、PLATON、ORTEP、X-SEED、MERCURY、OLEX、TOPOS 等。

（5）单晶体的长宽高均衡,透明性好,形状规则,大小为 $0.1 \sim 0.4$ mm,表面光亮无裂痕。

实验三十四

（1）I_3^-,$D_{\infty h}$;ICl_3,C_{2v};IF_5,C_{4v};PCl_3F_2,D_{3h};PF_5,D_{3h};SCl_2,C_{2v};SF_6,O_h;$SnCl_2$,C_{2v};XeF_4,D_{4h};XeO_4,T_d。

（2）若分子中有两个或两个以上的对称元素交于一点,该分子必无偶极矩,否则就有偶极矩。属于 C_1、C_s、C_n、C_{nv} 群的分子有偶极矩,属于 C_i、S_n、C_{nh}、D_n、D_{nh}、D_{nd}、T_d 和 O_h 群的分子无偶极矩。

（3）有象转轴 S_n 的分子无旋光性,无象转轴 S_n 的分子有旋光性。或称具有对称面、对称中心和象转轴 S_{4n}（$n=1,2,\cdots$）的分子无旋光性,否则则有旋光性。

（4）（ⅰ）结构型式为立方 ZnS 型;负离子堆积方式为立方最密堆积;正负离子配位数比是 4∶4;正离子占据正四面体空隙,占据的空隙分数是 1/2。

（ⅱ）比较结果如下:

	结构基元	晶胞中结构基元数目	点阵型式	特征对称要素
金刚石	2C	4	面心立方	$4C_3$
图 34-4 所示晶体	A＋B	4	面心立方	$4C_3$